Knaur

Von Werner Kopacka sind außerdem erschienen:

Die Siedler
Everest. Der Roman

Über den Autor:

Werner Kopacka arbeitet als Journalist in Graz. Er bereiste bisher etwa sechzig Länder in allen Kontinenten, nahm als Berichterstatter an der erfolgreichen Mount-Everest-Expedition 1978 teil, segelte zweimal über den Atlantik und lebte mehrere Monate lang in einem tibetischen Dorf. Mit dem Yeti-Thema beschäftigt er sich schon seit vielen Jahren.

WERNER KOPACKA

IM TAL DES YETI

ROMAN

Knaur

Besuchen Sie uns im Internet:
www.droemer-weltbild.de

Vollständige Taschenbuchausgabe August 2000
Droemersche Verlagsanstalt Th. Knaur Nachf., München

Umschlaggestaltung: Agentur Zero, München
Umschlagabbildung: Corbis Images / Galen Rowel
Texterfassung: Brigitte Apel Hannover
Umbruch: Ventura Publisher im Verlag
Druck und Bindung: Elsnerdruck Berlin
Printed in Germany
ISBN 3-426-60875-8

2 4 5 3 1

MEIN DANK GILT
BRUNO BAUMANN UND DR. HARALD WEINLÄNDER,
DIE MICH MIT IHREM TIBETWISSEN
BEI DEN RECHERCHEN ZU DIESEM BUCH
UNTERSTÜTZT HABEN.

Alle Wesen scheu'n Bedrückung,
bangen vor des Todes Nöten.
Gleich wie du ist jedes Wesen!
Töte nicht und laß nicht töten!

Alle Wesen scheu'n Bedrückung,
alle um das Leben beten,
gleich wie du ist auch der andre!
Töte nicht und laß nicht töten!

GAUTAMA BUDDHA,
Das Hohe Lied der Wahrheit –
Dhammapada

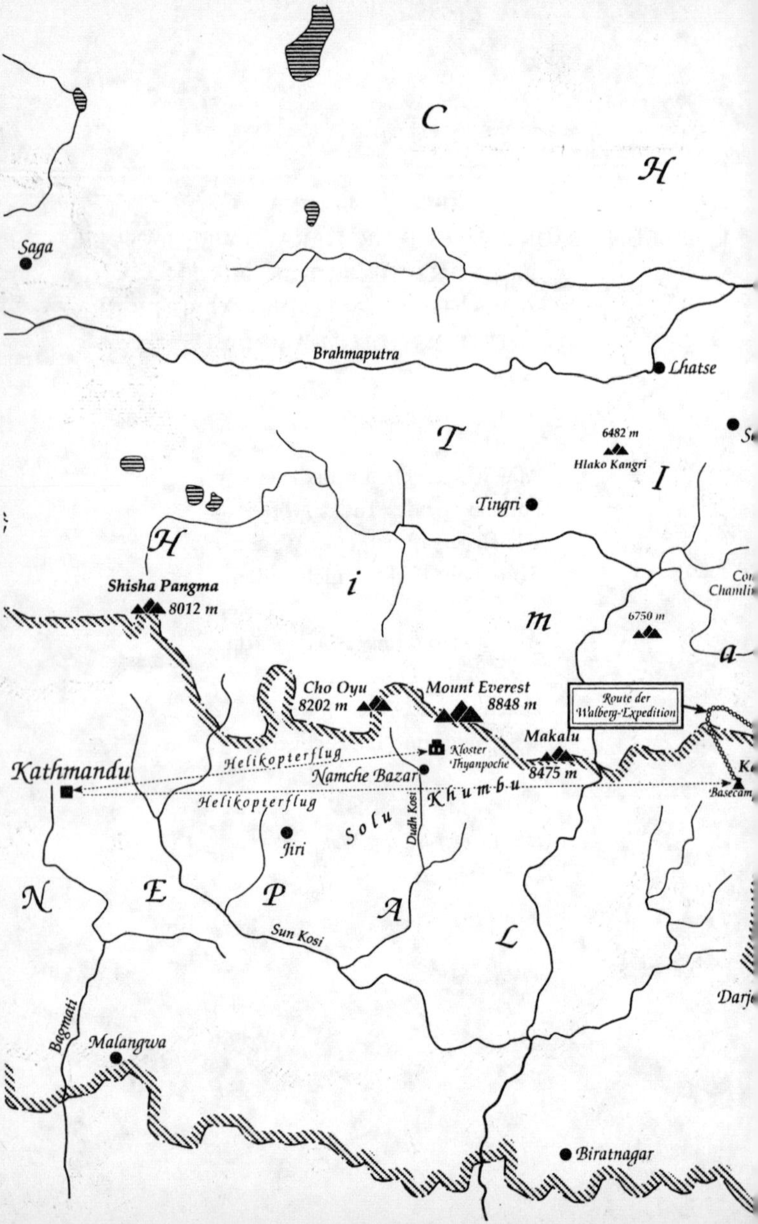

C
H
Saga
Brahmaputra
Lhatse
T
6482 m
Hlako Kangri
I
Tingri
H
i
Shisha Pangma
8012 m
m
6750 m
a
Cho Oyu
8202 m
Mount Everest
8848 m
Route der Walberg-Expedition
Makalu
8475 m
Kloster Thyanpoche
Helikopterflug
Kathmandu
Namche Bazar
Khumbu
Helikopterflug
Solu
Dudh Kosi
Jiri
N
E
P
A
L
Sun Kosi
Bagmati
Malangwa
Biratnagar

N
0 25 50 75 100 km
Lhasa
Tsangpo
Fahrt im Lkw
Shigatse
Gonggar
Yamzho
Yumco
Fahrt im Military-Jeep
Gyantse
Kloster
Taktu
Nomaden
Nomaden
Fußmarsch
Gala Gol
des Yeti
7314 m
Chomolhari
Pagri
Punakha
Thimphu
Paro
Gangtok
Phuntsholing
Jalpaiguri
Brahmaputra
CHINA
TIBET
Himalaja
SIKKIM
BHUTAN
INDIEN

TIBET, IM JAHRE 1525
NÖRDLICH DER GROSSEN SCHNEEBERGE

»Ich habe von einem Haus geträumt«, sagte Daku.
Es war kalt, und er hielt die Hände über das Feuer.
Wenn man um diese Jahreszeit in dieser Gegend überhaupt Holz fand, dann war es zäh und feucht, und es gab beim Verbrennen mehr Qualm als Hitze ab.
Es dauerte unendlich lange, bis das Wasser warm wurde.
Über dem Tal, in dem die Zelte standen, hing eine dicke Nebelglocke. Einer der jungen Yaks schüttelte sich, und die Tautropfen, die sich während der Nacht ins zottelige Fell gesetzt hatten, spritzten bis zu Daku hinüber.
Der junge Khamba grinste und wischte sich das Wasser von der Wange. Die schwarze Dreckkruste, die sein Gesicht überzog, bröckelte an einigen Stellen ab. Die Haut darunter war etwas heller als der Dreck.
»Von einem Haus, hörst du?« sagte er etwas lauter. »Von einem richtigen Haus mit festen Wänden und einer Feuerstelle!«
Daku strich eine Strähne des verfilzten Haares, das jetzt, wo er es noch nicht hochgebunden hatte, fast bis zu den Hüften hinunterhing, zur Seite und blickte den Mann an, der neben ihm am Feuer hockte. Dieser war etwas älter, aber immer noch jung.
Gyaldzen war dagewesen, so weit seine Erinnerung zurückreichte. Er war es gewesen, der ihn gelehrt hatte, wie man ein Feuer macht, er hatte ihm am Wegesrand die Pflanzen ge-

zeigt, die man essen konnte. Später hatte ihm Gyaldzen auch von den Göttern erzählt. Und von den Geistern, die einem das Leben schwermachen konnten, wenn man ihre Zeichen nicht verstand oder ihre Gesetze mißachtete.

Gyaldzen war größer als Daku und lachte seltener. Keiner in der Familie der Serwa zweifelte daran, daß er einmal ein großer Lama werden würde. Ein geachteter Gelehrter, den die Götter akzeptierten. Gyaldzen würde der Mann zwischen den Welten sein und dafür sorgen, daß die Götter die Serwa stets wohlwollend betrachteten.

Gyaldzen war jedoch auch Dakus Freund. Und als solcher hatte er zumindest auf dessen Fragen zu antworten.

»He«, sagte Daku und stieß den schrillen zweistimmigen Pfiff aus, mit dem er den Älteren immer zum Lachen gebracht hatte.

Diesmal lachte Gyaldzen nicht. Er schien den Pfiff nicht einmal gehört zu haben, sondern starrte durch den Nebel auf die großen Schneeberge.

Daku spürte, daß sich etwas Großes ereignet hatte. Er blieb still und wartete.

Nach einer Weile begann auf der Schläfe des Freundes ein Muskel zu zucken. Die starre Maske löste sich langsam auf, am Ende nickte er und drehte sich lächelnd zu Daku hin.

»Eine Dakini hat mit mir gesprochen«, sagte er, und seine Stimme klang anders. Größer, wuchtiger. Wie der mächtige Gong im Kloster Samya.

Dakinis waren Luftwandlerinnen. Die wichtigsten Boten der Götter. Sie wurden nur dann ausgeschickt, wenn es sich um Nachrichten von immenser Bedeutung handelte.

Daku war noch nie jemandem begegnet, der eine Nachricht von einer Dakini erhalten hatte. Nicht einmal die bedeutendsten lebenden Lamas waren von Dakinis kontaktiert worden.

Gyaldzens Worte hatten Daku wie ein Hammerschlag getroffen. Er blieb wie gelähmt sitzen und starrte den anderen an.
In Gyaldzens Lächeln war tiefes Wissen.
»Es ist ein Geheimnis«, sagte er, »und ich soll es mit dir teilen!«
Gyaldzen stand auf und ging vom Feuer weg. Die Schritte waren fest, wie abgemessen, und sie waren sicher, obwohl Gyaldzen in den Nebel blickte. Dorthin, wo die großen Schneeberge lagen.
Daku war noch immer gelähmt, doch spürte er, wie ihn eine unbekannte Kraft hochzog und auf die Beine stellte. Er ging, aber der Befehl zum Gehen kam nicht von seinem Gehirn.
Sie entfernten sich vom Lager und stiegen den Hügel hoch, bis sie im Nebel waren. Alles war feucht und grau und still. Kein Tier rührte sich, und die Luft hielt den Atem an. Die Yakledersohlen ihrer Stiefel mahlten über Geröll, aber sie taten es stumm.
Sie gingen eine Stunde lang oder länger.
Dann teilte sich der Nebel plötzlich, und der Himmel stach stahlblau in ihre Augen.
Mitten im Blau türmten sich, so weit das Auge blicken konnte, die großen Schneeberge auf – die Heimat der Götter!
Jeder Palast, den Menschen jemals gebaut haben, verkümmert angesichts dieser alles überragenden Wucht und Reinheit zu einem Krümel unvollkommener Hilflosigkeit. Der Mensch wird zum Sandkorn, das die Natur nach Belieben durch die Ewigkeit wirbeln kann.
Sie setzten sich auf zwei schwarze Steine, die jemand für sie wie Stühle in den kargen Felsboden gesetzt hatte.
»Ich kenne den Weg«, sagte Gyaldzen und zeigte in die Ferne.

»Den Weg wohin?« fragte Daku.
Gyaldzen blickte ihn an und lächelte wieder geheimnisvoll.
»Wenn einen die Götter schicken«, sagte er langsam, »dann fragt man nicht nach dem Ziel!«
Daku hatte endlich begriffen. Jetzt lächelte auch er.
»Dann gehen wir doch«, sagte er und stand auf.
Die Stunden vergingen.
Es gab nur noch Schnee und Kälte, und der Weg führte immer steiler bergauf. Manchmal stolperte einer von ihnen und rutschte den Hang hinunter. Dann stieg der andere zu ihm ab und half ihm wieder auf die Beine.
Die Qualen wurden unerträglich – aber sie ertrugen sie.
Als sie nicht einmal mehr an das Sterben denken konnten, weil ihre Gedanken völlig eingefroren waren, packte sie eine gewaltige Götterfaust und schleuderte sie, eingepackt in Schnee und Eis und Fels, über eine Wand.
In der Ferne sahen sie ein grünes Tal, dann versanken sie in einer langen Nacht.
Als Daku und Gyaldzen die Augen aufschlugen, blickten sie in das Gesicht einer furchterregenden Kreatur. Unter dem wirren dunklen Haupthaar glitzerten schwarze Augen, und unter den geblähten Nüstern fletschte sie eine Doppelreihe gewaltiger gelber Zähne an …

TIBET, IM JAHRE 1975
NÖRDLICH DER GROSSEN SCHNEEBERGE

Er lag wach und wartete auf die Geräusche des Morgens. Als das erste Sonnenlicht der Zeltwand ihre Farbe wiedergab, hörte er endlich die ersten Schritte und das leise Stimmengemurmel.
Er hörte, wie seine beiden Begleiter vor dem Küchenzelt getrockneten Yakdung aufhäuften, er hörte, wie einer von ihnen ein Streichholz anriß, und er hörte, wie beide die erste schüchterne Glut zu einem richtigen Feuer hochbliesen.
Ohne einen Blick aus dem Zelt zu werfen, wußte er, daß es draußen kalt und nebelig war.
Das Land war abweisend und trostlos. Düstere Felswände, Geröll, dazwischen zottelige graugrüne Grasbüschel und ein Bach, der sich geschickt zwischen den Felsen durchschlängelte.
Es war kein Land für Menschen.
Es war lange her, seit er in Lhasa aufgebrochen war. Er hatte längst aufgehört, die Tage zu zählen. Tage und Wochen spielten keine Rolle. Es gab nur das Tageslicht und die Nacht, den beißenden Wind, die Kälte, manchmal kam der Regen.
Seine Begleiter hießen Temba und Dorje. Temba war der Fröhlichere.
Dorje hatte ihn einmal nach dem Ziel der Reise gefragt. Er kannte es selbst nicht. Er wußte nur, daß es sehr nah sein mußte.

Vor zwei Tagen hatten sie nach einem steilen Anstieg plötzlich die Nebeldecke durchstoßen und erstmals die großen Schneeberge im Süden gesehen.
»Es ist der Weg, den die Khambas vor vielen hundert Jahren gegangen sind«, hatte er Dorje damals geantwortet. »Auf ihrer großen Wanderung in ihr neues Land.«
»Und wo liegt dieses Land?« hatte Dorje gefragt.
»Auf der anderen Seite der großen Schneeberge«, hatte er geantwortet, und Dorje hatte sich damit zufriedengegeben.
Später hatte er seinen Begleitern die ganze Geschichte erzählt. Von den Menschen, die einst im Osten des tibetischen Hochlandes zwischen den Zuflüssen der mächtigen Ströme Jangtsekiang und Huangho gelebt hatten. Kriegerischen, freiheitsliebenden Menschen, die sich von den neuen Lehren des Tsongkhapa und seiner immer mächtiger werdenden Gelbmützenkirche unterdrückt gefühlt und die Nähe der göttlichen Mutter gesucht hatten. Dafür waren sie zwei Generationen lang durch das südliche Tibet gezogen – zu den großen Schneebergen: der mächtigen Mutter Ama Dablang, der Tschomolungma, der göttlichen Windmutter, die von den Menschen im Westen später Mount Everest genannt wurde, und dem Gaurisankar, dem heiligsten Berg von allen. Im neuen Land nannten sie sich später Sher-pa – Menschen aus dem Osten.
»Warum«, hatte Dorje gefragt, »bist du nicht direkt ins Sherpaland gereist? Warum nimmst du kein Flugzeug und kein Auto? Warum schindest du dich ab, wo du doch ohnehin alles weißt?«
Er hatte damals nur gelächelt und Dorje im Glauben gelassen, daß er eben verrückt war. Ein seltsamer Kauz, der nur hierhergekommen war, um sinnlos durch die Gegend zu gehen.
Niemand außer ihm wußte von den geheimen Schriften des

Gelehrten Gyaldzen, die er zu Hause in seinem Tresor aufbewahrte. Niemand wußte, daß damals hier, in dieser trostlosen Gegend, zwei junge Männer verschwunden waren, die später von einer Begegnung mit seltsamen, menschenähnlichen Lebewesen berichteten. Er hatte das Dokument während seiner letzten Reise in einem halbzerstörten Kloster von dessen greisem Hüter erhalten. Er hatte ihm das kostbare Papier anvertraut, weil er es vor den Chinesen und deren konsequenter Zerstörungswut in Sachen tibetischer Kultur retten wollte.

»Es trägt ein Geheimnis«, hatte der alte Mann gesagt. »Es ist vierhundert Jahre alt. Bewahre es auf, und bring es zurück, wenn sich die Zeiten geändert haben!«

Er sah das zerfurchte Gesicht des heiligen Mannes vor sich und spürte plötzlich ganz stark, daß er der Lösung des Rätsels, nach der er jahrelang geforscht hatte, sehr nahe war.

Er hörte Schritte, die näher kamen.

Jemand zog den Reißverschluß des Zeltes hoch.

Eine Hand, die eine Schale mit dampfendem Tee hielt, schob sich durch die Öffnung.

Tembas Stimme sagte: »Guten Morgen.« Dann folgte der Hand das Gesicht. Das breite Lächeln zog die Wangen hoch und drückte die Augen zu einer dünnen schwarzen Linie zusammen.

»Der ›Early Morning Tea‹«, sagte er in schwerem Englisch.

»Danke, Temba! Wie ist das Wetter?«

Temba gab die Schale ab und hob beide Hände in einer hilflosen Geste hoch. »Miserabel, wie immer in dieser grauenhaften Gegend«, sagte er.

Kopf und Hände verschwanden wieder.

Er schlürfte den süßen, heißen Tee, in den sie ausreichend Kondensmilch gerührt hatten. Dann stellte er die leere Schale auf den Zeltboden und legte sich wieder zurück.

Die Zeltwand war nun hell und orangefarben. Das gefilterte Licht veränderte die Farben im Zelt. Der blaue Schlafsack war nicht mehr blau. Er war aber auch nicht schwarz. Er war dunkel.
Gyaldzens Schrift.
Für ihn war sie die Wahrheit, nach der er so lange und so verbissen gesucht hatte. Die Wahrheit, deren Ergründung seine Lebensaufgabe war.
Er schlief wieder ein.
Es war kein Traum.
Es war eine unsichtbare Kraft, die Zeichen in seinen Kopf meißelte. Er fühlte den Schmerz, und er fühlte, wie neues Wissen in sein Gehirn eindrang. Es kam von allen Seiten und drückte den Schädel auseinander. Er wollte schreien, aber die Macht, die sein Denken beherrschte, ließ es nicht zu.
Er kroch aus dem Schlafsack und dann weiter ins Freie. Es gab kein Denken mehr, nur noch automatisches Handeln.
Das neue Wissen befahl ihm, aufzustehen und zu gehen. Er ging.
Dorje und Temba saßen am Feuer. Es qualmte.
Sie wunderten sich, daß er nichts sagte. Sie nicht grüßte wie immer.
Dann dachten sie, er würde zum Bach gehen, um sich zu waschen. Doch er ging weiter. Er trug keine Schuhe, nur dicke Wollsocken.
Als er durch den Bach watete, auf der anderen Seite weiterging und hinter einem spitzen schwarzen Felsturm verschwand, schrie Dorje ihm nach: »Wohin gehst du?«
Temba schüttelte den Kopf.
»Laß ihn«, sagte er, »er wird schon wiederkommen!«
Sie lachten.
»Er hat kein Ziel«, sagte Dorje, »und dahin geht er!«

Später, als die frischen Brotfladen und der heiße Tsampa-Brei fertig waren, riefen sie wieder nach ihm.
Dorje sprang über den Bach und ging um den spitzen schwarzen Felsturm herum. Er sah nur Geröll und zottelige graugrüne Grasbüschel.
Sie suchten nach ihm und schrien seinen Namen.
Zwei Tage später brachen sie das Lager ab und gingen zurück. In Lhasa meldeten sie den Behörden, daß der Weiße, für den sie gearbeitet hatten, eines Nachts aus dem Zelt verschwunden und nie mehr aufgetaucht sei. Vielleicht sei es die Höhenkrankheit gewesen. Das letzte Lager hätte sich immerhin auf viertausend Metern befunden.
Obwohl er nur Socken trug, spürte er die spitzen Steine nicht. Seine Füße waren gefühllose Instrumente, die ihn immer höher trugen.
Später kam der Schnee und dann das Eis. Es gab keine Müdigkeit und keinen Hunger. Nur das Gehen und die großen Schneeberge, die immer näher rückten.
Am Ende packte ihn eine gewaltige Faust und schleuderte ihn, eingepackt in Schnee und Eis, über eine Wand.
In der Ferne sah er ein grünes Tal, dann versank er in eine lange Nacht.
Als er die Augen aufschlug, blickte er in das Gesicht einer furchterregenden Kreatur. Unter dem wirren dunklen Haupthaar glitzerten schwarze Augen, und unter den geblähten Nüstern fletschte ihn eine Doppelreihe gewaltiger gelber Zähne an …

EUROPA, 1997

»Sie hat das Bewußtsein nie mehr wiedererlangt«, sagte der alte Mann.

Er war groß und hager, und das seidige weiße Haar reichte bis zu seinen Schultern.

Er stand neben einem alten Lehnstuhl, der Teil eines altmodisch eingerichteten Zimmers war. Die schweren Vorhänge waren zugezogen, und im düsteren Licht tickte eine alte Pendeluhr. Seine Hand lag auf dem oberen Rand der Lehne. Knapp über dem blonden Schopf, der zum Kopf eines wesentlich jüngeren Mannes gehörte, der regungslos, mit geschlossenen Augen dasaß.

Der alte Mann zögerte einen Augenblick, dann nahm er die Hand von der Lehne und streichelte sanft über das Haar des anderen.

»Sie hat nicht gelitten«, sagte er leise.

Der Jüngere öffnete die Augen und schaute zu ihm hoch. Der Alte zog die Hand zurück.

»Danke, Onkel.«

Der Alte zuckte die Schultern.

»Sie war so stolz auf dich«, sagte er.

Paul Silman wünschte, daß er gehe und ihn allein lasse. Sie hatten gerade seine Mutter begraben, und niemand konnte ihm den Schmerz abnehmen, den ihr Tod hinterlassen hatte. Der alte Onkel meinte es gut. Er hatte sich um sie gekümmert, als sein Bruder, ihr Mann und Pauls Vater, damals, vor mehr als zwanzig Jahren, nicht mehr nach Hause zurückgekehrt war. Um Paul brauchte er sich nicht zu kümmern.

»Ich schaff' das schon«, sagte dieser und stand auf.

Der Onkel war größer als er.

»Wenn du was brauchst«, sagte der alte Mann, Paul winkte jedoch ab.

»Ich danke dir. Du hast schon genug getan.«

Sie gingen zur Tür. Dort umarmten sie sich.

Das Haus war immer zu groß gewesen. Es war schon zu groß gewesen, als sie noch eine Familie waren. Vater, Mutter, Sohn und ein gutes Dutzend von Räumen. Die Mutter hatte ein Bügelzimmer gehabt, er selbst neben seinem Schlafzimmer ein eigenes Spielzimmer. Später war's sein Studierzimmer gewesen.

Die meisten Räume waren von seinem Vater benutzt worden. Die Bibliothek mit ihrem modrigen Geruch und den uralten Wälzern, die exakt geordnet in den Regalen standen. Nichts war hier Staffage – jedes Buch hatte irgendwann einmal eine Rolle in den Studien des Doktor Peter Silman gespielt. Als Kind war dieser Raum für den Jungen tabu gewesen. Weil er Unordnung in die penible Anordnung hätte bringen können.

In das Zimmer, in dem er seine kostbare Sammlung aufbewahrte, hatte ihn der Vater hingegen öfters mitgenommen. Das meiste war in geheimnisvollen Kisten verstaut gewesen, aber einiges, wie die wunderbaren Thangkas, die an den Wänden hingen, die silbernen, mit den bunten Steinen verzierten Gebetsmühlen, die Steine mit den kunstvoll eingemeißelten, geheimnisvollen Schriftzeichen, die ranzig riechenden hölzernen Teeschalen oder die Messer und Schwerter, von denen einige in Silberscheiden steckten, die mit eingehämmerten Drachenmotiven verziert waren, hatte er ihm immer wieder gezeigt.

Als Paul alt genug gewesen war, hatte ihm der Vater auch die Bedeutung dieser Dinge erklärt.
Die Faszination, die dieses Zimmer auf ihn ausgeübt hatte, solange er denken konnte, und die Bewunderung für die Arbeit seines Vaters hatten ihm gar keine andere Wahl gelassen, als in die Fußstapfen des großen Forschers zu treten.
Er war vierzehn Jahre alt gewesen, als sein Vater in Tibet verschwand.
Später hatte Paul auch Ethnologie studiert – wie er. Und dabei erkannt, welch langen, immens schwierigen Weg sein Vater gegangen war.
Das Gewicht, das der Name Silman auch heute noch in Forscherkreisen hatte, war immer eine schwere Last für ihn gewesen. Er war nicht sein Vater.
Er war Doktor Paul Silman, Universitätsdozent mit gering ausgeprägter Abenteuerlust. Er lehrte das, was sein Vater erforscht hatte. Und er hatte sich immer damit zufriedengegeben.
Die Sucht nach Unsterblichkeit überließ er anderen.

»Es tut mir wahnsinnig leid«, sagte Anne Walberg.
Die Tropensonne hatte ihr Haar beinahe weiß gebleicht. Dazu das satte Braun der Gesichtshaut und die blauen Augen. Sie sah großartig aus.
»Sie ist mit dem Fahrrad gestürzt«, sagte Paul. »Der Lastwagenfahrer hat keine Chance gehabt. Ich gebe ihm auch keine Schuld.«
Der Gepäckwagen war bis zur Belastungsgrenze beladen. Die blecherne Flughafenstimme kündigte gerade an, daß sich die Ankunft der »Varig«-Maschine aus Rio um eine halbe Stunde verzögern würde. Anne war zehn Stunden lang im Flugzeug gesessen und roch trotzdem so frisch, als wäre sie gerade aus dem Badezimmer gekommen.

Sie küßten sich nochmals und verharrten dann lange in der festen Umarmung.
»Ich habe dich vermißt«, flüsterte er ihr ins Ohr.
»Ich dich auch«, sagte sie.
Der Wagen war schwer, und er mußte sich mit dem ganzen Körpergewicht dagegenstemmen, um ihn zum Rollen zu bringen.
»Wie war's bei dir?« fragte er.
Sie legte ihren Arm um seine Schulter und küßte ihn auf die Wange.
»Unglaublich schön«, sagte sie, »aber das erzähle ich dir später!«
Anne Walberg war in der vordersten Reihe gesessen, als er seine erste Vorlesung gehalten hatte. Ein unscheinbares blondes Ding, das vor Eifer strotzte. Sie wollte immer schon die Beste sein, und dieser Ehrgeiz hatte sie immer wieder zusammengebracht.
Es hatte bis zum vierten Semester gedauert, bis aus der geistigen auch eine körperliche Beziehung wurde. Und es hatte noch länger gedauert, bis er erfahren hatte, daß sie die Tochter jenes Walberg war, der als Wirtschaftsgigant seit Jahren unter den zehn Reichsten des Landes rangierte.
Anne hatte das Studium in Rekordzeit abgeschlossen, weil sie es nicht hatte erwarten können, endlich mit der Arbeit »am Objekt« zu beginnen. Das Geld ihres Vaters und der eigene Ehrgeiz hatten sie seither in die entlegensten Winkel der Erde getrieben. Sie fühlte sich als Entdeckerin und sah ihre Aufgabe darin, den sogenannten Naturvölkern die letzten Geheimnisse zu entlocken.
Anne Walberg hatte mehrere Monate lang bei den zentralafrikanischen Pygmäen gelebt und ein Buch darüber geschrieben. Dann war sie mit einem Team wiedergekommen und hatte einen Fernsehfilm gedreht.

Paul wußte, daß die Pygmäen, die man dafür gebraucht hatte, fürstlich entlohnt worden waren und sie der neue Reichtum dazu bewogen hatte, den Wald zu verlassen und in die Stadt zu ziehen.
Paul wußte auch, daß Anne, die durch ihre Arbeit, aber mehr noch durch die Medien zur international anerkannten Pygmäenforscherin geworden war, zwei Dinge verantworten mußte: Sie hatte die letzten Geheimnisse eines der letzten Naturvölker wissenschaftlich erforscht und für die Ewigkeit festgehalten, zugleich hatte sie jedoch auch dessen Ende massiv beschleunigt.
Anne wußte dies ebenso. Und in den endlos langen Gesprächen, die sie darüber führten, bedauerte sie zwar die Tatsache, doch galt immer das Hauptargument: »Wenn ich es nicht mache, dann macht's ein anderer! Für solche Völker ist auf dieser Welt kein Platz mehr. Sie werden früher oder später vom sogenannten Fortschritt zermalmt. Es geht in Wirklichkeit nur noch darum, das Wissen, das Kulturgut, die Weisheiten, das Wertvolle, das ihr Leben bisher bestimmt hat, festzuhalten und zu erforschen!«
Paul dachte anders.
Doch dann tauchte immer wieder der Name seines Vaters auf. Und machte ihm das Argumentieren schwer.
Doktor Peter Silman war ein wirklicher Forscher gewesen. Einer, der sich in die Denkweise und das Kulturgut anderer Völker hineindachte, weil er damit das Wissen seines eigenen Volkes bereichern wollte.
Doktor Paul Silman sah seine Aufgabe als Wissenschaftler und Lehrer hauptsächlich darin, das von Forschern wie seinem Vater oder Anne Walberg angesammelte Wissen um Lebensräume, Mythen und Lebensart der letzten Naturvölker im sogenannten zivilisierten Westen mit größtmöglicher Sensibilität zu verbreiten. Sie durften nicht zum Ziel sensa-

tionslüsterner Globetrotter und Hobby-Entdecker werden. Damit würde man ihre Lebensweise und ihre Lebensräume bald zerstört haben.
Pauls wissenschaftliches Credo war sogar einmal in einem Zeitungsartikel veröffentlicht worden. Es war nur die Wochenendausgabe der Provinzzeitung gewesen und hatte endlose Diskussionen mit Anne zur Folge.
»Der Mensch hat es geschafft, daß er den Waldbestand täglich um ein unwiederbringlich hohes Maß reduziert. Er rottet mit erschreckender Konsequenz täglich mehrere Tier- und Pflanzenarten aus, die es auf unserer Erde nie mehr geben wird. Irgendwie schafft er es immer wieder, dafür eine moralische, weil wirtschaftlich notwendige Rechtfertigung zu finden. Die gibt es aber nicht, wenn es um Kannibalismus geht – Menschenfresserei! Wir, die sogenannten Kulturvölker, fressen die sogenannten Naturvölker. Weil es sogenannte Forscher gibt, die sie uns farbenfroh in gedruckten Bestsellern oder bildschirmgerecht als kuriose Fernsehunterhaltung servieren. Im Text verkauft man uns manchmal schamlos, daß es sich wahrscheinlich um die letzten authentischen Aufnahmen handelt – für mich ist das der gnadenlose Kannibalismus eines herz- und gefühllosen Fortschrittsdenkens.
Es stimmt: Eines Tages wird es sie nicht mehr geben. Dann ist aber auch das letzte Quentchen an Ehrlichkeit gestorben, das uns mit der Natur verbunden hat. Wenn das letzte der Naturvölker in die Stadt gezogen ist, ist der Startschuß zur endgültigen Vernichtung der Erde durch den Menschen gefallen!«
Anne hatte ihm damals die Zeitung empört auf den Tisch geknallt.
Später hatte sie sich damit abgefunden, daß es sich eben um zwei verschiedene wissenschaftliche Ansätze handelte. Er hatte weiter gelehrt, sie hatte weiter geforscht.

Manchmal hatten sie sich gestritten. Mit Leidenschaft.
Danach hatten sie sich mindestens ebenso leidenschaftlich geliebt.
Sie gehörten nicht zusammen, und jeder wußte, daß es irgendwann einmal keine Brücke mehr zwischen den getrennten Wegen geben würde, die sie gingen.
Jetzt fuhren sie in ihre Wohnung und liebten sich.
Später, wenn sie ihm von ihrer Reise erzählt hatte, würden sie sich wieder streiten.
Sie schlief noch, als er aufwachte.
Die Vorhänge waren nicht ganz zugezogen, und die Sonne warf ein gleißendes Strahlenbündel durch die Öffnung in das Halbdunkel des Zimmers.
Das Bild erinnerte Paul an das Foto, das als Vergrößerung im Arbeitszimmer seines Vaters hing. Ein tibetischer Mönch in einem kahlen dunklen Raum. Beine und Arme verschränkt. Das Gesicht wie eine starre Maske. Ein Bündel Sonnenstrahlen kommt von außen durch eine Öffnung in der Wand und zeigt wie ein gleißender Finger auf ihn.
Sein Vater hatte ihm nur ganz selten erlaubt, diesen Raum zu betreten. Er war das Heiligtum des Hauses gewesen. Als Junge hatte er sogar Angst vor diesem Zimmer gehabt. Weil dieses Bild dagewesen war.
Dieses Bild mit diesem Mann.
Es waren die Augen gewesen. Weit aufgerissen. Sie sahen etwas, das jenseits von Raum und Zeit lag. Sie blickten dorthin, wo das Geheimnis unseres Seins lag. In die unendliche Erkenntnis.
Die Augen hätten verklärt und grenzenlos glücklich sein müssen. Sie waren es aber nicht. Sie waren Fenster, hinter denen eine unendliche, schmerzhafte, hoffnungslose Leere lag.
Für Paul waren es immer die »Horror-Augen« gewesen. Das

Unbekannte, das sein Vater so verzweifelt gesucht hatte, hatte ihm schon als Kind angst gemacht. Diese Angst war ihm geblieben.

Das Strahlenbündel, das aus der Unendlichkeit kam und stechend scharf durch die Düsternis des Zimmers gleißte, ließ sie plötzlich wieder aufkeimen. Sie lag auf ihm wie eine schwere Last.

Das Arbeitszimmer seines Vaters.

Auch nach seinem Verschwinden hatte Pauls Mutter es gehütet wie einen Schrein. Für sie hatte der Geist ihres Mannes in diesem Raum weitergelebt. Paul wußte, daß sie sich manchmal stundenlang darin eingesperrt hatte, er selbst hatte jedoch nie gebeten, ihn betreten zu dürfen.

Er hatte es nicht verhindern können, daß die überragende Persönlichkeit seines Vaters in sein Leben eingedrungen war. Beherrscht hatte sie es aber nie. Er bewegte sich zwar in der Welt des Doktor Peter Silman, die Pfade konnte er jedoch selbst wählen.

Das Arbeitszimmer.

Er sah die düsteren, holzgetäfelten Wände. Die Bücherregale. Den Schrank, der immer versperrt war. Auf dem gewaltigen Schreibtisch mit den kunstvoll geschnitzten Beinen und dem grünen Filzbelag, in den sich zahlreiche Tintenflecken gefressen hatten, herrschte heillose Unordnung. Stapel von handbeschriebenen Zetteln, Zeitschriften, aufgeschlagene Bücher, vergilbte, mottenzerfressene Blätter aus grobem, handgemachtem Papier mit geheimnisvollen Schriftzeichen, das Vergrößerungsglas mit dem eingebauten Licht, die Lampe mit dem grünen Schirm.

Kein Ort auf dieser Welt roch wie das Zimmer seines Vaters. Und sein Vater roch wie das Zimmer.

Doktor Peter Silman war vor zweiundzwanzig Jahren verschwunden. Wahrscheinlich würde er ihn nie mehr wieder-

sehen. Riechen konnte er ihn noch immer. Er brauchte nur an das Zimmer zu denken.
Er schloß die Augen und schüttelte den Kopf.
»Verdammt noch mal«, dachte er.
Anne lag neben ihm auf dem Rücken. Die Decke verbarg nur eine ihrer Brüste, und das blonde Haar umwallte ihr Gesicht wie ein ausgefranster goldener Sonnenhut. Sie schnarchte leise, und er lächelte.
Er beugte sich über ihr Gesicht und küßte sie sanft auf die Stirn.
Sie riß die Augen auf, starrte ihn verständnislos an, knurrte etwas Unverständliches, rollte sich in die Decke ein und drehte ihm den Rücken zu.
Anne war kein Morgenmensch. Nach dem anstrengenden Flug und der aktiven ersten Nachthälfte würde sie wohl bis Mittag schlafen.
Paul stand auf und ging zum Fenster. Er zog die Vorhänge ganz auf und ließ den beginnenden Tag ins Zimmer.
Draußen knatterte ein altes Motorrad vorbei.
Es war Sonntag.

Er saß im Auto, und das Auto stand auf dem Parkplatz vor dem Haus, in dem er wohnte.
Er brauchte nur die Tür aufzumachen, auszusteigen, ein paar Schritte zu gehen, die Haustür aufzuschließen, mit dem Lift in das dritte Stockwerk zu fahren und die Wohnungstür aufzusperren. Dann konnte er sich den starken Kaffee brauen und auf dem Balkon die Morgenzeitung lesen, die neben ihm auf dem Sitz lag.
Er hätte den Kaffee auch bei Anne machen können, dann hätte er jedoch keine Zeitung gehabt. Wahrscheinlich hatte Anne gar keinen Kaffee im Haus. Sie war lange weggewesen.
Zwei Teenager in viel zu großen Hosen und wallend langen

T-Shirts donnerten auf ihren Skateboards quer über den Parkplatz.
Er schaute ihnen nach.
Absolut keine Assoziation zum Arbeitszimmer seines Vaters.
Und doch war es plötzlich wieder da.
Er roch es, und er spürte es.
Er hörte sogar die Stimme seines Vaters.
»Ich glaube«, sagte sie, »daß ich den Schlüssel zu einem großen Geheimnis gefunden habe. Wenn ich Glück habe, finde ich auf dieser Reise auch die dazugehörige Tür!«
Es waren die Worte, die er zu ihm, dem Vierzehnjährigen, gesagt hatte, bevor er zu seiner letzten Reise aufgebrochen war.
Es war am Flugplatz gewesen, und sie hatten sich zum Abschied die Hände geschüttelt. Keine Umarmungen mehr wie früher. Paul war damals ja beinah schon ein Mann. Die Mutter hatte geweint.
Paul startete den Wagen und fuhr los.
Sein Vater war immer Geheimnissen auf der Spur gewesen. Während seiner letzten Jahre hatte er sich intensiv mit der Geschichte der Sherpa beschäftigt. Er war zu ihren Wurzeln im Lande Kham gereist und hatte versucht, Aufzeichnungen über den Weg zu finden, den sie vor fast fünfhundert Jahren auf ihrer großen Wanderung zu den Himalajabergen gegangen waren.
Paul wußte, daß sein Vater damals uralte Dokumente mitgebracht hatte. Er hatte sich tagelang in seinem Arbeitszimmer eingeschlossen und über den vergilbten Papieren gebrütet.
Die Mutter und Paul hatten ihn nur gesehen, wenn sie ihm das Essen oder die Kanne mit dem heißen Tee, die er pünktlich um fünf Uhr am Nachmittag wollte, brachten.
Paul hatte immer angenommen, daß er an jenem Tag, an dem er mit wirrem Haar und leuchtenden Augen aus dem

Zimmer gestürzt war, den erwähnten Schlüssel in den Schriften gefunden hatte. Die Antwort auf die Frage, warum ein Volk gesunder Menschen eine fruchtbare und friedliche Tiefebene verläßt und sich nach einer jahrelangen, menschenmordenden Wanderung im Schatten der mächtigsten Berggiganten der Erde für immer niederläßt. Am Rande einer bizarren Fels- und Eiswelt, in der hemmungslose Naturgewalten wüten, die jeden Tag zum gnadenlosen Überlebenskampf machen.

In Lhasa hatte er noch einen Brief geschrieben.

Paul hatte ihn damals gelesen, wußte jedoch nur, daß ihn der Vater am Vorabend eines langen Marsches verfaßt hatte und darin erwähnte, daß er sich in spätestens zwei Monaten wieder melden würde.

Der zweite Brief kam schon nach sechs Wochen, und er war nicht von seinem Vater. Er war mit einer alten Schreibmaschine in holprigem Englisch auf hauchdünnem Papier geschrieben worden, trug irgendein offizielles Siegel und war von irgendeinem Behördenvertreter unterschrieben.

Paul konnte sich nicht erinnern, ihn jemals selbst gelesen zu haben. Er sah aber seine Mutter vor sich, die auf das Papier starrte, es dann langsam auf den Tisch legte und immer wieder den Kopf schüttelte. Er war damals zu ihr gegangen, und sie waren lange in fester Umarmung dagestanden.

Keiner hatte ein Wort gesagt. Geweint hatten sie erst später, als ihnen wirklich bewußt wurde, was passiert war.

Von diesem Tag an war der Vater nur noch Erinnerung.

Sie hatten selten über ihn geredet. Jeder ließ ihn auf seine Art weiterleben.

Die Mutter hatte seinen materiellen Besitz gehütet, Paul hatte sich des geistigen Gutes angenommen, es studiert und gelehrt und damit den Vater unsterblich gemacht.

Jetzt war sie tot, und er hatte auch ihren Part geerbt.

Den Schrein, das Doktor-Peter-Silman-Museum, den Raum, der in ihm noch immer jenes unerklärliche, dumpfe Angstgefühl erzeugte. Die Augen.

Paul startete den Wagen und fuhr los. Er hielt vor dem großen schmiedeeisernen Tor, das die dichte Hecke teilte, hinter der sich das alte Haus und der kleine Vorgarten, den seine Mutter immer mit Akribie gepflegt hatte, verbargen.

Früher war es eine vornehme Adresse gewesen. Heute bestand die Straße aus sechs alten Häusern, in denen ausschließlich alte Menschen lebten, die sich hartnäckig an Vergangenes klammerten.

Der Nachbar arbeitete einst als geachteter Chirurg im städtischen Krankenhaus. Jetzt war er ein alter, verbitterter Eigenbrötler, den die Arthritis körperlich und die Einsamkeit seelisch verkrüppelt hatten.

Als Paul noch hier lebte, war er der mit Abstand jüngste Bewohner der Straße gewesen. Sie hatten ihn gemocht, weil er – zur Aufbesserung seines Taschengeldes – ihre Rasen gemäht und Einkäufe für sie erledigt hatte.

Trotzdem war er heilfroh gewesen, als er seine Studentenbude beziehen konnte.

Sein Vater hatte das Haus geliebt. Und seine Mutter hatte es geliebt, weil sie den Vater geliebt hatte.

Es war grau und klotzig und hätte wohl schon vor zwanzig Jahren neu verputzt werden sollen.

Auf der Bank neben der Eingangstür lag ein Paar abgenutzter Arbeitshandschuhe. An den Fingern klebten ausgetrocknete Erdbrocken. Sie hatte sie vor kurzem noch benutzt.

Die grüne Arbeitsschürze und der breitkrempige Strohhut, die ebenfalls zu ihrer Gärtnerausrüstung gehört hatten, mußten wohl im Schuppen hängen.

Sie und das Haus waren immer dagewesen. Jetzt gab es nur noch das Haus.

Der Vorraum war düster wie immer. Man mußte auch bei Tag das Licht anknipsen.
Die alte Kaffeedose war halb voll, und sie war, wo sie immer war. Daneben stand die Packung mit den Papierfiltern.
Die heiße Brühe tat ihm gut.
Irgendwann mußte er sich Gedanken machen, was mit dem Haus geschehen sollte. Er könnte es samt Inhalt der Stadt stiften, und die könnte es als Silman-Museum weiterführen. Exponate gab es in Hülle und Fülle. Würde es auch genug Interessenten geben?
Das Arbeitszimmer.
Er wußte, daß sie den Schlüssel in ihrer Schmuckschatulle aufbewahrt hatte. Beim Kostbarsten, das sie besaß.
Das Schlafzimmer mit den Ehebetten. Sie hatte es nie übers Herz gebracht, sein Kissen und die Decke wegzuräumen. Wenn sie ihre Bettwäsche frisch überzogen hatte, dann hatte sie dasselbe mit der seinen getan. Auch jetzt waren beide Betten gemacht.
Dicke Vorhänge und schwere, dunkle Holzmöbel. Im Schlafzimmer der Eltern war es immer düster und still gewesen.
Er erinnerte sich an die Alpträume, die ihn als Kind gequält hatten. An die schreckliche Angst, die ihn zu erdrücken gedroht hatte, wenn er im Schlaf den Tod der Eltern miterlebt hatte und im Halbschlaf laut heulend durch den dunklen Gang getorkelt war. Er spürte die Hand der Mutter, die seinen Kopf gestreichelt hatte, er hörte die besänftigenden Worte und fühlte die Wärme ihres Körpers, nachdem er unter ihre Decke geschlüpft war.
Vom Vater wußte er nur, daß er unerträglich laut geschnarcht hatte.
Den Frisiertisch mit dem großen Spiegel hatte sie immer »Psyche« genannt. Ein altes Wort für ein Möbelstück, das es in dieser Form nur noch in alten Schlafzimmern gab.

Seine Mutter hatte ihn nie aufgeklärt. Das hatte ein Schulfreund getan, der es von seinem älteren Bruder erfahren hatte. Aber auch später, als er alles über die Sexualität wußte und die ersten praktischen Erfahrungen gesammelt hatte, hatte er sich nie vorstellen können, daß es seine Eltern auch getan haben könnten. Seine Zweifel waren so weit gegangen, daß es bezüglich seiner Geburt nur eine Möglichkeit geben konnte: Sie hatten ihn als Baby adoptiert!
Eines Tages hatte er sie sogar danach gefragt. Sie hatte laut gelacht und ihm seine Geburtsurkunde und die darauf eingetragenen Namen von Vater und Mutter gezeigt.
Er blickte das Bett an und lächelte. Da war eine tiefe Liebe gewesen, aber auch sehr viel Respekt vor dem anderen. Ja, sie hatten es tatsächlich getan. Und sie würden es heute noch tun. Deshalb hatte sie wohl auch Tag für Tag sein Bett gemacht.
Der Schlüssel lag neben der alten Perlenkette und den goldenen Ohrringen mit den glitzernden Steinen, die sie nur bei großen Anlässen wie Hochzeiten oder Begräbnissen getragen hatte. Sonst hatte sie nie Schmuck getragen. Nur den Ehering. Und den hatte sie mit ins Grab genommen.
Das Arbeitszimmer.
Die dunkle, schwere Holztür.
Die Hand mit dem Schlüssel blieb auf dem Weg zum Schloß plötzlich in der Luft stehen.
Irgend etwas warnte ihn. Ein Gefühl, das weder Angst noch Feigheit war. Er suchte nach der Vernunft, aber die konnte ihm nur sagen, daß es sich um eine gewöhnliche Holztür handelte, die ihn von dem Raum trennte, in dem sein Vater unermüdlich gearbeitet hatte. Vier Wände, zwei Fenster, Möbel, Bücher, Papiere. Wahrscheinlich auch ein paar Artefakte aus dem Sherpaland. Keine mumifizierten Leichen, keine Alarmsysteme, die laut losheulen oder mit tödlichem

Gift präparierte Pfeile abschießen würden. Nur ein Zimmer!
Er steckte den Schlüssel ins Loch und drehte ihn langsam. Zweimal. Sie hatte immer alle Schlüssel zweimal gedreht. Seine Mutter war eine ängstliche Frau gewesen.
Er hatte nie verstanden, warum sie einen extremen Menschen wie seinen Vater geheiratet hatte. Vielleicht war er damals als Student ein anderer gewesen.
Durch die zugezogenen Vorhänge sickerte nur wenig Licht. Es war seine Düsternis. Schweres braunes Licht, weil fast alles in diesem Raum braun und schwer war.
Paul schloß die Augen und atmete tief durch die Nase ein. Er roch ihn. Doktor Peter Silman hatte seinen Geruch in diesem Raum zurückgelassen.
Er knipste die grüne Schreibtischlampe an.
Sein Arbeitsplatz. Der grüne Filz mit den Tintenflecken. Links lag ein Stapel handbeschriebenen Papiers. Rechts türmte sich ein Berg von Büchern. Eines lag in der Mitte. Es war aufgeschlagen.
Er war da!
Paul sah ihn nicht, aber er konnte ihn fühlen. Und er roch ihn.
Der Stuhl hinter dem Schreibtisch war leer.
Sein Vater war ein magerer Mann gewesen. Mit eingefallenen Wangen, einem wirren weißen Haarschopf und einer runden Hornbrille. Da er sich auf seinen Reisen nie rasiert hatte, war er jedesmal mit einem weißen Bart zurückgekommen. Als Paul noch klein war, war er davon fasziniert gewesen. Sein Vater hatte den Bart für ihn immer eine Weile stehenlassen.
Das Gefühl wurde immer stärker. Er fühlte ihn wieder. Spürte genau, was er damals gespürt hatte, wenn er diesen Raum betreten und seinem Vater den Tee gebracht hatte.

Er hatte nie mit ihm herumgetollt oder Fußball gespielt. Er hatte auch nie daran gedacht, ihn darum zu bitten. Es wäre zu absurd gewesen. Sein Vater war nie ein solcher Vater gewesen. Wenn er sich – was selten genug vorkam – mit ihm, seinem Sohn, beschäftigte, dann hatte er ihm von seiner Arbeit erzählt. Von den geheimnisvollen Dingen dieser Welt. Und vom Menschen, dessen Vergangenheit eine gewaltige schwarze Leere sei, in die man bisher nur ganz wenige und äußerst dünne Lichtstrahlen hatte werfen können.
Da waren wieder die Worte seines Vaters. Er hörte sie nicht, er fühlte sie. Klar und deutlich.
»Manche Völker hatten das Glück, in der Vergangenheit leben zu dürfen«, sagte er. »Aborigenes, Pygmäen, Völker im Amazonasgebiet oder im Westteil Neuguineas. Sie waren unsere Geschichte. Aber wir haben sie vernichtet, wie wir alles vernichtet haben, was sich dem, was wir Fortschritt nennen, in den Weg gestellt hat. Wir Wissenschaftler haben die Aufgabe, das zu bewahren, was vom Ursprünglichen noch geblieben ist. Das Wesen Mensch kann in seiner Gesamtheit nur dann vollständig definiert werden, wenn man seine Entwicklungsgeschichte bis zu den Wurzeln zurückverfolgen kann!«
In Pauls Kopf dröhnte es. Seine Knie drohten nachzugeben. Er schaffte gerade noch den Schritt zum Schreibtisch und ließ sich auf den Stuhl fallen.
Es dauerte eine Weile, bis er seine Gedanken geordnet hatte und wieder klar denken konnte.
Er griff nach dem Buch, das aufgeschlagen vor ihm lag. Es war der Bericht einer deutschen Forschergruppe, die sich mit der Vergangenheit des geheimnisvollen Sherpavolkes beschäftigt und 1965 Dokumente gefunden hatte, die erstmals Licht ins Dunkel ihrer Herkunft werfen konnten.
Jeder, der mit der Arbeit seines Vaters vertraut war, wußte

auch um die Faszination, die Tibet während der letzten Jahre vor seinem Verschwinden auf ihn ausgeübt hatte.
Sein makelloser Ruf als Wissenschaftler hatte es möglich gemacht, daß er einer der ersten Ausländer gewesen war, die nach dem langen Einreiseverbot tibetischen Boden hatten betreten dürfen.
Das Buch, das er nach seiner ersten und äußerst intensiven Begegnung mit Tibet, seinen Menschen und vor allem deren Mythen geschrieben hatte, war zum Bestseller und zum Grundstein des bescheidenen Wohlstandes der Familie Silman geworden.
Sein Vater hatte gesucht und viel gefunden. Die Rastlosigkeit, die ihn immer wieder zu den Reisen drängte, war jedoch auch nach jeder Rückkehr noch da. Er blieb ein Suchender. Paul hatte das immer dem kompromißlosen Perfektionismus zugeschrieben, mit dem der Vater seine Forschungsarbeiten betrieben hatte. Sein Ziel war die Suche nach der absoluten wissenschaftlichen Wahrheit gewesen. Wer wie er das Unerreichbare anstrebt, wird sich mit dem Erreichten nie zufriedengeben.
Vom Volk der Sherpa hatte Doktor Peter Silman nie geredet. Ihr Lebensbereich lag in Nepal, südlich des Himalaja-Hauptkammes. Paul wußte, daß sein Vater nie dort gewesen war.
Er legte das Buch zur Seite, griff nach dem Papierstapel zu seiner Linken und nahm das oberste Blatt zur Hand.
Die Handschrift seines Vaters. Für jemanden, der nicht mit ihr vertraut war, ein beinahe unleserliches Gekritzel. Manche Wörter bestanden nur aus einem verfremdeten Anfangsbuchstaben und einer daran angehängten Wellenlinie. Man mußte die verwirrenden Gedankengänge des Schreibers gekannt haben, um das Puzzle wenigstens zum Teil entwirren zu können.

Obwohl Paul einige Übung im Entziffern der Silmanschen Kritzelei hatte, erforderte das teilweise Lösen des Schreibpuzzles höchste Konzentration.
Auf der Suche nach dem Sinn der Zeichen spürte er plötzlich wieder, daß das Gefühl von vorhin zurückgekehrt war. Er begann die Präsenz des Vaters zu fühlen und seine Worte in sich zu spüren.
Er sah das Papier, das seine Hände hielten, nicht mehr, und der Raum, der ihn umgab, schmolz zu einer weichen braunen Masse, die ihn wie ein schützender Kokon umhüllte.
Der Vater.
»Ich bin nun völlig davon überzeugt, daß es einen Ort auf dieser Erde gibt, an dem ein Wesen lebt, das dem Urmenschen, von dem wir alle abstammen, sehr ähnlich ist. Wahrscheinlich existiert dieser sogar noch in seiner Urform. Nicht mehr Affe und noch nicht ganz Mensch!«
Pauls Hände zitterten. Das Papier, das sie hielten, raschelte leise.
Er blickte auf das Gekritzel auf dem Zettel und sah plötzlich klare Worte.
Er las sie laut, und seine Stimme sagte ihm das, was ihm gerade vorhin auf andere Weise gesagt worden war.
Er las weiter.
»Ich bin auf Hinweise gestoßen, die so klar und deutlich sind, daß ich kaum noch Zweifel habe, diesen Ort zu finden. Er ist das Ziel, von dem ich immer geträumt habe – der Beginn des menschlichen Wissens!«
Paul ließ den Zettel fallen und lehnte sich zurück.
Der Vater war noch da.
Er hatte ihm auf diesem Zettel das Geheimnis seiner letzten Reise verraten.
Seine Mutter hatte immer davon gewußt. Warum hatte sie es ihm nie gesagt? Warum hatte sie dieses Zimmer und seinen

Geist nie mit ihm geteilt? Warum war sie immer allein hierhergekommen?
Zu ihm.
Hier hatte sie die Kraft gesammelt, die ihn für sie am Leben erhalten hatte.
Seine Mutter hatte nie an den Tod ihres Mannes geglaubt. Er hatte sie dafür belächelt.
Es war der Raum.
Das Empfinden, das – jenseits aller Logik – von Energien gespeist wurde, die nur von ihm kommen konnten.
Von einem Toten?
Paul ballte die Fäuste und hämmerte sie auf den Tisch.
»Nein!« brüllte er.
»Tu's nicht mit mir! Verstehst du? Ich will mein eigenes Leben leben!«
Doch während er es schrie, glaubte er selbst nicht mehr daran.
Er wußte mit unerschütterlicher Bestimmtheit, daß sein Vater noch am Leben war.
Und er wußte auch, daß es für ihn letztendlich keinen Ausweg mehr gab.
Er mußte sich auf den Weg machen. Nach all diesen Jahren nach den Spuren suchen, die er hinterlassen hatte.
Irgendwo in Tibet.
Am Ende des Weges würde sein Vater sein. Nur: Wo war der Anfang? Der Hinweis, der zur letzten, fiebrigen Erkenntnis geführt hatte? Ein Dokument? Ein Brief? In Stein gemeißelte Zeichen?
Hinter welcher Verpackung verbargen sich die letzten großen Geheimnisse dieser Erde?
Es war das erste Rätsel von vielen, die er würde lösen müssen. Und es war eines der leichteren.
Die Antwort befand sich hier in diesem Zimmer!

Wenn er sie finden wollte, mußte er versuchen, wie sein Vater zu denken.
Die Quelle seines letzten Wissens war für ihn wahrscheinlich das Kostbarste, das er je besessen hatte. Nie und nimmer hätte er es auf eine Reise mitgenommen. Es befand sich in einem Schrein. Nur: Wo war dieser Schrein?
Obwohl Paul wußte, daß sich sein Vater niemals mit einem so banalen Versteck zufriedengegeben hätte, durchwühlte er alle Schreibtischschubladen.
Er hatte sie kaum benutzt. In einer stand eine jener Teetassen, an die er sich noch so gut erinnern konnte. Ein Teerest hatte sich gelb in den Boden gefressen. In der letzten Schublade lag nur ein Schnuller. Er war blau, und der Gummi war hart und hatte Risse. In der Schachtel mit seinen Babysachen, die seine Mutter bis heute aufbewahrt hatte, lag einer, der genauso aussah.
Warum hatte sein Vater ihn in die Schublade gelegt? Paul konnte sich nicht vorstellen, daß er es aus Sentimentalität getan haben könnte. Wahrscheinlich hatte ihn seine Mutter als Baby einmal mitgebracht, als sie mit dem Tee gekommen war, und er hatte den Schnuller ausgespuckt. Die Schreibtischschublade war zufällig offen gewesen, und sein Vater hatte nicht bemerkt, daß der Schnuller hineingefallen war. Er hatte später die Schublade geschlossen und nie mehr geöffnet.
Oder war's doch anders gewesen?
Er konnte sich nicht erinnern, daß sein Vater jemals etwas getan hatte, was nicht genau überlegt und damit in irgendeiner Weise bedeutungsvoll war.
Pauls Blick fiel auf das Bild mit dem mysteriösen Tibeter, der im Lichtstrahl meditierte. Er hatte es immer nur kurz gesehen, doch hatte es sich so tief in sein Gedächtnis eingegraben, daß er jedes Detail kannte.

Er stand auf und trat vor das Bild.
Die Augen und der Blick in die Unendlichkeit. Die Trauer im Augenblick des vollkommenen Glücks.
»Sag's mir!« sagte er.
Die Augen starrten weiter, der Mund hatte sich jedoch zu einem kaum merklichen Lächeln verzogen. Paul wußte genau, daß er in diesem Gesicht noch nie zuvor ein Lächeln gesehen hatte.
Das Bild hing zu hoch, um das Gesicht genau betrachten zu können. Es war nicht groß. Vielleicht fünfzig mal vierzig Zentimeter. Er griff mit beiden Händen zu und nahm es von der Wand.
Das Viereck, das es hinterließ, war etwas heller als der Rest der düsteren Holzverkleidung. In der Mitte befand sich ein Schlüsselloch.
Paul sah es sofort.
Er lehnte das Bild vorsichtig an den Schreibtisch und kam zur Wand zurück.
Das Schlüsselloch gehörte zu einer Tür, deren Ränder dünne, kaum dunklere Linien im Holz waren.
Er fragte sich, ob seine Mutter von diesem Versteck gewußt hatte.
Wo war der Schlüssel?
Es konnte nur ein kleiner Schlüssel sein.
Und es war ganz sicher ein Schlüssel, den sein Vater nicht am Schlüsselbund getragen hatte.
Unten schrillte das Telefon.
Er ging langsam zum Treppenabsatz und blieb dort stehen.
Das Klingeln kam aus einer anderen Welt, und sein Kopf war noch nicht bereit, sie zu betreten.
Die Beine trugen ihn tiefer. Er sah das Telefon. Er griff danach.
»Der Schlüssel«, dachte er, als er Annes Stimme hörte.

»Du weißt gar nicht, wie gottverlassen und einsam man sich vorkommt, wenn man nach langer Zeit wieder in seinem eigenen Bett aufwacht und neben sich nur ein zerwühltes Kopfkissen findet«, sagte sie.
Er räusperte sich.
»Tut mir leid«, sagte er.
»Wie wär's, wenn du mich als Entschädigung für den morgendlichen Zärtlichkeitsentzug zum Frühstück einladen würdest?«
»Wo?« fragte er.
»Na, dort, wo du gerade bist! In der alten Geistervilla. Danach kannst du mir endlich das Silman-Museum zeigen. Ich sterbe vor Neugierde!«
»Nein«, dachte er. Aber als er es sagte, hatte sie schon wieder aufgelegt.
»Scheiße«, schrie er und starrte den Hörer an.
Anna gehörte zu ihm. Und doch gehörte sie nicht hierher. Keine Logik. Nur ein Gefühl.
Der Kaffee, den er zuvor gefunden hatte, reichte für eine zweite Füllung. Als er draußen ihr Auto hörte, war die Brühe fertig.
Anne war einige Male hiergewesen. Er hatte sie mitgebracht, wenn er seine Mutter besucht hatte.
Sie hatte nie einen Hehl daraus gemacht, daß es sie brennend interessieren würde, die Räumlichkeiten zu sehen, in denen sein Vater gearbeitet hatte.
Anne Walberg hatte als Wissenschaftlerin in ihrem ganzen Leben nur ein Vorbild gehabt: Doktor Peter Silman! Sie hatte alles gelesen, was er publiziert hatte. Und sie hatte alles gelesen, was jemals über ihn publiziert worden war.
Sie hatte den Sohn und wollte eigentlich den Vater.
Sie hatten nie darüber geredet, aber Paul wußte es. Anfangs hatte er darunter gelitten. Die endlosen Fragen über seinen

Vater. Seine Wutausbrüche, wenn er sie nicht mehr ertragen konnte.

Es war Eifersucht. Die Eifersucht auf ein Phantom. Und die Ohnmacht der Erkenntnis.

Anne war nur bei ihm, weil es dieses Phantom gab.

Jener Teil von ihr, der so ungemein zärtlich sein konnte, daß ihr Körper dabei für ihn zur süchtig machenden Droge wurde, liebte ihn vielleicht sogar. Die Wissenschaftlerin Anne Walberg hatte jedoch keinen Körper. Nur das unbändige Streben nach Erfolg. Und Unsterblichkeit. Die Welt sollte sich immer an sie erinnern. Darwin, Livingstone, Hedin, Walberg.

Doktor Peter Silman war beinahe schon dort gewesen. Sie brauchte nur seinen Weg zu verfolgen und zu Ende zu gehen. Alles, was in seinen Publikationen zu finden war, hatte sie längst gefunden.

Während der letzten vier Jahre vor seinem Tod hatte er nichts mehr veröffentlicht. Er hatte auch kaum noch Vorlesungen gehalten.

Da die Universität bei weitem nicht genug Mittel hatte, um seine umfangreichen Forschungsarbeiten und die ausgedehnten Expeditionen finanzieren zu können, hatte er andere Wege finden müssen. Er hatte seinen guten Namen rücksichtslos eingesetzt, als er der Welt damals verkündet hatte, seine Forschungen hätten ihn beinahe ans Ziel geführt. Er sei nur noch einen kleinen Schritt davon entfernt, das letzte große Rätsel der Menschheit lösen zu können. Keine Details. Nur eine Versprechung. Aber sie hatte genügt, um die Geldbeutel privater Sponsoren weit zu öffnen.

Annes Vater war einer seiner ersten Gönner gewesen. Anne war ihrem Gott bereits als Kind in ihrem Elternhaus begegnet. Statt mit Puppen hatte sie später mit antiken Steingöttern gespielt.

Sie klingelte, und er öffnete die Tür.
Sie war in ihrem offenen Sportwagen gekommen, und der Wind hatte in ihrem Haar gewühlt. Die Lippen waren ungeschminkt.
Ein leichter Wind klebte den hellblauen Stoff ihres Kleides an die Brüste und ließ ihn von den Schultern wegflattern. Paul roch ihr Parfum.
Er nahm sie in die Arme.
Dort blieb sie eine Weile, dann küßten sie sich.
»Ich liebe dich«, sagte er, als sie beim Kaffee saßen. »Du warst viel zu lange weg!«
Sie lächelte und blickte ihm kurz in die Augen.
Er spürte ihre Unruhe.
»Sein Haus«, sagte sie.
Ihre Hand griff nach der seinen. Die Finger waren kalt, und die Umklammerung war fest.
»Es gehört jetzt dir«, flüsterte sie.
Paul legte seine zweite Hand auf die ihre.
Er streichelte ihre Finger und spürte, wie sich ihre Hand zwischen seinen Händen zu erwärmen begann.
»Hiermit«, sagte er mit tiefer Stimme und zeigte mit dem Kinn und gespieltem Ernst auf das Händeknäuel, das vor ihnen auf dem Küchentisch lag, »besiegeln wir unseren Geheimpakt – und vertreiben mit Knoblauch und Mieswurz alle Gespenster für immer und ewig aus dem Silmanschen Geisterhaus!«
Sie zog ihre Hand zurück und verschränkte die Arme.
»Red keinen Blödsinn, Paul«, sagte sie. »Du weißt ganz genau, welchen Wert dieses Haus für die Wissenschaft hat. Und du weißt auch, daß es deine Aufgabe ist, alles, was dein Vater hier archiviert oder sonstwie zurückgelassen hat, für die Nachwelt zu erhalten!«
Sie stand auf.

»Ich möchte, daß du mir jetzt sein Arbeitszimmer zeigst«, sagte sie.
Paul wußte, daß er es tun würde.
Es war ihr ultimativer Wunsch. Und der war viel stärker als alles, was sie jemals für ihn empfunden hatte. Für sie war das Arbeitszimmer seines Vaters der Tempel des Wissens. Die Stätte, in der jene Gedanken geboren worden waren, die ihr Leben beherrschten.
Er war nur ein Werkzeug. Wenn es nicht funktionierte, würde sie es wegwerfen. Für immer.
Der zarte Körper war starr und stark. Sie hatte die Arme in die Hüften gestemmt, ihre Augen waren dunkle Schlitze.
Er liebte sie.
Paul trank den letzten Schluck aus der Tasse. Der Kaffee war lauwarm und schmeckte scheußlich.
Er tat es, weil er Zeit gewinnen und seine Würde nicht verlieren wollte.
Er stand auf und zuckte mit den Schultern.
»Es ist ja nur ein Zimmer«, sagte er leicht.
»Sein Zimmer«, sagte sie und begann, die Treppe hochzusteigen.
Oben am Treppenabsatz blieben beide stehen.
Er legte seine Arme um ihren Körper und zog sie an sich. Ihr Körper schmolz aber nicht in den seinen, er blieb starr und hart.
»Hast du den Schlüssel?« fragte sie.
Er ließ sie los und durchforstete mit der Rechten seine Hosentasche.
»Hier ist er«, sagte er und ließ den Schlüssel vor ihrem Gesicht baumeln.
Als er die Tür zum Arbeitszimmer des Vaters aufschloß, zitterten seine Hände.
Er trat rasch ein und knipste die Schreibtischlampe an.

Sie war in der Tür stehengeblieben.
»Komm«, sagte er.
Sie schüttelte den Kopf und wischte seine Aufforderung mit einer ungeduldigen Handbewegung weg. Ihr Blick wanderte langsam durch den Raum. Dabei sog sie die stickige Luft mit tiefen Atemzügen ein.
Die götzenhafte Verehrung, die sie allem, was mit seinem Vater zusammenhing, entgegenbrachte, nervte Paul plötzlich unsäglich. Sein Vater war nicht der Halbgott, für den Anne Walberg ihn hielt. Eigentlich war er ein egozentrischer Schweinehund gewesen, der seine Familie verlassen hatte, weil er seinen eigenen, krankhaften Ehrgeiz zu befriedigen versucht hatte.
»Laß doch den Blödsinn«, sagte er etwas zu laut, »es ist nicht die Grabkammer des Tutenchamun. Es ist nur ein ganz gewöhnliches Zimmer. Du wolltest es sehen, und ich zeige es dir. Dazu mußt du aber, verdammt noch mal, auch hereinkommen!«
Sie kniff die Augen zusammen, und ihr Gesicht verzog sich zu einer Schmerzgrimasse.
»Du verstehst nichts«, murmelte sie, als sie die Augen wieder öffnete.
»O doch«, sagte er, »ich verstehe alles.«
Sie schüttelte den Kopf und begann endlich zu gehen. Langsam, die Wand entlang, bis zum Bücherregal.
Paul ließ sie gehen. Sie würde bei den Büchern stehenbleiben und jedes einzelne Werk studieren. Das würde eine Weile dauern. Dann würde sie weitergehen. Und vor dem Safe stehen.
Paul verfluchte sich dafür, daß er das Bild nicht mehr an seinen Platz gehängt hatte. Es war alles zu schnell gegangen. Der Telefonanruf, ihre Ankunft, ihr Wunsch, das Zimmer zu sehen.

Sie drehte ihm den Rücken zu und blätterte in einem dicken, ledergebundenen Wälzer.
Er stand auf und räusperte sich.
»Laß dir nur Zeit«, sagte er. Sie blätterte weiter.
Das Bild lehnte am Schreibtisch. Er bückte sich und hob es langsam hoch.
Die drei Schritte bis zur Wand konnte sie nicht gehört haben.
Er hob das Bild mit beiden Händen hoch und versuchte, den Ring über den Haken zu stülpen.
»Sein Safe«, sagte sie. »Ich habe ihn sofort gesehen.«
Paul zuckte zusammen und ließ die Arme mit dem Bild sinken.
Anne stand unmittelbar hinter ihm. Kein hämisches Grinsen, nur eine Frage.
»Hast du den Schlüssel dafür?«
Er stellte das Bild an seinen alten Platz zurück.
»Ich habe keinen Schlüssel«, sagte er.
Jetzt lächelte sie.
»Dann werden wir ihn eben suchen müssen!«
Es war sein Schlüssel, und es war sein Safe.
Und es war sein Auftrag.
Das Geheimnis des Weges, der sie endlich zusammenführen könnte.
Vater und Sohn.
Anne Walberg gehörte nicht dazu.
Sie hatte sich an den Schreibtisch gesetzt und hielt das Papier in der Hand, das er vom Stapel genommen hatte.
Das Silmansche Gekritzel stellte für sie kein großes Problem dar.
Sie las laut.
»Ich bin nun völlig davon überzeugt, daß es einen Ort auf dieser Erde gibt, an dem ein Wesen lebt, das dem Urmenschen, von dem wir alle abstammen, sehr ähnlich ist. Wahr-

scheinlich existiert es sogar noch in seiner Urform. Nicht mehr Affe und noch nicht ganz Mensch!«
Sie hob den Kopf und starrte Paul mit großen Augen an.
Er sagte nichts.
Sie griff wieder nach dem Papier und las weiter.
»Ich bin auf Hinweise gestoßen, die so klar und deutlich sind, daß ich kaum noch Zweifel habe, diesen Ort zu finden. Er ist das Ziel, von dem ich immer geträumt habe – der Beginn des menschlichen Wissens!«
Nach einer Weile der Stille drehte sie sich zu ihm um.
»Seit wann weißt du es?«
»Seit heute«, sagte er.
Sie stand auf, und ihr Gesicht war nur Zentimeter von seinem entfernt. Er spürte ihren Atem.
»Er hat sich zuletzt intensiv mit den Sherpas beschäftigt. Der großen Wanderung im sechzehnten Jahrhundert«, hauchte sie kaum hörbar. »Was er hier geschrieben hat, muß eng damit zusammenhängen.«
»Ich weiß«, sagte er.
»Als Wissenschaftler waren für ihn nur überprüfbare Fakten von Relevanz – er war kein gewissenloser oder gar leichtsinniger Abenteurer!«
Paul ließ sie reden.
»Es muß also ein Dokument geben, das seine Theorie bestätigt!«
Paul gab sich gleichgültig.
Sie ging zum Safe und klopfte mit der Faust dagegen.
»Und dieses Dokument ist hier drin!«
»Ich weiß es nicht«, sagte Paul.
Ihre Wangen glühten.
»Verstehst du nicht, was ich sage? In diesem Safe befindet sich der Wegweiser zum größten Geheimnis der Menschheit – er hat den Ursprung unseres Lebens gefunden. Wenn

du willst, kannst du es auch das Missing link nennen. Oder das Zwischenwesen!«

Sie fuchtelte mit den Armen durch die Luft und zeigte dann in irgendeine Himmelsrichtung.

»Dort draußen, in Tibet – irgendwo in Tibet!«

Er lächelte und legte seinen Arm um ihre Schulter.

»Ich weiß es, Anne.«

Sie riß sich von ihm los und baute sich vor ihm auf. Die Hände in die Hüften gestemmt.

»Aber du glaubst es nicht!«

»O doch«, sagte er, »ich glaube es!«

Sie starrte ihn an. Es waren Augen, die er noch nie gesehen hatte. Anne war nicht mehr Anne.

»Den Schlüssel«, zischte sie. »Rück sofort den Schlüssel raus!«

»Ich hab ihn nicht«, sagte er ruhig.

Sie packte seinen Arm und schüttelte seinen Körper wie einen Apfelbaum, der seine Früchte verlieren sollte.

Er ließ es geschehen.

»Gib mir den verdammten Schlüssel«, kreischte sie. Die Stimme war schrill. Sie schmerzte in seinen Ohren.

Er spannte die Muskeln an und löste ihre Hände von seinen Oberarmen.

»Anne«, rief er, »Anne, komm doch endlich zur Vernunft!«

Sie ließ die Hände fallen und den Kopf sinken.

Sie stand still.

Er hörte, wie sie leise zu schluchzen begann.

»Scheiße«, sagte er, dann nahm er sie in seine Arme.

Sie blieben eine Weile stehen. Er streichelte ihr Haar.

Ihre Worte kamen dumpf aus seinem Brustkorb.

»Ich würde alles dafür geben«, sagte sie leise.

Er streichelte sie weiter.

Sie hob ihre Hände und stemmte sich von seiner Brust los.

Es waren wieder Annes Augen.
»Du weißt doch, daß ich alles dafür geben würde?«
Er nickte.
Sie setzte sich an den Schreibtisch, und ihre Hände liebkosten die tintenbefleckte Filzauflage. Ihr Zeigefinger umkreiste langsam den größten Flecken.
Paul sah ihr dabei zu.
»Es geht nur um meinen Vater und um mich«, sagte er schließlich.
Ihre Hände lagen jetzt flach auf dem Filz.
Sie genoß diese Stellung wie eine Zauberin, die mit ihren Händen eine fremde, mächtige Kraft aus einem mystischen Altar in ihren Körper sog.
»Wir können den Weg gemeinsam gehen«, flüsterte sie mit geschlossenen Augen.
Ihre Fingernägel waren kurz, aber gepflegt.
Sie zog die Finger zu Fäusten zusammen und senkte den Kopf, bis er mit der rechten Wange auf dem Schreibtisch lag.
Sie schloß die Augen.
Er stand noch immer am alten Platz und suchte nach den Worten, die alles klarstellen würden.
Er zögerte.
Danach würde zwischen ihm, Paul Silman, einem Menschen, der bis vor einigen Stunden ein langweiliges, aber völlig normales Leben geführt hatte, und ihr, Anne Walberg, einer Frau, die ihn als Ruhepolster zwischen den aufregenden Phasen ihres Lebens benutzte, alles anders sein. Dann würden sie zwar dasselbe Ziel, aber einen anderen Weg haben.
Er räusperte sich. Ihr Kopf blieb, wo er war, die Augen öffneten sich nicht.
»Sie versucht, ihn zu fühlen. Die Kraft zu spüren, die sie an ihn gefesselt hat«, dachte Paul.

Er blickte in ihr Gesicht. Obwohl die Augen geschlossen waren, war es nicht das Gesicht einer Schlafenden. Es war ein verklärtes Gesicht. Ein Gesicht, das den Platz gefunden hatte, an dem es immer bleiben wollte.
»Es ist das Gesicht einer Verrückten«, dachte er.
Der Mund verzog sich zu einem kaum sichtbaren Lächeln. Jetzt war es das Gesicht der Nonne, die ihren Gott sehen konnte. Die ersehnte Erscheinung.
»Anne«, rief er und tat zwei zaghafte Schritte, die ihn an ihre Seite brachten.
Er hob die Hand und wollte sie auf ihre Schulter legen.
Sie blieb hilflos in der Luft hängen, dann ließ er sie wieder auf seine Seite fallen.
Er hatte seinen Blick nie von ihrem Gesicht entfernt. Er wußte nicht, was er empfinden sollte. Mitleid für einen armen, verwirrten Geist, Verachtung für jemanden, der einen Menschen mit kritikloser Unterwürfigkeit verehrte, der es nicht wert war – oder doch Liebe für die Frau, die sie bisher für ihn gewesen war.
Paul legte seine Hand auf ihre Schulter.
»Anne«, sagte er sanft.
Sie öffnete die Augen und blickte zu ihm hoch.
»Du weißt«, sagte sie langsam, und ihre Hände begannen wieder den Filz zu streicheln, »daß er mir gehört! Ich fühle ihn, wie du ihn noch nie gefühlt hast.«
Sie hob den Kopf, die Hände streichelten weiter.
»Er ist mein Vater«, sagte Paul.
Sie drehte sich zu ihm um.
»Du warst nie sein Sohn«, sagte sie. »Ihr seid Fleisch und Blut, doch sein Geist hat dich nie erreicht!«
»O doch«, dachte er. »Ich wollte es nicht, aber es ist geschehen. Hier, in diesem Raum!«
Und plötzlich wußte er, daß alles, was zwischen ihm und

Anne Walberg war, nicht mehr existierte. Dieses Zimmer hatte alles ausgelöscht.
»Vielleicht gibt es gar keinen Schlüssel«, sagte er.
Sie warf etwas mit beiden Händen weg, das für ihn unsichtbar war.
Wahrscheinlich war es die zerbrochene Beziehung.
Dann lachte sie laut.
Für ihn klang es hämisch.
»Du warst immer ein ehrgeizloser Trottel«, sagte sie. »Weich und biegsam.« Sie kreuzte die Arme und legte die Hände an die Schultern.
Anne kuschelte sich an Anne.
»Du warst praktisch – und manchmal war es sogar schön. Schön kuschelig. Und weich.«
»Laß das«, sagte er.
Sie schüttelte den Kopf. Das blonde Haar flog um ihr Gesicht.
»Du wirst es nie schaffen«, sagte sie. »Du bist nicht wie er!«
»Vielleicht will ich es gar nicht schaffen«, flüsterte er. »Vielleicht will ich, daß der Mythos Peter Silman endlich zu Grabe getragen wird und in Frieden ruhen kann!«
Sie streckte ihm die Hand entgegen.
»Den Schlüssel«, sagte sie. »Du weißt, daß du allein hilflos bist. Gemeinsam können wir es schaffen. Walberg und Silman junior. Wir werden Geschichte schreiben. Unsere Namen werden noch in zweihundert Jahren in allen Schulbüchern stehen. Wir werden unsterblich sein.«
Paul blickte sich nachdenklich um. Er fand den hellen Fleck an der Wand.
Das Schlüsselloch.
»Schenk ihn ihr«, dachte er. »Schenk ihr deinen Vater und dessen Gier nach Unsterblichkeit. Ihre Liebe kannst du damit nicht kaufen – aber Ruhe. Und ein Ich, das endlich ein

Eigenleben leben kann. Ohne seinen Schatten, der immer da war.«

Er wollte es ihr sagen, aber er konnte nicht. Er versuchte mit den Lippen die Worte zu formen, die ihn von seiner Erblast befreien würden, doch es wurden nur lautlose Zuckungen.

Das Zimmer war düster und schwer. Es war eine Höhle, und er war ihr Gefangener.

»Den Schlüssel, Paul«, sagte sie wieder.

Ihre Hand hing groß wie ein Silbertablett in der Luft. Vor seinem Bauch. Der Arm war lang und dünn und mit einem Körper verbunden, auf dem ein großer Kopf saß, dessen riesiger Mund so weit aufgerissen war, daß er bis in ihren Bauch hinuntersehen konnte. Die Gedärme waren dick und blau und mit einem Netz roter, pulsierender Adern überzogen.

Er wollte in sein Inneres greifen und sein Herz auf das Silbertablett legen. Er wollte es ihr schenken. Es war der einzige Wunsch, den er in diesem Augenblick hatte. Sie sollte sein Herz haben! Es war das Kostbarste, was er besaß, und er würde es ihr geben, wenn damit alles wieder so wie früher sein würde.

Doch sein Innerstes öffnete sich nicht.

Er hieb mit der Faust dagegen und schrie laut.

»Vater«, brüllte er.

Das Silbertablett verschwand. Alles um ihn herum verschwand. Da war nur noch der dicke Nebel.

Und sein Gesicht.

Es war das Gesicht, das er zuletzt am Flughafen gesehen hatte. Beim Abschied.

Es lächelte sanft.

Der Nebel verbarg den Körper, der das Gesicht trug.

Als sich der Kopf bewegte, schien er auf einer Wolkendecke zu schweben.

Lächelnd.

Es wirkte wie Zauberei, war jedoch keine. Nur ein Kopf, der aus dem Nebel ragte.
Der Kopf wanderte durch den Raum und blieb vor dem großen Bücherregal stehen.
Der Kopf wanderte die Buchrücken entlang. Nur kurz.
Dann gab der Nebel einen Arm frei, der neben dem Kopf in die Höhe wuchs. Die Hand öffnete sich und griff nach einem verwitterten, ledergebundenen Buchrücken.
Die Hand zog am Buchrücken und befreite das Werk aus der Umklammerung der anderen Bücher.
Die Hand schlug das Buch auf.
Irgend jemand hatte einen Hohlraum aus den Seiten geschnitten. In diesem Hohlraum lag ein Schlüssel.
Der Kopf drehte sich, und das Gesicht nickte ihm lächelnd zu.
Die Hände schlossen das Buch wieder. Sie hatten den Schlüssel nicht herausgenommen. Jetzt drehten sie das Buch so, daß er den Titel lesen konnte. »Landor« stand darauf. Es waren eingestanzte Goldbuchstaben. Und darunter in größerer Schrift: »Auf verbotenen Wegen.«
Paul kannte das Buch. Er hatte selbst ein Exemplar davon. Henry S. Landor, ein furchtloser Brite, war einer der Urväter der modernen Tibetreisenden gewesen. Er hatte knapp vor der Jahrhundertwende unglaubliche Abenteuer erlebt und diese ungemein spannend, mit Akribie, aber auch mit dem nötigen Maß an Ironie niedergeschrieben.
Paul wußte nicht viel über die Lesegewohnheiten seines Vaters. Daß Landors Buch zu seinen Lieblingswerken gehört hatte, wußte er. Er hatte ihm das ledergebundene Werk mehrmals gezeigt und es dabei so vorsichtig in den Händen gehalten, als sei es aus zerbrechlichem Porzellan. Das Exemplar, das sein Vater besaß, war eines der ersten Landor-Bücher, die gedruckt worden waren.

Im Landor-Buch hätte Paul nie und nimmer nach dem Schlüssel gesucht. Weil er alles, was er besaß, darauf verwettet hätte, daß es sein Vater nie übers Herz gebracht hätte, dieses Werk zu zerschneiden.
Der Nebel stieg höher und hüllte den Kopf ein. Die Hand stellte das Buch wieder auf seinen Platz und zog sich in die milchige Verhüllung zurück.
Paul lehnte sich zurück und versank in wohltuender Gedankenlosigkeit.
Er spürte, wie sie ihn ohrfeigte und seinen Namen rief.
»Paul«, schrie sie, und die Angst gab ihrer Stimme einen schrillen Klang.
Die Ohrfeigen taten nicht weh. Sie machten seine Haut heiß und vertrieben die Nebelschwaden.
Er öffnete die Augen und sah, wie sich Annes Gesicht zu einem strahlenden Lächeln öffnete.
»Halleluja«, sagte sie. »Du warst plötzlich weg, und ich habe nicht gewußt, ob du jemals wieder zurückkommst.«
»Dein Herz«, sagte sie und legte die flache Hand an seine Brust.
»Ich habe dein Herz nicht mehr schlagen gehört!«
Paul richtete sich auf und schüttelte den Kopf, um die Benommenheit loszuwerden.
Er versuchte ein Lächeln und legte beide Hände wie Scheuklappen an die Ohren.
»Ich bin wohl weg gewesen«, sagte er.
»Für mich warst du tot«, sagte sie.
Anne Walberg. Blond und selbstbewußt.
Die Frau, die er liebte.
Alles war wieder so wie früher.
Sie half ihm, auf die Beine zu kommen, und hielt seinen Arm, als er mit unsicheren Schritten zur Tür ging. Nach den ersten Stufen war die Benommenheit verschwunden, und der Ne-

bel hatte sich aus seinem Kopf verzogen. Er griff nach ihrer Hand und hielt sie fest, bis sie im Wohnzimmer angelangt waren. Er ließ sie erst los, als er die dicken Vorhänge zurückzog und Licht in den sonst so düsteren Raum ließ.

Sie saßen eine Weile da und sagten nichts. Beide wußten, daß sie über das reden sollten, was dort oben geschehen war. Beide suchten nach einem Anfang und hofften zugleich, der andere würde ihn zuerst finden.

»Mein erstes Blackout«, sagte er, als ihm das Schweigen zu schwer wurde.

»Ein klassischer Knockout«, lächelte sie. »Vielleicht hat's etwas mit dem Kreislauf zu tun. Du solltest zum Arzt gehen!«

Er lehnte sich zurück und verschränkte die Arme hinter dem Kopf.

»Es war das Zimmer«, sagte er. »Es hat mir immer angst gemacht.«

Sie starrte ihn an, und er suchte in ihren Augen nach der Gier, die sie oben beherrscht hatten. Sie war nicht mehr da. Sie saßen nebeneinander, doch ihre Körper berührten sich nicht. Ihre Hand griff nach der seinen und zog ihn zu sich. Obwohl die Kleidung dazwischen war, spürte er ihre Haut. Sie war warm und weich und weckte das Verlangen nach mehr.

Es war die Couch, auf der seine Mutter immer gesessen hatte. Streng und korrekt. Die Hüterin der Moral, die sie immer vorgelebt hatte, um aus ihm einmal einen anständigen Menschen zu machen.

Paul lächelte bei dem Gedanken, daß er und Anne dieses geheiligte Möbelstück durch hemmungslosen Sex entweihen könnten.

»Sein Geheimnis«, sagte sie, »hängt mit der großen Wanderung der Sherpas zusammen.«

»Ich hätte dir das Zimmer nie zeigen sollen«, flüsterte er und versuchte, sie zu küssen.
Sie stieß ihn sanft zurück.
»Irgendwo zwischen Kham und dem Solu Khumbu liegt die Lösung des Rätsels. Das Nest der Menschheit.«
»Ein langer Weg«, sagte er.
Sie rückte von ihm weg und funkelte ihn an.
»Ich brauche deinen Schlüssel nicht! Die Informationen, die ich oben gefunden habe, genügen mir. Ich weiß, was ich finden muß, und ich weiß, wo ich danach suchen muß!«
»Das kann Jahre dauern«, sagte er.
Sie lachte laut.
»Die Zeiten haben sich geändert, mein lieber Stubenhocker. Heute quält man sich nicht mehr mühsam von Stein zu Stein und dreht jeden davon um, weil man hofft, darunter einen Hinweis zu finden. Unser Partner heißt Technik. Hochsensible Geräte, die zuverlässige Informationen liefern und ihren Benutzern vor allem helfen, viel Zeit zu sparen. Ich kann mir vorstellen, daß wir in diesem Fall Sensoren benutzen, die auf Körperwärme reagieren. Man läßt sie mit Ballons so hoch steigen, daß sie auch das verborgenste Tal erreichen können.«
Paul nickte bedächtig.
»Du willst also nach Tibet. Wegen der paar Zeilen, die mein Vater auf ein Papier gekritzelt hat.«
»Da hast du verdammt recht«, sagte sie. »Und mein Vater wird die Sache finanzieren.«
Paul sagte nichts.
In einigen Tagen würde ihr Vater eine Pressekonferenz einberufen und das nächste Unternehmen seiner Tochter ankündigen. Ihr Buchverlag würde mit einem Vorschuß einsteigen, vielleicht würde sogar eine Fernsehstation ein Team mitschicken. Er sah auch schon die Schlagzeilen: »Doktor

Anne Walberg will die Arbeit ihres großen Lehrmeisters Doktor Peter Silman zu Ende führen – geheime Hinweise lassen vermuten, daß er auf der Suche nach noch lebenden Urmenschen verschwunden ist – die Spur führt nach Tibet!«

Vielleicht war Paul zu müde für das erlösende Gefühl, auf das er während der zermürbenden Stunden in den Flugzeugen, die ihn hierhergebracht hatten, so sehnlich gewartet hatte. Die Freiheit nach der zähen Zeit in der engen Blechzigarre hatte mit Schlangestehen begonnen. Draußen hatte ihm dann ein eisiger Wind kalte Regentropfen ins Gesicht geknallt.

Jetzt saß er in einem Taxi, das auf einer breiten Asphaltstraße an nüchternen Betonklötzen und häßlichen Wellblechhütten vorbeirollte.

Er war da. Und er war müde. Und das, was er sah, hatte mit dem Lhasa, das er erwartet hatte, nur die Höhenlage gemeinsam. Dreitausendsechshundertachtzig Meter. Es hatte auf einem Schild am Flugplatz gestanden.

Der Fahrer war ein Chinese, der all seine Fragen mit einem professionellen Lächeln, heftigem Nicken und dem klar verständlichen englischen Wort »Yes« beantwortete.

Paul hegte bald den Verdacht, daß es das einzige englische Wort war, das der Fahrer beherrschte. Ein Test bestätigte seine Vermutung.

»Sprichst du Englisch?«

Lächeln, Nicken: »Yes.«

»Du sprichst kein einziges Wort davon, stimmt's, du alter Gauner?«

Lächeln, Nicken. »Yes.«

Paul hatte es im Übersetzen alter tibetischer Schriften zu einiger Fertigkeit gebracht. An der Universität galt er als Spezialist dafür. Und er hatte sich auch mit der Sprache der heutigen Tibeter befaßt. Es bot sich zwar kaum Gelegenheit, sie zu sprechen, doch kannte er ihren Klang von vielen Video- und Tonaufnahmen, die Forscher wie sein Vater von ihren Expeditionen mitgebracht und im Uniarchiv abgelegt hatten.

»Ich suche ein Hotel«, sagte er auf tibetisch.

Es kam leichter über seine Lippen, als er erwartet hatte.

Der Fahrer drehte sich um und starrte ihn einen Augenblick lang an.

»Sie sprechen tibetisch«, sagte er.

Eine Feststellung, keine Frage. Und auch kein Lächeln mehr.

Der Fahrer hieß Chen und erklärte ihm, daß er hier geboren sei und das Tibetisch schon als Kind von den Buben gelernt hatte, mit denen er damals gespielt habe.

»Kinder«, sagte er, »haben zum Glück noch keine Vorurteile. Jetzt sind die Kinder von damals Männer. Und diese Männer kennen mich nicht mehr.«

»Die Chinesen«, sagte Paul, »haben ihnen das Land weggenommen.«

Der Fahrer drehte sich um und verzog schmerzlich das Gesicht.

»Die Chinesen vielleicht«, stöhnte er, »aber nicht ich, der kleine Chen von damals, verstehen Sie? Ich bin in Lhasa zur Welt gekommen wie sie. Ich bin kein Soldat, kein Steuereintreiber, kein Spion. Ich arbeite, um zu überleben. Wie sie! Und trotzdem verachten sie mich.«

»Tibet hat viel Blut verloren«, sagte Paul.

Der Verkehr wurde etwas stärker, ein paar schwerbeladene Lastwagen donnerten vorbei. Von einem Militärtransporter starrten grimmige Gesichter.

Der Regen hatte aufgehört.

»Für Fremde gibt es keine billigen Hotels in Lhasa«, sagte Chen. »Sie können nur zwischen einem teuren und einem

sehr teuren wählen. Das ›Holiday Inn‹ ist zum Beispiel ein sehr teures.«
»Dann nehme ich das billigste von den teuren«, lächelte Paul.
Rechts zog eine Reihe von armseligen Hütten vorbei. Zwei Kinder mit langem, schwarzem, verfilztem Haar. Dreckverkrustete Gesichter mit großen Augen. In den Mündern steckten die Daumen. Vor den Mündern standen kleine, dreckige Fäuste.
»Ich fahre Sie zum ›Tibetan Palace Hotel‹«, nickte Chen. »Klingt teuer, ist teuer, aber nicht sehr teuer. Außerdem liegt es in der Nähe der alten Stadt. Nicht weit vom Parkhor. Das wollen Sie doch?«
»Ich will endlich Lhasa sehen«, stöhnte Paul.
»Sie werden Lhasa sehen«, sagte der Fahrer. »Weil Sie ihre Sprache sprechen, werden Sie vielleicht ein Lhasa sehen, das anderen Fremden verborgen bleibt. Es könnte ein Lhasa sein, das Ihnen gar nicht gefällt.«
»Ich werde nicht lang genug hiersein«, sagte Paul.
»Trekking?«
»Ja, Trekking!«
»Wohin?«
»Nach Süden, zu den großen Schneebergen!«
Chen schnalzte mit der Zunge.
»Ein langer Weg!«
Paul nickte.
»Ein verdammt langer Weg!«
Der Name war zwar Hochstapelei, doch das »Tibetan Palace« hatte helle, geräumige Zimmer und saubere Bettüberzüge.
Als Paul aufwachte, war es Nacht. Er trug noch immer dieselbe Kleidung, die er vor zwei Tagen, vor dem Beginn der langen Reise, zu Hause angezogen hatte.

Zu Hause.
Er lächelte.
Anne war noch dort. Der Nachteil einer aufwendigen, großen Expedition ist eben, daß sie vorbereitet werden muß. Das kostet Zeit. Und daß man Genehmigungen braucht. Das kostet noch mehr Zeit.
Er hatte sein Touristenvisum über das Reisebüro bekommen. Und das Glück gehabt, daß noch ein Billigflug frei war.
Das verschaffte ihm einen Vorsprung. Zwei Wochen, schätzte er.
Anne.
Sie hatte sich seit dem Tag, an dem er ihr das Zimmer gezeigt hatte, nie mehr bei ihm gemeldet.
Das war nichts Ungewöhnliches. Das war auch vor der Zentralafrikasache so gewesen. Und während der letzten Wochen vor ihrer letzten Reise.
Wenn Anne Walberg ein Ziel hatte, dann hatte nichts anderes Platz in ihrem Leben. Auch er nicht.
Die Pressekonferenz hatte es gegeben. Einige Boulevardblätter hatten die Story groß aufgeblasen. Eines hatte sie sogar auf dem Titelblatt gebracht. Mit einem riesigen Foto, das »die schönste Forscherin des Landes« inmitten einer Gruppe verlegener Pygmäen zeigte. Lange nackte Beine, hautenge Shorts, langes blondes Haar, strahlendes Lächeln.
Er glaubte nicht, daß sie wußte, daß er hier war.
Im Grunde genommen hatte sie ihn immer für einen zwar liebenswerten, aber weltfremden und unbeholfenen und vor allem ehrgeizlosen Tölpel gehalten, der sich damit zufriedengab, das Wissen anderer weiterzuvermitteln.
Sie hatte immer zu denen gehört, die das Wissen für solche wie ihn gesammelt hatten.
Jetzt bewegten sie sich erstmals auf demselben Terrain. Sie

hatten dasselbe Ziel. Wenn sie es erfuhr, würde sie es als Kriegserklärung betrachten. Als ungerechtfertigtes Eindringen in ihr Territorium.

Anne Walberg würde alles einsetzen, um vor ihm ans Ziel zu gelangen. Er war ihr Gegner. Ihr Feind.

Und er hatte zwei Wochen Vorsprung und wußte, was in den geheimen Schriften stand, die er im Safe seines Vaters gefunden hatte.

Es waren zwei schwarzbemalte, etwa dreißig mal zehn Zentimeter große und einen Zentimeter dicke Bretter gewesen, die mit einer groben Schnur zusammengebunden waren. Zwischen den Brettern war ein dickes Bündel von Schriftblättern eingeklemmt. Es war ein tibetisches Buch, wie er schon viele gesehen und entziffert hatte. Man konnte mit bloßem Auge erkennen, daß das grobe, primitiv hergestellte Papier einige Jahrhunderte alt sein mußte. Die Schrift war nur noch schwer lesbar, auf einigen Seiten gab es Stellen, die so vergilbt waren, daß man sie überhaupt nicht mehr erkennen konnte.

Es war klar, daß sein Vater die Schrift übersetzt hatte. Da er das Original zu Hause zurückgelassen hatte, mußte er wohl die Übersetzung mitgenommen haben. Im Safe war sie jedenfalls nicht. Außer dem Buch hatte Paul dort nur noch eine einfache, hölzerne Kassette gefunden. Sie war so einfach, daß sie nicht einmal mit einem Schloß ausgestattet war. Der einzige Inhalt, ein Sparbuch, war auf den Namen Paul Silman ausgestellt. Die eingetragene Summe war nicht allzu hoch gewesen, hatte jedoch bei weitem ausgereicht, um diese Reise zu finanzieren.

Er hatte also doch an ihn gedacht.

Paul hatte den Schnuller aus der Lade geholt und ihn neben dem Sparbuch auf den Schreibtisch gelegt.

Als sein Vater noch hiergewesen war, hatte er nie die Fähig-

keit besessen, Wärme oder gar Liebe zwischen ihnen entstehen zu lassen.
Beim Betrachten der beiden Dinge, die in jener Nacht vor ihm auf dem grünen Filzüberzug des Tisches lagen, hatte Paul erstmals etwas empfunden, was in die Nähe der Gefühle kam, nach denen er sich damals so gesehnt hatte.
Es war ein ungemein positives, wohltuendes Gefühl gewesen, und er hatte es lange genossen. Dann hatte er das tibetische Buch geöffnet und völlig fasziniert mit der Übersetzung begonnen.
Er war in eine unglaubliche Geschichte eingetaucht, die ein Mönch namens Gyaldzen vor mehr als vierhundert Jahren aufgeschrieben hatte.
Paul hatte schon nach den ersten Seiten erkannt, daß Gyaldzen der Chronist einer Großfamilie gewesen war, die an der großen Sherpawanderung teilgenommen hatte. Das Buch, das ihm sein Vater hinterlassen hatte, war das letzte eines vielbändigen Werkes.
Gyaldzen begann mit der Beschreibung eines Lagerplatzes, der kaum einen halben Tagesmarsch von den gewaltigen Mauern des Klosters Tashilunpo entfernt lag. Das Kloster selbst hatte man gemieden, weil es knappe hundert Jahre zuvor von den Gelbmützen erbaut worden war. Die Menschen aus Kham waren immer tieftreue Anhänger des alten Glaubens gewesen.
Die reformierte Gelbmützenkirche, die auch für die Hierarchie der Dalai Lamas verantwortlich war und ganz eindeutig nach politischer Macht strebte, war zum verhaßten Feindbild der freiheitsliebenden Menschen aus Kham geworden.
Nach einigen vergeblichen Versuchen, sich gegen die Machtansprüche der immer stärker werdenden Lhasa-Regierung der Dalai Lamas zu wehren, hatten sich die mächtigsten Fa-

milien entschlossen, das Land zu verlassen und sich in der Nähe der mächtigsten Götter, am Fuße der großen Schneeberge, eine neue Heimat zu suchen.
Zur Zeit, als Gyaldzens Familie in der Nähe des Klosters Tashilunpo lagerte, hatte der Marsch schon fast zwei Jahre gedauert. Doch man wußte, daß das Ziel nicht mehr allzu fern war. Der Chronist berichtete von Begegnungen mit Menschen, die aus einem Gebiet gekommen waren, das in der Nähe der großen Schneeberge lag. Es waren Händler gewesen, die in Shigatse auf die großen Salzkarawanen warten wollten. Sie hatten von einem fruchtbaren Land erzählt, von goldenen Getreidefeldern. Sie hatten es noch nie gesehen. Aber einer der ihren war dort gewesen. Vor langer Zeit. Und sie hatten auch gesagt, daß es bis zum Fuß der Schneeberge nur noch dreißig Tagesreisen seien.
Was folgte, war der detaillierte Bericht eines aufmerksamen Beobachters.
Der Aufbruch, der Weg, die Menschen.
Gyaldzen berichtete von Krankheiten, die vor allem die Alten unter ihnen immer schwächer machten, er erzählte vom Tod eines Kindes, das am zehnten Tag nach dem Aufbruch vom Tashilunpo-Lager einem heimtückischen Fieber erlegen war.
Im Grunde genommen war es jedoch nichts anderes als die monotone Schilderung einer mühsamen Reise, die aus knochenbrechenden und, durch die hohen Bergpässe, die zu überwinden waren, auch gefährlichen Marschstunden und Nachtlagern bestand. Für die Menschen in seinem Bericht war diese mühsamste Art des Reisens längst zum Lebensinhalt geworden. Sie, die in der alten Heimat reich und seßhaft gewesen waren, erduldeten das Nomadenleben wie eine Geißelung, die sie erleiden mußten, um am Ende das Licht sehen zu können.

Am dreiundzwanzigsten Tag nach Tashilunpo sahen sie zum ersten Mal die Schneeberge.
Gyaldzen und seine Leute hatten einen Paß erklommen und oben gelagert.
Da in der Nacht einer der Alten gestorben war, hatte sich der Aufbruch am Morgen verzögert.
»Plötzlich kam ein leichter Wind auf, und die graue Faust des Nebels, die uns seit Tagen umklammert hatte, löste sich. Am Ende des strahlenden Blaus, das uns bald umgab, ragten die Schneeberge wie göttliche Zeigefinger in den Himmel. In diesem Augenblick wußten auch die Zweifler unter uns, die in den Tagen der scheinbar hoffnungslosen Düsternis auf Umkehr gedrängt hatten, daß alle Mühen bald belohnt werden würden. Vor uns lag das Land der Götter – und es sagte uns, daß wir willkommen seien!«
Zwei Tage später lagerte Gyaldzens Gruppe in einem engen Tal. Der Nebel war längst zurückgekehrt, doch die Kraft der Schneeberge hatte sie alle erfaßt. Die neue Heimat lag nahe. Nur der mächtige Götterwall aus Eis und Stein trennte sie noch von ihrem Ziel. Die letzte große Prüfung, die ihnen noch bevorstand, war die Suche nach einem Durchlaß.
Gyaldzen, der Gelehrte, der sein Schreibzeug immer am Körper trug, berichtete, daß er zu dieser Zeit mehr denn je die Einsamkeit gesucht hatte. Wenn die Götter einen aus ihren Reihen kontaktieren würden, dann mußte er es sein. Er schrieb von einem Gefühl der Rastlosigkeit, das ihn immer wieder vom Lager wegtrieb und einsame Orte aufsuchen ließ.
»Irgend etwas Großes schwebt über mir, greift nach mir. Ich strecke die Hände aus, aber kann es nicht fassen!«
Das erste Signal kam am siebenundzwanzigsten Tag.
»Es war eine kalte Nacht gewesen, Daku und ich hatten jedoch trotzdem im Freien, neben dem Feuer, übernachtet.

Wir hatten genügend Pelze, die uns warm hielten. Irgend jemand rüttelte mich wach, doch als ich die Augen aufschlug, konnte ich keinen sehen. Die Sonne hatte gerade begonnen, die Wolkenglocke, die uns umgab, von außen zu bestrahlen. Plötzlich öffnete sich am Horizont eine kleine Tür in der Wolkenwand und ließ einen Sonnenstrahl ein. Es war nur ein einziger. Er wurde länger und länger und blieb schließlich in Dakus Gesicht stehen.

In meinem Kopf begann es zu dröhnen, die Schmerzen wurden beinahe unerträglich. Dakus Gesicht war in Gold getaucht, und es lächelte. Er war noch zu jung, aber sehr wißbegierig. Später, wenn ich das Wissen besaß, sollte er mein Schüler werden.

Plötzlich ließen die Schmerzen nach und machten der Erkenntnis Platz: Was immer in den nächsten Tagen geschehen würde, welche Aufgaben auch immer auf mich zukommen würden – ich konnte sie nicht allein bewältigen. Die Götter hatten mir einen Helfer zugeteilt: Daku!«

Bis zu dieser Stelle hatte Paul eine Woche gebraucht. Er war seinen Lehrverpflichtungen nachgegangen und hatte abends jeweils ein paar Stunden lang an der Übersetzung gearbeitet.

Die vergilbten, unleserlichen Stellen, die nichts anderes waren als Schlaglöcher auf einem sonst recht gut befahrbaren Weg, hatten ihn nicht sonderlich belastet, da es sich bei dem Buch, das unter so mysteriösen Umständen in sein Leben geplatzt war, anfangs doch nur um einen Reisebericht gehandelt hatte. Einen, der für Historiker und Völkerkundler zwar ungemein interessant war, der erstmals klares Licht ins Dunkel der Sherpawanderung warf und daher auch nicht hoch genug bewertet werden konnte, aber keinen, der – wie sein Vater und Anne so sicher zu wissen glaubten – zu völlig neuen Erkenntnissen führen würde.

Es waren die letzten zwei Seiten in den Schriften des Gyaldzen, die Paul Silmans Leben grundlegend verändern sollten. Eigentlich waren es nur ein paar hingekritzelte Notizen. Die sorgfältige Schrift, in der Gyaldzen seinen Reisebericht verfaßt hatte, brach mit der Schilderung der Sonnenstrahl-Botschaft ab.

Paul hatte keine Ahnung, ob man tibetische Schreiber von damals an ihrer Handschrift hätte erkennen können. Für ihn waren es Symbole, die mehr oder weniger klar zu Papier gebracht worden waren. Für einen Nicht-Tibeter und vor allem für einen Nicht-Zeitgenossen war es schwierig genug, ihren Sinn zu ergründen.

Die Zeichen, die er auf den letzten beiden Blättern fand, hatten – außer ihrem Inhalt – vor allem eine deutliche Botschaft: Sie waren von einem Mann, der in Eile war und keine Zeit hatte für die Schönschreiberei, die Gyaldzen sonst ausgezeichnet hatte, hingekritzelt worden.

Trotzdem hatte Paul keinen Zweifel daran, daß Gyaldzen der Verfasser war.

»Ich weiß nicht, wie es mit meinem Gefährten Daku und mit mir weitergehen soll. Der Weg, den uns die Götterboten gewiesen haben, hat uns in ein Reich geführt, das von seltsamen Dämonen beherrscht wird. Da sie uns bis jetzt am Leben gelassen haben und wir uns auch jetzt nicht wirklich bedroht fühlen, kann es sich um keine bösen Geister handeln.

Sie verstehen weder unsere Sprache noch unsere Gestik. Wir können uns völlig frei in ihrem Tal bewegen. Es gibt offenbar nur einen Ausgang, und der wird ständig von mehreren dieser Kreaturen bewacht. Deshalb sind wir ihre Gefangenen.

Da uns die Götterboten den Weg hierher gewiesen haben, muß unsere Anwesenheit einen Sinn haben.

Da ich die Erwachsenen noch nicht voneinander unterschei-

den kann, kenne ich auch die Zahl der Kreaturen nicht, die dieses Tal bewohnen. Es muß sich jedoch um mehrere Dutzend handeln.
Die Kreaturen sind weder Mensch noch Tier. Ich habe jedenfalls noch kein Tier gesehen, das ihnen ähnelt. Ich habe außerdem noch kein Tier gesehen, das Laute ausstößt, die bei den anderen gewisse gezielte Reaktionen bewirken. Man könnte beinahe sagen, sie beherrschen eine Art von Sprache.
Zu unserem größten Erstaunen wachsen hier Früchte und andere eßbare Pflanzen, die nur gedeihen können, wenn sie in irgendeiner Form gepflegt werden.
Daku hat Angst vor ihnen. Er fürchtet um sein Leben und denkt an Flucht.
Ich werde bleiben – weil ich glaube, daß es der Wille der Götter ist. Sie haben eine Aufgabe für mich, ich bin nur noch nicht weise genug, um sie zu erkennen.«
Damit endete Gyaldzens Bericht.
Paul wußte nicht viel von seinem Vater – aber eines wußte er ganz genau: Sein Streben nach wissenschaftlicher Exaktheit garantierte die historische Authentizität der Aufzeichnungen. Sie stammten – und da hatte Doktor Peter Silman mit Sicherheit alle ihm zur Verfügung stehenden Untersuchungsmethoden eingesetzt – mit beinahe hundertprozentiger Sicherheit aus der angegebenen Zeit.
Die Wahrheit des Inhalts war unüberprüfbar.
Gyaldzens letzter Bericht war vor vierhundert Jahren geschrieben worden. Das Wesen, das er darin beschrieben hatte, existierte jedoch heute noch. Als Legende.
Für viele als Märchen.
In einer Welt, die scheinbar bis in ihren letzten Winkel vom Menschen und seinen technischen Helfershelfern beherrscht wird, in der eine einzige Kreatur in der Lage ist, die ursprünglichen Lebensformen, die der Planet im Lauf von

Abermillionen Jahren geschaffen hat, für immer zu vernichten, in der Welt des Diktators Mensch und des wimmernden Sklaven Natur – in dieser Welt kann es kein Lebewesen geben, das sich bis heute der Knechtschaft des Überwesens Mensch entzogen hat.
In einigen Winkeln der Erde leben auch heute noch Völker, die der Natur, die uns alle geschaffen hat, mit der Demut des Wissenden begegnen.
Jene Menschen in jenem schwer zugänglichen Winkel Tibets, der an die hohen Schneeberge grenzt, in dem es als einziges Fortbewegungsmittel nur die zwei eigenen Beine gibt, gehören dazu. Sie wissen, daß jenes Wesen, das sie »Yeti« nennen, ebenso Teil ihrer Welt ist wie sie selbst. Da es nur wenige flüchtig gesehen haben und eine nähere Begegnung mit unbekannten Gefahren und nicht mit Nutzen verbunden sein würde, haben sie das Schattenwesen in den Bereich des Mystischen verpflanzt.
Den sonderbaren Menschen, die sonderbar bekleidet aus einer anderen Welt gekommen waren, um den »Yeti« einzufangen, haben sie alle möglichen Geschichten erzählt. Die meisten gegen gute Bezahlung. Die meisten Tibeter sind gute Geschäftsleute.
Die Wahrheit, die es tatsächlich gab, weil es im Lauf der Jahrhunderte immer wieder zu zufälligen Zusammentreffen zwischen Mensch und »Yeti« gekommen war, hatte nie eine Chance: Sie wurde von der Legende geschluckt.
Als Gyaldzen seinen Bericht geschrieben hatte, war der »Yeti« noch kein Fabelwesen gewesen.
Auch kein Gott oder kein Dämon.
Nur eine Kreatur.
Paul Silman hatte lange über den Inhalt der vergilbten Schrift nachgedacht.
Am Ende hatten sich der Glaube an die Wahrheit des Inhalts

und die Zweifel die Waage gehalten. Wenn es das Wesen wirklich gab, dann – und das wurde schließlich zur ultimativen Motivation für seine Reise – durfte es auf keinen Fall in die Hände von Anne Walberg fallen. Sie würde keinen Augenblick zögern und den »Yeti« zum Medienstar machen. Sie würde ihn auf dem Weg zur eigenen Unsterblichkeit gnadenlos opfern.
Ein paar Exemplare, die in einer gut konservierenden Flüssigkeit schwammen – das würde für die Nachwelt vollauf genügen.

Paul war in Lhasa. Und er hatte einen Vorsprung von zwei Wochen.
Gyaldzens Bericht half ihm von nun an kaum weiter.
Er mußte herausfinden, welchen Weg die Sherpas während ihrer großen Wanderung genommen hatten. Er mußte das Kloster Tashilunpo finden und dort den ungefähren Ort des Lagerplatzes ausfindig machen.
Dann erst würde seine große Reise beginnen.
Bisher war Tibet für Paul nur ein Traum gewesen. Er hatte so viel über das Land gelesen, daß sich im Lauf der Jahre ein Bild in seinem Kopf geformt hatte. Tibet war zu einem Gefühl geworden.
Obwohl es die physische Nähe nie gegeben hatte, spürte er angenehme Vertrautheit, wenn er sich in Gedanken mit Tibetischem beschäftigte. Das Gefühl hatte sich auch nie geändert, wenn er daran gedacht hatte, daß es das Land war, das ihm den Vater genommen hatte.
Im Kopf war Paul schon unzählige Male in Tibet gewesen. Die Reise selbst hatte er jedoch bisher immer gescheut. Es waren keine logischen Gründe gewesen. Geld und Zeit hätte es gegeben. Vielleicht hatte er einfach Angst davor, daß die Realität das Bild im Kopf zerschlagen könnte.

Er hatte immer gewußt, daß es die Reise eines Tages geben würde. Das Später, an das er dabei immer gedacht hatte, war nun viel früher gekommen.
Es hatte keine andere Wahl gegeben.
Das Duschwasser war lauwarm und roch nach Chlor. Die Kleidung, die er aus dem großen Leinensack zog, der neben dem Rucksack sein einziges Gepäckstück war, war zwar zerknittert, aber sie roch frisch.
Paul hatte ziemlich lange geschlafen, und doch fühlte er sich noch immer müde. Da war eine dumpfe Zerschlagenheit, die seine Bewegungen verlangsamte, und ein leichtes, aber lästiges Hämmern erschwerte das klare Denken.
Er ging zum Fenster und zog die Vorhänge zurück. Eine Straße, wenig Autos, viele Radfahrer, viele Fußgänger. Eine graue Halle mit einem rostgesprenkelten grauen Wellblechdach.
Der Himmel war blau, und die Luft war klar.
Hinter dem Wellblechgebäude standen kleinere, weißgetünchte Häuser mit dunklen Fensterrahmen und dunklen Dächern. Aus einigen kräuselte sich Rauch. Es waren niedrige Häuser, keines höher als zwei Stockwerke. Es mußten die Häuser des alten Lhasa sein.
Die Sonne fiel auf etwas Glänzendes, Goldenes. Paul schirmte die Augen mit der flachen Hand ab und suchte die Gegend um das Gleißen ab. Was er entdeckte, ließ keine Zweifel mehr offen. Dennoch konnte er es kaum glauben. Es mußte der Jokhang sein. Der Tempel aller Tempel. Das religiöse Zentrum Lhasas.
Chen, der Taxifahrer, hatte ihn in der Nähe des Parkhor, des inneren Ringes, abgesetzt.
Er hätte keinen besseren Ort wählen können. Paul lächelte zufrieden.
Als er in seinem Rucksack nach dem Stadtplan kramte, den

er zu Hause so oft angesehen hatte, wurde das Hämmern im Kopf stärker.
Es mußte die Höhenlage sein. Er befand sich immerhin auf fast dreitausendsiebenhundert Metern.
In Europa gab es nur wenig Berge, die höher waren.
Eigentlich hätte er hungrig sein müssen. Doch schon beim Gedanken ans Essen wurde ihm übel.
Er nahm die Packung mit den Schmerztabletten aus seinem Toilettenbeutel und dachte einen Augenblick lang daran, eine Tablette mit dem Wasser, das aus dem Hahn über dem Waschbecken kam, hinunterzuspülen. Sein Mund war trokken, und er hatte Durst.
Die Warnung, die ihn durch das Hämmern erreichte, kam aber noch rechtzeitig. Paul schüttelte verärgert den Kopf. Er hatte sie so oft gehört, und nun hätte er es beinah vergessen: »Trinke unter keinen Umständen ungekochtes Wasser!« Große, fette Buchstaben. Regel Nummer eins für jedes Asien-Greenhorn.
Er steckte die Packung in die Hosentasche.
Das Treppenhaus war eng, aber hell erleuchtet. Auf halber Höhe kamen ihm zwei bärtige Ausländer entgegen. Sie redeten in einer Sprache, die er nicht verstand. Wahrscheinlich etwas Skandinavisches.
Sie unterbrachen ihre Unterhaltung kurz und nickten ihm freundlich zu. Paul nickte zurück.
Unten gab es chinesisches Bier und Coca-Cola.
Das Coke war sogar einigermaßen kalt. Paul spülte mit dem ersten Schluck die Schmerzpille hinunter und leerte dann das Fläschchen in einem Zug. Er trank eine zweite Flasche leer. Als er sie auf die Theke zurückstellte, hielt ihm der Chinese mit fragendem Blick eine dritte entgegen. Paul schüttelte lächelnd den Kopf.
»Danke, das reicht«, sagte er auf englisch.

Der Chinese grinste.
»Okay, Sir!«
Paul nahm die Karte aus der Tasche und breitete sie aus.
Der Chinese schaute ihm interessiert zu.
»Kannst du mir zeigen, wo wir sind?«
Der Chinese runzelte die Stirn und begann, mit den Augen zu suchen. Dann streckte er den Zeigefinger aus und ließ ihn eine Weile auf dem Papier kreisen.
Plötzlich blieb er stehen.
»Hier«, sagte der Chinese, und sein Gesicht hellte sich auf.
»Hier, ›Tibetan Palace‹!«
Der Punkt, auf den er zeigte, war ungefähr dort, wo Paul ihn vermutet hatte. Er lieh sich vom Chinesen einen Kugelschreiber und markierte die Stelle mit einem kleinen Kreuz.
»Und wo«, fragte er dann, »liegt die Tibetische Universität?«
»Sehr weit«, sagte der Chinese, »nix zu Fuß! Muß Taxi nehmen!«
Paul hatte nicht viel Zeit. Der Vorsprung, den er auf Anne hatte, war so gering, daß er gezwungen war, ihn optimal zu nutzen.
Lhasa, sein Lhasa, die Hauptstadt seiner Traumwelt, die er so gern langsam, bedächtig und mit der Sensibilität des Wissenden erlebt hätte, mußte zur eiligen Zwischenstation verkümmern.
Sein Zeitvorsprung konnte ihm nur nützen, wenn er das Wissen besaß, das die Informationen aus Gyaldzens Buch vervollständigte.
Paul hatte einen Anfang und ein Ende.
Der Anfang lag irgendwo in der Nähe des Klosters Tashilunpo. Das Ende lag irgendwo am Fuß der großen Schneeberge.
Er wußte, wie viele Tagesmärsche dazwischen lagen, und da

Gyaldzen ein aufmerksamer Beobachter und ein penibler Chronist gewesen war, hatte er auch ziemlich exakte Beschreibungen der einzelnen Lagerplätze.

Was Paul nicht kannte, war der Weg, den die Sherpas auf der letzten Etappe des großen Marsches in die neue Heimat gegangen waren.

Da sie – wie das Beispiel des Lagerplatzes bei Tashilunpo bewies – jeder Konfrontation mit den Gelbmützen aus dem Weg gegangen waren, hatten sie auch nicht die Routen benutzt, die damals am häufigsten begangen worden waren. Gyaldzen, sein Clan und wahrscheinlich auch alle anderen Sherpafamilien waren einen eigenen Weg gegangen.

Jenen Weg, den auch Paul gehen mußte.

Irgend jemand, davon war er überzeugt, hatte ihn aufgezeichnet. Und irgendwo würden diese Aufzeichnungen auch zu finden sein.

Der wahrscheinlichste Ort dafür war die Tibetische Universität.

Der Chinese hatte etwas von einer Stunde gesagt. Wenn man zu Fuß gehe.

Paul nahm kein Taxi.

Wenn er schon nicht tiefer in die Stadt eindringen konnte, dann wollte er sie wenigstens riechen, das Leben spüren, aus den Gesichtern der Menschen lesen.

Die Häuser waren aus weißbemaltem Stein gebaut und hatten flache Dächer. Im Weiß klafften die hohen dunklen Rechtecke vieler, zum Teil vergitterter Fenster. Die Luft roch nach Rauch von Holzfeuern.

Er ging durch enge Straßen, die kaum bevölkert waren.

Die erste Gestalt, der er begegnete, war eine Frau. Sie ging gebückt, und ihr Kleid war ein Mosaik, das aus helleren und dunkleren Stoffteilen zusammengeflickt war. Er roch den ranzigen Geruch, bevor er ihr Gesicht sah. Als sie sich begegneten, hob sie kurz den Kopf und starrte ihn eine Sekunde lang an. Nicht neugierig und nicht gleichgültig. Es war die Begegnung mit einem wachen Blick, der ein Bild aufnahm, es aber nicht beurteilte.

Paul hingegen blickte zum ersten Mal in das alte Tibet.

Das Leben hatte unzählige tiefe Kerben in die dunkle, lederartige Haut gegraben. Unter den dichten Brauen glitzerten schmale, lebhafte Augen. Die Nase war breit, aber nicht flach. Obwohl der Mund geschlossen blieb, konnte man sehen, daß die Frau kaum noch Zähne besaß.

Es war kein altes Gesicht. Es war zeitlos. So hatten sie immer ausgesehen. Es war das Land, das solche Gesichter machte. Sie gehörten zu ihm wie die braunen Steppen und die hohen Schneeberge.

Die enge Straße mündete in einem kleinen Platz. Plötzlich waren Menschen da. Blaugekleidete Chinesen, die ihre Fahrräder schoben und dann und wann bei einem der vielen Verkaufsstände haltmachten, schauten und wieder weitergingen. Einige Tibeter waren ebenfalls chinesisch blau gekleidet, andere trugen breitkrempige Hüte.

Es wurde viel geredet, es war jedoch nicht der schrille Lärm anderer Märkte. Kein Schrei, kein Gezeter, kein Geheule ragte aus dem monotonen Gemurmel heraus.

Die reicheren Händler boten ihre Ware auf Holztischen feil, die ärmeren hatten sie einfach auf dem Boden ausgelegt. Einige auf groben, zerschlissenen Decken. Die ganz Reichen besaßen sogar Schirme.

Einer bot nur billiges Plastikspielzeug an, das in irgendeiner chinesischen Fabrik millionenfach erzeugt wurde. Sein Nebenmann stellte kostbare Teppiche zur Schau. Andere verkauften Seifen, Schmuck, Stoffe, Kräuter, düstere, in Flaschen abgefüllte Flüssigkeiten, Pelze, Gebetsmühlen, Butterlampen, kurze und lange, schwertähnliche Messer. Sogar

schottischen Whisky sah er, und einer hatte sogar ein paar Dosen »Foster«-Bier vor sich auf dem Tisch stehen.
Ein dunkelgrüner chinesischer Militärjeep hupte sich seinen Weg durch die Menge. Die Menschen wichen zur Seite, ließen sich aber Zeit.
Ein Händler winkte Paul zu sich und machte dabei ein Gesicht, als wolle er ihm ein Geheimnis verraten.
Der Mann war jung und trug eine Wollmütze, wie sie früher Skifahrer getragen hatten. Oder Bergsteiger. Seine Pelzjacke war abgewetzt, aber relativ sauber. Als Paul auf seinen Wink reagierte, lächelte er.
»Alles alt«, sagte er auf englisch und zeigte auf die Dinge, die er zum Verkauf anbot. Verrußte Butterlampen, breite Holzschalen, denen man sofort ansah, daß aus ihnen schon Hunderte Male getrunken worden war, ein paar Gebetsmühlen mit silbernem Gehäuse und abgegriffenen dunklen Holzstielen, lederne Halsbänder mit aufgefädelten runden Türkisen, Gzi-Steinen und dunkelroten Korallen, Schatullen aus Holz und aus Silber.
Paul lächelte zurück und nickte.
Er nahm eine Gebetsmühle zur Hand und drehte sie langsam. Es ging ganz leicht, und man erzeugte dabei ein mahlendes Geräusch.
Der junge Tibeter schaute ihm eine Weile aufmerksam dabei zu, dann ging er um den Tisch herum und stellte sich neben Paul.
»Ganz nett«, sagte Paul auf tibetisch.
Der Mann starrte ihn an.
Paul schüttelte den Kopf.
»Aber alt ist sie nicht. Der Griff vielleicht ...«
Er hatte schon viele Gebetsmühlen gesehen. Und fast alle, die den Weg zu ihm in die Universität gefunden hatten, waren alt gewesen. Diese sah nur so aus.

Der Verkäufer runzelte die Stirn. Nicht ärgerlich, eher ratlos.

»Sie sprechen unsere Sprache?«

»Ich versuche es«, sagte Paul.

Der junge Tibeter winkte ab.

»Sie sprechen unsere Sprache sehr gut. Besser als jeder Fremde, den ich bisher getroffen habe!«

Paul zeigte auf die Gebetsmühle.

»Habe ich recht?«

Der Verkäufer verzog den Mund zu einem breiten Grinsen und legte dabei die obere Reihe seiner Zähne frei. Sie waren stark und weiß.

»Sie haben recht«, sagte er.

Einen Augenblick später war das Gesicht wieder ernst.

Der Tibeter blickte sich kurz um und trat einen Schritt näher.

»Ich habe auch wirklich alte Sachen«, flüsterte er. »Gebetsmühlen und sogar Buddha-Statuen, die früher in den Tempeln standen. Ich habe auch Thangkas. Und Mandalas. Alles antik.«

Paul hätte all das gern gesehen. Er hätte vielleicht auch nach stundenlangem Feilschen etwas davon gekauft. Er hätte sich gern durch diese Welt treiben lassen. Aber er hatte keine Zeit dazu.

»Ich werde wiederkommen«, sagte er zum Verkäufer. »Vielleicht nicht morgen, aber irgendwann.«

Der junge Mann nickte.

»Wenn du wiederkommst, werde ich dir Dinge zeigen, die du noch nie gesehen hast!«

Paul hätte auch auf seiner Karte nachschauen können, er ließ sich jedoch vom Verkäufer den Weg zur Universität erklären.

Er ging durch die Straße der Fleischer, vorbei an getrockneten Yakhälften und Schafsmumien, die noch Köpfe und

Hörner hatten. Der Geruch des Fleisches mischte sich mit jenem des Holzfeuerrauchs und vielen anderen von säuerlich bis würzig.
Auf einer kleinen Anhöhe sah er zum ersten Mal den Potala. Die mächtige Burg, die auf dem hundertdreißig Meter hohen Felsen thront wie eine riesige Krone. Weiße, hohe Mauern umgeben einen hölzernen Gebäudekern. Die Fenster sind unzählige schwarze Striche, die jemand auf das Weiß gemalt oder ins Holz gekerbt hat.
Paul hatte den Potala schon auf vielen Bildern und in ebenso vielen Filmen gesehen. Trotzdem raubte ihm der Anblick beinahe den Atem.
Der Potala ist eines der mächtigsten Bauwerke der Erde. Sie sagen, daß er tausend Räume besitzt, dazu zehntausend Kapellen, fünfzehntausend Säulen und unglaubliche zwanzigtausend Statuen.
Paul kannte alle Zahlen, und er kannte die Geschichte.
Was sich vor ihm vom tiefblauen, wolkenbetupften Himmel abhob, ließ ihn jedoch jedes Zahlenspiel vergessen. Keine menschliche Fähigkeit, weder die Sprache noch die Mathematik, reichte aus, um das zu beschreiben, was er beim Anblick des Potala empfand.
Es war ein seltsames Zwischengefühl, das aus Ekel und grenzenloser Bewunderung bestand. Angesichts der armseligen Hütten, in denen die Menschen am Fuße des Berges hausten, war der gewaltige Palast, der eigentlich nur die Sommerresidenz eines Wesens – des als Gottkönig verehrten Dalai Lama – war, die Verspottung allen irdischen Lebens. Ein Denkmal für die Winzigkeit des Seins. Aber was für eines!
Um den Göttern zu gefallen, um sie gnädig gestimmt quasi greifbar in der Nähe haben zu können, hatte der Mensch für sie auf diesem Berg eine Wohnung gebaut.
Der Potala war mehr als Steine und Lehm und Farbe und

Fenster und Säulen und Statuen. Er war die sichtbare Verbindung zwischen dem irdischen Sein und der unendlichen Welt des Geistes.
Paul wußte, daß es viele ähnlich bedeutsame Gebäude in diesem Land gegeben hatte – viele waren von den Chinesen vernichtet worden. Mit jedem vernichteten Kloster hatten sie die Absicht verfolgt, eine spirituelle Nabelschnur zu kappen und damit die seelische Entwurzelung des geknechteten Volkes zu beschleunigen.
Sie hatten auch den Gottkönig vertrieben.
Paul hatte nicht viele von ihnen gesehen. Doch ihre Gesichter hatten ihm gesagt, daß sie noch immer stark waren und den Stolz der Ahnen besaßen.
Es gab eine Kraftquelle, die kein Chinese erreicht hatte, eine Kraftquelle, die weitersprudelte und sie mit einer geheimnisvollen Energie versorgte.
Paul ging grübelnd weiter.
Alles Wissen, das er im Lauf der Jahre über dieses Land und sein Volk gesammelt hatte, erschien ihm nicht mehr wichtig. Weil es ihn nicht einmal annähernd in die Nähe des Geistes gebracht hatte, den er nun zu spüren begann.
Er hätte schon viel früher hierherkommen sollen.
Oder nie.

Der kleine Mann mit der dicken Brille war in chinesisches Blau gekleidet. Er hörte Paul höflich zu, am Ende schüttelte er verständnislos den Kopf.
»Was suchen Sie? Eine bestimmte historische Schrift oder einen Menschen, der Ihre Fragen beantworten kann?«
»Ich suche eine Antwort«, sagte Paul, »wenn es keinen Menschen gibt, der sie mir geben kann, dann gibt es hier wohl jemanden, der mir helfen kann, sie in einem Dokument zu finden!«

Der Kleine schüttelte den Kopf.
»Die Bibliothek, die Sie suchen, gibt es hier nicht mehr. Alles, was alt war, wurde weggeschafft und durch neue wissenschaftliche Werke ersetzt. Wir haben eine gute Bibliothek, aber keine, in der Sie etwas über die Vergangenheit dieses Landes finden werden!«
Paul runzelte die Stirn.
»Was ist mit den alten Dokumenten geschehen?«
Der Brillenmann zuckte die Schultern und hob die Hände. Sein Gesicht war kein chinesisches, es war aber auch nicht tibetisch. Er war beides und doch ein anderer. Sein Tibetisch war akzentfrei, aber er sprach es langsam. Paul dachte, daß es nicht die Sprache war, die er sonst sprach.
»Ich weiß es nicht«, sagte er, »vielleicht haben sie alles nach Peking gebracht, vielleicht haben sie es zerstört.«
Paul nickte, dann hielt er dem kleinen Mann die Hand entgegen.
»Entschuldigen Sie, daß ich mich noch nicht vorgestellt habe. Ich bin Ethnologe und heiße Paul Silman.«
Der Bebrillte zögerte einen Augenblick lang, dann nahm er die Hand, drückte sie kurz und ließ sie wieder los.
»Nennen Sie mich Ji, Sie können mich auch Tserin nennen. Ich bin beides. Chinese und Tibeter.«
Er lächelte entschuldigend.
»Mein Vater war ein Händler. Lange Zeit vor der Invasion. Er war Chinese und hat sich hier niedergelassen. Meine Mutter lebt noch. Sie ist Tibeterin. Ich unterrichte Sprachen. Hauptsächlich Chinesisch.«
Paul setzte sich auf einen Mauervorsprung, und sie redeten eine Weile. Ji-Tserin war höflich und hütete sich davor, seine politische Meinung zu äußern. Er stellte viele Fragen über den Westen, wollte alles über das Unterrichtssystem an Pauls Universität wissen, lächelte meistens vordergründig-höflich,

blickte am Ende auf die Uhr und meinte, er müsse jetzt zum Unterricht.
Der kleine Mann machte eine Abschiedsgeste und drehte sich zum Weggehen um. Paul packte ihn am Oberarm und hielt ihn zurück. Die Augen hinter den dicken Brillengläsern blickten ihn vorwurfsvoll an.
»Kein ernstzunehmender tibetischer Historiker hätte zugelassen, daß man die kostbarsten Dokumente dieses Landes vernichtet oder entführt«, zischte er. »Sie wissen es genausogut wie ich: Die Chinesen haben nur Ramsch erwischt. Oder Fälschungen. Das echte Archiv ist noch hier!«
Er drückte fester zu, und der kleine Mann stöhnte und versuchte, sich aus dem Griff zu winden.
»Wo ist es?« flüsterte Paul eindringlich.
»Lassen Sie mich los«, sagte der andere.
Paul zog ihn ganz nah zu sich und senkte den Kopf, bis sich ihre Nasenspitzen beinah berührten.
»Ich muß es wissen, verstehen Sie? Es geht um das Leben meines Vaters!«
Er ließ ihn los, der kleine Mann trat rasch einen Schritt zurück und massierte seinen Oberarm. Dann musterte er Pauls Gesicht mit einem langen Blick.
»Sie sind sein Sohn, nicht wahr?«
Paul nickte.
»War er oft hier?«
Der kleine Mann griff nach seinem Arm und zog ihn in eine Nische, die man vom Gang aus nicht einsehen konnte. Er bedeutete Paul, den Kopf zu senken, und legte den Mund an sein Ohr.
»Ich habe nur von ihm gehört. Gesehen habe ich ihn nie. Es war nicht gut, mit ihm gesehen zu werden. Sie haben ihn ständig beobachtet. Sie hätten ihn auch festgenommen, wenn er nicht zu groß dafür gewesen wäre. Eine Verhaftung

hätte damals, als man den Kontakt zum Westen suchte, einen zu großen Gesichtsverlust bedeutet.«

»Er ist trotzdem verschwunden«, flüsterte Paul.

Ji-Tserin schüttelte den Kopf.

»Das hat nichts mit den Chinesen zu tun. Denen ist er lange zuvor entschlüpft. Ihr Vater hatte mächtige tibetische Freunde.«

»Wen?« drängte Paul.

Der kleine Mann überlegte einige Sekunden lang.

Paul starrte ihn an.

»Gehen Sie zu Thangme«, hauchte er kaum vernehmbar.

Paul spürte, daß sein Herz schneller schlug.

»Wo finde ich ihn?«

Der Kleine schüttelte stirnrunzelnd den Kopf. Er wußte, daß er zuviel gesagt hatte. Es war nur ein Name. Es gab viele in Lhasa, die so hießen. Ohne Adresse war der Name für den Fremden wertlos.

Er wußte nicht, welche Folgen es haben würde, wenn er den Sohn des großen Silman mit Thangme verkuppelte.

Vielleicht war es ein Todesurteil.

Dann beschrieb er Paul den Weg zu Thangmes Haus. Es war kein weiter Weg. Der Fremde würde das Haus finden. Es war ein kleines altes Haus in einer Seitenstraße, und Thangme war ein kleiner alter Mann, der es mit seiner Enkelin bewohnte. Sie hieß Pema und war noch sehr jung. Vielleicht zwanzig.

Der alte Mann schien ihn erwartet zu haben. Paul stellte sich vor, und nichts in Thangmes Gesicht deutete darauf hin, daß ihn der Besuch überraschte.

Es war kein freundliches Gesicht. Ein wirrer grauer Bart bedeckte die untere Hälfte. Die Nase war groß und schmal, und zwischen den hervorstechenden Backenknochen und den dünnen grauen Brauen blickten ihn dunkle Augen an.

Sie fragten nicht, und sie lächelten nicht. Es waren Augen, die schon unendlich viel gesehen hatten. So viel, daß es nichts mehr gab, das sie überraschen konnte. Auch Pauls Besuch nicht.
Die Enkelin hatte das dichte schwarze Haar mit einem Band zurückgebunden, das aus schwarzen, grünen und rosaroten Wollsträhnen geflochten war. Sie hatte ein hübsches, freundliches Gesicht, und ihr Lächeln legte kräftige weiße Zähne frei. Um ihren Hals baumelte eine Kette aus großen Türkisen und Korallen. Sie trug ein dunkelrotes, mantelähnliches Kleid, das in der Mitte von einem breiten bunten Stoffgürtel zusammengehalten wurde.
Das Mädchen blickte den Alten an, doch dessen Gesicht blieb regungslos. Trotzdem mußte es darin gelesen haben, daß der Besucher willkommen war.
»Treten Sie ein«, sagte Pema.
Paul lächelte dankbar und folgte dem alten Mann, der sich wortlos umgedreht hatte, durch einen düsteren Flur in einen düsteren Raum. Ein kleines Fenster ließ gerade so viel Tageslicht herein, daß man die Umgebung erkennen konnte.
Das Mädchen huschte an ihnen vorbei.
Bevor sich Pauls Augen an das Halbdunkel gewöhnt hatten, flammte in einer Ecke elektrisches Licht auf. Es kam von einer Lampe, die auf einem hohen, verschnörkelten Messingständer montiert war, der einen breiten, flachen Schirm trug. Der Schirm schien aus dünnem Papier zu bestehen, auf das man bunte Drachen gemalt hatte.
Die Lampe stand hinter einem kleinen, niedrigen Tischchen, neben dem Tischchen standen zwei bequeme Holzstühle. Der alte Mann setzte sich.
Das Mädchen, das Pauls Zögern bemerkt hatte, deutete lächelnd auf den zweiten Stuhl und nickte ihm zu.
Der Raum war nicht allzu groß. Auf dem Boden lagen einige

zerschlissene Teppiche, die Wände waren kahl. Paul sah ein Regal, das mit Papierstapeln und einer eher ärmlichen Kollektion von Büchern gefüllt war. Auf dem Tisch neben dem Regal stand eine alte Schreibmaschine. Außer diesen Einrichtungsgegenständen enthielt der Raum nur noch einen großen, düsteren, offenbar versperrten Holzschrank.
Das Mädchen hatte das Zimmer verlassen und die Tür hinter sich geschlossen.
Der Alte war eine Statue, die in der Stille saß.
Da Paul nicht wußte, ob er reden oder warten sollte, bis der andere redete, schwieg er.
Nach einer Weile des Schweigens trat die Enkelin wieder ein. Sie stellte zwei Holzschalen auf das Tischchen und schenkte aus einem größeren Gefäß eine klare Flüssigkeit ein.
Der Alte nickte ihr zu, und sie verschwand wieder.
Dann hörte Paul zum ersten Mal seine Stimme. Es war eine hohe, unangenehm schrille Stimme.
»Rakshi«, sagte sie.
Paul hatte davon gehört. Rakshi war ein Branntwein, den sie aus Gerste, Mais, Kartoffeln, Hirse, meistens aber aus Reis gewannen.
Der Alte griff mit beiden Händen nach einer Schale und hob sie vor sein Gesicht. Paul tat es ihm nach.
»Willkommen in meinem Haus«, sagte der Alte. Paul lächelte und dankte ihm. Dann tranken sie.
Der Schnaps war nicht allzu stark und schmeckte überraschend gut.
»Die Gastfreundschaft ist eine der Traditionen unseres Volkes, die noch nicht verlorengegangen sind – auch hier in der Stadt noch nicht«, erklärte der Alte und stellte seine Schale auf den Tisch. »Zuerst kommt die Bewirtung des Gastes, dann kann alles andere folgen.«
Paul atmete auf. Die Ratlosigkeit, in die ihn das seltsame

Verhalten des Alten eben noch gestürzt hatte, wich einer wachsenden Spannung. Er wollte fragen, zwang sich jedoch zur Geduld. Geduld, so schien es ihm, war eine Tugend, die der Alte schätzte.
»Du bist gekommen, weil du nach Antworten suchst«, sagte Thangme. »Um antworten zu können, muß man die Fragen kennen!«
Er lächelte.
»Unter all den Fragen, die man hat, gibt es immer eine, die wichtiger ist als alle anderen. Das ist die Frage, mit der man beginnen soll. Wer sie zurückhält, hat vielleicht nie mehr die Zeit, sie zu stellen. Nehmen wir also an, ich könnte dir nur eine Antwort geben – wie würde deine Frage lauten?«
Pauls Gedanken begannen zu rasen und sich im Kreis zu drehen. Da war so vieles, das er wissen wollte. Zuallererst wohl den Weg. Oder war es der Ort? Wenn er den Ort kannte, brauchte er den Weg nicht mehr. Der Weg, der Ort, sein Vater. Ein Fragendreieck, in dessen Zentrum sich die große Antwort befand: Das Wesen, das seinen Vater zum Getriebenen gemacht hatte.
Der Alte blickte ihn an. Das Gesicht war wieder erstarrt. Die Zeit stand still.
Paul griff nach der Rakshischale und nahm einen tiefen Schluck.
Zeit! Das war es. Er hatte Zeit, weil der Alte Geduld hatte. Er hatte Zeit, seine Gedanken zu ordnen. Die Entscheidung, die er am Ende treffen würde, könnte zur wichtigsten seines Lebens werden.
Die Hektik, die ihn zuvor noch gedrängt hatte, war nicht mehr da. Auch die Spannung, die wie ein harter Klumpen in seinem Magen gelegen hatte, begann sich langsam aufzulösen.
Der Alte war der Lehrer, und er war der Schüler. Das Unter-

richtsfach hieß Weisheit. Die Logik sagte ihm ganz klar, daß es nur eine Frage geben konnte: »Wo finde ich das Wesen?« Es war die Frage, die sein Vater gestellt hätte, und es war die Frage, die Anne Walberg stellen würde. Es war die Frage, die jeder stellen würde, der in dieses Land gekommen war, um nach dem Wesen zu suchen. Wenn es darauf eine Antwort gab, würden sie alles, auch ihr Leben, einsetzen, um ihr Ziel zu erreichen.

Er war in dieses Land gekommen, um nach seinem Vater zu suchen. Vielleicht würde die Antwort auf die Frage nach dem Ort, an dem das Wesen zu finden war, auch das Rätsel um seinen Vater lösen.

Vielleicht könnte er sogar das schaffen, was seinem Vater versagt geblieben war, und dem Namen Silman jene Unsterblichkeit geben, nach der sich Silman senior so gesehnt hatte – aber er, der Junior, für den die Forscherschuhe des Vaters immer viel zu groß gewesen waren, würde sich in diesem Fall immer wie ein Verräter vorkommen.

Die Frage nach dem Wesen war wichtig. Für ihn konnte sie jedoch nur die zweitwichtigste sein.

Paul räusperte sich.

Der Alte, der ihn noch immer mit starrer Miene beobachtete, nickte ihm zu.

»Ich möchte wissen, ob mein Vater noch am Leben ist«, sagte Paul.

Thangmes Blick verfinsterte sich, und Pauls Magen schrumpfte zusammen.

Es war die Frage, die ihm am wichtigsten war. Sie war ehrlich, aber vielleicht war sie nicht weise. Paßten Weisheit und Ehrlichkeit zusammen? Wäre es weiser gewesen, berechnende Schläue und Heuchelei einzusetzen?

Paul schüttelte sich und spürte, wie Zorn in ihm hochkam. Wer war der Alte, der ihn noch immer anstarrte? Mit Ekel im Blick, wie Paul zu erkennen glaubte. Er war nicht Gott, er war nicht einmal sein Lehrmeister. Wenn er ihm nicht helfen wollte, dann sollte er doch zum Teufel gehen. Es mußte andere Wege geben, um zur Route des verdammten Sherpaweges zu kommen.

Paul stand auf und baute sich breitbeinig vor dem Alten auf.

»Sie haben meine Frage gehört. Sie ist für mich die wichtigste. Vielleicht halten Sie mich jetzt für einen sentimentalen, naiven Trottel, wahrscheinlich wissen Sie auch keine Antwort. Wenn Sie fair sind, dann helfen Sie mir wenigstens weiter. Mit den Antworten, die Sie mir geben können. Einer profanen Beschreibung der Route zum Beispiel, die die Sherpas auf ihrer großen Wanderung gegangen sind!«

Der Alte hob beschwichtigend die Hand und bedeutete ihm, sich wieder zu setzen.

Paul starrte ihn verwirrt an und tat, was der andere wollte.

»Du mußt noch sehr viel lernen«, sagte der Alte. »Zum Beispiel mußt du lernen, aus Gesichtern zu lesen.«

Paul schüttelte den Kopf.

»Ihr Gesicht hat mir klar und deutlich gesagt, daß Sie mit meiner Frage nicht einverstanden sind. Ja mehr noch: Ich habe sogar Verachtung darin gesehen!«

Der Alte lächelte.

»In Wahrheit«, sagte er langsam, »habe ich meinen Gesichtsausdruck überhaupt nicht verändert. Die Muskeln waren so starr und unbewegt wie zuvor. Du hast erwartet, daß sie dir etwas sagen würden, das die Richtigkeit deines Entschlusses bestätigt. Ein Lächeln, ein zustimmendes Nicken. Weil das nicht gekommen ist, hast du plötzlich an der Richtigkeit deines Entschlusses zu zweifeln begonnen und aus dieser Unsicherheit heraus Ablehnung, ja sogar Verachtung gesehen, wo nichts dergleichen war. Wenn du mit allen Fasern deines Körpers spürst, daß der Entschluß, den du gefaßt hast, für dich – und nur für dich – der richtige ist, dann brauchst du niemanden, der ihn bestätigt. Ich wollte deine wichtigste Frage erfahren, deine momentane Lebensfrage. Du hast ehrlich und gewissenhaft danach gesucht und sie, wie ich überzeugt bin, auch gefunden. Du hättest jedoch viel Energie sparen können, wenn du dich nicht von meiner Gegenwart hättest beeinflussen lassen. Im Hinterkopf hast du einen Ballast mitgeschleppt: ›Wird meine Antwort dem Alten gefallen? Ist es das, was er von mir erwartet? Er hat mir einen Test auferlegt, und ich muß ihn bestehen, um mein Ziel zu erreichen!‹ Du hast zwar erkannt, worum es geht, nämlich um die bedingungslose Ehrlichkeit zu sich selbst, du hast es jedoch noch nicht ganz geschafft, negative Einflüsse zu erkennen und auszuschalten. Am Ende war es mehr Trotz und verletzter Stolz als Überzeugung, der dich deinen Entschluß verteidigen ließ. Wenn du die Prüfungen bestehen willst, die auf dich warten, brauchst du ein starkes, ehrliches Ich, das in der Lage ist, rasch klare und richtige Entscheidungen zu treffen. Betrüge dich nie selbst! Du mußt oft den harten Weg gehen, um die Sicherheit zu erlangen, die dich befähigt, dich selbst in jeder Lage bestmöglich führen zu können. Nur du trägst die Verantwortung für dich selbst. Es darf niemanden geben, auf den du auch nur einen winzigen Teil davon abwälzen kannst!«

Der Alte griff nach der Schale.

»Trink«, sagte er, »du wirst in diesem Land trinken müssen, weil du die Gastfreundschaft nicht verletzen willst. Und merke dir eines: Wenn du spürst, daß der Schnaps deine Urteilsfähigkeit zu beeinflussen beginnt, wenn er deine Zunge locker und die Menschen, die dich umgeben, zu Freunden macht, denen du vertrauen willst, dann sperre alles, was dir wichtig ist, in deinem Kopf ein. Diese Gedankenschatulle muß dir heilig sein. Sie gehört nur dir, und du darfst sie nur

aufsperren, wenn deine Gedanken klar sind! Sie ist das Wichtigste in deinem Leben. Dein kostbarster Besitz. Wenn du ihn verlierst, kann es dich das Leben kosten!«
Sie tranken die Schalen leer, und der Alte füllte sie wieder. Paul spürte noch nichts von der Wirkung des Schnapses. Er hörte nur die Worte des Alten und saugte sie auf wie ein Verdurstender die rettenden Wassertropfen.
Thangme hatte ihm noch nichts von dem gesagt, was er wissen wollte. Trotzdem hatte er ihn bereits auf den Weg geschickt.
Paul wußte, daß er ihn gehen würde. Und erstmals hatte er eine Ahnung davon, wie gefährlich er war.
»Dein Vater«, sagte der Alte, »hat oft hier gesessen. Auf demselben Stuhl, auf dem du jetzt sitzt. Er hat nicht oft von zu Hause gesprochen, aber ich habe gewußt, daß es dich gibt. Ich habe auch gewußt, daß du eines Tages kommen wirst. Es hat lange gedauert!«
»Wer sind Sie?« fragte Paul.
Der Alte lächelte.
»Die schwierigste Frage, die man einem Menschen stellen kann. Wer bin ich? Vielleicht bin ich der Hüter unserer Vergangenheit, vielleicht bin ich auch ein Wegweiser in unsere Zukunft!«
»Das Dokument«, sagte Paul, »er hat es von Ihnen, nicht wahr?«
Der Alte schüttelte den Kopf.
»Ich hätte es ihm nie gegeben. Er hat es mir gezeigt, mir jedoch nie gesagt, wo er es gefunden hat. Obwohl er den Inhalt bereits kannte, haben wir es gemeinsam immer und immer wieder gelesen. Wir haben jedes Wort studiert und nach Bedeutungen gesucht, die vielleicht zu einer anderen Wahrheit führen könnten. Den Schreiber zum Lügner oder den Inhalt zum erfundenen Märchen machen könnten.«

»Und ihr habt nichts gefunden!«
Der Alte nickte.
»Wir sind zur Erkenntnis gekommen, daß jedes Wort, das darin steht, wahr sein muß!«
»Dann gibt es auch das Wesen, das sie Yeti nennen!«
»Damals, als diese Zeilen geschrieben wurden, hat es dieses Wesen gegeben. Dein Vater und ich haben es den Zwischenmenschen genannt.«
»Nicht mehr Tier und noch nicht Mensch«, sagte Paul.
Der Alte schwieg.
»Er hat es gefunden, nicht wahr?« fragte Paul nach einer Weile.
Thangme wirkte plötzlich müde. Aus dem zusammengesunkenen Körper ragte ein Arm. Die zur Faust geballte Hand stützte das Kinn.
»Ich werde deine Frage beantworten«, sagte er nach einer Weile. Die Stimme war nicht mehr schrill, sie klang dumpf und müde.
»Mein Vater lebt?«
Der Alte richtete sich auf.
»Ich kann dir nur eine halbe Antwort geben. Weil ich nur eine Nachricht von deinem Vater erhalten habe. Sie kam vor drei Jahren. Damals lebte er noch!«
Pauls Blut war heiß geworden, sein Kopf glühte.
Es war die Antwort, die er sich gewünscht hatte. Er hatte sie gespürt, doch jetzt, nachdem sie ausgesprochen war, traf sie ihn wie ein Keulenschlag.
»Wie?« fragte er nur.
Er hatte so viele Fragen. Und alle hingen mit diesem einen Wort zusammen.
Wie war der Alte zur Nachricht gekommen? Wie lebte sein Vater? Wie konnte er ihn finden?
Thangme hob den gestreckten Zeigefinger.

»Nur eine Frage«, sagte er leise. »Und nur eine Antwort! Ich habe sie dir gegeben!«

»Nein«, schrie es in Paul, er blieb jedoch ruhig.

»Ich danke Ihnen«, sagte er.

Der Alte nickte und ließ den Körper wieder zusammensinken.

»Ich weiß jetzt, daß mein Ziel kein Trugbild ist. Kein Traum, sondern Wirklichkeit«, fuhr Paul fort.

Er hob die Arme und ließ sie als Geste der Hilflosigkeit wieder fallen.

»Nur was nützt mir das, wenn ich den Weg nicht kenne?«

»Auch ich kenne ihn nicht«, flüsterte Thangme kaum hörbar.

Paul schüttelte den Kopf.

»Ich glaube Ihnen nicht«, sagte er heftiger als beabsichtigt.

Der Alte drehte das Gesicht in Pauls Richtung. Es war die starre Maske, doch die Augen lächelten.

»Das war mutig, aber nicht klug«, sagte er. »Demütige nie einen Menschen, dessen Wissen du brauchst, indem du ihn einen Lügner nennst. Du könntest eine Tür zuschlagen, die nie mehr aufgeht.«

»Ich weiß jedoch«, begann Paul, doch der Alte schnitt ihm mit einer ärgerlichen Handbewegung das Wort ab.

»Du weißt gar nichts. Du vermutest nur!«

Die Stimme des Alten war jetzt lauter, und sie war wieder schrill.

»Du vermutest, daß ich im Besitz von alten Schriften bin, in denen der Weg beschrieben ist, den die Sherpas während des letzten Teiles ihrer großen Wanderung gegangen sind. Genauer: Das Wegstück, das am Lagerplatz in der Nähe des Klosters Tashilunpo beginnt.«

Paul nickte.

Der Alte schwieg eine Weile.

»Du vermutest richtig, wenn du annimmst, daß diese und auch andere wertvolle Schriften in Sicherheit gebracht wurden, bevor die Chinesen sie zerstören konnten«, sagte er dann. »Doch liegst du falsch, wenn du annimmst, daß sie sich in meinem Besitz befinden. Ich war damals einer von vielen. Und nur ganz wenige kennen den geheimen Ort, an dem sie versteckt wurden.«

»Und mein Vater!« stammelte Paul.

»Dein Vater«, nickte der Alte, »hat danach gesucht. Es war jedoch nicht mein Wissen, das ihm geholfen hat, den Weg zu finden. Es waren nur Vermutungen, die ich ihm mitgegeben habe. Namen von Menschen aus der Vergangenheit. Namen von Menschen, deren Wissen ihm möglicherweise Türen öffnen würde!«

»Irgendeiner davon«, sagte Paul, »hat sie ihm geöffnet!«

»Weil er den Weg der Geduld gegangen ist!«

Paul stand auf und ging um das Tischchen herum. Er blieb vor dem anderen Stuhl stehen und schaute auf die zusammengesunkene Gestalt hinab. Obwohl er viel größer war, kam er sich klein vor. Er ließ sich langsam auf die Knie sinken. Für ihn war es keine Geste der Unterwürfigkeit, sondern eine des Respekts.

»Ich weiß«, sagte er, »daß ich noch viel lernen muß. Aber ich werde diesen Weg gehen. Mit derselben Hilfe, die Sie meinem Vater gewährt haben, werde ich ihn auch schaffen!«

Die alte Hand löste sich vom Körper und legte sich auf Pauls Kopf.

»Komm morgen früh wieder hierher. Und nimm alles mit, was du für eine lange Reise brauchst!«

»Begleiten Sie mich«, sagte Anne Walberg.

Der Mann blickte sich in ihrem Büro um und lächelte. Seine Gesichtshaut war braun, aber nicht sonnengebräunt, das dichte schwarze Haar war kurzgeschnitten. Er trug einen unauffälligen, jedoch gut sitzenden grauen Anzug. Anne schätzte ihn auf Mitte Dreißig.

»Sie suchen nach einem Phantom«, sagte er.

Anne schüttelte verärgert den Kopf. Das blonde Haar wehte an den blitzenden Augen vorbei.

»Es ist keines mehr! Ich habe Ihnen doch gesagt, daß Doktor Silman ganz offensichtlich Beweise gefunden hatte. Sie wissen genausogut wie ich, daß dieser Mann keinem Hirngespinst nachgejagt wäre.«

»Die Mythen meines Volkes klingen manchmal wie die Wahrheit«, lächelte der Mann.

»Nicht, wenn sie einer wie Doktor Silman überprüft hat«, zischte Anne Walberg.

»Auch Ihr Doktor Silman war ein Mensch – kein Gott!«

»Er war Wissenschaftler, kein Träumer. Für einen wie ihn zählen nur Fakten. Überprüfbare Fakten, verstehen Sie?«

Der Dunkelhaarige nickte beschwichtigend.

»Das gilt doch auch für uns beide, nicht wahr?«

Anne Walberg seufzte. Dann lächelte sie.

»Natürlich, Doktor. Aber Sie sind auch Tibeter. Und kennen die Geschichte Ihres Volkes besser als jeder andere in diesem Land!«

»Sie vergessen, daß ich fast noch ein Kind war, als ich Tibet verlassen mußte. Ich habe hier studiert, und das Wissen um die Vergangenheit meines Volkes stammt aus Büchern, die jedem zugänglich sind. Was Sie wissen wollen, stand in Büchern, die wahrscheinlich längst von den Chinesen zerstört worden sind. Alles, was ich über die Sherpawanderung weiß, steht in Paldjors ›Bericht von den Knochen‹, und den haben Sie wahrscheinlich intensiver studiert als ich.«

Anne Walberg griff über den Tisch und legte ihre Hand auf seine.

»Lassen wir doch das Gerede. Sie wissen genausogut wie ich, daß vieles vor den Chinesen gerettet wurde. Das geheime Archiv!«
Er ließ seine Hand liegen.
»Wieder ein Mythos«, sagte er.
»Wir brauchen die Bücher gar nicht«, drängte sie, »wir brauchen nur das Wissen! Ich bin überzeugt, daß es Menschen gibt, die es im Kopf haben. Sie müssen mir helfen, diese Menschen zu finden!«
Der Mann blickte sie nachdenklich an.
»Der Weg zu den Großen Schneebergen«, sagte er.
Anne nickte.
»Wir brauchen nur den letzten Teil. Die wichtigsten Stationen!«
Er legte seine zweite Hand auf ihre.
»Dann sollten wir vielleicht am Ende beginnen!«
Sie runzelte die Stirn.
»Im Sherpaland«, sagte er.
Anne Walberg zog ihre Hand zurück und griff sich an die Stirn.
»Genial«, sagte sie, »wir gehen einfach den Weg zurück!«
»Über die Großen Schneeberge«, nickte Doktor Samden.

Paul fuhr mit dem Taxi zur Tibetischen Universität und dirigierte den Fahrer von dort zu Thangmes Haus. Obwohl es nur wenige Straßen waren, hatte er während der gesamten Fahrt zur Universität befürchtet, er könnte sich verirren und das Haus nicht mehr finden. Die Angst war unbegründet gewesen. Zu seiner eigenen Überraschung konnte er sich noch ganz genau an den Weg erinnern, den er am Vortag zu Fuß gegangen war.
Man schien bereits auf ihn gewartet zu haben. Noch während er sein Gepäck aus dem Kofferraum des Taxis hob, ging

die Tür auf, und Pema begrüßte ihn mit einem Lächeln. Sie trug ein offenbar neues schwarzes Mantelkleid, dessen Ärmel und Säume mit bunten Streifen verziert waren. Der gewebte Gürtel war blutrot. Das Haar war zu zwei Zöpfen geflochten.

»Tritt ein«, sagte sie.

Paul schleppte den dunkelblauen Sack durch die Tür. Im Flur nahm er den prallgefüllten orangefarbenen Rucksack ab und lehnte beide Gepäckstücke gegen die Wand.

Thangme saß im selben Stuhl wie am Vortag.

Paul setzte sich auf den anderen Stuhl und wartete, bis Pema zwei Schalen dampfenden Tees brachte.

Er war bitter und heiß, und weil der Alte beim Trinken laut schlürfte, tat Paul es auch.

»Es sind etwa dreihundertfünfzig Kilometer bis Shigatse«, sagte Thangme, als er die Schale vorsichtig auf das Tischchen stellte.

»Shigatse!« nickte Paul.

Er hatte bis jetzt keine Ahnung gehabt, wohin die Reise gehen würde.

»Ihr werdet in einem Lastwagen reisen. Am Abend werdet ihr dort sein!«

»Wir?« fragte Paul.

»Meine Enkelin wird dich begleiten«, sagte der Alte. »Ihre Eltern leben in Shigatse, und es ist Zeit, daß sie nach Hause zurückkehrt. Sie hat ihre Pflicht erfüllt und mich zwei Jahre lang betreut. Morgen kommt ihre jüngere Schwester und wird ihre Aufgabe übernehmen!«

»Glücklicher Mann«, sagte Paul.

Thangme nickte lächelnd.

»Sie hat für meinen Körper gesorgt, und ich für ihren Geist. So haben wir beide von unserem Zusammensein profitiert.«

Paul dachte an seine Mutter und ihren einsamen Tod.

»In Shigatse wird dich meine Enkelin zu einem Mann führen, und du wirst ihm diesen Brief übergeben«, sagte der Alte und zog einen weißen Umschlag aus der Falte seines Gewandes.
Paul nahm ihn. Er war zugeklebt und nicht beschriftet.
Bald darauf trat Pema ein und meinte, daß der Lastwagen da sei.
Er war blau, und der Fahrer war ein junger Tibeter namens Tschanden.
Später erfuhr Paul, daß der Wagen regelmäßig zwischen Lhasa und Shigatse verkehrte und Waren aller Art transportierte. Tschanden, der als Fahrer beschäftigt war, war weitschichtig mit der Familie des Alten verwandt.
Die Ladefläche war zur Hälfte mit prallgefüllten braunen Säcken beladen. Die andere Hälfte war leer.
Der Fahrer versuchte, dem Fremdling mit Gesten verständlich zu machen, daß dieser sein Gepäck auf der Ladefläche verstauen solle. Paul spielte das Spiel zur Belustigung Pemas, die es schmunzelnd beobachtete, eine Weile mit und versuchte dem anderen mit seinen Gesten klarzumachen, daß er nicht verstünde, was dieser ihm mitteilen wolle.
Tschanden verlor schließlich die Geduld und griff augenrollend nach Pauls Packsack.
»Du bist ja dümmer als der dümmste Yak«, schimpfte er und warf den Sack über die geschlossene Rückwand auf den Laster.
»Aber immer noch schlau genug, um einen anderen Dummkopf für sich arbeiten zu lassen«, lachte Pema und erklärte dem verdutzten jungen Mann, daß er mit dem Fremdling auch hätte reden können, da dieser ihre Sprache ausgezeichnet beherrsche.
Tschanden war fassungslos. Er stemmte die Arme in die Seiten und starrte den Fremden an.

»Du sprichst tibetisch?«
Paul nickte grinsend.
»Warum hast du mir das nicht gesagt?«
»Weil du mich nicht gefragt hast«, sagte Paul.
Der Fahrer schüttelte den Kopf.
»Kein Fremder spricht tibetisch!«
»Dieser tut es«, lächelte Pema.
Jetzt grinste auch Tschanden. Er zeigte auf Pauls Rucksack, der neben ihnen an der Hausmauer lehnte.
»Dann verstaue gefälligst dein Zeug auf dem Wagen, damit wir endlich losfahren können!«
»Jetzt verstehe ich dich«, sagte Paul mit gespieltem Ernst und verlud sein zweites Gepäckstück.
Pema verschwand im Haus und kam bald mit einem altmodischen Koffer westlicher Machart zurück, den der Fahrer wesentlich vorsichtiger auf den Lastwagen hob als zuvor Pauls Sack.
»Mein Großvater bittet dich, zu ihm zu kommen«, sagte das Mädchen.
Paul trat noch einmal in das Haus ein und ging durch den dunklen Flur in das Wohn- und Arbeitszimmer des Alten. Thangme stand am Fenster und drehte ihm den Rücken zu. Als er hörte, wie Pauls Schritte näher kamen, drehte er sich um.
»Der Sinn einer Reise«, sagte er langsam, »muß nicht unbedingt im bedingungslosen Erreichen des Zieles bestehen. Manchmal ist es weiser und auch mutiger, wenn man umkehrt, weil man erkannt hat, daß man seine persönlichen Grenzen erreicht hat. Alles, was von diesem Zeitpunkt an auf der anderen Seite liegt, ist mit den Mitteln, die einem zur Verfügung stehen – Intelligenz, Mut, Vernunft, Geduld oder Kraft –, nicht mehr kontrollierbar. Ein Ziel, das Tod heißt, ist ein sinnloses Ziel! Merke dir das, mein Freund.«

Paul hatte keine Antwort. Er hatte auch keine Frage mehr. Er nickte nur.
Der Alte drehte sich um und starrte durch das Fenster.
Paul ging wieder durch den dunklen Flur. Die Tür stand offen, und am Ende des Hauses war der gleißend helle Torbogen.
Paul blieb kurz im Schatten stehen, dann holte er tief Luft und trat ins Licht hinaus.
Seine lange Reise hatte begonnen!
Tschanden marterte die niederen Gänge, bis sie auf der Asphaltstraße waren, die entlang des Kyichu-Flusses durch ein breites, fruchtbares Tal führte. Hier war nur noch wenig Verkehr, und das schwere Gefährt rollte sanft brummend dahin.
Das Führerhaus bot genügend Platz für drei.
Pema saß zwischen den beiden Männern.
Obwohl Paul die Menschen neben ihm kaum kannte, spürte er ein Gefühl der Geborgenheit. Er war zwar in einem fremden Land, aber er war nicht allein. Da war jemand, dem er nicht egal war, der sich um ihn kümmerte, dem er vertrauen konnte.
Die Gespräche mit dem Alten hatten ihm keine Zeit gelassen, sich näher mit dem Mädchen zu beschäftigen. Es war das Wesen gewesen, das den Rakshi gebracht hatte. Und den Tee. Ihre Körper berührten sich nicht, doch war sie so nahe, daß er sie riechen konnte. Sie roch nach frischgewaschenem Stoff und nach Seife.
Manchmal, wenn er sie zu lange betrachtete, drehte sie ihren Kopf kurz in seine Richtung und lächelte ihn an.
Die Pflanzenwelt machte das Tal bunt, in der Ferne ragten bizarre Felsberge in den Himmel. Nach einer Weile kamen sie an einer hoch aufragenden Felswand vorbei, in die man einen riesigen Buddha gemeißelt hatte.

»Buddha Sakyamuni«, sagte Pema und streckte den Zeigefinger in die Richtung des Bildes. »Wenn du genau schaust, siehst du auf der einen Seite unsere Schutzgöttin, die weiße Tara, und auf der anderen den roten Amitayus, der das unermeßliche Leben symbolisiert!«

Paul dankte ihr mit einem Lächeln.

»Du machst dich gut als Fremdenführerin!«

Sie schüttelte den Kopf.

»Ich weiß nur wenig über unser Land. Nichts im Vergleich zu dem, was dir mein Großvater erzählen könnte.«

»Der Hüter der Vergangenheit«, sagte Paul nachdenklich. Es war alles, was er über den Alten wußte. Er hatte es nie gewagt, ihn über sich selbst auszufragen.

Jetzt wollte er mehr wissen.

»Wer ist dein Großvater wirklich?«

Das Mädchen blickte ihn an.

»Was er heute ist, hast du selbst gesehen. Ein weiser alter Mann, der über seinen Büchern brütet und die Menschen scheut.«

»Und früher?«

Pema schüttelte den Kopf.

»Ich kenne ihn nur so, wie er jetzt ist. Wenn du mehr wissen willst, mußt du meinen Vater fragen. Seinen einzigen Sohn.«

Paul nickte.

»Ich werde warten!«

Sie kamen an einem Tempel vorbei, von dem Pema sagte, daß er Dölma Lakhang hieße und von den Chinesen nur deshalb nicht zerstört worden sei, weil hier einst ein großer indischer Weiser gelehrt habe und man die Inder durch die Vernichtung des Bauwerkes beleidigt hätte.

Tschanden, der Fahrer, der bisher geschwiegen hatte, murmelte ein paar Flüche, als das Mädchen die Chinesen erwähnte.

Pema lächelte entschuldigend.
»Es ist die Ohnmacht, die ihn und so viele von uns Jungen wütend macht«, sagte sie. »Sie hacken unsere Wurzeln ab, und wir haben keine Waffen, um sie daran zu hindern.«
»Trotzdem wachsen wir weiter«, knurrte der Fahrer. »Da können sie hacken, soviel sie wollen!«
»Draußen, in der Welt«, sagte Paul, »gibt es viele, die eure Sache unterstützen.«
Tschanden ließ den Motor aufheulen und schaltete um einen Gang zurück. Dann bremste er und blickte sich um, bevor er links auf eine breite Schotterstraße abbog. Die Fahrt wurde holpriger, und der Laster zog jetzt eine dicke Staubwolke hinter sich her.
»Warum fährst du diesen Weg?« fragte Pema.
»Weil ich in ein paar verdammten Dörfern ein paar verdammte Säcke abliefern muß«, ärgerte sich der Fahrer. »Sonst hätte ich liebend gern die Nordroute nach Gyantse genommen.«
Tschanden war verärgert.
»Ich weiß nicht, was da draußen in der Welt geschieht«, sagte er zu Paul, »aber genützt hat es uns bis jetzt herzlich wenig. Wo wart Ihr denn damals, als sie uns das Land geraubt haben?«
Paul schwieg.
Tschanden schüttelte den Kopf.
»Keiner dort draußen wird uns helfen. Wenn wir etwas verändern wollen, dann müssen wir es selbst tun!«
Die Straße wurde steiler und begann sich bald in engen Serpentinen einen Paß hochzuwinden. Der junge Tibeter konzentrierte sich mit zusammengekniffenem Gesicht wieder auf das Fahren.
Der Laster quälte sich mit winselndem Motor bergauf, bis es nicht mehr höher ging. Ein Steinhaufen, in dem ein Bündel

bunter Gebetsfahnen steckte, markierte die Paßhöhe des Kampa La. Sie hatten viertausendachthundert Meter Seehöhe erreicht.
Tschanden hielt den Wagen an, und sie stiegen aus.
Unter ihnen lag ein riesiger türkisfarbener See, der von gewaltigen, schneebedeckten Bergen flankiert wurde.
»Der Yandrok Yamtso«, sagte Pema beinahe ehrfürchtig.
Sie blieben nur kurz, dann drängte Tschanden auf die Weiterfahrt. Die Straße wand sich steil bergab und erreichte bald das Nordufer des glitzernden Gewässers.
In einer Ortschaft namens Nangartse blieben sie stehen. Tschanden sprach mit ein paar Männern, dann kletterten zwei von ihnen auf die Ladefläche und luden etwa ein Dutzend Säcke ab.
Der nächste Paß, den sie überquerten, hieß Karo La und war noch höher als der erste. Die Gegend wurde wild und bizarr, zerklüftete Gletscher wälzten sich über steile Bergflanken. Es war ein beklemmendes, menschenfeindliches Land.
Als sie die Paßhöhe hinter sich gelassen hatten, änderte sich das Bild. Vor ihnen breitete sich ein breites Hochplateau aus, und die Berge traten weiter zurück.
Einige Nomadenzelte klebten wie schwarze Punkte in der Landschaft. Mit Pemas Hilfe entdeckte Paul auch eine Yakherde und einige Menschen.
Im Dorf Ralung wurde der Lastwagen wieder um einige Säcke leichter, dann erreichten sie Gyantse.
Als erstes sah Paul den hohen Felsen, auf dem die Mauern einer einst wohl mächtigen Festung standen. Er hatte in seinen Büchern über die Stadt gelesen. Sie war immer schon ein wichtiges Handelszentrum gewesen und galt als Zentrum für Wollwaren und Webarbeiten. Er wußte, daß es hier einst sechzehn Klöster gegeben hatte, die, bis auf vier, von den Chinesen zerstört worden waren.

Tschanden lenkte seinen Wagen durch enge Altstadtstraßen, vorbei an niedrigen, flachen Häusern, deren Fenster und Türen mit roter, blauer, gelber und schwarzer Farbe umrahmt waren. Die Türen selbst waren mit seltsamen Symbolen bemalt. Kreise, Halbmonde, auch Swastikazeichen.
Es war Nachmittag, und sie hatten bis jetzt noch nichts gegessen.
Endlich parkte Tschanden den Laster vor einem kleinen Laden. Sie traten ein, und der Fahrer führte sie durch den ersten Raum in einen größeren zweiten, in dem mehrere Tische standen.
»Wir werden hier etwas essen«, sagte er und bedeutete Paul und Pema, an einem der Tische Platz zu nehmen. Der Raum war niedrig und verraucht. Es roch nach Gewürzen und ranziger Milch. Eine alte Frau und ein noch älterer Mann traten ein. Der Fahrer bestellte Tee und Tsampa, und die beiden verschwanden wieder.
Tschanden stand auf.
»Ich muß mich um die Ladung kümmern«, sagte er. »Wenn sie den Tee bringen, fragt sie, ob sie Huhn oder Yak haben.« Er grinste. »Ich esse alles!«
»Kennst du Tsampa?« fragte Pema, als der Fahrer gegangen war.
»Ich weiß, was es ist, habe es jedoch noch nie gegessen«, sagte Paul.
»Und unseren Tee?«
»Butter und Salz«, lächelte Paul. »Ich bin gespannt, wie er schmeckt!«
Als die beiden Alten mit den Schalen kamen, sah er, daß ihre Hände dreckverkrustet waren. Ihr Gewand war speckig und roch nach verdorbener Butter. Zahnlose Münder grinsten ihn an. Paul quälte sich ein säuerliches Lächeln ab. Der Hunger, der ihn zuvor noch geplagt hatte, war verflogen.

Der Tee war eine dampfende braune Brühe, auf der Fettaugen schwammen.
Pema, die ihn beobachtet hatte, lächelte.
»Er schmeckt besser, als er aussieht«, sagte sie und hob ihre Schale.
Paul wußte, daß es keinen Ausweg gab. Er mußte trinken, und er mußte essen. Und er wußte auch, daß er sich von nun an nur von Tsampa und Buttertee ernähren mußte.
Er legte die Lippen an den Rand der Schale. Sie war klebrig und wohl noch nie richtig mit heißem Wasser und einem Spülmittel gereinigt worden.
»Verdammt«, dachte er, »wenn du das Hilton erwartet hast, dann solltest du sofort umkehren, Silman. Das ist Tibet – und du bist Tibeter!«
Es schmeckte seltsam, aber nicht abstoßend. Und es wärmte ihn.
Tschanden kam zurück und setzte sich zu ihnen.
Er schlürfte die Schale fast leer, dann griff er in die Schüssel, in der das Tsampa war. Geröstete und gemahlene Gerste, wie Paul wußte. Der Fahrer nahm eine Handvoll davon und schüttete sie zum Rest des Tees. Weil Pema dasselbe tat, tat es auch Paul.
Das Tsampa saugte den Tee auf wie ein Schwamm und wurde zu einem braunen Brei, den die beiden Tibeter zu Kugeln drehten und aßen.
Es schmeckte nicht übel, und Paul spürte, wie mit dem Essen sein Hunger zurückkehrte.
»Habt ihr Fleisch bestellt?« fragte Tschanden, als die Schalen leer waren.
Als Pema verneinte, schüttelte der junge Tibeter seufzend den Kopf und rief nach den beiden Alten.
Es gab weder Yak noch Hühnchen, dafür brachten sie etwas, das den Fahrer verzückt mit der Zunge schnalzen ließ.

»Momo«, sagte er und zeigte auf die Schüssel, die randvoll war mit dicken weißen Teigtäschchen. Sie waren mit Fleisch und Zwiebeln gefüllt, und Knoblauch und Ingwer verfeinerten den Geschmack.
Paul dachte nicht mehr an die dreckigen Hände, der Raum roch auch nicht mehr nach ranziger Butter – er aß nur, bis er satt war, und es schmeckte ihm.
Als sie weiterfuhren, dämmerte es bereits.
Paul war müde und schlief bald ein.
Er wachte erst auf, als Pema seinen Arm schüttelte.
»Shigatse«, sagte sie.
Er sah Lichter und Autos. Die Häuser waren höher, neu und häßlich. Es gab wieder die Wellblechdächer und chinesische Militärfahrzeuge.
Pema zeigte ihm eine Kaserne und ein Hotel.
»Das nennen sie den Kulturpalast«, sagte das Mädchen bitter, als sie an einem protzigen Gebäude vorbeifuhren.
»Unsere Tempel und Klöster haben sie uns genommen – und das haben sie uns dafür gegeben!«
Tschanden fluchte wieder.
Sie bogen von der erleuchteten Hauptstraße in eine enge Gasse ein und schoben sich hupend vorwärts. Der alte Teil von Shigatse ähnelte jenem von Lhasa. Die Häuser waren weißgetüncht, aus Stein gebaut und trugen flache Dächer. Von außen sah das Haus, in dem Pemas Familie lebte, kaum anders aus als jenes, das der Großvater in Lhasa bewohnte.
Eine Gruppe von Jungen, die Pema erkannt hatten, war dem Lastwagen vorausgeeilt und hatte seine Ankunft längst angekündigt. Als sie ankamen, stand die Familie des Mädchens vor der Haustür.
Pemas Vater trug eine helle Stoffhose und einen dunklen, dicken Wollpullover. Sein Haar war an den Schläfen ergraut,

aber das Gesicht war jung. Er hätte auch Pemas älterer Bruder sein können.
Das Mädchen begrüßte ihn herzlich und doch mit Respekt. Die Mutter, die traditionell tibetisch gekleidet war, hielt sich im Hintergrund, bis Vater und Tochter mit der Begrüßung fertig waren, dann umarmten sich die beiden Frauen kurz.
Erst jetzt durfte sich Pemas jüngere Schwester, die bis dahin geduldig im Hintergrund gewartet hatte, bemerkbar machen. Das Mädchen stürzte sich mit einem Schrei auf die Angekommene und schlang beide Arme um sie. Es war eine tiefe, kindliche Freude, die bald in aufgeregtes Geplapper überging. Beide Mädchen wußten, daß sie die schwesterliche Liebe nur kurz auskosten konnten. Denn morgen würde die Kleinere zu ihrem Großvater abreisen müssen.
Paul, der alles aus dem Schatten des Lastwagens heraus beobachtet hatte, wußte nicht, wie er sich verhalten sollte. Angesichts der Wärme, die diese Familie, die nach langer Zeit erstmals wieder vereint war, ausstrahlte, kam er sich überflüssig und fehl am Platz vor. Er entschloß sich, Tschanden zu bitten, ihn in ein Hotel zu bringen und morgen wiederzukommen.
Der Fahrer, der die Eltern des Mädchens zuvor respektvoll begrüßt hatte, unterhielt sich gerade mit dem Vater, als sich Pema von der Schwester löste und zu ihm kam.
Sie packte ihn sanft am Ärmel und zog ihn ans Licht.
»Ich habe einen Gast mitgebracht«, sagte sie. »Er heißt Paul und ist ein Freund unseres Großvaters!«
Damit war die Gestalt, die sie zuvor im Dunkeln gesehen hatten, offiziell zur Person geworden.
Sie lächelten ihm zu und baten ihn ins Haus. Ohne Erstaunen. So, als ob sie immer schon gewußt hätten, daß er heute in ihr Leben treten würde.

Als der Fahrer sah, daß Paul zögerte, klopfte er ihm ermutigend auf die Schulter. »Geh nur«, sagte er, »ich kümmere mich um dein Gepäck!«

Das Innere des Hauses war freundlicher als das des Großvaters.

Die Wände waren mit bunten Stickereien und eingerahmten Fotos geschmückt, es gab mehr Lampen, und ihr Licht war heller. Die meisten Möbelstücke waren einfach und aus Holz gezimmert. Sie wirkten westlich und schienen ziemlich neu oder zumindest sorgfältig gepflegt zu sein. Auf den Böden lagen dünne Teppiche.

»Er spricht tibetisch«, sagte Pema, ehe sie mit ihrer Mutter und der Schwester in einem anderen Raum verschwand. Der Vater bat ihn, auf einem Stuhl Platz zu nehmen.

Paul erfuhr bald, daß er Thondup hieß und Lehrer war.

»Dann sind wir ja Kollegen«, lächelte Paul und erklärte dem Tibeter, daß er sich mit der Geschichte und Kultur seines Volkes seit Jahren beschäftigte und auch Vorlesungen gehalten habe.

»Auch ich unterrichte Geschichte«, sagte Thondup mit traurigen Augen.

»Aber es ist nicht die Geschichte meines Volkes, sondern die der Chinesen. Und in dieser beginnt die tibetische erst im Jahre 1950 – mit der Machtübernahme der ›Befreier‹ aus Peking in unserem Lande.«

Pema und ihre Schwester brachten zwei Schalen und einen Krug, aus dem sie eine milchigweiße Flüssigkeit einschenkten.

Es war Chang, jenes selbstgebraute Gerstenbier, das die Tibeter als ihr eigentliches Nationalgetränk betrachten. Paul hatte schon viel darüber gelesen und gehört, an diesem Abend trank er es zum ersten Mal. Der Geschmack war leicht säuerlich, aber angenehm. Der Chang, den man ihm serviert hatte, war dickflüssiger als westliches Bier, wirkte aber ähnlich erfrischend und stimulierend.

»Ich nehme an, es sind Ihre Studien, die Sie hierherführen«, sagte Thondup, als die Mädchen den Raum wieder verlassen hatten.

Paul nickte.

Er hatte sich gedanklich längst eine genaue Erklärung für seine Anwesenheit in diesem Teil des Landes zurechtgelegt. Jetzt sprach er sie zum ersten Mal aus.

»Es gibt Bereiche, von denen wir nur wenig wissen. Viel zuwenig! Einer davon ist die große Wanderung der Sherpas. Abgesehen vom ›Bericht von den Knochen‹, den wir ja alle kennen, gibt es da herzlich wenig, an das sich ein Völkerkundler klammern kann.«

Er lächelte und suchte in Thondups Gesicht nach Zustimmung. Er fand sie nicht. Das Gesicht des Tibeters war ernst geworden.

Paul zuckte die Schultern.

»Was liegt also näher, als an Ort und Stelle zu forschen. Ich habe lange Zeit auf eine solche Gelegenheit gewartet. Jetzt hat mir meine Universität endlich die Zeit und die Mittel dafür zur Verfügung gestellt. Deshalb bin ich da!«

Der Tibeter kniff seine Unterlippe nachdenklich mit Daumen und Zeigefinger zusammen.

»Ich nehme an«, sagte er langsam, »daß Sie die Behörden vom Zweck Ihrer Reise nicht unterrichtet haben!«

Paul schüttelte den Kopf.

»Ich bin als Tourist eingereist. Zum Sightseeing!«

»Niemand weiß also, daß Sie hier sind?«

Paul verneinte.

»Und niemand weiß, wohin Sie von hier aus wollen?«

Paul verneinte nochmals.

»Dann werden Sie Schwierigkeiten bekommen. Die Macht-

haber in diesem Land wollen immer genau informiert sein, wo sich die Fremden, die man hereingelassen hat, befinden.«
Paul spürte, wie ihm das Blut in den Kopf schoß. Er war ein Tölpel gewesen. Ein ahnungsloser Dummkopf.
»Man hat es mir nicht gesagt«, stammelte er.
Der Tibeter lächelte beschwichtigend.
»Wir werden es morgen regeln. Sie werden sich ahnungslos stellen und sagen, daß Sie nur einen kurzen Ausflug nach Shigatse gemacht haben und so bald wie möglich wieder nach Lhasa zurückwollen. Dann sind Sie registriert, und man wird Sie vorläufig in Ruhe lassen.«
Paul spürte immer deutlicher, daß er in der Klemme steckte. Und er wußte auch, daß er allein keine Chance hatte, das Problem, das all seine Pläne zunichte machen konnte, zu lösen.
Er brauchte einen Verbündeten.
Thondup war der Sohn des Alten. Und der Alte war der einzige, der vom wahren Zweck seiner Reise wußte. Wenn der Alte gewollt hätte, daß Paul den Sohn einweihte, dann hätte er es ihm gesagt. Oder er hätte ihm ein erklärendes Schreiben mitgegeben.
Wenn er morgen zu den Chinesen ginge, dann würden sie ihn zurückschicken. Warum hatte ihn der Alte nicht gewarnt? Er hatte nur von Schwierigkeiten gesprochen. Und von Weisheit. Und von Geduld.
Zur Weisheit gehörte auch die Fähigkeit, blitzartig eigene Entscheidungen treffen zu können.
Paul blickte Thondup an.
Das Gesicht des Tibeters war starr. Eine Maske. Es war das Gesicht des Alten – nur um viele Jahre jünger.
»Haben Sie von einem Forscher namens Doktor Peter Silman gehört?« fragte Paul.
Der andere nickte.

»Ich bin sein Sohn!«

Die Maske löste sich auf und wurde zu einem Lächeln des Verstehens.

»Er war ein Freund meines Vaters«, sagte Thondup. »Jetzt verstehe ich auch Ihre Verbindung zu ihm.«

Paul begann zu erklären, und der andere hörte ihm zu. Am Ende schwiegen beide.

»Mein Vater war relativ alt, als ich geboren wurde«, sagte Thondup nach einer Weile. »Ich habe ihn nie richtig kennengelernt. Er hat mich zur Erziehung in ein Kloster geschickt, als ich noch ziemlich jung war. Meine Mutter ist bei meiner Geburt gestorben.«

»Auch ich habe meinen Vater kaum gekannt«, sagte Paul. »Die Mutter habe ich vor zwei Wochen verloren.«

Thondup nickte nachdenklich.

»Mein Vater kommt aus einer anderen Welt. Zum Teil lebt er noch in ihr. Es ist eine Welt voller Geheimnisse, und manchmal hat er mir kleine Türen dorthin geöffnet.«

»So ähnlich war es auch bei mir«, sagte Paul leise.

»Er war einer der großen Gelehrten, ein enger Vertrauter des Dalai Lama. Als dieser das Land verlassen mußte, blieb eine kleine Gruppe Wissender da.«

»Die Hüter der Vergangenheit«, flüsterte Paul.

»Das Volk durfte nicht kopflos zurückbleiben«, nickte Thondup. »Es war keine politische, sondern eine geistige Macht. Die Chinesen hatten keine Ahnung von ihrer Existenz. Sie lebten unauffällig als einfache Menschen an der Oberfläche. Mein Vater war jahrelang Bibliothekar an der Universität. Und doch waren sie damals das einzige, das wir an Widerstand hatten. Sie haben zum Beispiel unsere wertvollsten historischen Schriften in Sicherheit gebracht, bevor sie von den Chinesen zerstört werden konnten.«

Er kratzte sich am Kopf.

»Ich habe damals gerätselt, warum er mich, seinen einzigen Sohn, immer von sich ferngehalten hat. Es hat Zeiten gegeben, da habe ich ihn dafür gehaßt. Erst viel später, als er mich endlich in das Geheimnis seiner Vergangenheit eingeweiht hat, habe ich es verstanden. Sein Leben war immer in Gefahr. Er wollte mich einfach beschützen.«
»Wir sind uns sehr ähnlich«, sagte Paul.
Der Tibeter nickte.
»Er hat es gewußt, und deshalb hat er gewollt, daß sich unsere Wege kreuzen.«
Sie füllten Chang nach und blickten einander in die Augen, als sie tranken.
»Ich werde dir helfen«, sagte Thondup. Zum ersten Mal hatte er die höfliche Anrede, die er zuvor stets respektvoll verwendet hatte, fallengelassen.
Paul dankte ihm.
»Und was geschieht mit den Chinesen?«
Der Tibeter lächelte.
»Schlafen wir erst einmal eine Nacht. Dann wird uns schon etwas einfallen!«
Das Bett war ein einfaches Holzgestell mit einem Seilgeflecht. Es sah unbequem aus, aber Paul, der sich in seinen Schlafsack eingerollt hatte, schlief gut und wachte nach einer traumlosen Nacht frisch und erholt auf.
Der Raum war klein und kahl, und außer dem Bett gab es als einziges anderes Einrichtungsstück nur noch einen Stuhl, auf dem seine Kleidung lag. Der Boden war mit geflochtenen Grasmatten bedeckt. Das Sonnenlicht, das durch das schmale Fenster drang, reichte aus, um den Raum zu erhellen.
Sein Packsack und der Rucksack lehnten neben der grobgezimmerten Holztür an der lehmigbraunen Wand.
Es war kühl.

Paul kramte ein paar saubere Sachen aus seinem Gepäck und zog sich rasch an.
Draußen im Flur empfing ihn düsteres Zwielicht.
Er hörte Stimmengemurmel und folgte ihm bis in den Raum, in dem er am Vorabend mit Thondup gesessen hatte. Die dort versammelte Familie begrüßte ihn lächelnd. Wie beim ersten Mal verschwanden die Frauen jedoch rasch und ließen die beiden Männer allein.
»Gut geschlafen?« fragte der Tibeter.
»Großartig«, sagte Paul. »Ein Himmelbett hätte nicht bequemer sein können.«
Sie wechselten ein paar Belanglosigkeiten, bis Pema zurückkam und den Tee brachte. Pauls Tee war schwarz und ungebuttert.
»Er ist gezuckert«, schmunzelte das Mädchen. »Ich glaube, du hast ihn so lieber!«
»Fremde können sich nur schwer mit unserem Tee anfreunden«, nickte Thondup. Paul lächelte dankbar.
Als sie getrunken hatten, streckte sich der Tibeter stöhnend.
»Es wird kälter«, sagte er. »Je älter der Körper wird, desto weniger Feuer hat er.«
Draußen schrillte eine Fahrradklingel, dann hupte ein Auto.
Thondup schob den Ärmel seiner Jacke zurück und blickte auf die Uhr.
»Tschanden wird bald hiersein und unser Mädchen abholen.«
Er blickte zu Paul.
»Noch kannst du es dir überlegen. Er wird dich mitnehmen, wenn du willst!«
Paul schüttelte heftig den Kopf.
»Du weißt, daß ich das nicht tun werde!«
Der Tibeter starrte ihn eine Sekunde lang ernst an, dann nickte er bedächtig.

»Ich weiß«, sagte er. Es klang traurig. Wie die Abschiedsrede für einen Freund, von dem man weiß, daß man ihn nie wiedersehen wird.
Paul spürte, wie die Unruhe in ihm zu wachsen begann. Oder war es Angst?
Thondup räusperte sich, dann schüttelte ihn ein heftiger Husten.
»Ich habe mir die Sache überlegt«, sagte er heiser und wischte mit dem Handrücken die Tränen von den Wangen. »Wir werden nicht zu den Chinesen gehen. Wenn sie nichts von deiner Existenz wissen, können sie dir auch keine Hindernisse in den Weg legen!«
Paul runzelte die Stirn.
»So wie ich aussehe«, sagte er und zeigte mit beiden Händen auf sein Gesicht, »wird ihnen meine Anwesenheit wohl kaum verborgen bleiben.«
Thondup hustete.
»Hier«, murmelte er und zeigte mit dem Kopf in Richtung Straße, »leben nur Tibeter. Die wenigen, die deine Ankunft gesehen haben, werden nichts sagen. Und für die anderen wirst du einer von uns sein. Wir werden dir die nötige Kleidung beschaffen, und du wirst dein Haar schwarz färben.«
Der Tibeter grinste.
»Für die Haut genügen etwas Ruß und ein Klumpen ranzige Butter. Damit hast du auch gleich den richtigen Geruch.«
Thondups Vorschlag war für Paul völlig unvermutet gekommen. Er hatte nie daran gedacht, sich wie ein Einschleichdieb durch das Land stehlen zu müssen.
Jetzt verlangte man von ihm, ein anderer zu werden.
»Und die Sprache«, murmelte er.
Der Tibeter winkte ab.
»Die meisten Chinesen verstehen kein Wort davon. Für die

ist dein Tibetisch perfekt. Und wenn du mit anderen reden mußt, verwende die Worte sparsam. Sag ihnen, du seist ein Mann aus den Bergen. Die Menschen, die dort leben, sind meistens schweigsame, mürrische Gesellen. Außerdem wirst du nicht allein reisen!«

Paul riß erstaunt die Augen auf.

Thondup deutete ein Lächeln an und wollte reden, aber da war wieder der Husten, der seinen Körper schüttelte.

Der Mann tat Paul leid, zugleich wehrte sich aber sein Inneres gegen ihn. Hier saß einer, der von seinem Leben Besitz ergreifen wollte. Wenn er den Schritt tat, den der Tibeter vorschlug, würde es für ihn kein Zurück mehr geben. Doch gab es nicht schon längst kein Zurück mehr für ihn?

»Wer?« fragte Paul nur.

Der Lehrer griff sich stöhnend an die Brust.

»Verdammter Husten«, knurrte er.

»Wer?« fragte Paul nochmals.

Jetzt kam das Lächeln, und ein neuerlicher Hustenanfall blieb aus.

»Kein vernünftiger Mensch reist hier allein«, sagte er. »Am unauffälligsten ist ein Paar. Junger Mann, junge Frau.«

»Pema?«

Der Tibeter nickte.

»Ich werde dir meine Tochter mitgeben. Sie ist stark und jung, und sie kennt das Land.«

Die Wucht des Angebotes raubte Paul die Sprache. Der Mann hatte ihm gerade das großzügigste Geschenk gemacht, das ein Vater zu geben imstande ist. Er hatte ihm sein Kind geschenkt! Warum?

Die Gedanken begannen durch Pauls Kopf zu rasen. War es der ultimative Ausdruck tibetischer Gastfreundschaft? Hatte es etwas damit zu tun, daß es der Alte war, der ihn auf die Reise geschickt hatte? War ihnen kein Einsatz zu hoch, wenn es darum ging, die Chinesen zu täuschen? Oder wollte man das Mädchen ganz einfach mit ihm verkuppeln?

»Ich kann dein Angebot nicht annehmen«, sagte Paul und schüttelte entschlossen den Kopf.

»Ich weiß, was du denkst«, lächelte der andere. »Aber nichts davon trifft zu! Glaube mir – ich habe mir alles reiflich überlegt. Wenn du weiterreisen willst, gibt es nur diesen einen Weg. Es ist der Weg der Vernunft! Allein bist du verloren. Du weißt nichts über die Praktiken einer chinesischen Militärkontrolle, und bei den ersten Tibetern, denen du über den Weg läufst, würdest du zumindest Mißtrauen erwecken. Das Land ist zwar weit und einsam, aber um überleben zu können, brauchst du die Nähe von Menschen, die dir Nahrung und Unterschlupf geben. Ein düsterer Geselle zu sein genügt da nicht. Du brauchst jemanden, der die Aufmerksamkeit der anderen von dir ablenkt. Eine Person, der du bedingungslos vertrauen kannst. Ich könnte dir viele Begleiter mitgeben, aber es ist keiner darunter, für den ich die Hand ins Feuer legen würde.«

Paul begann zu verstehen. Wenn es eine Chance für ihn gab, sein Ziel zu erreichen, dann hatte Thondup einen gangbaren Weg gefunden.

Um das Angebot annehmen zu können, mußte er jedoch noch eine letzte Antwort hören.

»Ist dir meine Sache wirklich wichtiger als das Leben deiner Tochter?«

Der Tibeter lehnte sich zurück und schloß die Augen. Die Hände lagen regungslos auf den Oberschenkeln.

»Vielleicht«, sagte er leise, so als ob er zu sich selbst sprechen würde, »ist es nicht allein deine Sache. Vielleicht ist es etwas viel Größeres, Wichtigeres. Vielleicht ist es einfach ein Weg, der unser Land letztendlich in eine andere Zukunft führen kann!«

Paul hörte die Worte und fand darin einen Sinn, der ihm nicht gefiel.
»Ich suche meinen Vater«, sagte er. »Das Wesen, dessen Existenz ebensowenig bewiesen ist wie die aller Götter, ist für mich nur ein Wegweiser. Vielleicht ist es nur ein Gedanke, ein Traum, verstehst du? Wenn es tatsächlich existiert und ich es finden sollte, dann werde ich es dort, wo es ist, existieren lassen. Nichts und niemand, vor allem nicht jene zerstörerische persönliche Eitelkeit, die meinen Vater getrieben hat, wird mich dazu bewegen können, es von dort hervorzuzerren und zu Ruhm oder zu Geld zu machen. Auch Tibet nicht!«
Thondup hob die Hände und begann sanft zu klatschen.
»Eine großartige Rede«, sagte er. Paul hörte keinen Hohn, nur Bewunderung.
Dann schüttelte der Tibeter den Kopf.
»Aber leider hast du meine Worte falsch verstanden.«
Er lächelte milde.
»Unser Land ist voller Fabelwesen. Das Volk braucht sie, um zumindest gedanklich aus der harten Wirklichkeit in eine mystische Traumwelt flüchten zu können. Viele glauben so verbissen an diese Geisteskreaturen, daß sie für sie real werden. Dein Zwischenmensch ist zweifellos eine solche Schöpfung. Ich zweifle nicht daran, daß sie dein Vater gefunden hat. Er hätte, wie du erzählt hast, sein Leben dafür gegeben. Das Wesen lebt – aber nur in seinem Kopf, verstehst du?«
»Du glaubst also«, sagte Paul, »daß mein Vater verrückt geworden ist!«
Thondup winkte kopfschüttelnd ab.
»Verrückt heißt krank. Bei euch ist jeder krank, der nicht so denkt, empfindet oder lebt wie die Masse. Euer Gott heißt Logik. In diesem Land ist keiner krank, der eine Erkenntnis

gefunden hat, die sein Leben erleuchtet. Dein Vater hat sie gefunden. Menschen wie er sind für uns Heilige.«

Paul wußte es besser. Sein Vater war der extreme Logiker gewesen, der verbissene Faktensucher. Nichts hätte ihn je zu dem entrückten Guru machen können, dessen Bild der Tibeter soeben gezeichnet hatte. Sein Vater hatte etwas gefunden, das für ihn greif- und analysierbar war. Daran zweifelte der Sohn nicht mehr, seit ihm der Alte in Lhasa von der Nachricht erzählt hatte.

Die Frage blieb noch immer. Und die Antwort interessierte Paul jetzt mehr denn je. Thondup hielt seinen Vater für einen einsamen Verrückten – warum brachte er dann das wohl extremste Opfer, um ihm, dem Sohn, bei der Suche zu helfen?

»Es geht um dich, und es geht um den Weg«, antwortete der Tibeter auf Pauls Frage. »Du wirst das Land als Tibeter bereisen und alle Härten, jene der Natur, aber vor allem auch jene, die uns zu Knechten einer grausamen Besatzungsmacht machen, am eigenen Leib erfahren. Du wirst gerade von den Ärmsten die wärmste Gastfreundschaft erfahren, du wirst spüren, wie hart unsere Menschen in den entlegensten, menschenfeindlichsten Regionen kämpfen müssen, um dem Land das Allernotwendigste zum Leben abzuringen. Du wirst einer jener wenigen Fremdlinge sein, die das Land nicht in teuer bezahlten Charterbussen auf schlau ausgewählten, von schleimigen Fremdenführern in den leuchtendsten Farben beschriebenen Prestigerouten bereisen, sondern es spüren dürfen. Hautnah. Weil du als Tibeter reist, wird dich, wie uns, ständig die Angst begleiten. Ein Augenblick der Unachtsamkeit, ein falsches Wort, eine falsche Geste – und du wirst zum Gefangenen der chinesischen Folterknechte. Wenn du Glück hast, werden sie dich auf Nimmerwiedersehen ausweisen, wenn du Pech hast, wirst du zum internationalen Herzeigeobjekt: Seht her, wir haben einen

kapitalistischen Spion gefaßt. Als Abschreckung für alle anderen wird er in Peking öffentlich hingerichtet!«
Thondup hatte rasch geredet und den Hustenanfall, der in seiner Kehle saß, während der letzten Sätze mit zusammengekrümmtem Körper unterdrückt. Jetzt brach es aus ihm heraus.
»Du bist krank«, rief Paul in das Bellen hinein. »Du mußt zu einem Arzt!«
Der Tibeter schüttelte verzweifelt den Kopf. Zwischen den Fingern der Hand, die er auf den Mund gepreßt hatte, spritzte Speichel hervor. Das Gesicht war dunkelrot, und die Augen waren weit aufgerissen.
Er wollte ihm seine Tochter geben, weil er die Chinesen haßte. Wie tief mußte der Haß in diesem Mann sitzen, um ihn zu einem solchen Entschluß zu bewegen?
»Du wirst zurückkommen«, stöhnte Thondup.
Er wischte an der Hose den Speichel von den Händen, und das schwere Atmen wurde langsamer.
»Am Ende der Reise wirst du alles verstehen. Du wirst unser Land verlassen und es allen erzählen. Ein Buch schreiben, im Fernsehen reden!«
»Die Welt wachrütteln«, ergänzte Paul.
Der Tibeter nickte.
»Jetzt verstehst du, warum ich dir meine Tochter mitgebe.«
»Jetzt verstehe ich es«, sagte Paul leise.
Jetzt verstand er auch, warum er heute nicht zu den Chinesen gehen würde. Und er verstand auch, daß er nur zwei Möglichkeiten hatte: Mit den Tibetern oder mit den Chinesen. Da er sich längst für die Tibeter entschieden hatte, waren die Chinesen ab sofort auch seine Feinde. Ein Gedanke, an den sich einer wie er, in dessen Leben es den Begriff Feindschaft bisher nur als erklärendes Wort gegeben hatte, schwer gewöhnen konnte.

Paul spürte, wie ihn der Tibeter am Ärmel zupfte. Er löste sich von seinen Gedanken und drehte sich zu ihm um.
»Eines«, sagte Thondup und streckte den Zeigefinger in die Luft, »mußt du immer befolgen: Betrachte Pema nie als Frau! Sie ist deine Gefährtin, deine Begleiterin, deine Beschützerin – aber sie wird nie deine Frau sein. Wenn du diese Regel mißachtest, wirst du alles zerstören, verstehst du?«
Paul sah das Gesicht des Mädchens vor sich. Die strahlenden Augen, die leuchtenden Wangen, die weißen Zähne. Bisher hatte er noch nie die Frau in ihr gesehen. Sie war ein Kind gewesen. Zuerst die gehorsame Enkelin und dann die liebende Tochter. Sie war das Mädchen gewesen, das den Tee gebracht und ihm während der Lastwagenfahrt ihr Land erklärt hatte. Zwischen ihnen war nur Sympathie gewesen. Jetzt würde er mit ihr allein sein. Tagelang, wochenlang.
Paul streckte Thondup die Hand entgegen, und dieser schlug ein.
»Deine Pema«, sagte Paul, »ist meine kleine Schwester. Ich werde sie immer beschützen, das verspreche ich dir!«
Die Hand des Tibeters war kalt. Er nickte, dann schüttelte ihn der nächste Hustenanfall.

»Die sicherste Möglichkeit, den Himalajahauptkamm zu überschreiten«, sagte der Mann und ließ seinen Finger über die Landkarte wandern, die vor ihm auf dem Tisch lag, »bietet dieser Weg. Den kenne ich. Aber es gibt eine ganze Reihe anderer Routen. Die kenne ich nicht!«
Toni Schwarzenberger war jünger, als Anne ihn sich vorgestellt hatte. Das blonde Haar war kurz geschnitten und sorgfältig gekämmt. Aus dem sonnengebräunten Gesicht stachen stahlblaue Augen. Er trug keinen Bart, dafür Anzug und Krawatte.

Toni Schwarzenberger wirkte wie ein erfolgreicher Unternehmer oder Manager. In Wirklichkeit war er Profibergsteiger. Einer der erfolgreichsten der Welt. Der fünfundvierzigjährige Osterreicher war auf den Gipfeln von acht der insgesamt vierzehn Achttausender gestanden. Den Mount Everest hatte er bereits zweimal bezwungen. Über die nepalesische Südseite und vom tibetischen Norden her kommend. Abgesehen von einer kleinen Gruppe Einheimischer, hauptsächlich Bergnomaden, gab es wohl nur wenige, die das mächtige, kaum zugängliche Land im Schatten der höchsten Berge der Erde besser kannten als er.

Schwarzenberger war erst vor wenigen Tagen aus Alaska zurückgekehrt. Hollywood hatte ein Actionthema in eine kalte Naturkulisse eingebettet, und der Österreicher war für alle Berg- und Kletterszenen verantwortlich gewesen. In drei Monaten würde er nach Grönland aufbrechen und gemeinsam mit zwei Norwegern und einem Briten versuchen, die Rieseninsel auf Skiern von Süden nach Norden zu durchqueren.

Eigentlich hatte er nach dem Alaskajob ein paar Wochen Urlaub machen wollen. Dann war jedoch der Anruf von der blonden Forscherin gekommen, die er so oft im Fernsehen gesehen hatte. Obwohl er ihr noch nie begegnet war, hatte er immer den Eindruck gehabt, daß sie aus ähnlichem Holz geschnitzt war wie er. Ehrgeizig und zielstrebig. Es war weniger die Aussicht auf einen lukrativen Job gewesen als die Chance, die attraktive Powerfrau persönlich zu treffen, die ihn bewogen hatte, zu einem »Orientierungsgespräch« anzureisen.

Die echte Anne Walberg war noch faszinierender als die Frau seiner Vorstellungen. Der Zweck der Expedition, deren bergsteigerische Leitung er übernehmen sollte, klang allerdings mehr als verrückt. Toni Schwarzenberger war zu sehr

Realist, um an die Existenz eines Fabelwesens glauben zu können.
Er spielte das Spiel trotzdem mit. Weil es ihm ausreichend Gelegenheit geben würde, die Frau näher kennenzulernen.
Anne Walberg faltete die Karte zusammen und bot ihm einen Drink an. Er bat um Bier, sie schenkte sich einen Cognac ein.
»Es geht also um den Yeti«, sagte er und bemühte sich, dabei ein ernstes Gesicht zu bewahren.
»Das habe ich Ihnen ja bereits erklärt«, sagte Anne etwas zu laut und merkbar ungeduldig.
Der Bergsteiger lächelte und hob beschwichtigend die Hand.
»Sie wissen es sicher besser als ich. Es hat schon viele Expeditionen gegeben, die dasselbe Ziel hatten. Gescheiterte Expeditionen. Man ist nicht einmal in die Nähe eines ernstzunehmenden Beweises für die Existenz eines solchen Wesens gekommen. Was macht Sie so sicher, daß es bei Ihnen anders sein wird?«
Sie stöhnte. Noch immer verärgert.
»Informationen«, sagte sie. »Informationen, die bisher noch keiner hatte, verstehen Sie? Wir jagen kein Gespenst, das es nicht gibt, sondern suchen ein Wesen, das bisher so schlau war, sich vor den Menschen zu verstecken. Im Gegensatz zu allen anderen wissen wir, daß es existiert. Wir brauchen es nur zu finden!«
Sie schenkte ihm ein Lächeln, das freundlich sein sollte.
»Und dabei sollen Sie mir helfen!«
Ihre Entschlossenheit gefiel ihm. Er zuckte die Schultern.
»Kein Problem«, sagte er. »Wenn die Leute körperlich dazu in der Lage sind, werde ich sie von Nepal nach Tibet führen. Die Frage ist nur: Auf welchem Weg?«
»Da gibt es nur einen«, sagte sie. »Es muß der Weg sein, den die Sherpas auf ihrer großen Wanderung genommen haben.

Vor fast fünfhundert Jahren. Als sie von Kham in ihre jetzige Heimat gezogen sind. Wir müssen ihn finden, verstehen Sie? Er ist der Schlüssel zu dem Tor, das wir suchen. Irgendwo im Sherpaland muß es Menschen geben, die uns diesen Weg weisen können!«

Toni Schwarzenberger kannte die Berge, und er kannte die Menschen. Er schätzte die Sherpas als verläßliche Expeditionshelfer, mit einigen von ihnen verband ihn sogar eine Art Freundschaft. Für ihre Geschichte hatte er sich bisher noch nicht interessiert.

»Ang Temba«, sagte er.

Sie blickte ihn fragend an.

»Ang Temba wird uns helfen! Er war bei drei Expeditionen mein Sirdar – der Sherpaführer. Ang Temba ist ein großer Mann in seinem Land. Alle respektieren ihn. Wenn es jemanden gibt, der eine Antwort auf Ihre Frage weiß, dann wird ihn Ang Temba finden!«

Anne Walberg streckte ihm die Hand entgegen.

»Dann sind Sie also dabei?«

Er schloß seine Finger um ihre Hand. Sie war schmal und kühl. Ihr Druck war kräftig.

»Ich habe gerade nichts Besseres zu tun«, grinste er.

Das Gesicht, das Paul aus dem Spiegel entgegenblickte, war nicht das seine. Und doch tat es alles, was er tat. Es rollte die Augen wie er, es bleckte die Zähne wie er, es grinste, und es zog die Mundwinkel nach unten.

Pema, die ihn dabei beobachtete, lachte laut.

»Du bist jetzt ein Tibeter«, sagte sie.

Das schwarzgefärbte Haar stand struppig von seinem Kopf ab, und das übelriechende Gemisch aus Ruß und Butter hatte die Haut dunkel gefärbt.

Er drehte sich zu ihr um. Sie lachte noch immer.

»Als Tibeter«, sagte er, »muß ich wohl auch einen tibetischen Namen haben. Wie würdest du einen wie mich nennen?«
Das Mädchen überlegte einen Augenblick lang.
»Tserin, Wangchuk, Gyalo? Du hast die Wahl!«
Es schüttelte stirnrunzelnd den Kopf.
»Gefällt mir nicht. Würdest du deinen erstgeborenen Sohn so nennen?«
Pema zog eine Grimasse.
»Auf keinen Fall«, kicherte sie.
»Dann sag mir, wie du ihn nennen würdest, und wir haben meinen neuen Namen!«
»Ich habe noch nicht darüber nachgedacht«, murmelte sie verlegen.
Jetzt lachte Paul.
»Wie alt bist du?«
»Neunzehn«, sagte sie.
»Du kannst mir nicht weismachen, daß ein neunzehnjähriges Mädchen noch nie daran gedacht hat, Mutter zu werden, einen Sohn zu haben. Oder eine Tochter. Und das Spiel der Namenssuche gespielt hat!«
»Hab ich nicht«, sagte sie trotzig.
»Okay«, nickte er, »dann ziehen wir die Sache anders auf. Bist du verliebt?«
Pema schüttelte empört den Kopf.
»Warst du jemals verliebt? Früher? Ein kleines Mädchen, das einen größeren, starken Jungen bewundert hat? Den Prinzen, der dich zur Prinzessin macht? Davon träumen kleine Mädchen überall. Auch hier, in Tibet!«
Sie zögerte, dann nickte sie zaghaft.
»Und wie hat dein Prinz geheißen?«
»Jigme«, sagte sie.
Paul klopfte sich mit der Faust an die Brust und sagte ernst

und mit tiefer Stimme: »Dann heiße ich ab heute Jigme! Jigme, der Märchenprinz!«
»Der Jigme von damals«, schmunzelte Pema, »ist heute ein unerträglicher Idiot. Er sitzt in irgendeinem langweiligen Büro und arbeitet für die Chinesen!«
Paul verzog sein Gesicht zu einer Grimasse und schüttelte sich vor Ekel.
»Dann sollte ich vielleicht doch anders heißen!«
»Zu spät, Jigme«, sagte sie mit gespieltem Ernst. »Du hast deine Wahl getroffen. Ich muß mich eben damit abfinden, mit einem Ekel zu reisen!«
Paul hatte einen Großteil des Tages in seinem Zimmer verbracht. Thondup hatte ihm geraten, sich nicht zu zeigen. Nach seiner Verwandlung in einen Tibeter würde ihn Pema am Abend zu jenem Mann führen, der den Brief empfangen sollte, den der Alte dem Mädchen mitgegeben hatte.
Gegen Mittag hatte Paul Tschandens Lastwagen gehört, der die jüngere Tochter nach Lhasa bringen würde. Er hatte nur für wenige Sekunden angehalten und war dann weitergefahren. Ein kurzer Abschied, und Paul hatte sich gefragt, ob das Mädchen die Eltern und die Schwester während der nächsten zwei Jahre jemals wiedersehen würde.
Thondup trat ein und warf einen Packen Kleider auf das Bett.
»Deine neue Garderobe«, grinste er.
Hose und Hemd waren aus dunklem, grobem Leinen.
Paul entkleidete sich bis auf die warme Unterwäsche, die er von zu Hause mitgebracht hatte, und streifte die neuen Kleidungsstücke über. Sie waren alt und abgetragen, aber frisch gewaschen. Die Hose saß etwas zu locker, und Thondup reichte ihm eine dicke Hanfschnur, die als Gürtel herhalten mußte.
Das Hauptkleidungsstück bestand aus einem schweren dun-

kelroten Mantel, der an einigen Stellen geflickt war und in der Mitte von einem breiten, buntgewebten Band zusammengehalten wurde.

Thondup reichte ihm zwei Schuhe, die eigentlich nur dicke Socken waren, die als Sohle ein aufgenähtes Lederstück hatten. Das Gewebe, das den Fuß umschloß, war bunt und fest, der obere Teil, der bis zu den Knien reichte, bestand aus grobem, offenbar handgewebtem Stoff.

»Das sind Tibeterstiefel«, sagte Thondup und zuckte die Schultern.

»Du kannst sie mitnehmen. Es gibt nur noch wenige, die sie wirklich tragen. Die meisten, auch viele Männer aus den Bergen, bevorzugen die Schuhe, die man in den chinesischen Läden bekommt.«

Er zog noch ein paar billige Turnschuhe aus dem Bündel.

»Die neue Standard-Fußbekleidung«, sagte er. »Wenn du dicke Kniestrümpfe darunter trägst, halten sie dich sogar warm.«

Der Tibeter lieferte auch die Wollstrümpfe und wies Paul an, sie über der Hose zu tragen und bis zu den Knien hochzuziehen.

Die chinesischen Turnschuhe waren zu klein, deshalb zog Paul die Tibeterstiefel an. Sie fühlten sich weich und bequem an und wurden am oberen Ende mit einer kürzeren und dünneren Version des Webgürtels festgehalten, den er um die Mitte trug.

Als Kopfbedeckung gab ihm Thondup eine goldbestickte Mütze, die innen mit schwarzem Fell gefüttert und unten mit zwei Flügeln versehen war, die wie große, schwarze, haarige Ohren vom Kopf wegstanden.

Der Tibeter trat einen Schritt zurück und stemmte die Arme in die Seite.

»Der Mann aus den Bergen«, sagte er und nickte zufrieden.

Paul grinste unbeholfen.
»Wie grinst ein Tibeter?« dachte er. »Wie bewegt sich ein Tibeter? Was macht er anders als wir? Was muß ich vermeiden, um nicht als Schwindler entlarvt zu werden?«
Er blickte an sich herab und kam sich lächerlich vor. Ein Narr auf einem Maskenball, der für einen Abend in ein anderes Ich geschlüpft ist. Aber es war kein Maskenball. Und es war auch nicht für einen Abend. Er würde das Spiel viele Tage lang spielen müssen.
Paul breitete die Arme aus und machte vor den beiden anderen eine leichte Verbeugung.
»Ich bin Jigme«, sagte er mit verstellter Stimme.
Pema lachte.
»Wenn du dich so benimmst, dann bist du Jigme, der Clown!«
Thondup lachte nicht.
»Wenn du heil zurückkommen willst, dann mußt du es schaffen, aus deiner alten Haut herauszuschlüpfen. Der Paul, der du bis jetzt warst, ist tot, verstehst du. Für die nächsten Wochen mußt du vergessen, wer du warst. Du bist ein anderer! Einer von uns! Sei anfangs sparsam mit Worten und Bewegungen. Beobachte genau. Sieh dir die Menschen an, und präge dir genau ein, was sie von den Menschen unterscheidet, unter denen du dich in deinem Land bewegst. Es sind Kleinigkeiten. Kein Tibeter verbeugt sich so, wie du es vorhin getan hast. Wir falten die Hände vor der Brust und senken den Kopf in Richtung Fingerspitzen, wenn wir jemanden respektvoll grüßen.«
Er zeigte es vor, und Paul machte es nach.
»Du mußt gehen lernen, wie wir es tun, essen, trinken, ja sogar schlafen.«
»Und viel, viel mehr«, ergänzte Paul.
Thondup nickte.

»Du wirst es schaffen, weil du es schaffen mußt«, sagte der Tibeter. »Pema wird dir dabei helfen.«
Sie brachen noch am selben Abend auf.
»Ihr müßt so rasch wie möglich von hier verschwinden«, hatte Thondup gesagt und ihm eine zerschlissene, aber feste Decke gegeben, die später zu jenem Bündel geschnürt worden war, in dem Paul seine Habseligkeiten verstaut hatte. Sie hatten alles gemeinsam und sorgfältig ausgewählt. Nichts durfte dabeisein, das seine wahre Identität verraten konnte. Die Unterwäsche kam von Thondup, zu Pauls Zahnbürste kam eine Tube chinesischer Zahncreme, ein altes Feuerzeug, Schreibzeug und ein paar chinesische Schulhefte. Dazu Pauls ältester Pullover, aus dem er vorher das Firmenschild der Erzeugerfirma entfernt hatte, zwei Paar von Thondups Wollsocken und ein paar andere Sachen, deren Herkunft nicht definierbar war.
Das Geld, das Taschenmesser und die Abschrift von Gyaldzens Bericht trug er am Körper. Letzterer war in ein altes Tuch gewickelt, mit einer Schnur verschnürt, und steckte in seiner Hose. Dort, wo man nur hingreifen konnte, wenn der Durchsuchte wehrlos war. Oder tot.
Seinen Reisepaß, den Führerschein, das ausländische Bargeld und die Kreditkarten ließ er in Thondups Haus zurück. Materielle Werte zählten jetzt nicht mehr. Er wehrte sich auch nicht dagegen, als der Tibeter auf seine Uhr zeigte und ihm anbot, sie mit jener auf seinem Handgelenk zu tauschen. Paul hatte keine Ahnung, was seine Uhr wert war. Sicher war sie teuer gewesen. Anne hatte sie ihm vor einiger Zeit zu Weihnachten geschenkt. Er warf einen letzten Blick darauf und sah das Datum. Anne, dachte er, würde sich jetzt wohl bald auf den Weg machen müssen. Wenn sie hier eintraf, würde er wohl schon ein gutes Stück des Weges hinter sich haben. Er nahm die Uhr ab und gab sie wortlos weiter.

»Du bekommst alles wieder zurück«, sagte Thondup beruhigend.
»Wenn ich nicht mehr komme«, lächelte Paul, »kannst du alles gern behalten!«
Pema trug das Gewand der Bergfrauen. Schweres Tuch, dunkelrot und schwarz. Nur das Band, das als Gürtel diente, war bunt. Dazu mehrere Halsketten, auf die große kugelförmige Türkise, Korallen und andere Steinkugeln gefädelt waren. Auch Silberschmuck war dabei.
Pemas Bündel war größer und wohl auch schwerer als seines. Neben etwas Kleidung und anderen Sachen, von denen Paul nichts wußte, mußte das Mädchen auch die Küche mitschleppen: einen zerbeulten Aluminiumtopf und zwei noch zerbeultere Trinkbecher.
Auch sie trug eine Pelzmütze. Etwas filigraner als die seine, aber mit denselben großen, wegstehenden Fellohrlappen.
Der Abschied war kurz. Thondups Frau nickte Paul zu und verschwand wieder, der Tibeter drückte ihm flüchtig die Hand, flüsterte: »Seid vorsichtig«, und schob ihn nach einem wachsamen Blick durch den Türspalt auf die Straße hinaus. Pema, die sich offenbar schon vorher von den Eltern verabschiedet hatte, folgte ihm wie ein lautloser Schatten.
Sie gingen rasch und hielten sich von den hellen, lauten Straßen fern. Ein unauffälliger Mann und eine Frau, die es eilig hatten, irgendwo hinzukommen.
Paul hatte keine Ahnung, wohin ihn Pema führte. Sie hatten es ihm nicht gesagt, und er hatte nicht danach gefragt. Es hätte nichts geändert, wenn er das Ziel gekannt hätte.
Irgendwann war die alte Stadt zu Ende, und sie mußten durch einen helleren Teil mit eckigen Zweckbauten und wellblechgedeckten Lager- oder Werkshallen. Die meisten Menschen auf den Gehsteigen waren Chinesen oder trugen die uniformartige blaue oder grüne chinesische Kleidung.

Der Druck in Pauls Körpermitte wurde stärker, und er wußte nicht, ob es nur Anspannung war oder auch Angst. Wahrscheinlich war es beides.

Er ging mit gesenktem Kopf und konzentrierte sich auf Pemas Beine, die vor ihm dahintrippelten. Obwohl das Bündel nicht allzu schwer war, schnitt die Schnur bereits jetzt in seine Schulter. Dabei war noch nicht einmal die erste Stunde des langen Marsches vergangen.

Pemas trippelnde Beine waren bis jetzt so selbstverständlich dagewesen, daß ihn ein eisiger Schreck durchfuhr, als er sie plötzlich nicht mehr sah. Da waren andere Beine, Männerbeine mit Männerschuhen und grünen Uniformhosen. Paul hob den Kopf und sah ein überraschtes chinesisches Gesicht, das zur Seite zuckte, als ihre Körper zusammenstießen. Der Mann war kleiner als er. Er taumelte und schaffte es gerade noch, auf den Beinen zu bleiben. Die Militärmütze, die er vor dem Zusammenstoß getragen hatte, lag jetzt im Straßenstaub.

Zwei andere Soldaten, die mit ihm gegangen waren, lachten laut und hämisch. Das brachte den beinahe Gestürzten noch mehr in Rage.

Er baute sich vor Paul, der am liebsten in sich zusammengeschrumpft wäre, auf und bellte ihn mit zornrotem Gesicht auf chinesisch an. Dabei stach der ausgestreckte Zeigefinger immer wieder in die Luft und zeigte auf die gedemütigte Uniformmütze.

Paul murmelte verstört eine Entschuldigung und bückte sich.

Plötzlich sah er Pemas Füße wieder vor sich. Der Anblick wirkte wie ein Beruhigungsmittel. Die Panik, die ihn eben noch gepackt hatte, verebbte. Er konnte wieder klar denken und wußte mit einem Mal, daß es nur einen sicheren Weg gab, seinen Kopf aus der Schlinge zu ziehen. Er mußte einen

Tölpel spielen, einen Idioten, der so blöd war, daß man ihm alles verzieh.
Jigme, der Idiot, griff unbeholfen nach der Mütze, verlor dabei das Gleichgewicht und landete mit einem überraschten Grunzen auf seinem Allerwertesten. Die beiden Chinesen, die offenbar betrunken waren, grölten jetzt noch lauter. Der dritte hörte auf zu brüllen und zog den Zeigefinger zurück. Pema schob sich zwischen Paul und ihn. Sie hatte sofort erkannt, was Paul bezweckte, und begann, auf den verwirrten Chinesen einzureden.
Paul stand mühsam auf und rieb sich stöhnend das Hinterteil. Die Passanten, die stehengeblieben waren, begannen jetzt auch über den Tölpel zu lachen.
Der Soldat, der annahm, daß das Gelächter auch ihm galt, versuchte, sein Gesicht zu wahren. Er knurrte böse, stieß die lästige Tibeterin zur Seite und packte den Tölpel am Kragen. Paul roch den Alkohol in seinem Atem.
Zu seiner Überraschung ergriffen sowohl die gaffende Menge als auch die Begleiter des Schimpfenden für ihn Partei. Die Zuschauer begannen mißmutig zu brummen, und die beiden Soldaten traten auf seinen Kontrahenten zu. Sie redeten besänftigend auf ihn ein und zogen ihn dabei von Paul fort.
Der Mann ließ es geschehen. Er drehte sich im Weggehen zwar noch um und drohte dem Idioten mit der Faust, ging jedoch weiter. Die Menge teilte sich und ließ die drei Uniformierten durch.
Sie standen noch immer da, als Pema Paul am Rockzipfel packte und zum Weitergehen drängte. Neugierige Gesichter ohne Feindseligkeit, die ihn anstarrten, weil sie auf eine weitere Geste von ihm warteten, die sie erheitern würde. Jigme, der Narr, blickte dorthin, wo die Soldaten verschwunden waren, rollte die Augen und verzog spöttisch den Mund.

»Scheiß Soldaten«, rief einer auf tibetisch ins Gelächter hinein.

Als Paul und Pema sich durch die Körper drängten, klopften ihm ein paar Hände auf die Schultern.

Pemas Füße trippelten so rasch, daß er ihr kaum folgen konnte. Erst als die Menge weit hinter ihnen lag, verlangsamte sie die Schritte.

»Das war verdammt knapp«, schnaufte Paul, als er sie eingeholt hatte.

»Du hast zwar richtig gehandelt«, zischte das Mädchen, »so etwas darf jedoch nie wieder passieren, hörst du? Nie wieder!«

Es war vorbei, und sie redeten nicht mehr darüber. Sie redeten überhaupt nichts mehr, bis sie den Stadtrand erreicht hatten und durch ein dunkles, weites Land stapften.

Die Lichter der Stadt glitzerten ihnen eine Zeitlang nach, dann waren sie allein mit der Dunkelheit. Der Mond war eine schmale Sichel und Pema ein flinker Schatten, der vor ihm dahinhuschte. Der Boden lag als schwarzer Teppich unter dem dunkelgrauen Himmel.

Pauls Augen hatten sich zwar einigermaßen an die Nacht gewöhnt, die kleineren Hindernisse, die auf dem Weg lagen, konnte er jedoch nicht erkennen. Er stolperte einige Male, einmal stürzte er sogar und riß sich dabei die Haut an einem spitzen Stein auf.

Pema war sofort an seiner Seite und half ihm, wieder auf die Beine zu kommen.

»Jigme, der Tölpel«, knurrte Paul und ärgerte sich über seine Ungeschicklichkeit.

»Vielleicht«, sagte sie leise, so, daß er sie gerade verstehen konnte, »ist das die beste Tarnung. Tölpel genießen hier einen ganz besonderen Schutz. Deshalb war die Menge auch so aufgebracht, als der Chinese dich verprügeln wollte.«

»Ich soll also als Idiot durch dieses Land reisen?«
Jetzt lachte sie. Es war nur ein leises Glucksen, und er stellte sich ihr Gesicht vor: fröhlich und jung, mit einem Schimmer von Vernunft und Weisheit in den Augen.
»Vorhin hast du bewiesen, daß dir diese Rolle nicht allzu schwer fällt«, sagte sie. Und dann ernst: »Deine Gesichtszüge sind anders. Wer die Zeit hat, dich genauer zu betrachten, wird das erkennen. Jigme, der Normale, muß also vermeiden, sich anstarren zu lassen. Er muß immer wachsam, immer in Bewegung sein. Narren sehen anders aus. Sie sind eben, verzeih das harte Wort, so etwas wie Mißgeburten. Mit entstellten Gesichtern. Wenn du noch dazu deine Grimassen schneidest, wird sich keiner wundern. Du bist eine Laune der Natur. Ein bedauernswertes Wesen, das unser Mitgefühl verdient!«
»Jigme will Pema verprügeln«, lallte Paul, »Pema sagen, daß Jigme Mißgeburt ist. Jigme böse. Pema schön, aber grausam!«
»Nicht schlecht«, kicherte das Mädchen. »Wenn du noch ein bißchen übst, wird dich jeder für einen Vollidioten halten!«
»Wer ist Jigme, der Tölpel?« fragte Paul. »Dein Liebhaber, dein Freund, dein Bruder?«
»Mein Bruder«, sagte sie bestimmt. »Wir haben keine Eltern mehr und sind auf dem Weg zu Verwandten, die irgendwo am Rand der Schneeberge leben, weil wir hoffen, von ihnen aufgenommen zu werden.«
»Arme Waisenkinder, wie rührend«, ächzte Paul.
»Aber gut«, sagte sie. »Man wird uns kaum beachten, und wenn man uns beachtet, wird man uns helfen. Aus Mitleid!«
Paul dachte über seine neue Rolle nach. Sie war wesentlich einfacher als das Normalsein. Er konnte reden, und sein Akzent würde ihn nicht verraten. Er konnte anders sein, weil man das Anderssein von einem wie ihm erwartete.

»Genial«, sagte er nach einer Weile. Er tastete im Dunkeln nach ihrer Hand und drückte sie. »Wir werden es schaffen«, sagte er. Und nach einer kurzen Pause: »Ich bin froh, daß ich eine so weise Schwester habe!«

»Das hat mit Weisheit nichts zu tun«, flüsterte sie verschämt, »das ist nur simple Logik.«

Er hatte noch immer keine Ahnung, wohin sie ihn führte. Jetzt fragte er sie danach.

»Es ist nicht mehr weit bis zu dem Ort, an dem wir den Mann finden werden, an den Großvater den Brief geschrieben hat.«

Der Schatten bewegte sich, und Paul nahm an, daß sie mit der Hand irgendwohin zeigte.

»Dort vorn«, sagte sie, »war früher ein kleines Kloster. Die Chinesen haben es zerstört, nur ein kleines Haus steht noch. Es ist das Haus eines alten Mönchs, der seit Menschengedenken hier gelebt hat. Kein Mensch weiß, warum sie das Haus nicht zerstört haben wie alles andere. Einige sagen, der Alte hätte magische Kräfte, mit denen er die Zerstörer ferngehalten habe. Vielleicht hat es aber unter den Chinesen auch Menschen gegeben, die einfach Mitleid mit einem alten Mann hatten. Die wußten, daß er sterben würde, wenn sie ihm die Wurzeln raubten. Er lebt jedenfalls noch immer dort. Und die Zeit scheint ihm nichts anhaben zu können. Er ist wahrscheinlich hundert Jahre alt. Vielleicht noch älter. Er selbst sagt, daß er längst aufgehört habe, die Jahre zu zählen!«

»Dann ist dein Großvater ja ein Jüngling für ihn!«

»Er war einer seiner Lehrmeister«, sagte sie, »damals, als es das Kloster noch gab!«

Die ersten Ruinen tauchten als bizarre Skulpturen vor ihnen auf. Schwarze Zacken, die wie riesige Zähne aus dem Boden wuchsen.

Trotz der Dunkelheit fand Pema den Weg durch das Stein-

labyrinth. Nur einmal blieb sie kurz stehen, blickte sich um und schwenkte dann nach rechts.
Paul stolperte hinter ihr her.
Das Haus des Mönchs lag am anderen Ende des zerstörten Klosterdorfes. Es glich mehr einer alten Hütte. Die höchste Mauer, die von den ursprünglichen Häusern übriggeblieben war, stand wie ein Schutzschild vor dem kleinen Gebäude. Aus dem kleinen Fenster neben der Tür schimmerte weiches Licht. Es kam von der Petroleumlampe, die der Alte in der Hand hielt, als er die beiden einließ.
Wieder verblüffte Paul die Selbstverständlichkeit, mit der die Besucher empfangen wurden. Der Alte konnte unmöglich wissen, daß sie kommen würden, und doch schien er sie erwartet zu haben.
Die Zeit hatte seinen Körper schrumpfen lassen. Er konnte nur noch gebückt gehen, schien damit jedoch keine Probleme zu haben. Im Gegenteil. Das verschrumpelte, von lederartiger Haut zusammengehaltene Knochenbündel bewegte sich überraschend flink. Die Mönchsrobe hatte die ursprüngliche Farbe fast zur Gänze verloren, das einst dunkelrote Tuch war grau und ausgefranst. Man sah, daß er irgendwann einmal damit begannen hatte, Flicken über die Löcher zu nähen. Irgendwann hatte er es wohl bleiben- und die Löcher Löcher sein lassen.
Der Alte trat ganz nah an Paul heran und hob die Lampe. Alles in diesem Gesicht war alt. Die Haut, die einst einen größeren Schädel bedeckt hatte, war zu Hunderten von Rillen zusammengeschrumpft, der Mund war zahnlos, und vom Haar waren nur ein paar feine weiße Strähnen übriggeblieben. Die Zeit, die in diesem Gesicht so erbarmungslos gewütet hatte, schien die Augen völlig vergessen zu haben. Sie glitzerten im Schein des flackernden Lichts wie große Wassertropfen.

»Das Mädchen«, sagte eine überraschend tiefe Stimme, »kenne ich. Thangmes Enkelin! Dich kenne ich nicht. Wer bist du?«
Pema setzte zum Reden an, doch eine runzelige Hand mit langen gelben Fingernägeln schnitt ihr das Wort ab.
»Er soll reden«, sagte der Alte schroff.
Bevor Paul zu reden begann, lud ihn der Alte mit einer Handbewegung ein, sich auf das wackelige Holzgestell zu setzen, das ihm offenbar als Schlafstatt diente. Die Decke, die darauf lag, war ebenso zerschlissen wie die Kleidung des seltsamen Mönchs.
Sie nahmen Platz, und Paul sagte ihm, wer er war und woher er kam.
Runzelige Haut verschloß die Wassertropfen. Der Alte hörte ihm zu und nickte dabei.
»Als Wissenschaftler habe ich mich zuletzt intensiv mit dem Volk der Sherpa und ihrer langen Wanderung beschäftigt«, sagte Paul am Ende. »Meine Universität hat mir ermöglicht, vor Ort zu forschen. Ich will den Weg der Sherpas gehen, um besser verstehen und später besser lehren zu können.«
Das Nicken hörte auf, die runzeligen Lider verschwanden in den größeren Runzeln, und die Augen waren wieder glitzernde Wassertropfen.
»Es ist kalt«, knurrte er vorwurfsvoll und winkte Pema ungeduldig zu.
»Geh nach draußen, Pema, und sammle Holz für ein Feuer!«
Pema folgte dem militärisch klingenden Befehl sofort.
Als sie verschwunden war, rückte der Alte ganz nahe an Paul heran und legte den zahnlosen Mund an sein Ohr.
»Es ist das Zwischenwesen«, flüsterte er.
Paul zuckte zusammen und rückte ein Stück zur Seite.
Der Alte kicherte zufrieden, wie einer, der gerade die Lösung eines schwierigen Rätsels gefunden hatte.

»Es ist der Sherpaweg«, stammelte Paul, »ich bin wegen des Sherpaweges zu dir gekommen!«
Die dürre Hand mit den langen gelben Fingernägeln legte sich auf seine Schulter.
»Vor vielen, vielen Jahren«, sagte die dunkle Stimme beschwichtigend, »hat ein anderer Mann aus deinem Land hier gesessen. Den Namen habe ich längst vergessen, das Gesicht nicht. Es war wie dein Gesicht. Der Mann kam von Thangme, meinem Schüler und Freund, und er hatte ein ähnliches Empfehlungsschreiben bei sich wie du. Er erzählte mir eine Geschichte, die sich von der deinen kaum unterschied, und wie du fragte er mich nach dem alten Sherpaweg.«
»Mein Vater«, flüsterte Paul.
Der Mönch nickte.
»Wir haben lange geredet, dann habe ich die geheimen Archive für ihn geöffnet.«
Paul hielt den Atem an.
»Wir haben vieles vor den Vandalen retten können«, schmunzelte der Alte.
»Es hat beinah eine Woche gedauert, bis dein Vater das Dokument gefunden hat. Wenn er nicht gesucht hat, haben wir geredet. So lange, bis jeder von uns wußte, daß er dem anderen vertrauen konnte. Am letzten Tag hat er mir von der Schrift des Gyaldzen und vom wahren Sinn seiner Reise erzählt.«
»Er hat den Zwischenmenschen gefunden, nicht wahr?«
Der Alte lächelte.
»Vor einigen Jahren hat man mir einen Brief überbracht. Ich habe den Menschen, der ihn abgeliefert hat, nie gesehen. Eines Morgens lag der Brief vor meiner Tür. Er war von deinem Vater.«
»Thangme«, sagte Paul, »es ist derselbe Brief!«

Der Mönch nickte.
»Ich habe ihn später an den einzigen Menschen, der außer deinem Vater und mir das Geheimnis kannte, weitergeschickt!«
»Was hat er geschrieben?« drängte Paul.
Die Wassertropfen glitzerten ihn nachdenklich an. Die Spannung zerriß Paul fast die Brust. Von allen Antworten der Welt gab es für ihn nur noch diese eine.
»Er lebt«, flüsterten die verbrauchten Lippen.
»Das weiß ich schon«, stöhnte Paul. Am liebsten hätte er den Alten vor Ungeduld gepackt und die Antwort aus ihm herausgeschüttelt. Er hielt sich zurück, doch schrie er die nächsten Worte aus sich heraus: »Wo lebt er, und wie lebt er? Ich muß es wissen, weil ich ihn finden muß!«
Der Alte antwortete ihm mit einem verärgerten Zischen.
Statt der Antwort kam Pema. Sie schleppte schnaufend ein schweres Holzbündel zur Feuerstelle.
Pauls Augen suchten die Wassertropfen und flehten sie an. Sie glitzerten jedoch nur kalt zurück, und die Stimme sagte: »Das ist alles, was ich dir sagen kann. Du solltest damit zufrieden sein!«
Das Holz wurde rasch zum wärmenden Feuer.
»Darf ich Tee machen?« fragte Pema, bevor der Alte es ihr befehlen konnte.
»Mach Tee«, sagte der Mönch, und die Stimme klang plötzlich müde.
»Wir werden Tee trinken und uns unterhalten. Ich war schon so lange nicht mehr draußen in der Welt!«
Er lächelte und klopfte mit der Faust sanft gegen seine Stirn.
»Meine Welt ist zwar hier drin, aber ich muß gestehen, daß ich immer schon ein neugieriger Mensch war, der sein Wissen ständig zu erweitern sucht. Was gibt es Neues in Lhasa? Erzählt mir alles!«

Carlo Reda kam direkt aus Mailand. Er galt als Genie im Reich der Technik und der Elektronik, und Anne fand, daß das kleine Besprechungszimmer, ein luxuriös ausgestatteter Salon im obersten Stockwerk des Hauses, ein würdiger Rahmen für das erste Zusammentreffen mit einem so bedeutenden Menschen sei. Außerdem wollte sie, daß ihr Vater bei dem Gespräch dabeisein konnte. Nur Geld, sehr viel Geld, würde den Mann dazu bewegen können, mit ihr in ein so unwirtliches Land zu reisen. Geld, mit dem ihr Vater nur dann herausrücken würde, wenn er voll und ganz davon überzeugt war, daß der Italiener auch jeden Pfennig davon wert sei. Markus Walberg war schließlich Geschäftsmann. Almosen gab es für niemanden. Nicht einmal für seine Tochter. Das Geld, das er für ihre Unternehmungen ausgab, betrachtete er als Investition in das Unternehmen Anne Walberg. Bisher war immer noch alles zurückgekommen. Durch die Bücher und die Fernsehrechte. Markus Walberg war stolz auf seine Tochter. Weil sie dachte wie er. Sie war sein einziges Kind, und insgeheim hoffte er noch immer, daß sie eines Tages die Firma übernehmen würde. Sie würde auch da eine glänzende Figur machen. Im Augenblick hatte sie zwar noch andere Dinge im Kopf, wenn sie als Forscherin jedoch den Zenit erreicht hatte, würde sie sich neue Ziele setzen. Dieses Unternehmen konnte, so verrückt es auch klang, zu ihrem unübertrefflichen Gipfelerlebnis werden. Höher konnte es auf ihrer Erfolgstreppe nicht mehr gehen. Markus Walberg wünschte sich nichts sehnlicher als eine erfolgreiche Expedition. Er würde seine Tochter den Ruhm gehörig auskosten lassen und ihr dann das neue Ziel schmackhaft machen: die Firma!

Carlo Reda erschien auf die Minute pünktlich. Er trug einen perfekt sitzenden grauen Anzug und ließ strahlend weiße Zähne aus dem sonnengebräunten Gesicht blitzen. Das

schwarze Haar war zu einem Pferdeschwanz zusammengebunden. Er sprach fast akzentfreies Englisch und roch italienisch.
Anne, die sich den Mann wesentlich älter vorgestellt hatte, gab ihm ihr strahlendstes Lächeln und ließ es geschehen, daß er ihre Hand, länger als bei erstmaligen Begrüßungen üblich, festhielt.
Als die Drinks serviert waren, ging man vom belanglosen Small talk direkt zum Thema des Treffens über.
»Es geht also darum, in einer kaum zugänglichen, kalten Wildnis, und noch dazu in großer Höhe, organisches Leben zu orten«, sagte der Italiener, nachdem Anne das Unternehmen kurz und präzise skizziert hatte. Er schüttelte mit hochgezogenen Augenbrauen den Kopf.
»Wir reden hier von hochsensiblen Geräten, die auf primitive Art über Berge geschleppt werden müssen.«
»Wahrscheinlich auf dem Rücken von Yaks«, nickte Anne.
»Kein Mensch kann sie so gut verpacken, daß sie dabei nicht beschädigt werden«, sagte er und hob beschwörend die Hände. »Und wenn sie den Transport überleben, bringt sie wahrscheinlich die Kälte um. Auch Batterien leben da nicht lange.«
Anne war enttäuscht. Der große Zampano hatte bis jetzt nur Gründe angeführt, die einen wirksamen Einsatz modernster Technik verhinderten. Bevor sie jedoch eine verärgerte Bemerkung machen konnte, kündigte er mit erhobenem Zeigefinger den nächsten Satz an.
»Es ist Neuland für mich, doch gerade das macht es so reizvoll. Ich liebe Herausforderungen! Lassen Sie mich kurz überlegen.«
Er versank in einer eindrucksvollen Denkerpose, und weder Anne noch ihr Vater wagten es, das Schweigen zu durchbrechen.

»Die Energieversorgung«, sagte er nach einer Weile langsam, »ich habe da schon eine Idee, wie sie funktionieren könnte.«
Er klopfte mit der flachen Hand sanft auf den Tisch.
»Geben Sie mir vierundzwanzig Stunden Zeit, dann werde ich Ihnen eine Liste geben, auf der alles verzeichnet ist, was wir brauchen, um diesen, wie heißt er doch gleich?«
»Sie nennen ihn Yeti«, sagte Anne. »Und wir werden die ersten sein, die dieses Wesen finden! Wir werden es hierherbringen und der Wissenschaft zur Verfügung stellen.«
Der Italiener runzelte nachdenklich die Stirn.
»Auch dann, wenn sich herausstellt, daß es sich dabei um einen Menschen handelt?«
Anne lächelte.
»Wenn die Vermutungen, zu denen mich meine Recherchen berechtigen, wirklich stimmen, dann ist die Urzeit der Menschheit im Lebensraum des Wesens, das sie Yeti nennen, stehengeblieben. Der Affe, der gerade im Begriff war, zum Menschen zu werden, ist das Zwischending geblieben, nach dem die Wissenschaft bisher so verzweifelt, aber vergeblich gesucht hat. Mit Ihrer Hilfe, Mister Reda, werden wir das Geheimnis um das sogenannte Missing link lüften können!«
Der Italiener starrte sie an.
»Ich habe mich natürlich genau über Sie und Ihre Arbeit erkundigt, bevor ich hierhergekommen bin«, sagte er und versuchte ein entschuldigendes Lächeln. »Ihr Ruf ist auch bei uns in Italien makellos. Sie sind der strahlende Stern am grauen Himmel der Wissenschaft.«
Er kratzte sich am Kopf.
»Ich weiß das alles, und trotzdem fällt es mir schwer, an die Seriosität Ihrer Worte zu glauben. Wenn es ein solches Wesen jemals gegeben hat, dann hat es vor hunderttausend Jahren oder mehr gelebt. Es liegt jedenfalls so lange zurück, daß

die Zeit alle Spuren verwischt hat. Man hat nichts gefunden, weil es entweder zu lange zurückliegt oder weil es dieses Wesen nie gegeben hat!«

Anne flüchtete sich in jenen Gesichtsausdruck, den Paul so gehaßt hatte. Eine Mischung aus Präpotenz und Trotz.

»Die Welt, mein lieber Mister Reda, ist eben noch immer voller Wunder. Sie haben doch sicher davon gehört, daß man mit dem sogenannten Quastenflosser vor nicht allzu langer Zeit in der Nähe der Komoren einen Fisch aus den Tiefen des Meeres gezogen hat, von dem man bis dahin angenommen hatte, er sei vor fünfundsechzig Millionen Jahren gemeinsam mit den Dinosauriern ausgestorben. Was sind da im Vergleich dazu mickrige hunderttausend Jahre?«

»Nur wir sind nicht ausgestorben – noch nicht! Wir haben uns weiterentwickelt!«

»Das haben die Fische auch«, sagte Anne, »der Quastenflosser hat's nicht getan. Von Fossilienfunden wissen wir, daß er heute noch genauso aussieht wie damals, als er noch Dinosaurierfutter war.«

Der Italiener hob abwehrend die Hände.

»Ich gebe auf! Ihre Argumente haben mich zwar noch nicht ganz überzeugt, sie haben mich aber so neugierig gemacht, daß ich bereit bin mitzumachen.« Und mit einem Seitenblick zu Markus Walberg: »Über Geld reden wir später!«

Anne stand auf und reichte ihm über den Tisch hinweg die Hand.

»Willkommen an Bord«, sagte sie. »Mit Ihnen ist meine Expeditionsmannschaft komplett!«

»Darf ich fragen«, bat er höflich, während er Annes Hand noch immer festhielt, »wer die anderen sind?«

Sie nickte und zog die Hand zurück.

»Mein wissenschaftlicher Assistent ist ein Exiltibeter namens Samden, ein hochkarätiger Mann, wahrscheinlich der

beste Tibetkenner außerhalb Tibets, den Namen des bergsteigerischen Leiters kennen Sie wahrscheinlich aus den Medien, Mister Mountain persönlich: Toni Schwarzenberger aus Österreich. Die Filmcrew, Leo Poole und Fred Walsh, kommt aus England. Poole war der erste, der auf den Gipfeln der höchsten Berge aller Kontinente gefilmt hat. Sie haben's vielleicht im Fernsehen gesehen. Brillante Bilder! Dann gibt's nur noch Sie und mich.«
»Ein halbes Dutzend«, sagte der Italiener. Anne begann langsam, ihn sympathisch zu finden.

Paul erwachte aus einem wirren Traum.
Es war dunkel in der Hütte. Das Feuer war längst erloschen, und drüben auf dem Bettgestell schnarchte der alte Mönch. Er hörte Pemas gleichmäßiges Atmen. Sie hatte sich wie er in die Decke eingerollt und neben der Feuerstelle auf den Boden gelegt. Zwischen ihnen und der festgestampften Erde war nur eine dünne Grasmatte. Sie konnte die Kälte, die von unten kam, nicht abhalten.
Paul schälte sich aus seiner Decke und stand auf.
Draußen vor der Hütte empfing ihn ein eisiger Wind. Er zog die Decke enger um seine Schultern und ging ein paar Schritte in die Nacht hinaus.
Der Mond hing als schmale Sichel über der Ruinenlandschaft und warf fahles Licht auf die Mauerreste, die schwarz und bizarr in den etwas helleren Himmel stachen.
Es war sein Vater gewesen, von dem er geträumt hatte. Er war alt geworden und grauhaarig, und ein verfilzter Bart hatte sein Gesicht überwuchert und die Hälfte seiner Brust verdeckt.
Paul hatte ihn trotzdem sofort erkannt.
»Wo bist du?« hatte Paul immer wieder verzweifelt gefragt. Und: »Wie kann ich dich finden?«

Der Alte hatte zwar die Lippen bewegt, doch der Mund war stumm geblieben.
»Ich bin kein Kind mehr«, hatte Paul gebrüllt. »Verdammt noch mal, Vater, ich bin nicht mehr der kleine Paul von damals! Ich bin ein Mann, und du kannst mit mir reden wie mit einem Mann!«
Der Alte hatte weitergeredet und war trotzdem stumm geblieben.
»Du bist schuld daran, daß ich hier bin! Du warst es, der mich gerufen hat. Ich bin gekommen, siehst du? Ich bin ein gehorsamer Sohn gewesen! Sei du jetzt endlich ein Vater, hörst du? Ich will wieder einen Vater haben. Du hast ihn mir genommen! Jetzt gib ihn mir wieder zurück!«
Die Augen des anderen waren groß und traurig geworden. Die Lippen hatten sich nicht mehr bewegt. Er war aufgestanden und hatte ihm mit einer Handbewegung bedeutet, daß er ihm folgen solle.
Paul hatte ein unendliches Glücksgefühl empfunden.
Er war ihm nachgegangen, bis sie am Rand einer unendlich tiefen Felswand angelangt waren. Sein Vater hatte ihn noch einmal angeblickt und dabei traurig den Kopf geschüttelt. Dann hatte er die Arme ausgebreitet und war in die Tiefe gesprungen.
Paul war oben gestanden und hatte nur eine unendliche Ratlosigkeit gespürt.
Mußte er ihm nachspringen, um bei ihm bleiben zu können, oder hatte er ihn endgültig und für immer verloren? Hatte der Vater als Preis für das Zusammensein sein Leben gefordert? Oder mußte er, um am Leben zu bleiben, auf den Vater verzichten?
Paul war aufgewacht, bevor eine Antwort gekommen war.
Er blieb im Schatten der großen Mauer stehen. Jetzt, wo er seine Schritte nicht mehr hörte, hatte die Nacht nur noch

wenige Geräusche. Da waren nur das sanfte Säuseln des Windes und das leise Fauchen seines eigenen Atems.

Hinter der Hütte war nur weites Land. Und die Ungewißheit.

Warum sagte ihm keiner, was sein Vater noch geschrieben hatte? Welche schreckliche Wahrheit wartete dort draußen auf ihn?

Irgendwo, nicht weit von ihm, rollten ein paar Steine über einen Hügel.

Paul hielt den Atem an.

Irgend etwas schlurfte über das Geröll, dann hörte er Schritte.

Ein Mensch?

Kein Mensch verirrt sich nachts in diese gottverlassene Gegend! Und wenn er es doch tut, dann hat er ein Ziel und versteckt sich nicht wie ein verdammter Dieb.

Es muß ein Tier sein. Ein streunender Köter wahrscheinlich. Oder eine hungrige Katze.

Trotzdem hatte es geklungen, als würde sich ein Mensch davonmachen.

Paul zuckte die Schultern.

Es war die Nacht. Der Wind. Und die Kälte. Vielleicht waren es auch die Nachwirkungen des verrückten Traumes, die ihn genarrt hatten.

Er pinkelte ins dürre Gras, dann ging er zur Hütte zurück. Der Mönch schnarchte noch immer.

Als er sich wieder hingelegt und in seine Decke eingerollt hatte, spürte er, wie ihn Pema zart schubste.

»Wo warst du?« flüsterte sie.

»Dort, wo ein Mann hingeht, wenn ihn die Blase drückt«, flüsterte er zurück.

Sie kicherte, und er antwortete mit einem ärgerlichen Grunzen.

Als er wieder erwachte, war es Morgen.
Das Fenster war zu klein, um freundliches Licht hereinzulassen. Der Raum war düster, aber er konnte das Mädchen sehen, das neben dem wiederbelebten Feuer hockte und Tee kochte.
Die Pritsche, auf der der Alte gelegen hatte, war leer.
Paul streckte sich stöhnend.
»Guten Morgen«, sagte sie.
Er richtete sich auf und rieb sich die Augen.
»Laß uns hoffen, daß er auch wirklich gut wird«, sagte er.
Sie drehte sich um und lächelte.
»Jeder Morgen ist gut«, sagte sie. »Weil er unschuldig und neu ist. Es ist erst der Tag, der schlecht werden kann.«
Paul stöhnte und kramte eine weitere Platitüde aus dem morgendlich lahmen Schädel.
»Allzuviel Philosophie am Morgen schafft Kummer und Sorgen!«
Jetzt stöhnte sie.
»Du darfst noch Paul sein«, sagte sie, »Jigme, der Tölpel, ist erst später dran!«
»Für einen neunzehnjährigen Grünschnabel bist du reichlich frech«, zischte er mit gespieltem Zorn.
Er sprang auf und stürzte auf sie zu. Sie brachte nur ein erschrecktes Piepsen hervor, dann hatte er sie in seinem Würgegriff.
»Ich verlange Respekt, hörst du?« knurrte er. »Schließlich bin ich dein älterer Bruder, und unser Vater hat mir aufgetragen, auf deine Erziehung zu achten!«
Sie wand sich wie eine Katze, und Paul spürte die Kraft, die in ihrem kleinen Körper steckte. Er hätte ernstlich zudrükken müssen, um sie halten zu können. Es dauerte nur Sekunden, bis sie frei war und sich mit zornrotem Gesicht vor ihm aufgebaut hatte.

»Mach das nie wieder, hörst du? Greif mich nie wieder so an wie vorhin! Ich bin ein freier Mensch, und niemand, auch du nicht, darf mich gefangenhalten!«
Ihre Vehemenz und Entschlossenheit verblüfften Paul. Er war überrascht, daß sie es damit geschafft hatte, ihn verlegen zu machen.
»Es war doch nur ein Spiel«, stammelte er.
»Wenn es ein Spiel war, dann war es ein verdammt blödes Spiel«, zischte sie. Dann streckte sie ihre Hand aus und legte den ausgestreckten Zeigefinger an seine Brust.
»Spiele es nie wieder mit mir, hörst du, unter keinen Umständen? Nie wieder!«
Paul nickte und beschloß, daß es besser sei, wenn er ihr für eine Weile aus dem Weg gehe. Er trat ins Freie und atmete tief durch.
Pema war kein Kind mehr. Das junge Erwachsensein hatte sie jedoch auch nicht mit der sanften Weiblichkeit einer Frau ausgestattet, die sich gehorsam auf jene Rolle vorbereitete, die sie später in der Gesellschaft spielen würde.
Pema war eine Wildkatze. Sie hatte ihn einen Augenblick lang an jene Frauen erinnert, die Dschungelgrün und Handgranaten am Gürtel trugen und statt Liebesgedichten Kampfparolen im Kopf hatten.
Er grinste und zuckte die Schultern.
Auf alle Fälle war sie zu alt für Kinderspiele. Sie hätte es ihm nicht deutlicher sagen können!
Die Luft war kalt und klar. Der Himmel war großteils noch stahlgrau. Hinter den Ruinen, die links von ihm lagen, sikkerten langsam wärmere Farben durch. Zuerst Rot und Orange, dann schob sich die gelbe Kugel über den Rand der Mauern. Es war ein kahles und kaltes Land, doch die Sonne machte es in diesen Augenblicken unbeschreiblich schön. Sie verwandelte den Himmel in einen bunten Malkasten und

schmückte das düstere Land mit glitzernden Strahlenbündeln.
Paul setzte sich auf einen Stein und genoß das Farbenspiel. Es verdrängte die Beklemmung, die er bisher ständig in sich herumgetragen hatte. Seine Gedanken standen still. Er fühlte sich wohl. Zum ersten Mal seit langem.
Als die Wolken wieder weiß waren und es nur noch Blau am Himmel gab, legte sich eine Hand auf seine Schulter.
Er hatte an Pema gedacht, doch waren es die häßlichen gelben Nägel des alten Mönchs, die er sah. Er hatte ihn nicht kommen gehört.
»Es ist Zeit«, sagte die dunkle Stimme.
»Zeit wofür?« dachte Paul, als er sich langsam zu ihm umdrehte.
Zeit für den Wahnsinn, auf den er sich eingelassen hatte? Zeit für Jigme, den Tölpel? Zeit für Paul, den braven Sohn, der nach der Wärme suchte, die ihm sein Vater nie gegeben hatte? Zeit für Doktor Silman junior, den großen Forscher, der auf dem Weg zur Unsterblichkeit war?
Er blickte in das Gesicht des Alten, der den zahnlosen Mund zu einem grimassenhaften Lächeln geöffnet hatte, und sah das Gesicht aus seinem Traum. Sein Vater und den wirren Bart, die traurigen Augen und den Sprung in die Tiefe.
»Ich will wissen, was im Brief meines Vaters gestanden hat«, sagte er hart. Es klang wie ein Befehl, doch die Worte prallten wirkungslos am Gesicht des Alten ab.
»Er lebt«, sagte er. »Das muß dir genügen!«
Paul schüttelte den Kopf wie ein trotziges Kind.
»Es genügt mir nicht. Ich will mehr wissen! Ich will alles wissen!«
Die gelben Nägel des Mönchs schnitten wie kleine, scharfe Messer in seine Schulter. Das Gesicht hatte sich in eine runzelige Fratze verwandelt, und die Wassertropfen versik-

kerten in schmalen Augenschlitzen, die ihn schwarz anblitzten.

»Es geht nur Tibet an, verstehst du?«

Er nahm die Hand von Pauls Schulter, ballte sie zur Faust und hieb sich damit gegen die Brust.

»Hier, in diesem alten Herzen, ist etwas eingeschlossen, und es gibt keinen Schlüssel mehr dafür. Es ist ein Wissen, das heiliger ist als alles andere in diesem Land. Heiliger als alle Geheimnisse dieser Welt. Man hat uns zu den Hütern dieses Geheimnisses gemacht. Nur uns! Verstehst du?«

Die Hand griff wieder nach Pauls Schulter, und die gelben Messer bohrten sich wieder in seine Haut.

»Frag mich nie wieder danach!«

Die Stiche der gelben Nägel schmerzten ihn. Paul hätte sie gern abgeschüttelt, aber es gab viel Wichtigeres. Er war in der Nähe des Geheimnisses. Der alte Mönch hatte mehr gesagt, als er wahrscheinlich gewollt hatte. Paul mußte die nächste Frage stellen. Es mußte eine kluge Frage sein. Sie mußte ihm die Chance eröffnen, einen winzigen Schritt weiterzugehen. Dann gab es vielleicht noch einen winzigen Schritt. Er wußte aber auch, daß die nächste Frage, falsch gestellt, alles zerstören konnte.

»Ich bin ein Fremder«, sagte er.

Die Augen des Alten waren wachsam.

»Mein Vater war ein Fremder«, fuhr Paul fort.

Der Blick des Alten veränderte sich nicht.

»Also war es ein Fremder, der Thangme und dir die Tür zum großen tibetischen Geheimnis geöffnet hat!«

Paul hatte langsam gesprochen. Nach jedem Wort hatte er im Gesicht des Alten nach dem Zeichen gesucht, das alles vernichtet hätte. Es war wie ein Marsch auf dünnem Eis gewesen.

Paul hatte dem Mönch in die Augen gestarrt. Sie hatten das,

was dahinter lag, verborgen. Kalt wie eine schwarze Wand. Sie hatten jedoch auch nicht gesagt, daß Paul schweigen sollte. Der Alte hörte ihm zu. Am Ende von Pauls letztem Satz nickte er sogar.

Paul wußte plötzlich, daß der Mönch ein Spiel mit ihm spielte. Es war eine Prüfung, und der Alte hatte genau gewußt, daß Paul so reagieren würde. Er hatte ihm eine Chance gegeben, und es lag an Paul, sie zu nutzen. Er spürte, wie ihn die Gedanken des Alten umkreisten wie ein Katze, die auf die Maus lauerte.

Paul hatte sich mit einigen Fragen vorgewagt. Es waren gute Fragen gewesen, weil sie ihm die Tür nicht zugeschlagen hatten. Sie waren jedoch nicht gut genug für eine Antwort gewesen.

»Mein Vater«, sagte Paul langsam, »ist kein Ausländer mehr. Er ist auch kein Mensch mehr. Er ist mehr. Mehr als ihr es seid!«

Der Blick des Alten veränderte sich. Er lauerte jetzt.

Paul spürte, daß er auf der richtigen Spur war.

»Mein Vater ist ein Gott«, sagte er mit fester Stimme.

Der Blick des Alten löste sich auf. Er schloß die Augen und stieß einen schmerzlichen Schrei aus.

»Genug!« kreischte er und schüttelte sich dabei, als sei er soeben aus einem bösen Traum erwacht.

Paul wußte, daß er am Ende des Weges angelangt war. Jetzt ging es nur noch darum, den Anfang wiederzufinden. Der Mönch saß lange mit geschlossenen Augen da. Bewegungslos und starr. Als er die Augen öffnete, waren sie wieder klar wie Wassertropfen. Der zahnlose Mund verbog sich sogar zu einem Lächeln. Paul mußte dem Blick des Mönchs endlos lange standhalten, bevor der runzelige Kopf zu nicken begann.

»Ich werde dir helfen«, sagte die dunkle Stimme. »Du bist

ein Teil von ihm, und nur er allein kann entscheiden, ob du auch zu einem Teil des Ganzen werden kannst.«
Die gelben Nägel griffen wieder nach seiner Schulter. Paul wehrte sich nicht. Er hatte versucht zu gewinnen und hatte es nur geschafft, nicht zu verlieren.

Markus Walbergs Public-Relations-Abteilung hatte dafür gesorgt, daß die Abreise seiner Tochter nicht unbemerkt über die Bühne ging.
Während draußen auf dem Rollfeld der Charterjet mit der Expeditionsausrüstung beladen wurde, drängten sich in der VIP-Lounge des Flughafens Reporter, Fotografen und Kameraleute um Anne Walberg. Auf einem Tischchen neben der Tür lag der Stapel mit den Presseunterlagen. Kurzbiographien aller Teilnehmer, Fotos aller Teilnehmer und ein Kurzstatement der Expeditionsleiterin über die Hintergründe und Ziele des Unternehmens.
Die Meute war zwar informiert, aber immer noch ratlos.
In ihrer realistischen Welt war der geheimnisvolle Schneemensch ein ebensolches Hirngespinst, wie es Nessie war. Oder eine Ufo-Sichtung. Man stürzte sich zwar auf jede neue Story, die in diesem Zusammenhang auftauchte, glaubte jedoch keinen Augenblick lang an die Seriosität solcher Meldungen.
Jetzt stand der Darling der Medien vor ihnen, die makellose Wissenschaftlerin, und riskierte es, sich der Lächerlichkeit preiszugeben.
»Was unterscheidet Ihr Unternehmen von all den anderen, die im Lauf der letzten Jahrzehnte vergeblich nach dem Yeti gesucht haben?« fragte ein Fernsehreporter.
Anne wußte genau, wie sie zu lächeln hatte, um im Fernsehen am besten zur Geltung zu kommen.
»Alles«, sagte sie.

Der Reporter blickte sie einen Augenblick lang verwirrt an, dann gab er sich einen Ruck und ging schnell wieder an die Arbeit.
»Wie soll ich das verstehen?« fragte er.
»Wie ich es gesagt habe«, lächelte Anne. »Ich habe ein Team von ausgesuchten Fachleuten zur Verfügung – bessere hat es nie gegeben. Die Ausrüstung und die technischen Hilfsmittel entsprechen dem absolut letzten Stand der Technik!«
Sie wandte den Blick vom Reporter ab und blickte direkt in die Kamera.
»Und vor allem«, sagte sie bedeutungsvoll, »haben wir Informationen, die vor uns noch niemand hatte!«
»Beweise«, sagte der Reporter, »haben Sie auch Beweise für die Existenz dieses Wesens?«
»Wenn Sie damit meinen, daß sich eine halbverweste Hand oder ein abgetrennter Schädel in meinem Besitz befinden, muß ich Sie enttäuschen. Wenn es wissenschaftlich haltbare Beweise gäbe, wäre das Rätsel um die Existenz dieses Wesens doch wohl schon gelöst, nicht wahr?«
Sie schüttelte den Kopf.
»Nein, Beweise haben wir keine!«
Sie hob abwehrend die Hand und lächelte.
»Ich sage es anders: Noch haben wir keine Beweise!«
»Was macht Sie so sicher, daß Ihre Expedition erfolgreich sein wird?« fragte ein anderer Reporter und hielt ihr sein Mikrofon vor das Gesicht.
Anne stöhnte und hob jetzt in einer hilflosen Geste beide Hände.
»Das habe ich doch schon gesagt, meine Herren. Es sind drei Dinge: die Qualität des Teams, die Qualität der Ausrüstung und die Qualität der Information, die vor uns noch keinem zugänglich war!«
»Welche Information«, fragten mehrere gleichzeitig.

Sie runzelte verärgert die Stirn.
»Sie verlangen doch nicht im Ernst von mir, daß ich jetzt vor laufenden Kameras mein geheimstes Wissen ausplaudere. Da geht es um Jahre harter Arbeit und am Ende wohl auch um Glück!«
Sie nickte entschlossen.
»Ja, um sehr viel Glück! Ich habe das Glück gehabt, ein Schriftstück zu entdecken, das ...«
Sie ließ den abgehackten Satz im Raum stehen und winkte energisch ab, als weitere Fragen auf sie einprasselten.
»Das muß genügen! Ich habe ohnehin schon zuviel gesagt. Wünscht uns Glück und Erfolg. Wenn alles klappt, sehen wir uns in einigen Wochen hier wieder. Dann werdet ihr alles erfahren!«
Sie schob einige Mikrofone zur Seite und drängte sich durch die Meute.
»Bedient Euch am Buffet, Ihr seid herzlich eingeladen«, rief sie über die Schulter zurück. Dann öffnete sie die Glastür und eilte den Gang entlang. Durch einen versteckten Hinterausgang erreichte sie das Rollfeld.
Der schwarze Mercedes ihres Vaters stand bereit, um sie zur wartenden Maschine zu bringen.
Sie stieg hinten ein und setzte sich neben Markus Walberg.
»Wie war's?« fragte er.
»Etwas hektischer als sonst«, antwortete sie. Die Meute hat hechelnd auf die Sensation gewartet.«
»Hast du sie ihnen gegeben?«
Sie legte einen Arm um seine Schulter und schmiegte sich an ihn.
»Nur zum Teil!«
»Gut, meine Kleine«, flüsterte er und streichelte ihr Haar. »Damit ist die erste Auflage deines nächsten Buches bereits verkauft!«

Beim Frühstück erfuhr Paul den Namen des alten Mönchs. Er hatte nie danach gefragt, und es hatte für ihn auch absolut keine Rolle gespielt.

Es gab Tee und Tsampa, und Pema hatte ihn Thubten genannt, als sie ihn gefragt hatte, ob er mehr Tee wollte.

Jetzt, wo die Sonne auch das Innere der Hütte etwas erwärmt hatte, hätte sich Paul gern wieder in seine Decke eingerollt und geschlafen. Fest und tief und warm. Ohne Träume. Nur, um den Körper wieder aufzuladen. Die Müdigkeit wegschlafen, die er ständig mit sich herumschleppte. Wahrscheinlich war es die Höhe, die ihm noch immer zu schaffen machte.

Der Alte erhob sich ächzend von seiner Pritsche und schlurfte zur Tür.

»Komm mit, Fremder«, sagte er, bevor er ins Freie trat.

Sie gingen links an der großen Mauer vorbei. Es gab keine Wege mehr. Ringsherum nur Schutt und geborstenes, zum Teil halbverbranntes Holz. Die Reste der Häuserwände und Geröllwälle, die das zerstörte Kloster zu einem Labyrinth machten. Für Paul war alles gleich, weil alles gleich zerstört war.

Der Alte, der sich vor ihm mit verblüffender Behendigkeit bewegte, schien einer unsichtbaren Straße zu folgen. Paul, der immer wieder stolperte, hatte Mühe, das Tempo zu halten. Er war so sehr mit sich und den Tücken des Weges beschäftigt, daß er gar nicht merkte, daß der Mönch vor ihm stehengeblieben war. Paul hätte beinahe einen Schritt zuviel getan und wäre in ein tiefes Loch gefallen, das sich vor ihm auftat. Er taumelte, ruderte wild mit den Armen und schaffte es nur mit Mühe, das Gleichgewicht wiederzuerlangen.

Der Alte hatte keine Hand gerührt, um ihm zu helfen.

»Verdammt«, fauchte Paul und wischte sich den Schweiß

von der Stirn. »Ich könnte jetzt auch in diesem beschissenen Loch unten liegen!«
Er hatte es in seiner Sprache gesagt, doch der Alte hatte ihm ohnehin nicht zugehört.
Er deutete mit dem Kopf auf das Loch, und Paul sah es sich genauer an.
»Was siehst du?« fragte der Mönch.
Dort unten standen die Reste dicker Mauern. Die Seiten waren senkrecht und glatt. Es war ein riesiger unterirdischer Raum, und jemand mußte ihn unter unendlichen Mühen aus dem Stein gemeißelt haben, der das Fundament des Klosters gebildet hatte.
»Ein Gewölbe«, sagte Paul. »Ein riesiges unterirdisches Gewölbe!«
Der Alte nickte.
»Jahrhundertelang war es einer unserer geheimsten Orte. Hier und nicht in Lhasa oder in einem der berühmteren Klöster wurden die wertvollsten Dokumente aufbewahrt. Es hat immer nur ganz wenige Menschen gegeben, die davon gewußt haben. Ich war einer dieser Würdigen.«
In der Stimme war Stolz, doch das alte Gesicht war nicht mehr in der Lage, ihn zu zeigen.
Als er weiterredete, tat er es mit Bitterkeit.
»Es war einer dieser Würdigen, der diesen schändlichen Verrat begangen hat«, schrie er mit der ganzen Wut, zu der er noch fähig war, und zeigte mit beiden Händen auf das Loch.
»Die Chinesen!« sagte Paul.
»Niemand, kein menschliches Wesen, wäre jemals in der Lage gewesen, den Eingang zu finden, ohne sein Geheimnis zu kennen«, sagte der Alte ruhiger. »Sie haben ihn sofort entdeckt. Dann haben sie alles zerstört.«
»Und die Bücher ...«, sagte Paul. »Du hast doch gesagt, daß mein Vater ...«

Wenn sich die Runzeln im Gesicht des Mönchs geglättet hätten, dann hätte Paul jetzt ein zufriedenes Lächeln sehen können.

»Ja, ja, die Bücher«, sagte der Alte.

»Die gibt es doch noch?«

»Es gibt sie!«

Er kicherte wie ein zehnjähriger Junge nach einem gelungen Lausbubenstreich.

»Es gibt sie noch, weil ein Verräter den Verräter verraten hat. Die Chinesen haben nur ein leeres, tiefes, schwarzes Loch gefunden!«

»Halleluja«, rief Paul.

Der Alte schaute ihn fragend an.

»Nur so ein Wort. Wir benutzen es, wenn wir großes Lob aussprechen wollen.«

Der Mönch nickte. Dann redete er weiter.

»Als man mir von dem Verrat berichtete, war nicht mehr viel Zeit. Zum Glück waren die meisten Soldaten, die damals in Shigatse stationiert waren, zu irgendeinem Einsatz in den Süden gerufen worden. Man hatte sie zwar zurückbeordert, aber wir hatten trotzdem noch drei Tage Zeit, um die Schriften zu retten. Es waren viele Schriften, ein ganzer Berg davon.«

Er beugte sich vor und zeigte auf eine Stelle in der rechten hinteren Ecke des Loches.

»Wirklich wichtig waren nur die Dokumente, die in einem kleinen Raum hinter dieser Mauer aufbewahrt wurden.«

Der Alte trat näher an Paul heran.

»Es waren die Weisesten der Weisen, die sie verfaßt haben«, flüsterte er. »Sie haben den Weg, den unser Volk auf seinem Marsch durch die Zeit genommen hat, beschrieben. Vom Anfang unseres Lebens bis jetzt. Und sie werden weiterschreiben, solange es uns auf dieser Erde gibt. Die Geschichte ist der Baum, auf dem wir alle wachsen. Wir sind die Blätter. Und Blätter sind nur stark, solange sie ein Teil des Baumes sind. Wenn sie der Wind fortreißt, sind sie tot! Verstehst du? Wenn es den Chinesen gelungen wäre, unsere Vergangenheit zu vernichten, dann hätten sie uns endgültig entwurzelt!«

Er kicherte wieder.

»Sie waren wütend. Ich habe noch nie Menschen gesehen, die so wütend waren. Das Kichern erstarb.

»Sie waren so wütend, daß sie mich gefoltert und getötet hätten. Aber sie haben mich nicht gefunden. Sie haben niemanden gefunden. Nur die Ruinen, die sie selbst zurückgelassen hatten. Und einen Berg Asche. Weil wir die weniger wertvollen Bücher verbrannt haben. Sie haben stundenlang darin gestöbert und nach Papierresten gesucht, die das Feuer übriggelassen hatte. Es waren nicht viele.«

Der Alte holte tief Luft. Er hatte viel geredet, und es schien ihn ermüdet zu haben.

»Du sollst das alles wissen, bevor ich dich zu den Büchern führe. Du wirst dann einer von wenigen Auserwählten sein.«

»Ein Würdiger«, sagte Paul leise.

Der Alte schüttelte den Kopf.

»Mit dem Verrat ist auch dieses Wort gestorben. Das Geheimnis hat neue Wächter bekommen. Mich, jene drei Auserwählten, die mir geholfen haben, die Bücher in Sicherheit zu bringen, deinen Vater und jetzt dich!«

Er drehte sich um und begann wieder zu gehen.

Er ging jetzt viel langsamer, und Paul konnte ihm ohne Mühe folgen.

Wenn der alte Mönch recht hatte, dann gab es nur fünf Menschen, die Zugang zu den geheimen Archiven der Tibeter hatten. Für einen Wissenschaftler wie ihn ein unermeßlicher

Schatz. Andere hätten dafür alles gegeben, was sie besaßen, einige vielleicht sogar ihren rechten Arm oder eine Niere. Was hätte Anne Walberg dafür gegeben? Paul versuchte, sich an ihr Gesicht zu erinnern, er sah jedoch nur das blonde Haar. Wo war sie jetzt? Er rechnete kurz nach. Wenn sie sich mit den Vorbereitungen sehr beeilt hatte, würde sie bald aufbrechen können. Sie brauchte ja nur seinen Spuren zu folgen!

Paul stoppte den Gedanken, dann grinste er. Wenn Anne Glück hatte, konnte sie der Spur bis Shigatse folgen. Dort würde sie erkennen müssen, daß sich die Person, die einst Paul Silman war, in Luft aufgelöst hatte. Es gab nur noch Jigme, den Tölpel. Von dessen Existenz würde sie nie erfahren. Paul fragte sich, ob Anne überhaupt wußte, daß er hier war. Sie hätte nur ein paar kleine Nachforschungen anstellen müssen, um es zu erfahren. Wahrscheinlich hätte sogar ein Anruf beim Reisebüro genügt. Oder bei der chinesischen Botschaft.

Paul schüttelte den Kopf. Sie wußte es nicht! Er und sein Leben waren für sie immer ohne jede Bedeutung gewesen, wenn sie sich auf eine ihrer großen Aufgaben vorbereitet hatte. Anne war eine Frau, die Nebensächlichkeiten wie die Sexualität einfach wegschafften, wenn es darum ging, all ihre Energie auf ein großes Ziel zu konzentrieren. Paul war überzeugt, daß sie auch ihn weggeschaltet hatte. Und er wunderte sich, daß ihn der Gedanke daran nicht schmerzte. Vor nicht allzu langer Zeit hatte er noch geglaubt, daß er sie liebe.

Sie hatten das Ende des Ruinenlabyrinths erreicht, und der Alte steuerte auf die hohe Mauer vor seiner Hütte zu.

Paul, der erwartet hatte, daß ihn Thubten, der Auserwählte, nun an den geheimen Ort führen und in den historischen Schriften stöbern lassen würde, war enttäuscht. Hatte es sich der Alte doch noch überlegt? Hatte er einen Fehler gemacht? Sich als unwürdig erwiesen? Er kramte in der Erinnerung, fand jedoch nichts.

Der Alte blieb stehen, bevor sie die Mauer umrundeten und auf die Lichtung traten, auf der Pema sie sehen würde.

»Die Bücher«, sagte Paul.

Der Alte legte ihm wieder die gelben Klauen auf die Schulter.

»Du warst bereits ihr Wächter«, sagte er.

Paul blickte ihn verständnislos an. Der Alte kicherte wieder.

»Du hast eine ganze Nacht lang auf ihnen geschlafen!«

»Deine Hütte?«

»Meine Hütte!« nickte der Alte. »Die schäbige, alte, nichtsnutzige Hütte! Sie war immer schon die Behausung des Würdigen. Nur er durfte wissen, daß hier ein winziger Geheimgang beginnt, der direkt zum Gewölbe der Vergangenheit führt!«

»Als die Chinesen kamen«, dachte Paul laut, »hast du dich dort versteckt. Inmitten der alten Bücher.«

»Ich und die drei anderen«, nickte der Alte.

Paul fragte nicht, wer sie waren. Er kannte sie nicht und würde sie wahrscheinlich auch nie kennenlernen.

»Das Mädchen«, sagte der Mönch leise. »Wir müssen das Mädchen wegschicken.«

»Wie lange wird es dauern?« fragte Paul.

»Die Bücher sind nicht geordnet«, sagte der Alte. »Dein Vater hat das Buch, das er gesucht hat, erst nach mehreren Tagen gefunden. Dann hat es noch einige Tage lang gedauert, bis er die Teile, die für ihn wichtig waren, abgeschrieben hat.«

Thubten zuckte die Schultern.

»Seit damals hat sich keiner mehr mit den Büchern beschäftigt. Vielleicht hast du Glück, und er hat es so abgelegt, daß es rasch zu finden ist.«

»Wir sagen Pema«, schlug Paul vor, »daß sie nach Shigatse zurückgehen und nach drei Tagen wiederkommen soll.«
»Das sagen wir«, nickte der Alte.
»Sie wird es verstehen«, sagte Paul.
Das Mädchen stellte nur eine einzige Frage.
»Was ist, wenn Ihr das, was Ihr sucht, in drei Tagen noch nicht gefunden habt?«
»Dann ...«, sagte der Alte, kratzte sich am Kopf und machte eine kurze Denkpause.
Schließlich sagte er: »Dann mußt du eben noch einmal für drei Tage nach Hause gehen.«
Pema lächelte.
»Ich hoffe, daß es euch gelingt.«
Sie packte ihr Bündel. Dabei erklärte sie Paul kurz, wie und wofür er das Kochgeschirr verwenden sollte. Als sie fertiggepackt hatte, nickte sie den Männern zu und verschwand.
»Ein gutes Kind«, grunzte der Alte und wackelte zufrieden mit dem Kopf.
Erst jetzt kam Paul erstmals zu Bewußtsein, wie angenehm es war, Pema um sich zu haben. Sie trug nicht nur das schwerere Bündel, sie erledigte mit spielerischer Leichtigkeit auch alle Arbeiten. Er brauchte nur wie ein Hund hinter ihr herzutrotten. Er hatte sich an sie gewöhnt, vielleicht sogar mehr als das. Sie war eben auch eine Frau.
Paul schüttelte den Kopf und verwarf den Gedanken wieder. Schließlich hatte er ihrem Vater ein Versprechen gegeben.
»Hier«, sagte der Alte und zeigte auf die Matten, die am Boden lagen.
Paul bückte sich und zog sie zur Seite.
Alles, was er sah, war festgestampfte Erde. Wie überall in der Hütte.
»Du mußt graben«, befahl die Stimme des anderen.
Paul streckte ihm die leeren Hände entgegen.

»Damit?«
Der Mönch kicherte.
»Dort drüben, unter meinem Bett«, sagte er.
Pauls Hände ertasteten bald einen harten, länglichen Gegenstand. Es war ein verrostetes Messer. Eigentlich war es ein Dolch. Die breite Klinge war etwa dreißig Zentimeter lang. Das Holz am Griff war glatt und schwarz. Das Messer mußte uralt sein.
»Dein Vater hat es auch benutzt«, sagte der Alte.
Pauls Herz schlug plötzlich schneller, die Finger schlossen sich fester um den Griff. Was sie spürten, war glatt und hart und kalt.
»Du Idiot«, ärgerte er sich. »Es ist nur ein Messer, nichts anderes.«
Er ging zu der Stelle zurück, die ihm Thubten vorhin gezeigt hatte, und stach mit der Messerspitze in den Erdboden. Er war weicher, als er angenommen hatte, und die Klinge stieß bereits nach wenigen Sekunden in etwa zehn Zentimetern Tiefe auf etwas Hartes. Eine Viertelstunde später hatte er eine quadratische Steinplatte freigelegt. Die Seiten waren kaum einen halben Meter lang. Ein dicker Mann hätte sich wohl nur schwer durch das Loch, das sie verdeckte, zwängen können. Um sie leichter herausheben zu können, hatten sie ihre Erzeuger mit zwei Eisenringen ausgestattet.
Der Alte war nur eine vage Silhouette, die im Türrahmen stand.
Ein gesichtsloser Wächter, der auf das Heranrücken des Feindes wartet.
»Licht«, sagte die Stimme. »Du brauchst dort unten Licht! Du mußt meine Lampe nehmen!«
Paul nahm die Petroleumlampe vom Haken, an dem sie von der Decke hing, und schüttelte sie. Er hatte keine Ahnung, wie lange der Inhalt reichen würde, doch Spannung und Un-

geduld waren jetzt so groß geworden, daß er keine Zeit mit dem Auffüllen verschwenden wollte.
Er baute sich über der Platte auf, umklammerte mit beiden Händen den Ring und setzte alles ein, was er an Muskelkraft besaß, um sie bereits beim ersten Versuch aus dem Boden zu reißen.
Zu seiner eigenen Überraschung gelang es ihm auch. Der Stein, der den geheimsten Ort Tibets beschützte, war kaum fünf Zentimeter dick und nicht schwerer als ein voller Benzinkanister.
»Lege ihn so neben das Loch, daß du ihn, wenn du unten bist, leicht erreichen kannst«, sagte der Alte, bevor Paul den Stein absetzen konnte. »Du mußt den Eingang wieder verschließen. Es ist nicht schwer. Du kannst ihn ohne Mühe von unten öffnen.«
Als der Stein so lag, wie er es sich vorgestellt hatte, gab ihm der Alte die letzten Instruktionen.
»Nimm dir Essen mit und Wasser. Du mußt dort unten bleiben, bis du dein Ziel erreicht hast. Nimm auch genügend Petroleum mit. Dort drüben findest du eine volle Flasche davon.«
Die Silhouette blickte sich kurz um, dann verließ sie das helle Rechteck und wurde wieder zu einem alten Mann.
»Als dein Vater hier war, war ich jünger. Und kräftiger. Damals habe ich auch noch einen Helfer gehabt, der hier oben nach dem Rechten gesehen hat. Wir waren tagelang dort unten, dein Vater und ich. Du mußt es allein tun.«
Paul hatte keine Chance, den Klauen auszuweichen, die sich blitzschnell auf seine Schulter legten und in die Haut bohrten.
»Keine Angst. Ich werde immer in der Nähe sein!«
Er hob die zweite Hand und hielt Paul den ausgestreckten Zeigefinger vors Gesicht.

»Klopfe mit dem Griff des Messers dreimal gegen den Stein, wenn du herauswillst. Bewege ihn aber erst, wenn auch ich dreimal geklopft habe. Nur dann kannst du sicher sein, daß hier oben alles in Ordnung ist, verstehst du?«
Paul nickte ungeduldig.
Der Alte hatte natürlich recht. Ein ständiges Auf und Ab wäre viel zu gefährlich.
Er trug rasch alle Sachen zusammen, die er dort unten benötigen würde. Den Sack mit dem Tsampa, die paar Fladen Brot, die Pema von zu Hause mitgebracht und hiergelassen hatte, den Tontiegel mit der Butter, den Petroleumkanister. Zu seinem Glück hatte Pema den großen Wasserkrug des Alten am Morgen gefüllt. Sonst hätte er jetzt selbst zum Bach gehen müssen, der irgendwo dort draußen vorbeiplätscherte.
»Nimm ihn«, sagte der Alte. »Er wird reichen. Ich brauche nicht viel Wasser. Ein paar Tropfen für den Tee. Dafür kann ich euren Topf nehmen.«
Paul nickte ihm dankbar zu.
»Geh' jetzt«, befahl der Alte barsch und ging wieder zur Tür zurück.
Paul setzte sich auf den Boden und ließ beide Füße ins Loch baumeln. Nach einigem Tasten fanden sie die oberste Sprosse einer Leiter.
Er zündete die Petroleumlampe an und leuchtete damit in das schwarze Viereck hinab. Er sah nur den Beginn eines dünnen Schachtes und die obersten Sprossen einer Holzleiter, die zwar alt und verwittert, aber immer noch solide aussah.
Paul stieg hinab und erreichte nach etwa drei Metern den Schachtboden. Vor ihm öffnete sich ein enger Gang, der gerade so hoch war, daß er gebückt gehen konnte.
Als er alles, was er für seinen Aufenthalt in der Dunkelheit

brauchte, nach unten gebracht hatte, stieg er noch einmal hoch und zog den Stein über das Eingangsloch. Als das Licht von außen nur noch durch eine letzte Ritze drang, hielt er einen Augenblick lang inne. Der Stein drückte schwer auf seine Arme, doch irgend etwas hielt ihn davor zurück, das Loch zur Außenwelt endgültig zu verschließen. Er war im Begriff, sich selbst zum Gefangenen zu machen. Dort oben brauchte nur einer einen schweren Gegenstand auf den Dekkel zu stellen, und er würde das Tageslicht, das er jetzt gerade noch sah, nie mehr erleben können. Wer war der Alte überhaupt? Er kannte ihn doch gar nicht. Sicher nicht gut genug, um ihm sein Leben anzuvertrauen. Er lebte in einer Stätte der Zerstörung. In einer Geisterstadt. Vielleicht hatte ihn das verrückt gemacht. Vielleicht fühlte er sich als Racheengel. Vielleicht hatte er Pema nur weggeschickt, weil er keinen Zeugen wollte. Vielleicht würde er auch sie umbringen, wenn sie nach drei Tagen zurückkehrte. Vielleicht gab es dort unten gar keine Bibliothek. Vielleicht würde er nur die Skelette der Opfer des verrückten Mönchs finden. Und ganz sicher würde dann auch das seines Vaters dabeisein.

Paul hatte keine Ahnung, warum er das Loch trotzdem verschloß. Die Zweifel und das Mißtrauen, die eben noch an ihm genagt hatten, waren plötzlich weg. Es war, als hätte er sich gehäutet wie eine Schlange. Später glaubte er, daß er sich in diesem Augenblick von seinem alten Ich getrennt hatte. Er hatte es bis hierher mitgeschleppt, und es hatte noch immer viele seiner Gedanken und Handlungen gesteuert. Die Regeln, die man einhalten muß, um in seiner alten Welt ein respektiertes Leben führen zu können, sind mit westlicher Logik oft gar nicht mehr als solche erkennbar. Weil es das Unterbewußtsein ist, das sie steuert.

Begriffe wie Gut und Böse sind durch moralische und gesetzliche Richtlinien so klar definiert, daß niemand auch nur auf

den Gedanken kommt, ihre Wertigkeit anzuzweifeln. Gibt es Böses, das auch gut sein kann? Und umgekehrt?
Glück und Unglück. Erfolg und Mißerfolg. Ist Erfolg nicht etwas, das vor allem von den anderen beurteilt wird? Kann das, was die anderen als Mißerfolg einstufen, für den Betroffenen nicht auch ein Erfolg sein? Leben und Tod. Ist es nicht die Angst vor dem als das Schrecklichste Vorstellbaren, dem Tod, die manchmal die Lust am Leben hemmt?
Vielleicht war es die Angst vor dem Tod – mehr noch: die krampfhafte Suche nach der Angst vor dem Tod –, die das Unterbewußtsein des alten Paul als Steuermechanismus oder Warnsignal eingesetzt hatte, weil das in der alten Welt eben so üblich war.
Als sich das Schwarz über Paul geschlossen hatte und er im warmen Licht der Petroleumlampe die Leiter hinunterstieg, war ihm nur klar, daß er weder Angst noch Zweifel hatte. Er tat das, was er tun wollte. Aus freien Stücken.
Es roch nach Erde und Berg und Moder. Paul strich mit der Hand über die Steinwände und stellte fest, daß sie trocken waren. Der Fels, aus dem man diesen Gang gehauen hatte, war fast schwarz.
Nach zwanzig oder dreißig Schritten wichen Wände und Decke zurück und weiteten sich zu einer kleinen mannshohen Höhle. Das Licht der Petroleumlampe schälte Stapel von Büchern aus dem Schwarz. Dunkle, rechteckige Holzstücke, die zusammengebunden waren und beschriebenes Papier umklammerten. Die Männer, die sie hierhergebracht hatten, hatten sie aufgestapelt wie Ziegelsteine. Es gab keine Regale und auch sonst kein Möbelstück. Es gab nichts außer den Büchern und den Höhlenwänden.
Es roch hier anders als im Stollen. Paul hatte ähnliche Schriften schon in seinen Händen gehabt. Vielleicht waren sie nicht so alt gewesen, oder man hatte sie aus anderem Mate-

rial gemacht. Der Geruch in der Höhle war ihm jedenfalls fremd. Es war der Geruch der Bücher. Der Geruch der Vergangenheit.

Er mußte mehrmals durch den Stollen zurückgehen, um seine Habseligkeiten zu holen. Im Zentrum der Höhle war genügend Platz für ein Lager.

Jedes Geräusch, das er verursachte, war ein akustisches Ereignis. Als er den vollen Wasserkrug auf den Steinboden stellte, klang es wie ein Paukenschlag. Er spielte kurz mit den Geräuschen, dann machte er sich an die Arbeit.

Wo würde sein Vater ein Buch ablegen, das er nicht mehr brauchte?

Er nahm eine Schrift vom Stapel und trug sie bis zum Ausgangsschacht zurück. Dort versuchte er, sich in die Stimmung zu versetzen, in der sein Vater damals gewesen sein mußte. Er hatte lange gesucht, am Erfolg gezweifelt, sich immer wieder Mut zugesprochen und hatte dann doch – durch Zufall? – das Ziel erreicht. Es mußte ein unendliches Glücksgefühl gewesen sein.

Er hatte, was er wollte, konnte es kaum mehr erwarten, endlich loszuziehen, und hatte nur noch eine, jetzt lästige und zeitraubende Pflicht zu erfüllen. Er mußte das Buch, das ihm so wertvolle Dienste geleistet hatte, an seinen Platz zurückbringen.

Paul ging rasch durch den Gang, betrat die Höhle und blieb stehen. Der erste Impuls sagte ihm, daß er das Buch an dieselbe Stelle zurücklegen sollte, von der er es genommen hatte.

Sein Vater hatte so viele Bücher studiert, daß er höchstwahrscheinlich nicht mehr wußte, wo das letzte, entscheidende Werk ursprünglich gelegen hatte.

Außerdem hatte er es eilig gehabt. Und da es offensichtlich keine Ordnung gab, die das Finden eines bestimmten Wer-

kes einfacher machen konnte, war der Platz, an dem es früher gelegen hatte, ohne jede Bedeutung.
Das Buch, und daran zweifelte Paul nicht, gehörte zu jenen, die ganz oben auf den Stapeln lagen. Damit hatte er den Standort zwar erheblich eingeschränkt, es blieben aber immer noch an die hundert Bücher, die in Frage kamen.
Paul hatte keine andere Wahl: Er mußte mit dem ersten Buch beginnen.
Als er das Band aufknüpfte, zitterten seine Hände.
Der Knoten, den er löste, war wahrscheinlich vor Hunderten von Jahren geknüpft worden. Von wem?
Als er den Holzdeckel hob, wurde der Geruch, der den Raum erfüllte, noch intensiver. Das grobe Papier war erstaunlich gut erhalten, und die Schriftzeichen waren klar sichtbar. Die meisten davon kannte er.
Der Schreiber berichtete über ein Fest in einem Kloster, dessen Namen Paul nicht kannte. Die höchsten Würdenträger seien anwesend gewesen, weil ein großes Ereignis bevorstand.
Zu Hause, in seiner Universität, hätte Paul vor Freude gejubelt, wenn ihm dieses Buch in die Hände gefallen wäre. Er hätte tagelang wie ein Berserker gearbeitet, um es bis zur letzten Zeile entziffern und übersetzen zu können.
Hier, in dieser Höhle, war der Inhalt jedoch wertlos für ihn.
Er stapelte die beschriebenen Blätter wieder zusammen und legte den Holzdeckel darauf. Dann nahm er das Band und schlang es um das Bündel. Bevor er den Knoten knüpfte, versuchte er sich zu erinnern, wie ihn sein historischer Vorgänger geknüpft hatte. Er wußte es nicht mehr. Paul nahm ein anderes Buch vom Stapel und löste langsam dem Knoten. Er war auf seltsame Art gebunden. Der unbekannte Archivar hatte jedes der beiden Bandenden gefaltet, die Spitzen des Doppelbandes zu einer etwa zehn Zentimeter langen Stoff-

spirale zusammengedreht und diese dann unter den Bandteil gesteckt, den er zuvor um das Buch geschlungen hatte. Um das Band zu lösen, brauchte man eigentlich nur an einem der losen Enden zu ziehen, und das Gebinde löste sich rasch und mühelos auf. Weil es keinen Knoten gab, konnte es auch nie geschehen, daß sich das Band durch einen falschen Handgriff beim Öffnen zu einem schwer zu entwirrenden Gebinde zusammenzog.

»So simpel und doch so genial«, dachte er.

Er schaffte es bereits beim ersten Versuch, das zuvor begutachtete Werk auf die traditionelle Art zu verschließen.

Paul verlor bald jeden Zeitbegriff. Es gab keine Minuten mehr und keine Stunden, es gab nur noch Bücher und seltsame Geschichten aus einer seltsamen Vergangenheit.

Irgendwann begann die Lampe zu flackern, und er goß mehr Petroleum in den Behälter. Er hatte Durst und trank Wasser. Obwohl er nicht hungrig war, stopfte er sich eine Handvoll Tsampa in den Mund und zerkaute es langsam.

Nach dem sechsten Buch schaute er zum ersten Mal auf seine Uhr. Es war kurz vor Mitternacht.

Jetzt, wo er es wußte, spürte er erst, daß er müde war.

Er rechnete kurz nach und erkannte dabei, daß es bei jedem Buch mindestens zwei Stunden lang gedauert hatte, bis er sich klargeworden war, daß ihm der Inhalt nicht weiterhelfen würde. Bei hundert Büchern würden das zweihundert Stunden sein. Wenn er den Schlaf abrechnete, blieben ihm vielleicht noch dreißig, bis Pema zurückkam.

Nur der Zufall konnte ihm helfen. Und das Glück.

Er würde später schlafen. Solange der Wille da war, und die Kraft nicht erlahmte, mußte er weitersuchen.

Er nahm das nächste Buch vom Stapel und ging damit zu seinem Platz neben der Lampe. Bevor er sich auf die am Boden ausgebreitete Decke setzte, zog er an einem losen Bandende, doch der erwartete Effekt blieb aus. Er zog etwas fester, aber der Verschluß löste sich noch immer nicht.

Paul setzte sich und hielt das Buch neben die Lampe. Er sah sofort, daß das Band durch einen ordinären Knoten zusammengehalten wurde. Die Person, die das Buch verschlossen hatte, hatte es entweder eilig gehabt, oder sie hatte die Kunst des leicht lösbaren Spiralverschlusses nie beherrscht.

Die Erkenntnis zuckte wie ein Blitz durch Pauls Gehirn.

Vater! Es konnte nur Vater gewesen sein!

Vielleicht hatte er sich anfangs noch mit dem traditionellen Verschluß abgeplagt, am Ende war ihm jedoch die Zeit davongelaufen. Da war es nur noch darum gegangen, so viele Bücher wie nur möglich zu untersuchen. Er hatte die Bänder verknüpft, wie er sonst seine Schnürsenkel verknüpft hatte. Auf die raschest mögliche Art.

»Ja«, rief Paul und stieß die geballte Faust in die Luft. »Ja, ja, ja! Das ist es! Ich brauche nur nach ordinären, dekadenten Knoten aus der westlichen Welt zu suchen! Danke, Vater!«

Er stand auf, nahm die Lampe mit und untersuchte jedes Buch, das in der ersten Reihe am oberen Stapelrand lag. Am Ende waren es dreizehn, die falsch verknotet waren. Wahrscheinlich gab es noch mehr davon, die lagen jedoch nicht obenauf. Paul war nach wie vor überzeugt davon, daß sein Vater weder Zeit noch Interesse gehabt hatte, das Buch der Bücher irgendwo zu vergraben.

Die Müdigkeit von vorhin war verflogen. Er hatte weder Durst noch Hunger, nur die fiebrige Ungeduld, die ihn weitertrieb.

Es war das siebente der dreizehn Bücher.

Die Schrift war vergilbter als bei den meisten anderen, einige Zeichen waren kaum noch zu erkennen.

Der Schreiber war ein Mann namens Dorje Tsangpo.

Sein Bericht begann mit einem Loblied auf den Abt des Klosters Dikung.
»Die Oberhäupter unserer Familien waren schon vorher zu Rate gesessen und hatten beschlossen, dem Kloster etwas von den Schätzen, die sie aus der Heimat mitgebracht hatten, zu überlassen. Da die kostbaren Kleidungsstücke den Mönchen kaum von Nutzen sein würden, überreichten sie dem heiligen Mann eine geringe Menge des Goldes und einige Silbergefäße. Es sollte uns auf dem nächsten Wegstück Glück bringen. Lhasa war nur noch einige Tagesmärsche entfernt.«
Was nun folgte, ließ Pauls Herz schneller schlagen. Dorje Tsangpo beschrieb die einzelnen Wegstücke so genau, daß Paul Bilder danach hätte zeichnen können. Es gab seltsam geformte Felsen, Wasserfälle, Bäche, die exakte Anzahl der Häuser jedes Dorfes, das durchwandert wurde, er beschrieb das Grasland und die Waldstücke und versuchte sogar, das Ausmaß der Geröllhalden zu schätzen, an denen sie bei der Überquerung eines Passes vorbeigekommen waren.
Er überblätterte den Teil, der den Aufenthalt in Lhasa beschrieb, und suchte fieberhaft nach der erstmaligen Erwähnung des Klosters Tashilunpo.
Hier hatte Gyaldzens Bericht begonnen. Von hier war er losgezogen und siebenundzwanzig Tage lang bis zu jenem Geheimnis gewandert, das Paul hierhergetrieben hatte.
Dabei war Gyaldzen dem Weg gefolgt, den die Familien vor ihnen gegangen waren. Alle waren sie diesen Weg gegangen. Dorje Tsangpo und seine Herren waren die ersten gewesen.
Tashilunpo war Teil des heutigen Shigatse. Der Lagerplatz der Sherpas war, laut Gyaldzen, einen halben Tagesmarsch davon entfernt gewesen. In welcher Richtung? Wenn es der Süden war, dann könnte es sogar ganz in der Nähe gewesen sein.

Als Paul die Stelle endlich gefunden hatte, war er zu müde, um sich darüber freuen zu können. Er machte das Licht aus, rollte sich in die Decke ein und versank erschöpft in einem traumlosen Schlaf.

Da es keinen Lichtstrahl und kein Geräusch gab, die ihn hätten wecken können, schlief er viel zu lange. Als er die Augen aufschlug und nur Schwarz sah, dachte er einen Augenblick lang daran, daß er erblindet sei. Der Schrecken darüber setzte seinen Denkapparat in Bewegung, und bald wußte er wieder, wo er war. Er tastete nach der Lampe und zündete sie mit den Streichhölzern, die er in der Hosentasche verstaut hatte, an.

Er sah das Buch, aber die Begeisterung darüber war noch nicht zurückgekommen. Er hatte bis zur Erschöpfung in den tibetischen Schriftzeichen gewühlt. Es war eine Überdosis gewesen, und er hatte sich trotz des langen Schlafes noch nicht ganz davon erholt.

Paul aß ein Stück von Pemas Fladenbrot, das er zuvor mit etwas Butter bestrichen hatte, und trank Wasser dazu. Er hatte noch immer keinen Hunger, nur das Verlangen nach einer Schale voll mit süßem, heißem, dampfendem Tee.

Auch draußen war es jetzt Nacht. Die Nacht zum dritten Tag.

Was wohl Pema gerade tat?

Er nahm das Buch, und es dauerte eine Weile, bis er die Stelle mit dem Namen des Klosters wiederfand. Als Lagerplatz hatten sie einen Talkessel gewählt, der am Rande von einem Bach durchflossen wurde. Tashilunpo lag in Richtung der aufgehenden Sonne, also im Osten. Unter den Bergen, die das Tal umsäumten, war einer, der aussah wie die Nase eines Mannes.

Paul spürte, wie das Kribbeln zurückkam und die Spannung in ihm schürte.

Er griff nach seinem Notizbuch und dem Schreibstift und begann hastig, sich Notizen zu machen.
Es dauerte endlos lange, bis er endlich die Stelle gefunden hatte, an der der Schreiber vom Weitermarsch berichtete. Paul hatte erwartet, daß man, angesichts der Nähe der Großen Schneeberge, zu einem raschen Aufbruch gedrängt hätte, doch die Familien waren wochenlang in diesem Tal geblieben, weil sie auf ein Zeichen der Götter gewartet hatten. Eine Dakini, die einem Familienoberhaupt namens Rinzing im Traum erschienen war, hatte ihnen schließlich das Zeichen zum Aufbruch gegeben.
Paul schrieb alles nieder, was mit dem Weg zu tun hatte. Dorje Tsangpo war ein extrem aufmerksamer Beobachter gewesen. Er hatte – wohl um den nachfolgenden Familien den Weg zu weisen – jedes auffallende Landschaftsdetail festgehalten und die Lagerplätze genau beschrieben.
Von Tashilunpo aus war es durch rauhes, unbewohntes Land gegangen. Man hatte reißende Flüsse durchquert und sich über steile Bergpässe gequält. Da man die Begegnung mit anderen Menschen, vor allem mit jenen in den unfreundlichen Gelbmützen-Klöstern, vermeiden wollte, war man gezwungen gewesen, einen neuen Weg nach Süden zu finden. Dorje Tsangpo schrieb es der schützenden Hand ihrer Luftwandlerin zu, der Dakini, die ihnen immer wieder im Traum erschien, daß sie diesen Weg auch gefunden hatten.
Ein einziges Mal, und zwar nach dem zehnten Marschtag, lagerte man in einem Kloster. Es war klein und nur nach einem mühsamen Aufstieg über Hunderte von Stufen, die aus dem Fels gehauen worden waren, erreichbar. Die wenigen Mönche, die dort hausten, waren ebenso treue Anhänger der alten Ningmapa-Schule, wie es die Wanderer aus Kham waren.
Paul fragte sich, wie die späteren Sherpas, die ja erstmals in

diese Gegend gekommen waren, von der Existenz dieses Nestes ihrer Glaubensbrüder erfahren hatten. Dorje Tsangpo gab ihm darauf keine Antwort.
Das Kloster hieß Taktu, was übersetzt »Auf dem Felsen« heißt. Paul hatte noch nie von einem Kloster mit diesem Namen gehört. Auch hier hielten sich die Familien mehrere Wochen lang auf. Während dieser Zeit starben zwei von den Alten, und eine Frau brachte ein Mädchen zur Welt.
Paul beschloß, den Alten nach dem Kloster zu fragen. Wenn dieser wußte, wo es sich befunden hatte, würde es seine Reise wesentlich verkürzen. Er konnte dann mit Pema auf dem direkten Weg, vielleicht sogar mit einem Fahrzeug, dorthin reisen und sich zehn harte Marschtage ersparen. Dann würden nur noch siebzehn weitere vor ihnen liegen.
Hinter Taktu wurde das Land noch wilder. Mehrmals mußten hohe Berge umgangen werden, weil es keine Möglichkeit gab, sie zu überschreiten. Die Flüsse waren reißender, und die Luft war merklich kälter geworden.
Am dreiundzwanzigsten Marschtag nach dem Aufbruch vom Tashilunpo-Lager sahen sie fast zwei Jahre, nachdem sie Kham verlassen hatten, zum ersten Mal die Großen Schneeberge.
»Als wir die Paßhöhe erreicht hatten und zum ersten Mal die Götterberge sahen, durchströmte uns alle ein großes Glücksgefühl«, schrieb Dorje Tsangpo. »Die meisten von uns weinten vor Glück. Der Anblick war so erhebend, daß wir anfangs gar nicht bemerkten, daß die Berge von einem kalten, schroffen, menschenfeindlichen Land umgeben waren. Das konnte unmöglich die neue Heimat sein, nach der wir uns so lange gesehnt hatten.«
Am nächsten Morgen hatte ihnen die Dakini jedoch bereits die Antwort geliefert. Ihr Land läge auf der anderen Seite der Berge, hatte Rinzing geträumt. Um es zu erreichen, hatten

sie auf Wunsch der Götter nur noch eine, aber wahrscheinlich die schwerste Prüfung zu bestehen. Sie mußten die Großen Schneeberge überqueren.

Am Ende des siebenundzwanzigsten Tages lagerten sie in einem düsteren Tal, über dem eine dicke Nebelglocke hing. »Es war feucht und kalt, und wir fanden kaum genug trockenes Holz, um ein Feuer zu machen«, berichtete der Schreiber. »Irgend etwas Gespenstisches, Böses, hing über diesem Ort. Am nächsten Morgen drängten alle zu einem raschen Aufbruch. Wir waren froh, als dieses Tal hinter uns lag.«

Paul legte den Notizblock zur Seite und kratzte sich mit dem Schreibstift am Kopf.

Der siebenundzwanzigste Tag. Nur ein nebeliges Tal. Wenn es seit Dorje Tsangpos Beschreibung kein Erdbeben gegeben hatte, durch das die Landschaft drastisch verändert worden war, und er die körperlichen Strapazen des langen Marsches durchstehen würde, dann müßte er dieses Tal anhand der Aufzeichnungen, die er nun besaß, wohl erreichen können. Und dann?

Er hatte nach einem Weg gesucht, insgeheim jedoch auch auf Antworten gehofft. Den Weg hatte er gefunden, die Antworten mußte er sich wohl selbst erarbeiten.

Es würde ein verdammt harter Weg werden.

Um sicherzugehen, las er weiter. Bis zum dreißigsten Tag. Es war, wie Dorje Tsangpo schrieb, ein sonniger Tag, und sie hatten durch Zufall eine Lücke zwischen zwei Bergriesen entdeckt, die ihnen begehbar erschien.

Paul schlug das Buch zu und verschloß es mit einem traditionellen Spiralknoten.

Er überlegte einen Augenblick lang, ob er es so exponiert ablegen sollte, daß es später für jeden leicht zu finden sein würde, legte es dann jedoch wieder dorthin zurück, wo er es ursprünglich gefunden hatte.

Wenn Anne es wirklich schaffen würde, diesen Ort zu finden, dann sollte sie dieselben Voraussetzungen vorfinden, die er gehabt hatte.
Es war der Abend des dritten Tages.
Paul packte seine Sachen zusammen und trug sie zum Fuß des Schachtes.
Er sehnte sich nach Tageslicht, heißem Tee und endlich auch nach Essen.
Der Alte antwortete sofort auf seine Klopfzeichen.
Beim Anheben des Deckels merkte er, wie sehr ihn die drei Tage im Untergrund geschwächt hatten. Er mühte sich minutenlang ab, dann war die Öffnung endlich frei. Der Himmel, den er durch die offene Hüttentür sah, war gerade noch hell.

Anne Walberg räkelte sich ein letztes Mal unter dem heißen Strahl der Dusche, dann drehte sie den Wasserhahn zu und stieg aus der Wanne.
Der Dampf hatte den Spiegel vollkommen beschlagen, und sie mußte ihn erst mit einem Handtuch trockenwischen, bevor sie ihr Gesicht sehen konnte. Es sah auch ohne Make-up recht gut aus. Der lange Flug hatte keine sichtbaren Spuren hinterlassen.
Sie frottierte ihr Haar, schlang ein Badetuch um den Körper und ging ins Wohnzimmer. Es war das beste Hotel in Kathmandu, und sie hatte das Glück gehabt, daß es noch eine freie Suite gegeben hatte.
Sie nahm ein Fläschchen Champagner aus dem Kühlschrank und goß sich ein Glas davon ein. Sie nippte daran und stellte Glas und Flasche auf den Tisch. Gerade als sie sich in das weiche Sofa fallen lassen wollte, klopfte es an der Tür.
»Wer ist es?« rief sie verärgert.
»Toni«, sagte draußen eine dumpfe Stimme.

Sie überlegte kurz, ob sie etwas anziehen sollte, dann zuckte sie die nackten Schultern und öffnete die Tür.
Der Österreicher starrte sie verblüfft an.
»Kommen Sie herein«, drängte sie und zog ihn an der Hand ins Zimmer.
»Vielleicht«, stammelte er mit einer Verlegenheit, die sie ihm nicht zugetraut hätte, »sollte ich etwas später kommen.«
»Noch nie eine Frau im Badetuch gesehen?«
Er runzelte die Stirn und suchte nach einer Antwort.
»Keine Angst«, schmunzelte sie, »ich habe nicht die Absicht, Sie zu verführen. Zuerst kommt die Arbeit!«
Der Bergsteiger war froh, daß sein Stichwort gefallen war.
»Es geht um Ang Temba«, sagte er rasch. Endlich hatte er Gelegenheit, das zufriedene Grinsen anzubringen, mit dem er ihr die gute Nachricht hatte überbringen wollen.
»Drink?« fragte sie und lud ihn ein, sich zu setzen.
Er bat um ein Bier, sie brachte es ihm und setzte sich ebenfalls.
»Was ist mit Ang Temba?«
»Wir haben unverschämtes Glück«, sagte er. »Eigentlich müßte der Kerl jetzt irgendwo am Cho Oyu sein. In einem Hochlager. Das hätte bedeutet, daß wir noch mindestens zwei Wochen auf ihn warten oder einen anderen hätten suchen müssen.«
»Und jetzt?«
»Die Italiener, mit denen er unterwegs war, haben Pech gehabt. Zuerst hat ein Schlechtwettereinbruch zwei von ihnen in mehr als siebentausend Metern festgenagelt.
Man hat sie zwar ins Basislager bringen können, doch haben sie so schwere Erfrierungen erlitten, daß die Expedition für sie zu Ende war. Und es kommt noch dicker. In der Vorwoche hat eine Lawine ihr Dreierlager zerstört. Ein Italiener und ein Sherpa haben's nicht überlebt!«

»Das nennen Sie Glück?«
Er hob abwehrend die Hände.
»Warten Sie! Natürlich war's ein Unglück. So etwas kommt bei Expeditionen in diesen Höhen leider immer wieder vor. Ich hab hier selbst schon einige sehr gute Freunde verloren. Jedenfalls haben die Italiener die Expedition frühzeitig abgebrochen. Ang Temba ist seit gestern wieder zurück in Kathmandu. Ich habe vor einer halben Stunde mit ihm telefoniert.«
Toni Schwarzenberger schaute auf seine Uhr.
»Er müßte bald hier sein. Ich habe an der Rezeption Bescheid gesagt, daß sie ihn hier heraufschicken sollen.«
Er blickte sie fragend an.
»Falls es Ihnen recht ist, natürlich!«
Sie trank einen Schluck aus dem Champagnerglas und stand auf.
»Dann werde ich mir wohl etwas anziehen müssen!«
Der Österreicher starrte ihr nach, als sie durch den Raum ging und hinter der Schlafzimmertür verschwand.
Anne Walberg war eine sehr attraktive Frau.
Als Ang Temba kam, waren beide bei der zweiten Flasche angelangt.
Der Sherpa hatte das kurzgeschnittene schwarze Haar sorgfältig gekämmt. Seine Gesichtszüge erinnerten an die eines nordamerikanischen Indianers. Die Haut war tiefbraun. Unter der langen, geraden Nase wuchs ein schütterer Schnurrbart. Er trug eine graue Stoffhose und einen schwarzen Wollpullover. Dazu ein weißes Hemd.
Ang Temba hätte auch der Besitzer eines Teppichladens sein können. Oder ein Regierungsbeamter. Der knorrige, rauhe Bergmensch, den Anne erwartet hatte, war er jedenfalls nicht.
Der Sherpa begrüßte Toni Schwarzenberger freundlich, aber

doch mit Respekt. Anne Walbergs Aufforderung, sich zu ihnen zu setzen, kam er erst nach dem zweiten Versuch nach.

Der Bergsteiger stellte ein paar kurze, präzise Fragen zur Expedition, von der Ang Temba gerade gekommen war. Der Tod und die Erfrierungen wurden ohne sichtbare Emotion in sachlichen Worten abgehandelt.

»Ein paar wollten noch weitermachen, aber ich habe meine Leute zurückgezogen. Zu gefährlich! Es hätte weitere Tote gegeben. Wenn der Berg eine Warnung schickt, dann sollte man ihn in Ruhe lassen!«

Der Sherpa blickte Toni Schwarzenberger an.

»Du weißt, daß es um diese Zeit schon zu spät ist für die Berge. Warum bist du trotzdem gekommen?«

Der Bergsteiger warf Anne einen fragenden Blick zu. Sie nickte.

»Du hast recht«, sagte er, »diesmal geht es mir nicht um die Berge. Zumindest nicht um einen Gipfel. Trotzdem brauche ich deine Hilfe.«

»Wann und wie viele Leute?«

Schwarzenberger schüttelte den Kopf.

»Jetzt«, sagte er, »und noch keine Leute. Du mußt mir zuerst helfen, etwas zu finden.«

Er erzählte ihm, daß die blonde Frau eine berühmte Forscherin sei, die aus alten Dokumenten wisse, daß das Wesen, das Ang Tembas Volk »Yeti« nennt, auf der anderen Seite des Himalajahauptkammes tatsächlich existiere. Und daß es Sherpas gewesen seien, die ihm während ihrer großen Wanderung erstmals begegneten.

Der Sherpa hörte ihm mit schmalen Augen und unbewegtem Gesicht zu.

»Alles, was wir brauchen, ist die Beschreibung des Weges, den dein Volk damals gegangen ist. Wir sind fest überzeugt, daß es alte Schriften gibt, in denen er genau beschrieben wird.«

»Yeti«, sagte der Sherpa und seine Augen wurden größer. Er schüttelte den Kopf.

»Yeti«, sagte er wieder. Dann sagte er es nochmals, und dann begann er laut zu lachen.

Toni und Anne lachten nicht mit.

Ang Temba hörte auf zu lachen.

»Ihr glaubt wirklich, daß es den Yeti gibt? Meine Großmutter hat mir mit ihm gedroht, als ich klein war. Ich habe schon damals nicht an ihn geglaubt.«

Anne mischte sich erstmals in das Gespräch ein.

»Vieles, was jahrhundertelang nur eine Legende war, hat sich später als wahr erwiesen«, sagte sie. »Man hat Troja entdeckt. Und den Schatz des Tutenchamun. Lebewesen, die längst als ausgestorben galten, sind als quicklebendige Kreaturen aufgetaucht. Bis vor kurzem hat es auf der Erde noch Naturvölker gegeben, von deren Existenz der Rest der Welt keine Ahnung hatte. Ich bin überzeugt, daß auch der Yeti keine Phantasiefigur, sondern ein höchst reales Lebewesen ist.«

Der Sherpa hatte stirnrunzelnd zugehört. Jetzt schüttelte er wieder den Kopf.

Anne lächelte.

»Ich will Ihnen Ihre Zweifel gar nicht nehmen. Aber ich bitte Sie trotzdem, meine Hoffnungen ernst zu nehmen. Geben Sie mir die Chance, den Weg zu finden, den ich suche. Wenn am Ende nichts anderes ist als ein paar öde Steinhaufen, dann können Sie immer noch über mich lachen.«

»Sie hat recht, Ang Temba«, sagte Toni. »Niemand verlangt von dir, daß du an Altweibergeschichten glaubst.«

Er klopfte sich an die Brust.

»Ich selbst glaube erst daran, wenn ich es mit eigenen Augen sehe. Und doch will ich es zumindest versuchen und wäre dir sehr dankbar, wenn du mir dabei helfen würdest.«

»Ich bezahle Sie selbstverständlich auch für Ihre Bemühungen«, warf Anne ein.

Das Gesicht des Sherpas blieb unbewegt.

»Wir haben schon oft zusammengearbeitet«, sagte Ang Temba nach einer Weile. »Erinnerst du dich noch an die drei Nächte oben am Südsattel? Nur wir zwei und der Sturm? Wir haben nicht viel geredet damals. Aber ich glaube, wir sind Freunde geworden.«

Der Bergsteiger nickte.

»Everest, vor drei Jahren«, sagte er.

Ang Temba nickte.

»Ich weiß zwar noch nicht, wie ich dir helfen kann, aber ich werde es versuchen.«

Anne atmete hörbar auf.

»Die Schrift«, sagte sie, »es muß doch ein Archiv geben, in dem dein Volk seine kostbaren historischen Werke aufbewahrt.«

»Thyangpoche«, antwortete der Sherpa.

»Das ist doch vor ein paar Jahren bis auf die Grundmauern niedergebrannt«, sagte Toni.

»Inzwischen steht es wieder«, lächelte der Sherpa, »unsere Klöster sind jedoch mehr als das, was von ihnen über der Erde sichtbar ist. Der Abt vertraut mir. Ich werde euch zu ihm bringen!«

»Wie weit ist es von hier?« fragte Anne ungeduldig.

»Ich werde morgen früh versuchen, einen Helikopter zu chartern«, sagte der Österreicher. »Dann sind wir am Abend wieder zurück.«

»Taktu«, sagte Paul.

Er hatte Feuerholz geholt, und sie hatten Tee gekocht und

Tsampa gegessen. Dann hatte er dem Alten aus seinen Aufzeichnungen vorgelesen.

»Taktu«, wiederholte der Mönch. Er zog das Wort in die Länge und kratzte sich dabei am Kinn.

»Ein Felsenkloster«, sagte Paul. »Zehn Tagesmärsche von hier entfernt.«

Der Alte bedeutete ihm, daß er schweigen solle, und schloß die Augen.

Sie hatten das Loch über der Steinplatte wieder mit Erde gefüllt. Es war feuchte Erde gewesen, und Paul hatte sie festgetreten. Dann hatte er mit den Fingern die Ränder verschmiert. Jetzt war alles so wie früher. Die Matten lagen wieder an ihrem alten Platz.

»Es ist sehr, sehr lange her«, begann der Alte. »Ich war ein Junge und bin mit meinem Lehrmeister durch das Land gezogen. Von Lhasa bis zu den großen Schneebergen. Es war ein wildes Land. Und es war kalt. Ich erinnere mich noch genau daran, daß es sehr kalt war. Es hat geschneit. Da war ein Felsberg. Für mich, den kleinen Jungen, war es ein riesiger Felsberg. Wir sind die verwitterten Stufen hochgestiegen. Es war steil, und ich hatte Angst. Der Wind machte unheimliche Geräusche. Ich dachte damals, wir würden zu den Göttern hochsteigen. Direkt in ihr Reich. Oben waren jedoch nur Ruinen. Keine Götter. Ich war enttäuscht und verärgert, weil ich mich wegen dieser Ruinen so gequält hatte. Die Anstrengung hätte einen besseren Lohn verdient gehabt. Damals habe ich dieses Wort zum ersten Mal gehört: ›Taktu‹ hatte mein Lehrmeister gesagt. Dann hat er mir zum Einschlafen eine aufregende Geschichte erzählt. Von einer Gruppe verwegener Mönche, die sich vor den Gelbmützen hier verborgen hätten, weil es für sie nur die alte Ningmapa-Schule gegeben habe. Einer der ihren sei es gewesen, der sie verraten hätte. Der Dalai Lama hatte einen Boten entsandt und sie aufgefordert, den neuen Glauben zu praktizieren. Früher hatten sie die Nahrung mühsam aus einem Dorf, das zwei Tagesmärsche entfernt lag, herangeschafft, jetzt gab ihnen niemand mehr zu essen. Sie hatten nur noch das Wasser, das unten, im Tal, in einem Bach vorbeifloß. Es war ein langsames und qualvolles Sterben. Doch keiner von ihnen hat das Felsenkloster bis zum Tod verlassen. Später hat man die Häuser verbrannt, die Mauern sind verfallen.«

Der Alte öffnete die Augen und blickte Paul an.

»Das war Taktu. Ich bin nie mehr dort gewesen.«

»Weißt du«, fragte Paul vorsichtig, »wo ich es finden kann?«

Der Mönch schüttelte den Kopf.

»Ich kann es dir nicht sagen. Es ist zu lange her.«

»Erinnerst du dich an irgend etwas, das in der Nähe war«, drängte Paul. »Das Dorf! Wie hieß das Dorf?«

Der Alte seufzte.

»Es war ein kleines Dorf auf einer Hochebene. Und es war Winter. Die Menschen waren freundlich und haben uns zu essen gegeben. Wir sind einige Tage bei ihnen geblieben. Es war ein einsames Dorf.«

Das Denken quälte ihn, und er verzog schmerzlich das Gesicht.

Plötzlich straffte sich seine Gestalt, und er hob die Hand mit dem ausgestreckten Zeigefinger.

»Da war ein See! Ein großer, sonderbarer See. Obwohl es Winter war, war er nicht zugefroren. Das Wasser war grün. Der See hatte die Form eines Herzens.«

Er kicherte und nickte dabei unentwegt.

»Jawohl! Er sah ganz genauso aus wie ein Herz. Das Dorf war ganz in der Nähe!«

»Ich brauche eine Landkarte«, sagte Paul. »Ein solcher See muß auf einer Landkarte verzeichnet sein!«

Der Alte schüttelte den Kopf.
»Du wirst den See suchen müssen. Er liegt im Süden. Wir sind damals immer nach Süden gegangen. Du wirst Nomaden treffen. Oder Händler. Frage sie. Keiner kennt dieses Land besser als die Nomaden und die Händler.«
»Zehn Tage«, murmelte Paul. »Das sind zweihundert Kilometer oder mehr. Ein Tag mit einem Lastwagen. Wir könnten uns acht oder neun Tage sparen.«
»Du mußt Geduld haben«, sagte der Mönch. »Dein Vater hat es mir zwar nicht gesagt, aber er hat sicher auch von Taktu gewußt. Und er ist den ganzen langen Weg mühsam zu Fuß gegangen.«
»Ich bin nicht mein Vater«, sagte Paul.
Der Alte nickte.
»Ich weiß. Du bist jung und ungeduldig. Doch bedenke, daß die Eile ein schlechter Weggefährte ist. Wer mit Bedacht reist, kommt meistens früher ans Ziel.«
Paul suchte nach einer Antwort, fand jedoch keine. Er spürte nur, daß er sehr müde war. Die drei Tage im Untergrund hatten ihn ausgelaugt. Er wollte nur noch schlafen. Morgen würde Pema wiederkommen, und dann würde er wach genug sein, um die Entscheidung fällen zu können. Er würde dann jedenfalls vorschlagen, zur Straße zu gehen, die in den Süden führte, und dort auf einen Lastwagen zu warten.
Der Alte blieb beim Feuer sitzen. Paul rollte sich in seine Decke ein. Im Traum sah er Anne. Ihr Kopf lag im Schoß seines Vaters. Er streckte die Hand nach den beiden aus, doch waren sie unendlich weit weg. Er sah, wie die Hand seines Vaters ihren Kopf streichelte. »Ich bin es, Vater«, schrie Paul, »dein Sohn!« Er begann zu laufen, doch je schneller er lief, desto weiter rückten die beiden von ihm weg.
Als Paul erwachte, drang graues Licht durch das Fenster. Es war kalt, und er versuchte, die Decke enger um sich zu rol-

len. Dabei stieß er gegen einen anderen Körper. Er schlug die Augen auf und sah einen schwarzen Haarschopf, der aus dem Bündel ragte, das neben ihm lag.
»Pema?« fragte er leise.
Das Bündel regte sich und bekam eine Stimme.
»Ich bin müde«, sagte Pema. »Schlafen wir noch eine Stunde.«
Die Anwesenheit des Mädchens ließ ihn die Kälte vergessen. Paul war froh, daß seine Reisegefährtin wieder da war. Er wußte zwar noch nicht, wie es weitergehen würde, aber er freute sich darauf.
Der Schmerz, der plötzlich seine rechte Seite lähmte, paßte nicht zu dem angenehmen Gefühl, mit dem er wieder eingeschlafen war. Er suchte gerade erstaunt nach einer Erklärung dafür, als ihn der nächste Tritt traf.
Paul schrie vor Schmerz und Wut und richtete sich auf.
Der Fuß, der ihn getreten hatte, gehörte zu einem chinesischen Soldaten, der das Gesicht zu einer Grimasse verzogen hatte und ihn anbrüllte. Ein zweiter Soldat zerrte Pema hoch. Ein anderer stand neben dem Bett des Alten und rüttelte an seinem dürren Körper.
Paul verstand keines der Worte, die der Uniformierte ihm entgegenschleuderte. Er wußte nur, daß es besser war, so rasch wie möglich aufzustehen. Und er wußte auch, daß es keinen Paul mehr gab. Nur noch Jigme, den Tölpel.
Sie waren zu dritt, und sie mußten mit einem Fahrzeug gekommen sein. Von einem solchen war jedoch nichts zu sehen. Sie hatten es offenbar in angemessener Entfernung abgestellt, weil sie vermeiden wollten, daß der Motorenlärm sie verraten könnte.
Jigme, der Tölpel, blickte Pema mit großen Augen hilfesuchend an, als sie ins Freie getrieben wurden.
»Warum?« lallte er.

»Sie werden es uns bald sagen, Bruder«, sagte sie. »Es ist ein Mißverständnis, du wirst sehen. Bald ist alles wieder gut!«
»Wieder gut«, lallte Jigme und nickte zufrieden.
Als sie vor der Hütte standen, hörten sie die Stimme des Alten, die drinnen kreischend protestierte.
Der Chinese, der Paul getreten hatte, offenbar der Anführer der Gruppe, bellte einen Befehl. In der Hütte stieß der dritte Soldat einen verärgerten chinesischen Schrei aus, dann rumpelte es, und nach einem lauten Plumpsen war es wieder still.
»Sie haben den alten Mann geschlagen«, flüsterte Pema und wurde dafür von ihrem Wächter mit einer Ohrfeige bestraft.
Das Gesicht des Mönchs blutete, als er aus der Hütte gezerrt wurde.
Sie stellten ihn zwischen Paul und Pema. Der alte Körper zitterte, und er wäre eingeknickt, wenn ihn die beiden nicht gestützt hätten.
Der Kommandant ging einige Schritte weg, blieb stehen, drehte sich abrupt um und baute sich breitbeinig mit hinter dem Rücken verschränkten Armen vor ihnen auf.
Paul verstand kein Chinesisch, und der Mann erinnerte ihn an einen Hund, der an der Leine hing und einen Fremden giftig ankläffte.
Als er zu Ende gekläfft hatte, warf ihm Pema ein paar chinesische Worte zu. Er funkelte sie böse an, dann nickte er. »Ich habe ihm nur gesagt, daß ihr kein Chinesisch versteht und ich seine Worte übersetzen müßte. Thubten ist zu alt, und du bist zu blöd. Ich habe Chinesisch in der Schule gelernt.« Sie lächelte.
Der Kommandant schrie sie an und deutete mit einer ungeduldigen Handbewegung an, daß sie weitermachen sollte.
»Diese drei Herren«, sagte Pema rasch, »verstehen kein einziges Wort unserer Sprache. Sie haben gesagt, daß es gestern abend in Shigatse einen Anschlag auf eine chinesische Mili-

tärstation gegeben hat. Tibetische Freiheitskämpfer, die Chinesen haben sie räudige Hunde und Banditen genannt, haben Molotowcocktails und Handgranaten in das Gebäude der Torwache geschleudert und drei Soldaten getötet. Sie sollen dabei Waffen und Munition erbeutet haben. Bevor man der Torwache zu Hilfe hätte kommen können, seien die Rebellen mit einem Fahrzeug geflüchtet. Zeugen sollen beobachtet haben, daß sie in diese Richtung gefahren seien. Die Chinesen glauben, daß wir wissen, wo sie sich versteckt halten. Sie haben gedroht, es aus uns herauszuprügeln, wenn wir es ihnen nicht freiwillig sagen.«

Jigme, der Tölpel, schüttelte den Kopf und rollte die Augen.

»Nichts wissen«, lallte er und ruderte dabei mit den Händen durch die Luft.

Der Chinese, der ihm am nächsten stand, zischte ihn böse an, und Jigme wich erschrocken einen Schritt zurück.

Das Verhör dauerte eine halbe Stunde. Am Ende lag der Alte blutend und wimmernd am Boden, und Pema kniete mit zerschlagenem Gesicht neben ihm. Ein Soldat hatte den Tölpel, der sich wütend knurrend loszureißen versucht hatte, festgehalten, während der zweite die beiden anderen mit Schlägen traktiert hatte. Der Kommandant hatte die Fragen gestellt, jedoch keine Antworten erhalten. Pema weinte nicht. Sie stand auf und wischte sich das Blut von den Lippen.

»Sie werden uns nach Shigatse zurückbringen und einsperren«, sagte sie ruhig.

»Und was ist mit dem Alten?« fragte Jigme.

»Ich weiß es nicht. Sie werden ihn hier zurücklassen, und er wird wahrscheinlich sterben.«

»Nein«, schrie Jigme. »Sie müssen ihn mitnehmen. Er muß in ein Krankenhaus!«

Der Soldat, der neben ihm stand, hob das Gewehr und brüllte ihn an.

»Sei still«, sagte Pema, »sonst schlägt er dich nieder!«
Der Kommandant bellte mit scharfer Stimme dazwischen.
Pema redete kurz auf ihn ein, und er antwortete mit einem mürrischen Nicken und einer schroffen Handbewegung.
»Wir dürfen unsere Sachen mitnehmen«, sagte sie.
Sie gingen ins Haus und rafften ihre Habe zusammen. Paul schaffte es, das Buch mit seinen kostbaren Aufzeichnungen in einem unbeobachteten Augenblick in seine Unterhose zu stecken.
Als sie an dem Alten vorbeigingen, wimmerte er nicht mehr. Er starrte sie schwer atmend mit glasigen Augen an. Das Blut hatte sich in den Runzeln gestaut und trocknete langsam ein.
»Wir müssen ihm helfen«, flüsterte Paul.
Der Soldat hieb ihm den Gewehrkolben in den Rücken. Als er vor Schmerz aufschrie, sah er Pemas Augen. Sie waren groß und traurig und gaben eine Träne frei, die langsam über die dunkle Wange rollte.
Sie gingen um die große Mauer herum und stolperten durch das Trümmerfeld, bis sie am Ende zum Auto kamen, das die Chinesen dort geparkt hatten.
Es war ein offenes grünes Militärfahrzeug, und sie hatten es unbewacht am Rande der Ruinen zurückgelassen.
Pema und Paul mußten auf dem Rücksitz Platz nehmen. Neben ihnen saß der Mann, der Paul zuvor den Gewehrkolben in den Rücken gestoßen hatte. Der Kommandant saß vorn neben dem Fahrer.
Der Motor sprang erst nach mehreren Startversuchen an.
Der Knall, den Paul zuerst für eine Fehlzündung gehalten hatte, war keine. Es war der erste von mehreren Schüssen, und er streckte den Fahrer nieder. Sein Körper fiel nach vorn und blieb auf dem Lenkrad liegen. Der Kopf wurde von der Windschutzscheibe gestoppt und kippte dann langsam zur

Seite. Die Augen waren weit aufgerissen, und aus dem Mund floß Blut.
Der Kommandant kam nicht mehr dazu, seine Waffe zu ziehen. Eine der nächsten Kugeln schlug in seinen Kopf ein und zerfetzte das Gesicht.
Der Soldat, der neben ihnen saß, stieß einen schrillen Schrei aus. Vielleicht wußte er, daß er keine Chance hatte, das Gewehr, das zwischen seinen Beinen stand, hochzureißen. Der Feind, den er nicht sah, würde schneller sein. Vielleicht war es aber auch die letzte große Angst vor dem Sterben. Eine Angst, die man nur dann spüren kann, wenn man weiß, daß es danach nur noch den Tod gibt.
Er sprang mit einem mächtigen Satz aus dem Fahrzeug und begann zu laufen. Die Stille, in die er hineinrannte, dauerte mehrere Sekunden lang. Paul hörte nur das Malmen der Schritte und den fauchenden Atem. Er wußte genauso wie der Soldat, daß es ein sinnloser Versuch war. Der Schütze ließ sich Zeit und zielte genau. Als die Kugel in den Rücken einschlug, warf der Läufer die Arme hoch und streckte den Körper wie ein Weitspringer. Die Beine taten noch ein paar Schritte, dann sackten sie unter dem Getroffenen weg. Er war nur noch ein dunkles Bündel auf dem kargen braunen Grasboden.
Es war das erste Mal, daß Paul den gewaltsamen Tod erlebt hatte. Der Teil des Gesichtes, den er vom Kommandanten sehen konnte, war eine Masse rohen Fleisches, aus der ein totes Auge ragte. Paul glaubte, daß er das Blut riechen konnte. Er würgte die Übelkeit hinunter, die in ihm hochkroch, und versuchte, klar zu denken. Pemas Finger hatten sich in seinen Arm gekrallt, doch er hatte sie bis jetzt nicht gespürt.
Wer waren die Heckenschützen? Und wo waren sie?
Eine Stimme, die von drüben kam, beantwortete die zweite

Frage. Sie rief ein Wort, das Paul nicht verstand. Der Mann, zu dem die Stimme gehörte, hatte sich in den Resten eines zerstörten Hauses verborgen. Jetzt stand er auf und winkte ihnen zu.

»Steig aus«, sagte das Mädchen ruhig. Ihre Finger gaben seinen Arm frei.

Paul starrte sie an und sah, daß sie lächelte.

»Wir sollten jetzt aussteigen«, wiederholte sie.

Sie waren zu viert. Ihre Gesichter waren jung und die Augen glänzten vor Erregung. Als sie auf Paul und Pema zugingen, hielten sie die Waffen wie Siegestrophäen in die Höhe.

Pema ging ihnen ein paar Schritte entgegen. Es war offensichtlich, daß sie die jungen Männer kannte.

Pauls Knie zitterten. Er blieb beim Wagen und lehnte sich gegen das dreckige Blech.

Die vier Tibeter umringten Pema und redeten aufgeregt auf sie ein. Paul versuchte gar nicht, etwas davon zu verstehen. Hinter seinem Rücken war das tote Auge des Kommandanten und starrte ihn an. Es roch noch immer nach Blut.

Das Mädchen wies mit der Hand in seine Richtung und bedeutete ihm, zu ihnen zu kommen.

Paul hatte noch keine Zeit gehabt, über das Geschehene nachzudenken. Jetzt wußte er plötzlich, daß es die Männer waren, die die Militärstation in Shigatse überfallen hatten. Die chinesischen Soldaten hatten recht gehabt. Sie waren hierher geflohen. Und sie hatten einen Krieg begonnen. Zu viert gegen Peking!

Paul löste sich von der blechernen Stütze und ging zu den anderen.

»Das sind Freunde von mir«, sagte Pema, als er bei der Gruppe war. Sie deutete auf jeden von ihnen und nannte die Namen: »Tempa, Nawang, Rabten und Sherap. Vier Studenten aus Shigatse.«

»Ex-Studenten«, korrigierte Paul.
Der Älteste von ihnen, derjenige, den sie Tempa genannt hatte, schüttelte heftig den Kopf.
»Wir gehen wieder zurück in die Stadt. Keiner weiß, daß wir es waren.«
Er zeigte auf das Auto.
»Diejenigen, die es gewußt haben, können es keinem mehr sagen. Die anderen werden uns nicht erwischen, und das wird unseren Leuten Mut geben. Es gibt viele im Land, die so denken wie wir. Wir haben gestern und heute Zeichen gesetzt, und andere werden es uns nachmachen. Nicht morgen, aber vielleicht nächstes Jahr. Wir müssen Geduld haben und den richtigen Zeitpunkt abwarten. Erst wenn wir Zehntausende sind und Waffen und Munition für alle haben, können wir den nächsten größeren Schritt tun.«
»Den Krieg gegen China?«
Paul schüttelte den Kopf.
»Kein Krieg«, sagte Tempa, »nur Nadelstiche!«
Er lächelte.
»Ein Nadelstich ist nichts. Den spürt man kaum. Doch zehntausend Nadelstiche können sogar einen Riesen töten.«
»Wie viele von euch gibt es schon?«
»Hier, in Shigatse, sind es ein nur paar hundert. Im ganzen Land sind es schon Tausende.«
Er zeigte auf das Militärfahrzeug und die Toten.
»Das war der zweite Nadelstich. Den ersten haben sie gestern nacht gespürt!«
»Sie werden noch viele spüren müssen«, sagte derjenige, den sie Sherap genannt hatte. Er war kaum zwanzig, hatte das lange schwarze Haar zu einem Zopf geflochten und trug einen schütteren Oberlippenbart.
Tibet hatte wieder eine eigene Armee. Nur ein paar junge Träumer, die den Heldentod suchten? Oder doch die Keim-

zelle eines organisierten Untergrundkampfes? Die Kaltblütigkeit, mit der die freundlichen jungen Männer die chinesischen Soldaten abgeschlachtet hatten, bewies nur eines: den abgrundtiefen Haß, den sie für ihre herzlosen Unterdrücker empfanden. Es würde ein blutiger und gnadenloser Krieg werden.

»Ihr müßt die Leichen vergraben«, sagte Pema.

»Was machen wir mit dem Auto?« fragte Rabten, der Größte von ihnen.

Paul dachte an das Blut und das tote Auge des Kommandanten, und er dachte an Taktu.

»Wir werden es nehmen«, sagte Paul nach einer Weile. »Wir müssen in den Süden, und es kann uns viele Tage ersparen.«

Pema blickte ihn stirnrunzelnd an.

»Sie werden es suchen«, sagte sie, »vielleicht werden sie sogar ihre Helikopter schicken.«

»Es geht nur um einen Tag. Vielleicht auch um die nächste Nacht. Dann lassen wir es verschwinden.«

Tempa nickte.

»Sie haben uns gesucht. Man wird sie erst am Abend vermissen. Bis morgen früh seid ihr auf alle Fälle noch sicher.«

Pema hatte verstanden.

»Und morgen«, sagte sie, »sind wir wieder zwei arme Wanderer, die ihre Verwandten suchen.«

Paul lächelte zum ersten Mal.

»Zwei Wanderer, die auf dem Weg nach Taktu sind!«

Das Mädchen blickte ihn verständnislos an.

»Ich werde es dir später erklären«, sagte er.

Während die Tibeter die Toten ins Ruinenfeld zerrten und unter dem Geröll vergruben, ging Paul zur Hütte des Alten zurück.

Thubten, der Mönch, der die Geheimnisse der Vergangenheit so lange gehütet hatte, lebte nicht mehr. Er hatte es noch geschafft, sich umzudrehen und zurückzukriechen. Sein Körper lag vor dem Eingang, und obwohl er noch nicht lange tot war, sah er aus, als wäre er vor Jahrtausenden mumifiziert worden. Paul hob ihn auf. Er war leicht, wie der Körper eines Kindes.

Paul blickte zurück. Das Haus und die Bücher. Wenn es keinen Nachfolger für den Alten gab, würde es verfallen und bald nur noch eine Ruine unter anderen Ruinen sein. Vielleicht war er der letzte gewesen, der zu den geheimen Archiven der Tibeter hinabgestiegen war.

Er trug den Toten zu einer Mauer und lehnte ihn dagegen. Dann verschränkte er seine Beine und legte die Hände in den Schoß. Er sah jetzt aus, als ob er meditieren würde.

Der Benzinkanister, der hinten auf das Auto geschnallt war, war voll. Paul hoffte, daß der Treibstoff bis zum nächsten Morgen reichen würde. Sie durften keine Zeit verlieren.

Es roch noch immer nach Blut, als sie wegfuhren.

Die Landung eines Helikopters war für die Menschen, die im und um das Kloster Thyangpoche lebten, nichts Besonderes. Es waren schon viele hier gelandet. Jede Expedition, die auf dem Weg ins Basislager des Mount Everest war, hatte hier Station gemacht. Und jedesmal war es für die Mönche des größten Klosters im Sherpaland ein gutes Geschäft gewesen. Sie hatten die Götter in einer eindrucksvollen Zeremonie um Schutz für die Bergsteiger gebeten und waren dafür stets mit großzügigen Geldspenden belohnt worden. Thyangpoche war ein reiches Kloster.

Es war ein klarer Tag, und der Ama Dablam, den viele für den schönsten Berg der Welt halten, stach wie ein gigantisches Kunstwerk aus Fels und Eis in den Himmel.

Sie gingen über das weiche grüne Gras einer sanft ansteigenden Wiese auf das Kloster zu. Ein in Lumpen gekleideter,

rotziger Junge, nicht älter als zehn, der eine kleine Schafherde hütete, grüßte sie grinsend auf englisch.
Ang Temba fauchte ihn an, und das Lächeln verschwand.
»Warum«, fragte Anne, »darf ein kleiner Junge hier nicht freundlich sein?«
»Weil es nicht unsere Art der Freundlichkeit, sondern eine aufdringliche und gekünstelte ist«, sagte der Sherpa ruhig. »Insgeheim hofft er, daß man ihm dafür ein paar Rupien in die Hand drückt.«
Das Kloster bestand aus einer Reihe von weißen Gebäuden mit kunstvoll geschnitzten Türen und Fenstern. Im Mittelpunkt stand der Tempel.
In einem Innenhof trafen sie auf eine Gruppe junger, kichernder Mönche, die sich blendend zu unterhalten schienen.
Ang Temba blieb stehen und erhielt auf eine kurze Frage eine kurze Antwort.
»Der Abt ist in seinem Haus«, sagte der Sherpa und führte seine beiden Begleiter zu einer kleinen Hütte, die nur über eine enge, steile Holztreppe zu erreichen war. Das düstere Innere wurde nur durch das Feuer, das in einem offenen Kamin flackerte, erhellt. Der Rauch hatte die Decke im Lauf der Jahre völlig geschwärzt. Der wichtigste Einrichtungsgegenstand war ein großer hölzerner Schrank, der mit Kupfer- und Messingtöpfen gefüllt war.
Der Abt war ein rüstiger Mann mit freundlichen Augen. Er begrüßte Ang Temba wie einen alten Freund und ließ sich von ihm die beiden Fremden vorstellen.
Dann breitete er seinen besten Teppich auf dem Boden aus und bat die drei, sich an den niedrigen Tisch zu setzen, den er in die Mitte des Raumes gerückt hatte.
Er hieß Dawa Lama und stammte aus Khumde, demselben Dorf, in dem auch Ang Temba aufgewachsen war.

Er hatte gerade Tee getrunken, und im Kessel, der auf dem Feuer stand, war noch genug für seine Gäste. Er servierte ihn in kostbaren Porzellantassen, die auf silbernen Sockeln standen. Es war gesalzener Yakbuttertee, und es kostete Anne viel Überwindung, die braune, ranzig riechende Flüssigkeit mit einem Lächeln hinunterzuwürgen. Toni Schwarzenberger, der seinen Tee mit Genuß zu schlürfen schien, beobachtete sie dabei mit schadenfrohem Grinsen.
Die beiden Tibeter tauschten ein paar Höflichkeiten aus, dann stellte der Abt ein paar Fragen an seine ausländischen Gäste. Irgendwann war man dann aber doch beim Thema.
»Die große Sherpawanderung«, sagte der Abt und nickte dabei bedeutungsvoll. »Es gibt mehrere Schriften darüber. Jede Familie hat einen eigenen Chronisten mitgenommen, der alles, was bedeutsam war, für die Nachwelt festhalten sollte.«
Anne atmete hörbar auf.
»Wäre es möglich«, fragte sie vorsichtig, »in die Schriften, die sich hier im Kloster befinden, Einsicht zu nehmen?«
Der Abt schüttelte lächelnd den Kopf.
»Aus unerfindlichen Gründen wurde fast alles, was damals geschrieben wurde, in einem Kloster auf der anderen Seite der Berge, in Tibet, aufbewahrt. Dann haben die Chinesen dieses Kloster zerstört. Man munkelt zwar, daß die Schriften in Sicherheit gebracht worden seien, doch keiner scheint zu wissen, wohin.«
»Im Sherpaland«, sagte Anne ungeduldig, »muß es doch ebenfalls Aufzeichnungen über die wichtigste historische Epoche dieses Volkes geben!«
Die freundlichen Augen des Abtes zogen sich zu schmalen Schlitzen zusammen.
»Ich kann Ihnen nur das sagen, was ich weiß«, antwortete er verärgert.

Ang Temba hob die Hand, um die Aufmerksamkeit auf sich zu lenken.
»Frau Walberg zweifelt natürlich den Wahrheitsgehalt Ihrer Worte in keiner Weise an. Als anerkannte Wissenschaftlerin, die sich jahrelang mit unserem Volk und seiner Geschichte beschäftigt hat, nimmt sie an, daß sich zumindest eine jener Schriften, die uns auf der Suche nach dem Wesen, das wir Yeti nennen, weiterhelfen könnte, in diesem Land befindet. Thyangpoche ist das größte Kloster, und es besitzt das größte Archiv. Da liegt die Annahme doch nahe, daß es auch der Aufbewahrungsort sein könnte. Ich weiß, daß Sie ein sehr belesener Mann sind und sicher viele der Bücher studiert haben, die hier aufbewahrt werden. Wahrscheinlich gibt es nur wenige Werke, die Sie nicht kennen. Aber es gibt welche.«
Der Abt nickte zögernd.
»Dann könnte es doch auch möglich sein, daß sich darunter gerade das Buch befindet, das wir suchen!«
Ang Temba hatte beinahe dieselbe Frage gestellt wie Anne, doch hatte er andere Worte benutzt. Er hatte dem Abt, der es offenbar haßte, wenn seine Unfehlbarkeit angezweifelt wurde, eine Hintertür offengelassen.
Dawa Lama benutzte sie nicht.
»Unmöglich«, sagte er und schüttelte den Kopf. »Es stimmt natürlich, daß ein Mensch nicht alle Schriften studieren kann, die hier gelagert sind, aber ich kenne den Inhalt der Werke. Auch jener, die ich nicht selbst gelesen habe.«
Anne warf Ang Temba einen flehenden Blick zu.
Der Sherpa zuckte die Schultern.
Der Abt stand auf, ging zum Kamin und legte mit bedächtigen Bewegungen Holz nach.
Es war still im Raum. Nur das Knistern des Feuers war lauter geworden.

»Eine Möglichkeit scheint es doch noch zu geben«, sagte Dawa Lama, ohne sich umzudrehen.
Anne öffnete den Mund zum Reden, aber Ang Temba machte das Zeichen, ruhig zu bleiben.
Der Abt drehte sich um und kam langsam zu ihnen zurück. Er setzte sich wieder und lächelte Ang Temba zu.
»Bevor die Chinesen Rongbuk Gompa, das berühmte Kloster auf der tibetischen Seite des Mount Everest, zerstört haben, ist sein Abt zu uns geflüchtet. Er lebt seit Jahren hier. Und er hat einige Schriften aus seinem Kloster gerettet, deren Inhalt ich nicht kenne. Ich glaube es zwar nicht, aber wenn es hier, im Solu Khumbu, ein Werk gibt, wie ihr es sucht, dann kann es sich nur um eines von Gyatsos Büchern handeln.«
Anne gab ihm ihr strahlendstes Lächeln.
»Ich danke Ihnen«, sagte sie.
Der Abt nickte verständnisvoll.
»Einer von den jungen Mönchen wird euch zu ihm führen«, sagte er.
Gyatso lebte in einer kleinen Hütte am Rande des Klosterbezirkes. Er war wesentlich älter als Dawa Lama, hatte jedoch keinen Einfluß auf das Klosterleben. Er war ein Flüchtling, und er war geduldet.
Als Ang Temba bat, eintreten zu dürfen, huschte ein dankbares Lächeln über das runzelige Gesicht. Der entmachtete Abt von Rongbuk schien nicht allzuviel Besuch zu bekommen.
Fremde, sagte er, seien überhaupt noch nie in seiner Hütte gewesen.
Es war eine sehr bescheidene Hütte. Festgestampfter Erdboden, ein paar zerschlissene Teppiche, ein wackeliges Tischchen, ein Bett und ein alter Holzkasten. Das Kostbarste waren die drei gemalten Thangkas, die an den Wänden hingen.

Ang Temba blieb lange vor dem ersten Stoffgemälde stehen.
»Ein sehr altes Stück«, sagte er.
Der Alte eilte herbei und stellte sich neben den Sherpa.
»Sehr alt«, murmelte er, »und sehr kostbar!«
»Aus Rongbuk«, stellte Ang Temba fest, und der Tibeter nickte begeistert.
Der Alte blickte sich zu den Fremden um, die inzwischen neben dem Tischchen Platz genommen hatten.
»Es ist alles so schnell gegangen«, flüsterte er dem Sherpa zu. »Ich habe nur das mitnehmen können, was ich selbst tragen konnte. Diese drei Thangkas stammen aus der Gründerzeit des Klosters. Sie durften nicht in die Hände der Chinesen fallen.«
Ang Temba berührte das Gemälde kurz und sehr vorsichtig mit dem Zeigefinger. Es war eine Geste der Ehrfurcht.
»Sie haben sie über die Berge getragen?«
Der alte Abt nickte wieder.
»Ich habe gehört«, fuhr der Sherpa vorsichtig fort, »daß Sie auch einige wertvolle Schriften gerettet haben.«
»Nur ganz wenige. Die alten, die viel, viel älter sind, als es das Kloster selbst war.«
Gaytso zuckte mit traurigen Augen die Schultern.
»Alle anderen sind wohl zerstört worden.«
Bisher hatten beide leise gesprochen. Jetzt hob Ang Temba die Stimme.
»Diese Frau«, sagte er und zeigte auf Anne, »ist eine berühmte Wissenschaftlerin. Sie ist hierhergekommen, um den Weg zu gehen, den die Sherpas während der großen Wanderung gegangen sind. Wir sind hier, weil wir nach alten Schriften suchen, in denen er beschrieben wird.«
Der alte Tibeter musterte die blonde Frau einige Sekunden lang, dann trat er ganz nahe an den Sherpa heran und flüsterte kaum hörbar: »Ist sie reich?«

»Sehr reich«, flüsterte Ang Temba zurück.
»Vielleicht«, sagte der Alte lauter, so daß es auch die Fremden hören konnten, »kann ich Euch helfen!«
Der Tibeter und der Sherpa setzten sich zu den anderen. Es gab kein Feuer und deshalb auch keinen Tee. Der Raum war düster und kalt.
»Ein Buch«, begann der Alte, »in dem die Sherpawanderung beschrieben wird, ist sehr, sehr alt und sehr, sehr kostbar. Es gibt nicht viele davon. Man hat sie an einem geheimen Ort in Tibet aufbewahrt. Seit der Zerstörung unserer Klöster durch die Chinesen sind sie verschwunden. Man munkelt zwar, daß sie an einen geheimen Ort gebracht worden seien, aber ich kenne keinen, der weiß, wo dieser Ort ist.«
Er machte eine Pause und lächelte geheimnisvoll.
»Rongbuk«, fuhr er fort, »liegt am Fuße des Berges, den Ihr Mount Everest nennt. Für uns heißt er Tschomolongma. Er ist der Thron der Götter. Ein heiliger Berg. Kein Kloster, nicht einmal dieses hier, ist dem Tschomolongma näher als Rongbuk. Deshalb war dieses Kloster für Sherpas und Tibeter immer ein ganz besonderer Ort. Als es vor mehr als zweihundert Jahren gegründet wurde, hat man, um seine Bedeutung zu unterstreichen, einige der alten Schriften aus dem Archiv geholt und nach Rongbuk gebracht. Dort waren sie, bis die Chinesen kamen.«
Anne konnte einfach nicht mehr abwarten, bis es der Alte selbst sagte.
»Und Sie haben sie in Sicherheit gebracht«, rief sie.
Gyatso hob abwehrend die Hand.
»Ich habe einige der alten Schriften in Sicherheit gebracht«, sagte er. »Ich weiß jedoch nicht, ob die Schrift dabei ist, die Sie suchen!«
Ang Temba wußte, daß der Alte damit die Verkaufsverhandlungen begonnen hatte. Er hatte ihm zuvor zu verstehen ge-

geben, daß er möglicherweise bereit sein könnte, den Inhalt des gesuchten Buches an die Fremde zu verkaufen. Jetzt ging es ihm darum, den Preis in die Höhe zu treiben.

Seine Aufgabe war es, Anne, die keine Ahnung von der Geschäftstüchtigkeit der Tibeter und noch weniger Ahnung von ihrem Verhandlungsgeschick hatte, zu unterstützen. Deshalb hatte man ihn angeheuert.

Er gab ihr Zeichen, stumm zu bleiben.

»Ich habe gehört«, begann er, »daß man einen Großteil von Rongbuk Gompa wiederaufgebaut hat. Um das gesamte Kloster wiederherstellen zu können, wird man noch viel Geld brauchen.«

Der Alte nickte zustimmend.

»Eines Tages werden Sie dorthin zurückkehren dürfen. Und man wird Sie als großen Abt feiern, weil Sie das Kostbarste gerettet haben, was das Kloster besaß!«

»Ich bin schon alt«, sagte Gyatso und hob abwehrend die Hände.

Ang Temba schüttelte den Kopf.

»Nicht zu alt! Und wenn Sie nach Rongbuk zurückkehren, werden Sie auch das Geld haben, das für die vollständige Wiederherstellung gebraucht wird.«

Der Alte seufzte wehmütig.

»Ich habe es aber nicht«, sagte er.

Der Sherpa legte eine Hand auf die Schulter des alten Mannes.

»Sie werden es haben. Es wird Ihnen als Geste unserer Dankbarkeit übergeben werden, wenn Sie uns Einblick in das Buch, das wir suchen, gewähren.«

Ang Temba lächelte.

»Vielleicht wurden die alten Schriften damals gerade deshalb nach Rongbuk gebracht. Sie sollten dem Kloster dienen, wenn es einmal in Not geraten würde. Jetzt ist es in

Not – und wir sind gekommen, um zu helfen. Man könnte es sogar Vorsehung nennen.«

Der Sherpa hatte dem Alten eine beinahe perfekte Rechtfertigung geliefert, und Gyatso nahm sie dankbar an.

Nach einer Weile hatte man sich auch über den Preis geeinigt.

Der alte Holzschrank war mit einem großen Vorhängeschloß versperrt. Den Schlüssel dafür trug der Tibeter um den Hals.

Er schloß es auf und zog die Tür gerade so weit auf, daß er mit einer Hand hineinfassen konnte. Als er sie wieder herauszog, hielt sie ein dickes Schriftbündel, das von zwei dunklen Holzdeckeln geschützt und von einem dicken Band zusammengehalten wurde.

Er trug es vorsichtig durch den Raum und legte es vor Anne auf den Tisch.

»Sie dürfen es öffnen«, sagte er.

Anne tat es mit zitternden Fingern.

Die Blätter waren vergilbt, und die Schrift war blaß geworden. Anne hatte keine Ahnung, wie man alte tibetische Schriftzeichen entzifferte. Aber in Kathmandu wartete einer, der es konnte.

»Morgen«, sagte sie, »wird ein Mann namens Samden kommen. Er wird so lange hierbleiben, bis er den Inhalt der Schrift studiert und übersetzt hat.«

»Er soll kommen«, murmelte der alte Tibeter zufrieden.

Er würde bald ein reicher Mann sein.

Die Freundschaftsstraße, die von den Chinesen als Verbindung zum südlichen Nachbarn Nepal gebaut worden war, verlief viel weiter westlich.

Paul hatte das klapprige chinesische Militärfahrzeug eine halbe Stunde lang durch das Gelände geboxt, bevor sie die

Piste erreichten. Es war der einzige straßenähnliche Weg, der von Shigatse aus direkt in den Süden führte. Außer von einigen Lastwagen, die die wenigen Dörfer, die in dieser Richtung lagen, mit Nachschub versorgten, war er kaum befahren.

Dann und wann begegneten sie Menschen oder Menschengruppen, die ihn benutzten. Die Wanderer starrten ihnen mit großen Augen nach und fragten sich wohl, was ein tibetischer Mann und eine tibetische Frau in einem chinesischen Militärfahrzeug zu suchen hatten. Da ihnen keiner eine Antwort geben konnte, grübelten sie nicht lange darüber nach.

Unterwegs erzählte Paul dem Mädchen von Taktu. Pema hatte noch nie von dem geheimnisvollen Felsenkloster gehört, gab sich jedoch zuversichtlich, daß sie es finden würden.

Paul hatte keine Angst, daß sie von einem entgegen- oder nachkommenden Fahrzeug überrascht werden könnten. Sie selbst zogen eine dichte Staubwolke hinter sich her, und so würde es auch bei jedem anderen Gefährt sein.

Bis zum Einbruch der Dunkelheit begegneten sie nur einem Lastwagen. Sie hatten seine Staubwolke von weitem gesehen und ihr Fahrzeug hinter einen Felsen gefahren. Dort hatten sie gewartet, bis der andere vorbeigefahren und seine Wolke am Horizont verschwunden war.

Am Nachmittag, als sie Hunger und Durst zu quälen begonnen hatten, hatte Pema das Chinesenauto nach Eß- und Trinkbarem durchsucht. Sie hatte nur zwei Plastikflaschen gefunden, die mit Wasser gefüllt waren.

Als sie wieder einer Gruppe von Wanderern begegneten, die schwere Lasten in den Süden schleppten, dachten sie kurz daran, anzuhalten und die Leute um etwas zu essen zu bitten. Dann erschien es ihnen doch zu riskant, und sie fuhren weiter.

Kurz vor Einbruch der Nacht blieben sie stehen, und Paul füllte den Tank mit dem Benzin aus dem Kanister. Da nichts anderes da war, füllten sie ihre Mägen mit Wasser.
Pema verfluchte sich zum hundertsten Mal.
»Wir hätten zu Thubtens Hütte zurückgehen und das Essen von dort mitnehmen sollen«, jammerte sie.
»Ich war dort«, sagte Paul, »und ich habe die ganze Zeit nur an den toten Mönch gedacht. Und an die anderen Toten. Der Gedanke ans Essen ist mir nie gekommen. Ich habe Angst gehabt. Vielleicht war es auch der Schock. Ich wollte nur weg!«
»Wir werden die Nacht überstehen«, sagte sie. »Morgen sind wir wieder Wanderer wie sie, und sie werden uns zu essen geben.«
Die Scheinwerfer waren gut, und sie kamen anfangs zügig voran. Nach einigen Stunden begann Paul die Müdigkeit immer stärker zu spüren.
Gegen Mitternacht nickte er kurz ein, und der Wagen kam von der Piste ab. Er holperte einige Sekunden lang in das Grasland hinaus, bevor Paul von Pemas Schrei geweckt wurde und das Fahrzeug zum Stehen brachte.
»Du mußt dich ausruhen«, drängte sie.
»Wenn ich jetzt schlafe, wache ich erst am Morgen wieder auf«, antwortete er.
Er stieg aus und vertrat sich die Beine.
Die Nacht war kühl, aber er fror nicht. Auch den Hunger spürte er nicht mehr.
Paul mußte noch einige Male haltmachen, bevor der Morgen kam. Zuletzt war es steil bergauf gegangen, und als der Himmel grau wurde, sahen sie, daß sich vor ihnen ein schroffes Felsengebirge auftürmte.
Paul fuhr weiter, bis sie das Ende der Steigung erreicht hatten. Die Paßhöhe war ein einsamer, öder Ort. Ein schmaler

Einschnitt zwischen graubraunen Gesteinsmassen, die links und rechts wie gezackte Türme hochragten.
Pema mußte dasselbe beklemmende Gefühl empfunden haben wie er, denn sie bat ihn, rasch weiterzufahren.
Die Sonne, die alles freundlicher gemacht hätte, kam nicht. Wenige Minuten, nachdem sie die Paßhöhe hinter sich gelassen hatten, tauchten sie in ein dichtes Nebelmeer ein. Paul war gezwungen, im Schrittempo zu fahren, um den Weg nicht zu verlieren. Er konnte den Straßenrand kaum erkennen, doch er fühlte, daß es dahinter steil in die Tiefe ging.
Es dauerte fast eine Stunde, bis sie die milchige Nebelwand durchstießen und unter einem strahlend blauen Himmel landeten.
Jetzt sah Paul, daß der Abgrund, den er bisher nur gespürt hatte, tatsächlich da war. Die Straße war ein schmales Band am Rand eines Berghanges, der links von ihnen ebenso steil aufragte, wie er rechts abfiel.
Der Blick nach vorn nahm Paul jedoch jede Beklemmung. Dort tat sich eine weite Hochfläche auf. Das Graubraun des Gebirges ging in sattes Grün über. Mittendurch schlängelte sich ein blauer Bach, verschwand dann und wann hinter kleinen Hügeln und erreichte nach vielen Kilometern das andere Ende der gewaltigen Ebene. Dort standen wieder Berge. Höhere als hier, denn ihre Gipfel trugen Schneehauben.
Paul hatte den Wagen längst angehalten, und Pema starrte wie er nach vorn.
Sie hatte ihre Augen zu schmalen Schlitzen zusammengezogen und benutzte die flache Hand als Sonnenschirm.
»Dort hinten«, sagte sie nach einer Weile und zeigte dabei mit der anderen Hand auf irgendeinen Punkt am Horizont, »ich glaube dort hinten stehen ein paar Nomadenzelte. Die kleineren schwarzen Punkte daneben, siehst du sie? Das könnten Yaks sein!«

Paul strengte seine Augen an, konnte jedoch nichts erkennen.

Es war fast acht Uhr.

»Wahrscheinlich suchen uns die Chinesen schon«, sagte er. Unten, auf der Hochfläche, gab es keinen Platz, wo sie das Auto hätten verstecken können. Wenn sie es hinunterbrächten, würde es dort stehen wie ein dicker, fetter Wegweiser. Was blieb, war der Abgrund.

Sie holten ihre Sachen aus dem Fahrzeug, und Pema nahm auch die beiden Wasserflaschen mit, obwohl sie leer waren.

Paul stieg ein letztes Mal in den grünen Wagen ein, drehte die Lenkung nach rechts und nahm den Gang heraus. Dann stieg er rasch aus, beugte sich über den Fahrersitz und löste die Handbremse. Das Auto rollte nur langsam los, und er hatte genügend Zeit, sich in Sicherheit zu bringen.

Es bewegte sich fast geräuschlos bis zur Kante, blieb dort einen Augenblick lang hängen, neigte sich dann gehorsam nach vorn und verschwand im Abgrund.

Etwas später hörten sie ein Rumpeln, dann ein Krachen und Knirschen und am Ende einen dumpfen Knall.

Sie gingen zum Wegrand, sahen jedoch nur Geröll und zakkige Felsen. Das Chinesenauto, das sie bis hierher gebracht hatte, war verschwunden.

Als sie ihre Bündel aufnahmen und zu gehen begannen, sah Paul wieder das zerfetzte Gesicht des Kommandanten mit dem toten Auge. Der Blutfleck, den der Soldat auf dem Armaturenbrett zurückgelassen hatte, war jetzt dort unten bei den Trümmern. Was blieb, war der Alptraum.

Mit der Vernichtung des Autos hatte Paul endgültig alle Brücken zur Vergangenheit abgebrochen. Die Zukunft lag vor ihnen. Ein weites, wildes Land, das von hier aus betrachtet beinahe sanft und lieblich wirkte.

Er dachte an Taktu und suchte den Horizont ab.

»Wenn dort vorn wirklich Nomaden lagern«, sagte Pema, »dann haben wir heute abend etwas Warmes zu essen!«
Paul, der diesen seltsamen, uralten Menschenschlag nur aus seinen Büchern kannte, war froh, daß ihn Pema damit auf andere Gedanken gebracht hatte.
»Erzähl mir mehr über die Nomaden«, forderte er sie auf, »alles, was du weißt!«
»Es sind stolze Menschen«, sagte sie, »und sie lieben ihre Freiheit so sehr, daß es für sie keinen Staat und keine staatliche Ordnung gibt. Sie leben nach ihren eigenen Gesetzen. Sie waren wahrscheinlich die ersten Bewohner dieses Landes. Keiner weiß, wo sie hergekommen sind. Weil sie hauptsächlich von der Viehzucht leben, ziehen sie mit ihren Yaks, Schafen und Ziegen von Weideland zu Weideland. Nur im Winter leben sie in festen Behausungen.«
Paul nickte anerkennend.
»Hast du das alles in deiner Schule gelernt?«
»Einen Teil davon«, lächelte sie, »ich habe aber auch selbst viele Nomaden getroffen. Als wir jünger waren, sind meine Eltern mit uns im Sommer mehrmals durch das Land gezogen. Mein Vater wollte alles noch einmal sehen, bevor die Chinesen auch den Rest unserer Kultur zerstört hätten. Und er wollte es uns zeigen. Damit wir immer stolze Tibeter bleiben würden.«
»Dein Vater ist ein weiser Mann«, sagte Paul.
»Willst du mehr über die Nomaden wissen?«
Er nickte ihr zu, und sie erzählte weiter.
»Sie leben in kleinen Gruppen. Manchmal bestehen diese nur aus einer Familie, manchmal aus mehreren. Aufgabe der Frauen und Kinder ist es, auf das Vieh zu achten. Es ist ihr kostbarster Besitz. Die Männer sind Händler. Sie tauschen das Fleisch, die Milch, den Käse, die Felle und was man sonst noch aus Tieren gewinnt, gegen alles andere, das sie

zum Leben brauchen, ein. Getreide, Salz, Tee, Zucker, Tabak, Töpfe, Pfannen, Streichhölzer und andere nützliche Dinge. Eine reiche Nomadenfamilie erkennt man daran, daß sie Pferde besitzt. Ein Pferd ist ein reines Männerspielzeug, und es ist etwa so viel wert wie vier oder fünf Yaks.«

»Und sie sind gastfreundlich«, warf Paul ein.

»Die Gastfreundschaft ist ihnen heilig. Sie ist ihr oberstes Gebot. Wer von ihnen aufgenommen wurde, hat nichts zu befürchten«, ergänzte sie.

»Das beruht darauf«, gab Paul etwas von seinem Bücherwissen zum besten, »daß die Männer selbst fast ständig unterwegs und auf die Gastfreundschaft der anderen angewiesen sind. Ich habe auch gelesen, daß es Nomadenstämme gab, die als Räuber gefürchtet waren.«

Pema sah ihn ungläubig an.

»Ich habe nie davon gehört. Wenn es wirklich so sein sollte, dann hat sie der Arm des Gesetzes nicht erreicht.«

»Es ist ein riesiges, wildes Land«, gab er zu bedenken, »da fällt es kaum auf, wenn dann und wann ein Händler mit seinen Waren verschwindet. Es könnte eine Lawine gewesen sein, er könnte ausgerutscht und in eine Schlucht gestürzt oder im Schneesturm erfroren sein.«

»Wir beide sind keine reichen Händler«, beruhigte sie ihn, in erster Linie aber wohl sich selbst. »Du bist Jigme, der Narr, und ich bin deine kleine Schwester. Wir sind Bettler, die um ein Almosen bitten. Bei uns gibt es nichts, das wert wäre, geraubt zu werden.«

»Höchstens deine Unschuld«, dachte Paul, aber er sagte es nicht.

Er hoffte nur, daß die Unantastbarkeit der Frauen zur Nomadengastfreundschaft gehörte.

Am späten Vormittag hatten sie endlich die Hochebene erreicht. Sie verließen die Piste und gingen durch das Gras zum

Bach. Es war kein weiches, saftiges Gras. Hier wuchs es in großen Büscheln mit steifen Blättern. Aber es war grün, und es roch auch nach Gras.
Sie wuschen sich und tranken, bis sie nicht mehr konnten. Das Wasser war kalt und klar. Bevor sie weitergingen, füllte Pema die beiden Plastikflaschen.
Paul schaute sich immer wieder nach etwas Eßbarem um. Einem Strauch mit Beeren etwa. Aber er fand nichts. Es gab nur das Gras und den Bach und manchmal einen Hügel, den sie umgehen mußten.
Die Berge am Horizont rückten nur langsam näher.
Einmal setzten sie sich nieder und tranken aus den Wasserflaschen. Es war nur eine kurze Rast. Wenn dort vorn wirklich ein Nomadenlager war, dann konnten sie es nur bei Tageslicht finden.
Knapp vor Einbruch der Dämmerung hörten sie eine helle Stimme. Sie gehörte zu einem halbwüchsigen Jungen, der mit lauten Zurufen ein paar Schafe vor sich hertrieb.
»Du bist Jigme, vergiß das nicht«, flüsterte Pema. Dann lief sie ein paar Schritte und löste sich vom Hügel, der sie vor den Blicken des Jungen verborgen hatte. Als sie auf der freien Steppe stand, steckte sie zwei Finger in den Mund und stieß einen schrillen Pfiff aus.
Der Schafhirte blieb stehen und drehte sich in ihre Richtung.
Paul war Pema inzwischen gefolgt und stand nun neben ihr.
Der Junge rief etwas, doch der Wind schluckte seine Worte.
Er winkte ihnen zu und lachte und deutete dann mit beiden Händen auf die Schafe, die inzwischen weitergetrottet waren.
»Er treibt die Schafe zum Lager«, sagte Pema und begann wieder zu gehen.
»Er wird ihnen sagen, daß zwei Fremde kommen.«
»Wir könnten ihn einholen«, schlug Paul vor.

»Es ist besser so«, sagte sie.
Der Junge und die Schafe bewegten sich schneller, als Paul vermutet hatte. Um sie einholen zu können, hätten sie laufen müssen.
Es dauerte noch eine Weile, bis sie das Lager erreichten. Die Sonne war längst untergegangen. Es war noch nicht dunkel, aber schon düster, und der Wind war stärker und kälter geworden.
Als erstes roch Paul den Rauch der Feuer. Dann hörte er das Blöken der Schafe und schließlich auch menschliche Stimmen.
Sie hatten vier Zelte aufgestellt. Dicke, schwarze Stoffbahnen aus Yakwolle, die von mannshohen Stangen hochgehalten und außen mit langen Schnüren verspannt waren. Bei den beiden mittleren Zelten waren die Eingangsdecken zurückgeschlagen, und man konnte die Herdfeuer sehen, die drinnen brannten. Die beiden anderen waren schwarze Klötze, deren Form Paul an große Boote erinnerte, die man mit dem Kiel nach oben auf das Trockene gezogen hatte.
Als sie in Rufweite waren, schrie Pema einen Gruß in Richtung der Zelte.
Ein paar Stimmen riefen zurück, dann löste sich eine dunkle Gestalt von einer der Behausungen. Der Mann, der ihnen entgegenkam, war größer als Paul und roch nach ranziger Butter.
Pema grüßte nochmals und bat höflich um eine Unterkunft für die Nacht.
Der Große lachte laut.
»Es sind zwei, wie der Junge gesagt hat«, rief er den anderen zu. »Ein Mann und ein Mädchen!«
Er führte sie in eines der Zelte. Der Innenraum war überraschend groß und geräumig. In der Mitte hatten sie aus Lehm einen Herd gebaut, in dem ein Feuer aus getrocknetem Yak-

dung brannte. Ein Teil des Rauches quälte sich durch eine Öffnung im Zeltdach, der Rest verteilte sich im Inneren und biß in den Augen. Rechts neben dem Eingang hockten ein paar Männer auf Teppichen, zwei Frauen standen am Herd, ein paar andere und die Kinder hatten sich auf der anderen Zeltseite niedergelassen. Eine Frau stieß einen Holzstab immer wieder in einen länglichen Holzzylinder. Paul wußte aus seinen Büchern und von Filmen, daß es ein Butterfaß war und daß sie darin Yakmilch zu Butter stampfte. Die Kinder spielten mit einem rotbemalten, blechernen Spielzeugautobus.

Der Raum, den die dicken Yakwollstoffe umhüllten und vor Wind und Wetter schützten, war außergewöhnlich groß und geräumig. Am hinteren Ende befand sich ein kleiner Altar mit Bildern, flackernden Öllampen und einer großen, dunklen Buddhastatue.

Zwei jüngere Frauen standen auf und führten Pema zur Frauenseite am linken Zeltrand. Einige der Männer riefen Paul etwas zu und winkten ihn zu sich.

Bevor sich Paul setzte, gab er ihnen sein Jigme-Grinsen und sagte lallend, daß er Hunger hätte.

Der Große, ein häßlicher Mensch mit braunen Zähnen und einer dicken Narbe, die sich von der Schläfe über die Wange bis zum Kinn zog, stutzte einen Augenblick lang, dann brach er wieder in das laute Lachen aus, das Paul bereits draußen gehört hatte. Es war das Lachen eines Betrunkenen.

Er packte Paul an beiden Schultern und drehte ihn, bis der Schein des Feuers sein Gesicht erhellte.

»Was bist denn du für einer?« rief er.

»Laß ihn in Ruhe«, schrie Pema von der Frauenseite. »Er heißt Jigme und ist mein Bruder. Er ist zwar groß wie ein Mann, aber er ist ein Kind geblieben!«

Der Mann nickte und ließ Paul los. Er schien plötzlich jedes

Interesse an seinem Gast verloren zu haben und setzte sich zu den anderen. Er hob ein großes hölzernes Gefäß hoch und goß daraus Chang in eine Holzschale. Als er sie geleert hatte, rülpste er laut und wischte sich mit dem Handrücken die Reste der milchigen Flüssigkeit aus dem Gesicht.
Paul wartete, bis ihn jemand zum Sitzen einlud, doch man schien ihn nicht mehr zu sehen. Offenbar gehörte einer wie er nicht zu den Männern. Da er ganz sicher auch nicht zu den Frauen gehörte, blieben nur die Kinder.
Eine der beiden jungen Frauen, die Pema zu sich geholt hatten, kam zurück und führte ihn an der Hand zu ihnen. Die Kinder hatten dreckverkrustete Gesichter und rotzige Nasen. Sie trugen mantelartige Kleider aus dickem, grobem Stoff, und auf den Köpfen wucherte wildes, ungepflegtes, pechschwarzes Haar, das in alle Richtungen wegflackerte. Fast alle trugen Schnüre um den Hals, auf die man große Türkise, Korallen und andere Steine gefädelt hatte, und einige besaßen metallene Armreifen, die, wenn man sie reinigte, wahrscheinlich den Glanz von Kupfer gehabt hätten. Sie nahmen ihn in ihre Mitte, und er durfte ihr Spiel mitspielen, als sei er schon immer dabeigewesen. Einer war der Busfahrer, und alle anderen waren die Passagiere. Sie fuhren durch Dörfer, deren Namen Paul noch nie gehört hatte, nahmen Waren mit, luden sie wieder ab, manchmal mußten sie aussteigen und so lange warten, bis der Fahrer sie auf seiner nächsten Runde wieder mitnahm.
Der Fahrer war ein größerer Junge. Mindestens zwölf, vielleicht auch vierzehn. Er hatte als einziger das Haar zu zwei Zöpfen geflochten, die um den Kopf geschlungen und vorn verknüpft waren. Für jede Fahrt kassierte er von den Passagieren eine bestimmte Anzahl von Kieselsteinen, die er sorgfältig abzählte und in einem kleinen Lederbeutel verstaute. Geld gab es genug. Fast jedes Kind hatte neben sich ein klei-

nes Häufchen davon, und alle gaben Paul bereitwillig etwas von ihrem Vermögen ab.
Als Jigme zum ersten Mal zustieg und sein Fahrziel nennen sollte, sagte er Shigatse. Der Fahrer nickte und kassierte fünfzehn Kieselsteine.
Es dauerte eine Weile, bis sie in Shigatse ankamen. Neben Paul war nur noch ein Mädchen an Bord, das zum Einkaufen mitgefahren war.
»Warst du schon einmal in Shigatse?« lallte Paul.
Die Kleine nickte.
»Sie fährt oft hierher«, klärte ihn der Fahrer auf. »Weil sie so gern in die großen Geschäfte geht.«
Paul schüttelte den Kopf und deutete auf den Spielzeugbus. »Nicht mit diesem hier«, lallte er, »ich meine wirklich dort. Im echten Leben.«
Der Fahrer warf sich stolz in die Brust.
»Ich war in Shigatse«, sagte er, »nur mein Vater und ich, sonst keiner von hier. Dort hat er mir in einem großen Geschäft den Bus gekauft. Die anderen wissen nur wie es dort aussieht, weil ich ihnen davon erzählt habe!«
Als Paul mit dem Mädchen später wieder einstieg und ihn der Fahrer nach dem neuen Fahrziel fragte, fiel ihm nur ein Name ein. Es war der einzige Ort, den er in dieser Gegend kannte.
»Ich will nach Taktu«, sagte er.
Der Fahrer warf ihm einen verzweifelten Blick zu.
»Immer diese Umwege«, seufzte der Junge, »und dazu noch diese schlechten Straßen.« Er kratzte sich am Kopf, rechnete kurz nach und verlangte dann dreißig Steine für die Fahrt.
Es wurde wieder eine lange Reise, und als der Fahrer am Ende anhielt und Paul aussteigen ließ, fragte er: »Willst du, daß ich dich wieder abhole?«
Paul schüttelte den Kopf.

»Ich gehe zu Fuß weiter. Wie lange muß ich gehen, um hierher zu kommen?«

Der Junge zuckte die Schultern.

»Bis zum See des Lebens ist es ein Tag von hier. Von dort aus ist es nicht mehr weit bis Taktu.«

»Der See, der aussieht wie ein Herz?«

Die anderen Passagiere drängten zur Weiterfahrt.

»Weil er so aussieht«, sagte der Fahrer, »heißt er wohl auch so – Herz ist Leben!«

»Wie kommt man von hier aus dorthin«, fragte Paul rasch.

Der Fahrer zeigte über seine Schulter.

»Über den Paß am Ende dieses Tales. Von oben kann man den See schon sehen. Wahrscheinlich lagert Norbu mit seiner Familie noch dort.«

Paul fragte nicht, wer das war, sondern grinste zufrieden. Bald darauf wurde die Fahrt des Busses abrupt gestoppt, weil das Essen fertig war. Es gab Ziegenfleisch und Reis und am Ende eine Schale, die mit einer milchigen Masse namens Sho gefüllt war, die nichts anderes als Yoghurt war. Paul hatte alles mit Heißhunger verschlungen und bis zum Ende des Mahles nie daran gedacht, daß die Hände der Frauen, die es zubereitet hatten, ähnlich dreckig waren wie die der Kinder, mit denen er zuvor Busfahren gespielt hatte.

Die Männer rülpsten laut und lachten noch lauter, bevor sie sich in ihre Decken einrollten und zu schnarchen begannen. Einer stieß mit seinen Beinen den Chang-Krug um, und der Rest der weißen Flüssigkeit, die ihn und die anderen so berauscht hatte, breitete sich langsam auf dem Teppich aus.

Jedes der Kinder schien einen festen Schlafplatz zu haben. Paul blieb in der Nähe des Feuers. Nur Pema und die Frauen waren noch wach, als er einzuschlafen versuchte. Sie redeten und kicherten, und er fragte sich, was ihnen seine Begleiterin über ihn erzählt hatte. Morgen würde er, der Tölpel, den sie zu den Kindern gesteckt hatten, ihr mitteilen, daß er herausgefunden hatte, wie es weiterging. Über den Paß am Ende des Tales, hinunter zum See des Lebens!

Als er erwachte, war es noch dunkel.

Die Frauen hatten neben ihm das Feuer neu entfacht, doch war es zu weit weg, um ihn wärmen zu können. Die Luft war noch immer rauchig und stickig und roch ranzig und säuerlich, aber sie war kalt.

Paul stand auf und streckte sich. Der Platz, an dem die Frauen und Kinder geschlafen hatten, war leer. Die meisten hatten wahrscheinlich das Zelt verlassen, um draußen mit ihrer Arbeit zu beginnen. Nur die Köchinnen waren hiergeblieben und die Männer, die in ihrem Zeltviertel grunzend und schnarchend die Chang-Räusche wegschliefen.

Die alte Frau, die an der Feuerstelle stand und in einem dampfenden Kessel rührte, nickte ihm zu.

»Der Tee ist bald fertig«, sagte sie.

Paul lallte ihr einen Morgengruß entgegen und ging zum Ausgang. Als er die Eingangsdecke zurückschlug, wehte ihm ein kalter, grauer Morgen ins Gesicht.

Er rieb sich die Augen und wäre fast über ein Schaf gestolpert, das seinen Weg kreuzte. Das Tier blökte ihn vorwurfsvoll an und trottete weiter.

Jetzt, im beginnenden Tageslicht, sah er, daß man die Schafe während der Nacht in einem eingezäunten Bereich unweit der Zeltsiedlung untergebracht hatte. Es war eine ziemlich große Herde, und sie wurde von den Kindern, die offenbar schon vorher ihr Frühstück eingenommen hatten, an ihm vorbeigetrieben. Seine Spielkameraden vom Vorabend winkten ihm zu, und der Buschauffeur fragte ihn im Vorbeigehen, ob er nicht auf die Weide mitkommen wolle.

Paul grinste sein Tölpelgrinsen und schüttelte den Kopf.

Der größere Junge, der ihnen vor ihrer Ankunft den Weg

zum Lager gewiesen hatte, bildete das Schlußlicht. Gestern, als sie ihn trafen, hatte er zu ihrem Glück wohl noch ein paar versprengte Tiere einfangen müssen und die Nachzügler dann allein nach Hause getrieben.

Ein Teil der Frauen war damit beschäftigt, die Ziegen und die Yaks zu melken. Es war das erste Mal, daß Paul die zotteligen Grunzochsen aus der Nähe sah. Die gewaltigen Tiere sahen aus wie zu groß geratene, buckelige Kühe, denen man dichte, langhaarige Mäntel angezogen hatte. Das Fell reichte bis zu den breiten Hufen hinunter, und die gewaltigen Hörner standen wie türkische Krummsäbel von den Köpfen weg.

Yaks könnten furchterregende Kreaturen sein, wenn sie die Natur nicht mit dummen, schläfrigen Kuhaugen ausgestattet und ihnen das Temperament von Weinbergschnecken gegeben hätte. Wäre es anders gewesen, dann hätten sie auch nicht jene braven Milchspender und willigen Lastenträger sein können, die den Hochlandbewohnern in diesem Teil der Welt das Leben leichter machten.

Pema war mit den Wasserholerinnen zum Bach gegangen und hatte sich dort gewaschen. Ihr Haar war noch naß, als sie zurückkehrte.

Paul brannte darauf, ihr von Taktu zu erzählen, doch die beiden jungen Frauen, mit denen sie offenbar dicke Freundschaft geschlossen hatte, wichen nicht von ihrer Seite.

Als sie ins Zelt zurückkamen, hockte ein Teil der Männer in Decken gehüllt um das Feuer und schlürfte Yakbuttertee. Auch der große Mann mit der Narbe war dabei. Paul hörte, wie er sich mit seinem Nachbarn über eine Reise unterhielt. Es ging um Felle, Käse und Fleisch und um Salz, Getreide und Reis. Sie erwähnten ein paar Namen, Paul wußte jedoch nicht, ob es sich um Orte, Flüsse oder Berge handelte. Sie wollten heute noch aufbrechen.

Der Tee war heiß, und die Butter, die man hineingerührt hatte, war nicht nur für die großen Fettaugen, die sich auf der Oberfläche breitmachten, sondern auch für den üblen Geruch verantwortlich, der Paul in die Nase stieg. Er blies das größte Fettauge zur Seite und zwang sich, das Gebräu zu trinken. Es schmeckte nicht ganz so übel, wie es roch, und er schaffte es, die Schale zu leeren, ohne dabei merklich das Gesicht zu verziehen.
Die alte Köchin nahm ihm das Gefäß ab und füllte es erneut. Diesmal nur zur Hälfte mit Tee, die andere Hälfte wurde mit Tsampa aufgefüllt. Es war die Hauptmahlzeit der Tibeter. Und er war ein Tibeter. Er mußte genüßlich schmatzen und schlürfen wie die anderen, und wahrscheinlich gab es am Ende noch eine Schale davon.
Es war Müsli. Eigentlich war es nichts anderes als Müsli!
Es war Nahrung, und sie würde ihn nicht umbringen. Er brauchte sie, weil er für die Weiterreise einen starken Körper brauchte.
Paul dachte sich die Umgebung weg und stellte sich vor, in einem sauberen Restaurant zu sitzen. Dann dachte er sich den Geruch weg und stellte sich vor, er gehöre zu einer neuen, in einem Labor entwickelten Geschmacksrichtung.
Zwei Schalen später war ihm klar, daß er nie wieder zur Selbstüberlistung greifen brauchte, weil ihm zugleich klargeworden war, daß der Ekel, den er vor dem Geruch und dem Geschmack des Tees empfunden hatte, nur etwas war, das ihm seine alte Welt anerzogen hatte. Wenn ihn die Tibeter genossen, dann gab es auch für ihn keinen Grund, ihn nicht genießen zu können. Nur ein Schwächling läßt sich von seinem Geruchs- und Geschmackssinn diktieren, welches Essen gut oder schlecht ist. Alles, was genießbar ist, ist auch gut!
Paul dachte an Thangme, den alten weisen Mann in Lhasa,

der ihm einige Türen in diese neue Welt geöffnet hatte. Es gab noch viele andere Türen, die mußte er jedoch selbst öffnen.

Bevor sie aufbrachen, gaben ihnen die Frauen einen Sack mit getrocknetem Yakdung mit. Sie würden ihn für die nächsten Tage brauchen. Die Männer hatten gerade begonnen, die hölzernen Tragsättel auf die Rücken der Yaks zu schnüren.

Paul schlug den Weg in die Richtung ein, die ihm der Junge am Abend angezeigt hatte. Die Berge, die sie überqueren mußten, waren nur graue Schatten am Horizont, und der Weg zu ihnen schien unendlich weit zu sein.

Er war erst wenige Schritte weit gegangen, als ihn Pema am Ärmel zupfte und in eine andere Richtung zeigte.

Paul wollte protestieren, sie legte jedoch den Finger an die Lippen und deutete stumm auf die Männer, die noch immer in Hörweite waren.

Er ging ihr nach, weil er wußte, daß sie von Blicken verfolgt wurden, und schluckte seinen Ärger hinunter. Sie wußte nichts von Taktu, und er brannte darauf, es ihr zu sagen.

Es dauerte eine Weile, bis sie den Schutz des ersten Hügels erreicht hatten.

Paul blieb stehen und zeigte auf die Berge und den Paß, den sie dort überqueren mußten.

»Taktu liegt dort drüben«, zischte er zornig.

»Ich weiß«, sagte sie und lächelte.

Er starrte sie verwirrt an.

»Und warum«, fragte er, »gehen wir dann diesen Weg?«

»Weil ich ihnen gesagt habe, daß wir ihn gehen werden«, antwortete sie.

Paul schüttelte den Kopf.

»Sie werden uns suchen«, begann sie. »Es hat Tote gegeben, und wir sind in ihrem Auto davongefahren. Es hat Menschen gegeben, die uns gesehen haben. Vielleicht fragt man sie nie, vielleicht verraten sie uns auch nicht, aber vielleicht erfahren sie es doch. Vielleicht kommen sie hierher. Und wenn sie es tun, dann ist es besser, wenn keiner hier weiß, wohin wir gegangen sind. Verstehst du?«

Paul verstand. Und er schämte sich, daß nicht er selbst daran gedacht hatte, die Spuren zu verwischen. Natürlich wußte sie, wo Taktu lag. Wenn es ihm, dem Fremdling, oder ihm, dem lallenden Idioten, gelungen war, es von spielenden Kindern zu erfahren, dann war es um so leichter für sie gewesen, sich die Information von den Frauen zu besorgen.

Pema war kein naives Mädchen. Sie war auch keine intelligente Frau.

Pema war mehr. Sie trug ein Wissen mit sich, das sie ihm nur in kleinen Dosen fütterte. Wer oder was war Pema?

Sie gingen so lange in die falsche Richtung, bis sie ganz sicher waren, daß sie von niemandem mehr gesehen werden konnten. Dann schwenkten sie nach rechts und steuerten die Berge an.

Während des Gehens hatte Paul viel Zeit für seine Gedanken. Er beobachtete Pema, die trotz der schweren Last, die sie trug, leichtfüßig vor ihm dahinschritt. Er sah die gehorsame Enkelin, die ihrem Großvater das Leben leichter machte. Die stille Pema, die nur dann da war, wenn er sie brauchte. Die nur diente und kaum sprach. Dann sah er Pema, die liebevolle Schwester und wohlerzogene Tochter, die sich widerspruchslos dem Wunsch des Vaters fügte und sich, kaum nach Hause zurückgekehrt, mit ihm, dem seltsamen Fremdling, auf die nächste große Reise begab. Und er sah Pema, die Blut und Tod emotionslos hinnahm und sich freute, in den Killern alte Freunde wiederzuerkennen.

Die Pema, die jetzt vor ihm durch das einsame Land stapfte, war nicht nur eine umsichtige Pfadfinderin, sie war auch seine starke Beschützerin. War sie wirklich nur da, um ihn

auf seinem Weg zu begleiten? War es nicht so, daß er sie auf ihrem Weg begleitete?
Vielleicht war sie einfach ein Kind dieses wilden Landes und verhielt sich so, wie sich auch andere Frauen in ähnlichen Situationen verhalten würden. Wahrscheinlich war es so. Warum sollte es anders sein?
Gegen Mittag erreichten sie den Fuß des Gebirges. Die Steppe war zurückgewichen und hatte einem Geröllfeld Platz gemacht. Das Gehen war jetzt mühsamer, und sie mußten immer wieder von Stein zu Stein steigen, manchmal sogar hüpfen, um trockenen Fußes über die vielen kleinen Rinnsale zu gelangen, die der Fels irgendwo, weit über ihnen, ausspuckte. Die größeren stürzten als Wasserfälle herab und bahnten sich dann zischend und gurgelnd den Weg ins Tal. Hier unten beruhigten sie sich, murmelten durch das Geröll und sammelten sich weiter draußen, am Rand der Steppe, zu vielen kleinen Tümpeln und Seen. An einem der größeren machten sie Mittagsrast. Das Wasser war blaugrün, und es roch nach Fels und Schnee.
Es gab kaltes Ziegenfleisch und zähes Fladenbrot. Pema hatte sogar einen Tontiegel mit Yoghurt mitgebracht, und in den beiden Wasserflaschen war kalter, schwarzer Tee. Ungezuckert und bitter, aber ohne Yakbutter.
»Schmeckt scheußlich«, sagte sie, als sie ihm die Flasche reichte. »Doch man braucht nicht viel davon zu trinken, um seinen Durst zu löschen.«
Bald darauf erreichten sie den Zugang zum Paß.
Es begann mit einer düsteren, engen Schlucht, die sich zu einem Hochtal weitete. Der Weg, der sich den Hang hinaufwand, war kaum einen Viertelmeter breit, wenn man sich konzentrierte und seine Schritte vorsichtig setzte, war er einigermaßen gefahrlos zu begehen.
Paul schwitzte bald, und sein Atmen war zum Keuchen ge-

worden. Er stapfte mit immer schwerer werdenden Beinen hinter Pema her, bis er nicht mehr weiterkonnte und sich ächzend gegen den Hang lehnen mußte.
Das Krächzen, das er mühsam zustande brachte, war gerade laut genug, um das Mädchen zu erreichen.
Pema kam zu ihm zurück, und er sah, daß auch sie schwitzte und daß ihr Atem viel schwerer ging als unten im Tal.
»Wir werden etwas ausruhen«, sagte sie, »dann werden wir das tun, was ich als Kind immer getan habe. Wir werden die Schritte zählen und erst wieder haltmachen, wenn wir fünfhundert getan haben.«
»Fünfhundert«, stöhnte er. »Warum nicht gleich tausend. Oder eine Million.«
Sie lachte.
»Jedes kleine Kind schafft fünfhundert. Das weiß ich! Fünfhundert sind eine Kleinigkeit, du wirst sehen. Wenn man die Schritte zählt, werden die Beine leichter.«
»Alte tibetische Weisheit«, spottete er.
»Alte Pema-Weisheit«, sagte sie.
Es ging wirklich leichter. Das Fünfhundertermaß teilte den Berg in viele kleine Berge ein. Und jede Rast war ein kleiner Gipfelsieg.
Die Paßhöhe war schon greifbar nahe, als sie ein seltsames Hämmern in der Luft hörten. Pema blieb stehen und suchte den Horizont ab. Plötzlich zeigte sie mit der Hand auf eine Stelle am Himmel.
»Der Helikopter«, sagte sie.
Paul schirmte seine Augen mit der flachen Hand ab, und nach einer Weile konnte auch er den schwarzen Punkt sehen, der über dem Berg schwebte, den sie mit dem Auto überquert hatten.
»Sie haben mit Sicherheit das Wrack entdeckt«, sagte Pema bestimmt.

Paul spürte, wie sich in seinem Magen ein harter Klumpen formte.
Bis jetzt waren sie noch Wanderer in einem einsamen, weiten Land gewesen, weit, weit weg von den Chinesen und ihren Maschinen. Jetzt war das eingetroffen, was er völlig verdrängt hatte: Sie waren zu Flüchtlingen geworden. Zu Gehetzten, die vogelfrei waren. Wenn man sie erwischte, war ihr Leben keinen Pfifferling wert.
Das Geräusch, das immer deutlicher zu hören war, ließ etwas in ihm wachsen, was er noch nie in seinem Leben empfunden hatte: Todesangst. Schonungslos und nackt und mit einem quälenden, physischen Schmerz verbunden.
»Wir müssen uns verstecken«, stammelte er. Er suchte mit hektischen Kopfbewegungen die Umgebung ab, doch da waren nur steile Abhänge und schroffe, kahle Felsen.
»Wir gehen weiter«, sagte sie. »Von oben können wir mehr sehen!«
»Dann werden sie auch uns sehen«, sagte Paul.
Das Mädchen schaute ihm lange und tief in die Augen.
»Sie werden bei den Nomaden landen und Erkundigungen einziehen. Dann werden sie am anderen Ende der Hochebene weitersuchen. Sie werden jedoch kaum Zeit dafür haben, wenn sie rechtzeitig vor der Dunkelheit nach Hause zurückkehren wollen. Vielleicht kommen sie morgen wieder und suchen weiter. Wenn sie niemanden finden, werden sie es bald aufgeben.«
Pema hatte recht – wie immer.
Der Helikopter war jetzt nur noch zu hören. Eine Felswand versperrte ihnen den Blick hinunter in die Ebene.
»Komm«, drängte Pema, »wir müssen hoch zur Paßhöhe. Von dort aus können wir sie wieder sehen!«
Sie zählten keine Schritte mehr. Paul schwitzte und schnaufte und schleppte seine Beine weiter, bis sie oben angelangt

waren. Die Berge waren zurückgewichen und hatten einen breiten Durchlaß freigegeben. Das Land auf der anderen Seite war sanfter, und der Weg schlängelte sich in langgezogenen Serpentinen bis zum Grasland hinunter, das wie eine grünbraune Zunge den Berg hochleckte. Unten in der Mitte des weiten Tales lag das türkisfarbene Herz, das der Junge den See des Lebens genannt hatte.
Paul wollte den Felsen suchen, auf dem sie Taktu gebaut und zerstört hatten, aber Pema packte ihn am Arm und zog ihn ein paar Schritte weiter nach rechts, zu einer Stelle, von der aus man die andere Ebene sehen konnte.
Der Helikopter war tatsächlich gelandet.
Eine winziges schwarzes Insekt, das neben vier etwas größeren schwarzen Würfeln stand. Sie waren zu weit weg, um die Menschen sehen zu können.

»Es ist der Kangchendzönga«, sagte Toni Schwarzenberger und zeigte mit dem Finger auf einen Punkt auf der Landkarte, die vor ihm ausgebreitet war.
Der Österreicher blickte hoch und in Annes Augen.
»Der Beschreibung nach kann es gar kein anderer Berg sein!«
Anne schaute Samden fragend an.
»Ich habe nur das übersetzt, was in der alten Schrift gestanden hat. Es war schwierig, weil einige Seiten gefehlt haben, und die Tinte, mit der sie geschrieben wurde, oft so verblaßt war, daß ich den Sinn einzelner Passagen nur erahnen konnte.«
Er strahlte.
»Trotzdem war es ein einzigartiges Erlebnis für mich. Ihr könnt euch gar nicht vorstellen, was es für einen wie mich bedeutet, etwas in der Hand haben zu dürfen, was historisch einzigartig ist. Ich habe wieder gespürt, daß ich ein Tibeter bin. Es war wie eine Klammer, die ...«

»Demnach«, unterbrach ihn Anne, »besteht also kein Zweifel, daß die Schrift echt ist!«

Der Tibeter schüttelte den Kopf.

»Um hundertprozentig sicher sein zu können, müßte man das Papier natürlich im Labor untersuchen und sein Alter bestimmen lassen«, sagte er. »Den Inhalt betreffend gibt es jedoch keinen einzigen einleuchtenden Grund, der eine Fälschung vermuten läßt. Für mich ist es ein authentisches Dokument. Daran besteht kein Zweifel.«

Anne lächelte zufrieden.

»Und der Berg«, sagte sie, an den Österreicher gewandt, »ist der Kangchendzönga? Auch kein Zweifel?«

Toni Schwarzenberger nickte.

»Wenn derjenige, der ihn damals beschrieben hat, nicht gelogen hat, dann muß er es wohl sein. Die sind von diesem Kloster, das in der Nähe von Shigatse liegt, fast direkt nach Süden gegangen. Damit stimmt die Richtung. Ich war vor ein paar Jahren in dieser Gegend unterwegs. Das heißt, nicht ganz in dieser Gegend. Wir waren etwas weiter westlich davon. Ich habe den Kantsch, wie wir ihn nennen, als einer der wenigen westlichen Bergsteiger auch von der chinesischen Seite aus gesehen.«

Samden räusperte sich.

»Sie meinen doch wohl die tibetische Seite, nicht wahr?«

Der Österreicher grinste entschuldigend.

»Pardon, ich bin der letzte, der das tibetische Nationalempfinden verletzen will. Natürlich meine ich Ihre Seite, Professor. Das versteht sich doch von selbst. Verzeihen Sie mir. Wird nicht wieder vorkommen.«

Der Tibeter lächelte ihm dankbar zu.

»Also weiter«, setzte Schwarzenberger fort. »Ich werde die Sache später noch ganz genau prüfen. In meinem Zimmer habe ich Unmengen von Fotos, die den Berg so zeigen, wie er vom Nordwesten her aussieht. Ich bin jedoch jetzt schon hundertprozentig sicher, daß ich mich nicht irre.«

Carlo Reda, der Italiener, hatte bis jetzt noch kein Wort gesagt.

Jetzt hob er die Hand zum Zeichen, daß er reden wollte.

»Wie wir alle wissen«, sagte er, »haben wir einige Kisten zu schleppen, wenn wir meine Arbeitsausrüstung über die Berge bringen wollen. Wir kennen, so scheint es, jetzt zwar den Berg. Doch kennen wir auch den Weg? Ich bin zwar auf einiges gefaßt, und ich habe mich auch gewissenhaft darauf vorbereitet«, er hob den Arm und spannte lächelnd den Bizeps an, »aber es hat für mich doch wohl nur einen Sinn mitzugehen, wenn auch meine komplette Ausrüstung mitgehen kann!«

Leo Poole, der britische Kameramann, nutzte die Gelegenheit, um in dasselbe Horn zu stoßen.

»Für Fred und mich gilt ähnliches. Ohne unsere Kameras und allem, was dazugehört, sind wir nutzloser Ballast. Bei uns kommt noch dazu, daß wir die ganze Sache ja auch im Bild festhalten sollen. Das heißt, daß unser Zeug immer griffbereit sein muß. Deshalb auch meine Frage – und es ist eine ganz ernste: Gibt es einen Weg, oder wird es eine halsbrecherische Kletterpartie durch die Todeszone, die ins Ungewisse führt?«

Anne, die als Verantwortliche angesprochen war, runzelte die Stirn.

»Ich verstehe Ihre Aufregung nicht, meine Herren! Aus der Schrift, die unser Professor so gewissenhaft und ganz sicher auch so exakt wie nur möglich übersetzt hat, geht doch ganz klar hervor, daß ein Haufen müder, zum Teil auch alter, auf alle Fälle jedoch völlig unausgerüsteter Menschen diesen Weg bereits vor vierhundert Jahren gegangen ist. Erfolgreich, wie die Tatsache, daß sie noch heute hier siedeln, be-

stätigt. Demnach gibt es einen Weg. Und wir werden ihn finden und gehen!«
Toni Schwarzenberger versuchte, die aufkeimende Diskussion zu beruhigen.
»Keine Sorge, meine Herren. Wir werden unsere Lasten und die etwa hundert Träger, die wir dafür benötigen, mit Helikoptern so nahe an den Berg heranfliegen wie nur möglich. Ich werde mich heute noch erkundigen, ob wir in Indien ein paar große Transporthubschrauber chartern können. Wenn das nicht möglich ist, lassen wir sie aus Rußland einfliegen. Ich habe da gewisse Beziehungen. Der Übergang, über den die Leute damals in dieses Land gekommen sind, muß westlich vom Kantsch liegen. Ich werde mein Foto- und Kartenmaterial genau überprüfen, außerdem ist da noch unser Sherpaführer Ang Temba, der die Gegend auch kennen müßte. Der Paß, den wir bewältigen müssen, ist sicher nicht höher als fünfeinhalbtausend Meter. Das ist sogar in dieser Jahreszeit zu schaffen!«
Er gab dem Italiener und den beiden Briten ein herablassendes Grinsen.
»Wenn es die Träger mit ihren Fünfzigkilolasten schaffen, dann werden Sie es doch wohl auch schaffen können! Nur Mut, es wird schon werden.«
Die drei Angesprochenen blieben still. Ihre Gesichter verrieten jedoch, daß ihnen die Zukunft, die sie erwartete, nicht geheuer war.
Die Stille, die auf die Worte des Österreichers folgte, wurde durch ein lautes Klopfen an der Tür durchbrochen.
Anne, die der Tür am nächsten stand, gab dem Österreicher zu verstehen, daß er sie öffnen sollte.
Schwarzenberger, sichtlich unglücklich mit der Dienerrolle, die sie ihm zugeteilt hatte, kniff die Lippen zusammen und stand auf. Später, wenn sie draußen auf seinem Terrain wa-

ren, würde sich in dieser Beziehung einiges ändern müssen. Jetzt stand er auf und ging gehorsam zur Tür.

Ang Temba trat ein.

Die undurchdringliche asiatische Maske, hinter der er sonst seine Gefühle verborgen hatte, war nicht mehr da. Alle konnten sehen, daß ihn etwas bewegte.

Der Sherpa schloß die Tür hinter sich und blieb stehen.

»Die Chinesen haben heute die Grenze dichtgemacht«, sagte er.

Anne schaute zu Schwarzenberger, und Schwarzenberger schaute zu Ang Temba.

»Warum?« fragte der Österreicher.

»Es soll einen Aufstand gegeben haben«, antwortete der Sherpa. »Tibetische Rebellen haben angeblich eine chinesische Militärstation überfallen und zahlreiche Soldaten getötet. Daraufhin hat man in Tibet den Ausnahmezustand erklärt und die Grenzen gesperrt.«

»Scheiße«, schrie Schwarzenberger, »verdammte Scheiße!«

Anne versuchte, ruhig zu bleiben.

»Und was bedeutet das für uns?« fragte sie.

»Das bedeutet«, antwortete der Sherpa ruhig, »daß alle Genehmigungen, die wir haben, ab sofort nichts mehr wert sind!«

»Das Ende der Expedition«, murmelte der Italiener.

Anne schüttelte den Kopf.

»Dort, wo wir hingehen, gibt es keine Grenzkontrollen und Zollformalitäten. Mit den blödsinnigen Genehmigungen wollte man uns nur Geld abknöpfen. Viel Geld. Die Chinesen sind kapitalistischer als wir. Ich bin überzeugt, daß sie mit der Grenzsperre nur noch mehr Geld aus uns herauspressen wollen. Wir werden es zahlen. Und wenn sie es nicht nehmen, werden wir trotzdem gehen. Ich lasse mir doch von einem Tibeteraufstand keine Expedition zerschlagen. Wir stehen ganz knapp vor dem Ziel – wenn wir dort sind, werden wir das Bild der Menschheit verändern!«

»Sie kämpfen«, murmelte Samden, der Tibeter, und lächelte glücklich. »Endlich kämpfen sie!«

»Wir müssen ganz ruhig bleiben und überlegen«, sagte Toni Schwarzenberger. »Wenn es nicht anders geht, müssen wir auch den Mut aufbringen, das Unternehmen abzublasen. Wenn wir nicht ins Land dürfen, dann darf es auch kein anderer – keiner nimmt uns unser Ziel weg!«

»Verdammte Feiglinge«, brüllte Anne. Sie war den Tränen nahe, und die kamen auch. Es waren Zornestränen.

»Wenn keiner von euch mitgeht, dann gehe ich allein!«

Samden lächelte noch immer sein glückliches Lächeln.

»Ich werde mitgehen«, sagte er. »Ich glaube, es ist jetzt Zeit, daß ich nach Hause zurückkehre!«

»Wie weit«, fragte Toni Schwarzenberger, »ist die Stelle, an der Sie ihren Yeti finden wollen, von dem Ort entfernt, an dem sie die Berge überschritten haben?«

Anne wischte sich die Tränen aus den Augen.

»Ich weiß es nicht«, sagte sie leise, »aber es kann nicht weit sein.«

Der Österreicher wandte sich an Ang Temba.

»Wissen die Träger von der Grenzsperre?«

»Sie haben Radio«, sagte der Sherpa.

»Würden sie es trotzdem tun, wenn wir ihnen doppelt soviel zahlten?«

Ang Temba zuckte mit den Schultern.

»Vielleicht«, sagte er.

Der Österreicher kniff die Lippen zusammen und überlegte einen Moment.

»Was würde geschehen«, sagte er nach einer Weile bedächtig, »wenn sie uns drüben erwischen? Alle, die gesamte Expedition. Und wenn wir ihnen dann unsere gültigen Geneh-

migungen zeigten und sagten, wir hätten keine Ahnung gehabt, daß sich die politische Situation so drastisch geändert habe. Wir wären während der letzten Vorbereitungstage weit weg von der Zivilisation gewesen ...«
»Sie würden es uns nicht glauben«, sagte Ang Temba.
»Und was würden sie dann tun?«
»Ich weiß es nicht«, antwortete der Sherpa, »ich war noch nie in einer ähnlichen Situation.«
»Ich kann es mir denken«, erklärte der Österreicher. »Sie werden uns zwingen, eine ganze Menge Geld zu zahlen, dann werden sie die Träger und dich wieder nach Nepal zurückschicken, und wir werden in Peking landen. Es wird einen Riesenwirbel geben, und irgendwann werden sie uns dann doch nach Hause schicken.«
»Und mich«, sagte Samden, »werden sie standrechtlich erschießen!«
Anne hatte ihr Lächeln wiedergefunden.
»Sie«, sagte sie, »sind selbstverständlich entschuldigt. Jeder wird es verstehen, wenn sie nicht mitkommen.«
»Jeder«, lächelte der Tibeter, »außer ich selbst!«

Die Ebene, auf die sie hinabblickten, lag wesentlich höher als jene, die sie hinter sich gelassen hatten.
Die Berge, die auf der anderen Seite hochragten, trugen Schneekappen, und auch unten blitzten blendend weiße Schneefelder aus dem Grau-Grün-Braun des karg bewachsenen Almbodens. In der Mitte strahlte das türkisfarbene Herz des Sees.
Es war ein archaisches Land. Viel zu still und viel zu mächtig für die kleine, unbedeutende Existenz des Menschen. Diejenigen, die es einst gewagt hatten, einen winzigen Flecken dieses Landes, die Spitze eines Felsens, zu besiedeln, gab es nicht mehr. Und die wenigen durchziehenden Nomaden, die

manchmal hier lagerten, waren nur geduldete Gäste, die nichts an der Landschaft veränderten.
Sie hatten den Felsen, auf dem das, was einst Taktu war, verwitterte, bald entdeckt. Er ragte im Norden des Sees wie ein grauer Turm in den Himmel. Die winzigen Zacken, die man von der Paßhöhe aus sehen konnte, mußten die Reste der verfallenen Klostermauern sein.
Der Junge im Nomadenzelt hatte vermutet, daß eine andere Nomadenfamilie in der Nähe des Sees lagern könnte. Sie konnten es nicht mehr riskieren, von Menschen gesehen zu werden, und pirschten sich, im Tal angelangt, vorsichtig an den einzigen Hügel heran, der die schwarzen Stoffbehausungen vor ihren Blicken hätte verbergen können.
Da war ein Lagerplatz, doch er war verlassen. Sie fanden die Reste einer Feuerstelle und einige andere Überbleibsel menschlichen Wohnens wie Tierknochen, eine zerbrochene Teeschale, Schnurreste und Stoffetzen.
Vom Helikopter hatten sie nichts mehr gehört. Vielleicht stand er noch immer unten, neben der Nomadensiedlung, vielleicht war er aber auch schon aufgestiegen, und der Berg, der dazwischenlag, hatte den Rotorenlärm geschluckt.
Das Wasser des Sees war eiskalt. Paul wusch sich das Gesicht und trank etwas davon. Es schmeckte nach dem Eis und den Felsen, aus denen der See geboren worden war.
Pema war während des gesamten Abstieges seltsam still gewesen. Paul vermißte ihre unbeschwerte Fröhlichkeit, doch die Angst, die sein Inneres oben auf der Paßhöhe zusammengeschnürt hatte, war noch immer nicht ganz verflogen, und er schaffte es nicht, die Worte zu finden, die sie hätten aufheitern können. Er beobachtete sie stumm und spürte plötzlich, daß sie dieselbe Angst hatte wie er. Vielleicht hätte sie sogar geweint, wenn sie nicht von Anfang an die Rolle der Tapferen übernommen hätte.

Paul ging zu ihr und nahm sie in seine Arme. Er sah ihre Augen nicht, aber er spürte, wie sie sich an ihn klammerte, und er drückte sie ganz fest an sich.
Die getrennte Angst, die bisher jeder für sich ertragen hatte, verschmolz zu einer gemeinsamen, die etwas leichter zu ertragen war. Sie waren allein in diesem gewaltigen Land und hatten nichts außer dem anderen.
Sie blieben lange unbeweglich stehen. Keiner wollte das wärmende Gefühl der Geborgenheit aufgeben, das sie einander gaben.
Pema war die erste, die sich langsam aus der Umklammerung löste. Sie stieß ihn sanft zurück und hob ihren Kopf. Ihre Augen glänzten feucht, und das Lächeln war schüchtern und schuldbewußt.
Paul hätte sie gern geküßt, er tat es aber nicht, weil er fürchtete, damit das Gefühl der Wärme und Geborgenheit, das sie eben noch verbunden hatte, zu zerstören.
Sie schauten einander lange in die Augen, dann streichelte er ihr sanft übers Haar und ließ sie los. Ihr Blick hatte ihm nichts verraten, doch vielleicht hatte sie aus seinem lesen können, daß sie für ihn mehr war als nur ein kumpelhafter Reisebegleiter.
Es war ein langer, harter Tag gewesen, und sie mußten ihre letzten Kräfte mobil machen, um den Fuß des Berges noch vor Einbruch der Dunkelheit zu erreichen. Die steilen Steinstufen waren verwittert und zum Teil zerstört. Als sie die Hälfte des Anstieges geschafft hatten, kam die Nacht. Es gab nur noch die Stufen und den Weg nach oben. Sie konnten sich nicht mehr verirren, und sie hatten keine Eile mehr. Ihre Beine tasteten sich langsam höher, und die einzigen Geräusche, die sie hörten, waren das Mahlen der Schritte und ihr fauchender Atem.
Als die Stufen endlich aufhörten, sahen sie die ersten Mau-

ern, die sich schwarz vom Dunkelgrau des Nachthimmels abhoben.
»Taktu«, sagte Paul und blieb stehen, um kurz zu verschnaufen.
Pema war neben ihm stehengeblieben, und er spürte, wie sich ihr Körper sanft gegen den seinen lehnte. Es war nur eine Berührung, aber sie bedeutete ihm viel, weil es das erste Mal war, daß sie von sich aus seine Nähe gesucht hatte.
Taktu war ein unheimlicher Ort, gespenstisch und beklemmend wie ein Friedhof.
Sie gingen den breiten Weg entlang, der zwischen den Mauerresten hindurchführte, und sahen bereits nach wenigen Schritten, daß weiter vorn ein Feuer brannte.
Pema zog heftig an seinem Ärmel, und sie blieben wieder stehen.
»Da ist jemand«, flüsterte sie.
Paul legte seinen Arm um ihre Schulter, und sie ließ es geschehen.
»Wir werden nachsehen, wer es ist«, flüsterte er zurück.
Sie legten ihre Bündel ab, ließen sie unter einem markanten Mauerrest zurück und schlichen sich näher an den Ort heran, an dem das Feuer brannte. Es war nur ein kleines Feuer, und da der Wind in die andere Richtung blies, rochen sie den Rauch nicht.
Als nur noch eine mannshohe Mauer zwischen ihnen und dem flackernden Licht lag, bedeutete Paul Pema, daß sie zurückbleiben sollte. Er selbst arbeitete sich ganz langsam und unendlich vorsichtig voran, bis er die Menschen sehen konnte, zu denen das Feuer gehörte.
Zuerst sah er einen Jungen. Er war klein und hatte einen kahlgeschorenen Schädel. Der Junge war in einen dicken, mantelähnlichen Umhang gehüllt und kniete neben dem Feuer. Er legte Brennstoff nach.

Auf der anderen Seite des Feuers kauerte eine vermummte Gestalt. Der zusammengesunkene Körper steckte in einem ähnlichen Umhang wie der Junge. Er trug eine Mütze und hatte den Kopf so weit nach vorn geneigt, daß Paul kein Gesicht sehen konnte.

Zwei harmlose Reisende. Wahrscheinlich Vater und Sohn. Nomaden vielleicht oder Bergbewohner.

Paul schlich zu Pema zurück und teilte ihr flüsternd mit, was er gesehen hatte.

»Keine Gefahr«, sagte er.

Sie gingen leise zu der Stelle, an der sie ihre Bündel gelassen hatten, und nahmen sie auf. Dann stapften sie vorwärts und redeten laut miteinander.

Als sie sicher waren, daß man sie vom Feuer aus sehen konnte, blieben sie stehen, und Pema fragte, ob sie näher treten dürften.

Der Junge stand auf und winkte sie mit den Händen heran. Neben dem Feuer lagen ein paar größere Mauertrümmer, und Paul und Pema nahmen darauf Platz. Paul, der jetzt wieder Jigme war, grinste den Jungen an und fragte lallend, ob es etwas zu essen gäbe.

Pema lächelte entschuldigend und erklärte, daß ihr Bruder zwar aussähe wie ein Mann, im Kopf aber immer ein Kind geblieben sei. Dann sagte sie auch, daß sie ihre Eltern verloren hätten und auf der Suche nach Verwandten seien, die dem Volk der Rai angehörten und in einem Dorf in der Nähe der Großen Schneeberge lebten. Das Dorf hieße Thortan und sei so klein, daß sie bisher noch niemanden getroffen hätten, der es kannte.

Der Junge lächelte entschuldigend und zuckte die Schultern.

»Ich bin selbst zum ersten Mal in dieser Gegend. Aber mein Meister kennt sich hier gut aus!«

Die Gestalt, die der Junge Meister genannt hatte, hatte sich noch nicht bewegt. Der dicke Umhang bestand aus mehreren Schaffellen, die jemand grob zusammengenäht hatte. Die Lederseite außen, die Pelzseite innen. Das Kleidungsstück des Jungen stammte aus derselben Werkstätte. Die Mütze, die der Meister trug, war aus einem anderen Leder. Sie war hoch wie eine Bischofsmütze, endete oben jedoch in einer Spitze.

Der Junge beugte sich über die Gestalt und rüttelte grob an ihrer Schulter.

»Meister«, rief er viel lauter als notwendig.

Der Pelzmantel begann sich zu rühren, die Spitze der Mütze hob sich langsam, und das Gesicht, das auftauchte, war unendlich alt, mit unzähligen tiefen Runzeln und Falten, schmalen, weit auseinanderstehenden Augen, einer flachen, breiten Nase und einem Mund, der weit offen war und in dem nur noch ein einziger Zahn steckte. Er war gelb und groß und ragte aus der rechten Hälfte des Unterkiefers heraus. Kinn und Oberlippe waren von einem wirren Geflecht dünner weißer Haare überwuchert. Die Stimme, die zu diesem Gesicht gehörte, war dünn und hoch, und Paul verstand am Anfang kaum ein Wort.

»Willkommen, willkommen«, sagte sie, und der Kopf nickte dabei unentwegt.

Der Junge erklärte ihm laut, fast schreiend, wer die Fremden seien und was sie hierhergeführt hätte.

»Thortan, Thortan«, wiederholte der Alte und nickte noch immer.

Er konnte Thortan nicht kennen, weil es Thortan nicht gab. Paul wußte, daß Pema den Namen erfunden hatte, und wenn der Meister behauptete, er würde das Dorf kennen, dann war er ein Lügner. Oder vollkommen verkalkt.

»Ich kenne dein Dorf nicht«, sagte er nach einer Weile. »Ich habe den Namen noch nie gehört.«

»Das sagen alle«, seufzte Pema. »Ich glaube fast, daß man uns beschwindelt hat und daß es dieses Dorf gar nicht gibt. Sie sagen, es soll sich in unmittelbarer Nähe der Großen Schneeberge befinden.«

Der Mund des Alten öffnete sich wieder. Das Lächeln machte die Augen so schmal, daß sie nur noch zwei schwarze Linien zwischen den Runzeln waren, und der Oberkiefer, der unter den Schnurrbarthaaren sichtbar wurde, bestand nur aus rotem, zahnlosem Fleisch. Angesichts der Leere, die im Mund herrschte, stach der einzige Zahn heraus wie ein großer, gelber Leuchtturm.

»Die Großen Schneeberge sind groß«, kicherte er. »Ich kenne nur diese Seite, und von dieser Seite kenne ich nur einen kleinen Teil. Dein Dorf kann überall liegen.«

Pema schüttelte den Kopf.

»Meine Mutter war eine Rai. Sie ist hier, in diesem Land, geboren. Mein Vater war ein Kaufmann aus dem Norden, der sie mitgenommen hat, als sie noch ein Kind war. Er ist schon vor vielen Jahren gestorben. Als meine Mutter krank wurde, hat sie mir von ihrer alten Heimat erzählt und den Weg so beschrieben, wie wir ihn gegangen sind. Von Shigatse aus immer nach Süden. Bis zu den Großen Schneebergen. Dort lebten unsere Verwandten. Sie würden mich und meinen armen Bruder aufnehmen.«

Pema mußte sich diese Geschichte längst im Kopf zurechtgelegt haben. Sie klang so überzeugend, daß Paul kaum glauben konnte, daß es nur ein spontan ausgedachtes Märchen war.

»Sonderbar, sonderbar«, säuselte der Alte, und sein Kopf nickte dabei wieder.

Sie schwiegen eine Weile und sahen dem Feuer zu, wie es das Holz auffraß.

»Mein Schüler heißt Tashi«, sagte der Alte und grinste wie-

der. »Er wird uns Tee machen, und dabei kann ich euch etwas von uns erzählen.«
Paul und Pema erfuhren, daß er Phurba hieß und stets dem alten Glauben treu geblieben war. Taktu sei für ihn ein heiliger Ort, und er sei auf seinen vielen, langen Wanderungen immer wieder hierhergekommen.
»In den großen Klöstern und in den Städten glauben sie, daß es solche wie mich nicht mehr gibt. Daß unser Glaube seit Jahrhunderten tot sei. Gestorben, wie dieser Ort hier!« Er hob beschwörend die Hand.
»Doch dieses Taktu lebt. Spürt ihr nicht, wie es lebt, welche Kraft es hat? Den wahren Glauben wird es immer geben. Er lebt in mir und in den anderen, die es noch gibt.«
Paul hatte zwar den Tölpel gespielt, er hatte jedoch nicht den Eindruck, daß ihn der Alte als einen solchen betrachtete. Sonst hätte er ihn nicht ständig angeblickt, während er über das Geheimnis seiner Person geredet hatte.
»Du Mönch«, lallte er.
»Ich Mönch«, sagte der Alte. Er streckte die Hand aus und zeigte auf den Jungen, der gerade einen alten, zerbeulten Aluminiumkessel in das Feuer stellte. »Und er Schüler!«
Der Junge hob den Kopf und lächelte, dann ging er zu seinem Meister und setzte sich neben ihn auf den Boden.
»Ich weiß, daß dieses Leben für mich zu Ende geht. Das bißchen Weisheit, das ich auf meinem langen Weg gefunden habe, soll in diesem Jungen weiterleben. Ich werde ihn alles lehren, was ich weiß, und er wird weitersuchen und neue Erkenntnisse finden.«
Der Junge nickte dankbar und lächelte.
»Wir sind auf dem Weg zu den Großen Schneebergen«, sagte Tashi. »Die Urmütter der Erde und der Menschen werden mir die Kraft geben, alles zu verstehen!«
»Dieser Tashi«, sagte der Alte und legte eine Hand auf das

Haupt des Jungen, »ist ein gelehriger Schüler. Er wird unseren Glauben weitertragen.«
Der Tee war schwarz und bitter, doch er war heiß und vertrieb für kurze Zeit die Kälte, die mit der älter werdenden Nacht gekommen war.
»Wir werden morgen weiterziehen«, sagte Pema.
Der Alte blickte den Jungen an, und sein Kopf verfiel wieder in das Dauernicken.
»Das werden auch wir tun«, sagte er.
Der Junge freute sich.
»Wir sind schon seit vielen Tagen hier«, erklärte er.
»Wir haben auf jemanden gewartet«, sagte der Alte. »Doch der ist nicht gekommen.«
Der Junge zeigte Paul und Pema eine windgeschützte Nische im Trümmerhaufen. Dort rollten sie sich in ihre Decken ein und schliefen, bis die Sonne sie weckte.
Der Junge hatte wieder ein Feuer gemacht, und es gab bereits heißen Tee.
Pema gab jedem eine Handvoll Tsampa.
Dann brachen sie auf und gingen gemeinsam den Berg hinunter.

Liz Smiley war eine Institution in Kathmandu.
Sie lebte schon seit mehreren Jahrzehnten in Nepal und hatte in dieser Zeit als Korrespondentin von Reuters alles Wissenswerte über alle Expeditionen, die sich an den Achttausendern und anderen prominenten Bergen Nepals versucht hatten, in die Welt hinausgeschickt.
Liz Smiley war zwar in die Jahre gekommen, hatte längst weißes Haar und eine dicke Brille, doch die Arbeitswut und der journalistische Spürsinn der gebürtigen Britin waren nach wie vor ungebrochen. Sie hatte Tenzing Norgay gekannt und war mit Edmund Hillary und seinem Sohn be-

freundet. Chris Bonnington hatte ebenso bei ihr Tee getrunken wie Norman Dyhrenfurth, Doug Scott, Reinhold Messner oder Toni Schwarzenberger.
Obwohl sie selbst nie einen nennenswerten Berg bestiegen hatte, drehte sich ihr ganzes Leben um Gipfel und die damit verbundenen Erfolge und Tragödien. Die Namen derer, die sie ankommen, aber nie mehr abfliegen gesehen hatte, würden sicher eine Schreibmaschinenseite füllen. Der Tod gehörte zu ihrem Geschäft. Eigentlich war er ihr Hauptgeschäft. Denn die Welt, die sie mit News versorgte, hatte sich immer mehr für ihn als für den Erfolg interessiert.
Keiner konnte Liz Smiley etwas vormachen, wenn es um Bergsteiger und Expeditionen ging. Die meisten Sherpaführer standen auf ihrer Lohnliste und belieferten sie mit Insiderinformationen.
Die abgelaufene Bergsaison war für sie eine gute gewesen. Der Mount Everest, der Makalu, der Manaslu und der Kangchendzönga waren zum Teil sogar mehrmals bestiegen worden, dann war der Schlechtwettereinbruch gekommen und hatte zu mehreren Katastrophen geführt. Am Dhaulagiri hatte es ebenso Tote gegeben wie am Cho Oyu, und zuletzt hatten die Mitglieder einer britischen Expedition drei Japaner gerettet, die auf dem Manaslu von einer Lawine verschüttet worden waren. Liz Smiley hatte wieder einmal eine Heldenstory schreiben dürfen.
Die Saison war zu Ende, doch die größte Story, das spürte sie, war noch nicht geschrieben.
Anfangs war es für sie nur eine weitere hirngespinstige Yeti-Suche gewesen. Immer gut für eine Schlagzeile, nicht mehr. Sie hatte mit Anne Walberg nach ihrer Ankunft gesprochen und einen kurzen Bericht geschrieben. Dann hatte ihr Ang Temba jedoch von Thyangpoche und dem alten Dokument erzählt, und plötzlich war es kein Hirngespinst mehr gewe-

sen. Richtig hellhörig war sie dann geworden, als der Name Doktor Peter Silman aufgetaucht war. Sie hatte den schrulligen Wissenschaftler zwar nie persönlich kennengelernt, die Geschichte seines Verschwindens war jedoch auch für sie Big News gewesen. Sie hatte damals sogar Leute auf geheimen Wegen nach Tibet geschickt, um Nachforschungen anzustellen. Die Chinesen hatten sich geweigert, eine großangelegte Suchaktion zu starten. Es sei schon zuviel Zeit verstrichen, und die Wahrscheinlichkeit, daß Doktor Silman noch am Leben sei, wäre zu gering, um ein so aufwendiges Unternehmen zu rechtfertigen.

Die beiden Führer des Wissenschaftlers waren keine große Hilfe gewesen. Sie hatten immer wieder behauptet, er sei verschwunden, hätte sich in Luft aufgelöst.

Damals hatte sie nur gewußt, daß sich der berühmte Mann intensiv mit der Geschichte der Sherpas beschäftigte und etwas mehr Licht in das Mysterium ihrer großen Wanderung bringen wollte. Nichts hatte darauf hingewiesen, daß der trockene Wissenschaftler allen Ernstes nach dem Wesen gesucht hatte, das für klardenkende Menschen ein Hirngespinst, Aberglaube oder Legende war. Wenn sie es gewußt hätte, dann hätte sie damals schon eine andere Geschichte geschrieben.

Anne Walberg war bis zu ihrer Ankunft eine Unbekannte für Liz Smiley gewesen. Jetzt wußte sie viel mehr. Sie wußte vor allem, daß die blonde Frau ein Marketinggenie war, das Journalisten wie sie nur benutzte, um das Interesse an dem zu schüren, das sie selbst nach erfolgreicher Rückkehr äußerst gewinnbringend zu verkaufen gedachte.

Liz Smiley war überzeugt, daß die blonde Forscherin über ein Wissen verfügte, das zu sensationellen Ergebnissen führen konnte.

Im Augenblick fragte sie sich jedoch vor allem eines: Wie

würde Anne Walberg mit dem Einreiseverbot umgehen, das die Chinesen nach dem Ausbruch der Unruhen verhängt hatten?
Liz Smiley beschloß, vorerst den offiziellen Weg einzuschlagen, und bat Anne Walberg telefonisch um einen Interviewtermin.
Sie trafen sich in Annes Hotelzimmer.
Toni Schwarzenberger, der genau wußte, daß er auch in Zukunft auf das Wohlwollen der einflußreichen Journalistin angewiesen sein würde, empfing sie mit einem breiten Lächeln und einer kräftigen Umarmung.
»Tibet«, antwortete Anne Walberg auf Liz Smileys erste Frage, »war ohnehin nicht mehr als eine Möglichkeit. Wir haben immer vermutet, daß das, was wir suchen, auf nepalesischer Seite zu finden ist. Unsere jüngsten Nachforschungen haben das massiv bestätigt. Wir werden, und davon sind wir jetzt mehr denn je überzeugt, die Grenze gar nicht überschreiten müssen!«
Die Journalistin lächelte. Es war genau die Antwort, die sie erwartet hatte.
»Sie werden also termingerecht aufbrechen«, sagte sie.
»Ich bemühe mich gerade, einen großen Transporthubschrauber zu chartern«, warf Toni Schwarzenberger ein. »Wenn es klappt, fangen wir morgen mit dem Ausfliegen der Ausrüstung an. In drei Tagen wird alles an Ort und Stelle sein. Dann brauchen wir nur noch gutes Wetter!«
»Und wohin soll es gehen?«
Anne Walberg warf ihr einen belustigten Blick zu.
»Sie erwarten doch nicht im Ernst, daß wir diese Frage beantworten.«
»Warum nicht?« fragte die Journalistin.
Anne suchte einen Augenblick lang nach Worten.
»Meine liebe Liz«, sagte Toni Schwarzenberger und legte

dabei einen Arm um die Schulter der weißhaarigen Britin, »ich weiß, daß du immer auf der Suche nach Sensationen bist. Das macht dich ja so einzigartig. Du weißt genau, daß du die erste sein wirst, die alles erfährt. Aber wir wissen auch, daß alles, was du weißt, spätestens morgen in allen großen Zeitungen der Welt zu lesen ist. Hier geht es nicht einfach nur um einen Berg und seinen Gipfel, sondern um ein Geheimnis, das wir lüften wollen. Ohne Zuschauer, verstehst du?«

»Den Yeti«, sagte sie und lächelte spöttisch.

Anne schluckte die Wut, die in ihr hochgekommen war, hinunter.

»Als Wissenschaftlerin höre ich dieses Wort nicht gern. Es ist mit zu vielen Vorurteilen behaftet. Und ich bitte Sie auch, es nicht zu verwenden, wenn Sie mich zitieren. Für mich ist es die Suche nach einem Wesen, das bisher, aus welchen Gründen auch immer, im verborgenen existiert hat. Um welche Art von Wesen es sich handelt, wissen wir noch nicht. Es ist jedoch durchaus wahrscheinlich, daß es das Wesen ist, das die Menschen, die in dieser Gegend leben, den ›Yeti‹ nennen.«

»Doktor Silman«, sagte die Journalistin und ließ den Namen einige Sekunden lang im Raum stehen, bevor sie fortfuhr, »ist in Tibet verschwunden. Das steht fest!«

Anne nickte.

»Sie haben vollkommen recht. Er ist in Tibet verschwunden. Vielleicht ist er auch dort gestorben. Dann hat er das, wonach er so verzweifelt gesucht hat, möglicherweise nie gefunden. Aber, und davon bin ich überzeugt, er hat den Weg zu diesem Wesen gekannt. Und der führt von Tibet aus über die Großen Schneeberge in dieses Land. Ob ihn Doktor Silman zu Ende gegangen ist, werden wir vielleicht nie erfahren.«

Liz Smiley schüttelte verärgert den Kopf.
»Bei Ihrer Ankunft haben Sie jedem, der es wissen wollte, gesagt, daß das Ziel Ihrer Expedition Tibet sei. Da war die Grenze noch offen. Jetzt ist sie es nicht mehr, und plötzlich ist alles anders.«
Sie schüttelte den Kopf und schaute Anne dabei an.
»Wenn Sie glauben, Sie können mich für dumm verkaufen, dann machen Sie einen gewaltigen Fehler, junge Frau. Ich bin schon sehr lange im Geschäft, und ich rieche einen Braten, wenn er verdorben ist. Toni Schwarzenberger kennt mich lange genug, um zu wissen, daß ich nichts mehr hasse, als belogen zu werden. Wenn es China ist, dann sollten Sie es mir sagen. Ich werde stumm bleiben wie eine Auster, wenn ich am Ende die Exklusivstory bekomme. Ihr könnt aber auch sicher sein, daß ich so laut schreie, daß man es bis Peking hört, wenn ich erfahre, daß ihr auch nur einen Fuß über die Grenze gesetzt habt.«
Sie klopfte mit ihrer kleinen alten Faust auf den Tisch.
»Das ist mein Land! Und ich erfahre alles!«
Anne vermied es, den Österreicher anzuschauen. Die Alte war schlau, und ein Blick konnte alles verraten. Was bildete sich diese britische Schreckschraube eigentlich ein? Es war ihre Geschichte, und es würde ganz allein ihr Erfolg sein! Wenn es jemand der Welt mitteilen würde, dann nur sie, Anne Walberg! Und nicht diese mickrige, heruntergekommene Möchtegernjournalistin, die sich hier, am Ende der Welt, eingegraben hatte.
»Sie haben kein Recht, mir zu drohen«, sagte Anne scharf. »Ich habe Ihnen alles gesagt, und nun bitte ich Sie zu gehen!«
Liz Smiley stand auf.
»Lizzie«, bettelte Toni Schwarzenberger in einem verzweifelten Rettungsversuch, »du weißt genau, daß wir keinen

Streit wollen. Am wenigsten mit dir! Ich schwöre dir, daß du die erste sein wirst, die alles erfährt – weltexklusiv! Du mußt uns jetzt einfach glauben!«
Die alte Journalistin ging zur Tür und öffnete sie.
»In dieser Stadt«, sagte sie über die Schulter, »bin ich noch nie von irgend jemandem auf diese Art hinausgeworfen worden!«
»Scheiße«, schrie der Österreicher, als sie gegangen war. Er hielt den Kopf mit beiden Händen fest und wühlte mit den Fingern in seinen blonden Haaren.
»Verdammte Wichtigmacherin«, sagte Anne.
Der Österreicher ließ die Hände fallen und starrte sie fassungslos an.
»Wichtigmacherin? Sie haben keine Ahnung, was der Name Liz Smiley in diesem Land bedeutet! Sie ist die Stimme Nepals, die von der Welt gehört wird! Sie weiß alles und kennt jeden.«
»Wir machen trotzdem weiter«, sagte Anne ruhig. »Der Arm meines Vaters reicht weit. Ganz sicher reicht er bis Peking. Die Chinesen werden uns in Ruhe lassen, da kann die alte Schreckschraube noch so laut schreien.«
Der Österreicher lächelte traurig. Es war das Lächeln eines Verlierers.
»Ich werde mich jetzt um den Hubschrauber kümmern«, sagte er und ging.

Phurba, der alte Mönch, hatte flinke Beine. Während des Abstiegs vom Klosterfelsen hatte er mühelos mit den anderen Schritt gehalten und auch hier unten, in der Ebene, trugen die Beine den verrunzelten, verbrauchten Körper mit bewundernswerter Sicherheit über Stock und Stein weiter.
Paul hatte die Übersetzung des alten Textes noch genau im Kopf. Von Taktu aus waren sie damals rechts am See vorbei-

gegangen und hatten das Gebirge, das sich am Horizont auftürmte, an seiner niedrigsten Stelle überquert. Der Chronist hatte drei spitze Schneegipfel erwähnt, die links vom Übergang aufragten. Sie waren noch immer da. Nichts hatte sich seit damals verändert. Nur die Wanderer waren andere.
Paul ließ den Alten und seinen Schüler an der Spitze gehen und hoffte, daß sie bald einen Weg wählen würden, der anders war als der ihre. Dann würde man sich höflich verabschieden und einander nie mehr wiedersehen.
Doch Phurba und Tashi wichen nicht von ihrer Seite. Wie von einer unsichtbaren Schnur gezogen, steuerten sie genau den Punkt neben den drei Bergspitzen an, der auch Pauls und Pemas Ziel war. Paul untersuchte den Boden, aber da war kein Weg. Nur grünbraune Grasbüschel und tiefe Pfützen und später, als das Gelände anzusteigen begann, auch kleinere Geröllfelder.
Der Mönch und sein Schüler schienen nichts dagegen zu haben, daß ihnen die beiden Fremden folgten. Ihre Beine arbeiteten nicht allzu schnell, aber rhythmisch wie Maschinen. Paul hätte sich gern mit Pema, die vor ihm ging, unterhalten oder wenigstens dann und wann ihr Gesicht gesehen, doch die perfekte Gleichmäßigkeit des Marsches ließ keine Müdigkeit und damit auch keinen Grund für eine Rast aufkommen.
Sie gingen vier Stunden lang, ohne ein einziges Mal stehenzubleiben, und Paul, der Anfangs brav seine Schritte gezählt hatte, gab es irgendwann einmal auf, weil die Zahl zu groß geworden war. Von da an war es ein automatisches, gedankenloses Dahinstapfen, bei dem die Beine arbeiteten und der Kopf Pause machte. Pema war das dunkle Vorne, dem er willenlos folgte.
Paul hatte das Gefühl, daß sein Körper eine Woge in einem großen Meer war, die einem fernen Ufer entgegentrieb. Der

Mönch und sein Schüler hatten ihm die perfekte Art des praktischen, unbeschwerten Gehens beigebracht.
Die beiden Führer folgten unsichtbaren Serpentinen, die den Hang und sein Geröll in leicht begehbaren Wegen immer kleiner werden ließen. Als sie oben angelangt waren, blickte Paul zurück und wußte, daß sein Weg der steile und direkte gewesen wäre, und freute sich, daß er leicht atmend und nicht verzweifelt keuchend hier oben stehen konnte.
Tashi entrollte sein Deckenbündel, und Paul sah erst jetzt, daß der Junge, ebenso wie Pema, Yakfladen bis hierher geschleppt hatte, die jetzt zu einem Feuer wurden, auf dem er Tee kochte.
Viel wichtiger erschien ihm jedoch, daß er endlich wieder Pemas Lächeln sehen konnte.
Die Landschaft, die sie auf der anderen Seite des Berges erwartete, war kahl und felsig. Genauso, wie sie Dorje Tsangpo vor Jahrhunderten beschrieben hatte. Nach einem steilen Abstieg wartete das düstere Tal, in dem die Sherpawanderer ihr nächstes Lager aufgeschlagen hatten. Nach Pauls Schätzung würden sie den Ort noch am frühen Nachmittag erreicht haben.
Der Alte schien trotz seines gebrechlichen Aussehens kaum müde zu sein. Er schlürfte genüßlich seinen Tee und schien es als Selbstverständlichkeit zu betrachten, daß sie von nun an zu viert weiterzogen.
Paul wußte nur, daß er und Pema sich an den vom Schreiber vorgegebenen Weg halten mußten. Es konnte Zufall sein, daß ihn bis jetzt auch der Mönch und sein Schüler gegangen waren. Unten im Tal würde sich erweisen, ob sie ihm auch weiter folgen würden. Es gab mehrere Möglichkeiten, die dann folgenden Berge zu überqueren. Der alte Sherpaweg war der kürzeste, aber sicher auch der beschwerlichste.
Pema unterhielt sich mit dem Jungen und vermied es, Paul

anzublicken. Paul dachte an die Umarmung und was er dabei empfunden hatte. Es war viel mehr als brüderliche Zuneigung oder innige Freundschaft gewesen. Es war nur einen Augenblick gewesen, aber während dieses Augenblickes hatte sie ihm gehört. Als Frau. Er hätte es ihr gern gesagt. Und er hätte gern gewußt, wie sie diesen Augenblick empfunden hatte. Doch er war machtlos, weil er den Tölpel spielen mußte. Er durfte nur augenrollend lallen und stupide grinsen. Zum ersten Mal schmerzte ihn dieser Zustand, weil er ihm nicht gestattete, eine normale Konversation zu führen. Er hoffte inbrünstig darauf, daß sich die beiden neuen Reisepartner bald verabschiedeten und ihn wieder zum normalen Menschen werden ließen.
Jigme, der Tölpel, war einsam. Wahrscheinlich war er auch verliebt. Und er mußte das Gefühl, das immer schwerer wurde, wie einen Buckel, von dem er sich nicht trennen konnte, mit sich herumschleppen.
Paul war froh, als sie wieder aufbrachen.
Der Alte und sein Schüler bewegten sich wieder mit großer Behendigkeit bergab, und es dauerte nicht einmal eine Stunde, bis sie den Ort erreicht hatten, der nach Pauls Schätzung der Lagerplatz der Urwanderer gewesen war. Er überlegte kurz, mit Pema hierzubleiben und die beiden anderen weiterziehen zu lassen, bevor der Gedanke jedoch zum durchdachten Plan werden konnte, lag die Stelle bereits weit hinter ihnen.
Phurba und Tashi gingen, ohne zu zögern, den alten Sherpaweg. Paul dachte daran, daß der Alte ein Anhänger des alten Glaubens war, und schloß daraus, daß dieser verschworenen Gruppe auch viele alte Geheimnisse bekannt sein mußten. Warum sollten ihnen nicht auch über die Generationen hinweg die Route überliefert worden sein, die ihre Ahnen zu den Göttern der Schneeberge geführt hatte? Es waren noch

viele Tage bis zum Ziel, und Paul begann sich mit dem Gedanken vertraut zu machen, daß sie es nicht allein erreichen würden. Was war das Ziel überhaupt? Ein düsteres Tal, sonst nichts! Was war, wenn die Ereignisse, die damals dort stattgefunden und sich auf der langen Reise seines Vaters offenbar wiederholt hatten, in seinem Fall nicht eintreffen würden?

Paul sah das Arbeitszimmer seines Vaters und erinnerte sich an die starke Botschaft, die er dort empfangen hatte. Damals hatte er noch nichts von der Nachricht gewußt, die Peter Silman an seine tibetischen Freunde geschickt hatte, und trotzdem war Paul damals schon fest davon überzeugt gewesen, daß sein Vater noch lebte. Das Tal, das spürte er, würde seine Fragen beantworten. Jeder Schritt, den er jetzt tat, brachte ihn näher.

Der nächste Berg war noch steiler als der, den sie am Morgen überquert hatten. Ganz oben lag Schnee, und der Wind, der ihnen von der anderen Seite entgegenblies, war eisig kalt. Als sie kurz vor Einbruch der Dunkelheit die Höhle erreichten, die auch der Chronist als Lagerplatz beschrieben hatte, glaubte Paul endgültig an keinen Zufall mehr. Phurba folgte dem alten Sherpaweg, und er schien nichts dagegen zu haben, daß die beiden Fremden ihn dabei begleiteten.

Sie packten den Yakdung aus und machten ein Feuer. Der Eingang war groß wie ein Scheunentor, und die Höhle selbst war mannshoch und reichte weit in den Berg hinein. Die Feuerstelle war bereits dagewesen. Jemand hatte kopfgroße Steine zusammengetragen und in einem Kreis aufgelegt, der etwa einen Meter Durchmesser hatte. Die Vorstellung, daß dies möglicherweise bereits vor mehreren Jahrhunderten geschehen war, machte den Lagerplatz für Paul noch gespenstischer.

Er hatte sich auf einen großen Stein gesetzt, der, wie einige

andere, sicher auch nicht zufällig als Sitzgelegenheit in der Nähe der Feuerstelle lag, und schaute Pema und dem Jungen gedankenverloren beim Kochen zu.
Er bemerkte erst, daß sich der alte Mönch auf den Nachbarstein gesetzt hatte, als dieser mit ihm zu reden begann. »Die Großen Schneeberge«, sagte er, und der alte Kopf begann wieder zu nicken.
Paul drehte sich zu ihm um und erkannte zu spät, daß er das tölpelhafte Grinsen vergessen hatte, das seine Rolle von ihm verlangte. Er holte es zwar rasch nach, doch blieb es bei einem unbeholfenen Versuch.
Der Alte blickte ihn mit schmalen Augen an und öffnete den Mund zu einem breiten Grinsen. Das gesamte Licht, das das Feuer verbreitete, schien auf den einsamen Zahn im Unterkiefer zu fallen. Er blitzte stark und weiß wie ein Leuchtturm am Rande düsterer Klippen.
In diesem Augenblick wußte Paul, daß ihm der Mönch den Tölpel nie abgenommen hatte. Der Schutzschild des Narren hatte schon in Taktu nicht funktioniert. Nun erinnerte er sich daran, daß ihn Phurba auch nicht zur Seite geschoben und ignoriert hatte wie die anderen.
Paul sehnte sich danach, aus Jigmes Haut zu schlüpfen und wieder Paul sein zu dürfen. Aber es war noch zu früh. »Schneeberge«, lallte er und rollte die Augen.
»Sechs Tage noch«, sagte der Alte, »dann werden wir sie sehen können!«
Der Blick des Alten wanderte zum Feuer, und der Kopf nickte dabei unentwegt weiter. Auch das Grinsen war noch da.
Paul kam sich vor wie der Fisch, der an der Angel zappelt. Noch war er allerdings im Wasser, und noch hatte ihn der Fischer nicht herausgezogen.
Er wußte selbst nicht, warum er zögerte. Jigmes Leben war

einsam, aber problemlos gewesen. Der Alte hatte es ihm bis jetzt gelassen. Vielleicht nur, weil es ihn erheitert hatte, daß er zusehen durfte, wie sich ein gut funktionierender Erwachsener zum kindlichen Narren machte.
Andererseits war es nur ein Gefühl, das Paul vermuten ließ, der Mönch hätte seine Tarnung längst durchschaut. Nie ernstgenommen.
Phurbas Blick hatte ihn wieder eingefangen.
»Es gibt kein Thortan«, sagte er, und es dauerte ein paar Sekunden lang, bis Paul wußte, was er meinte. Thortan war Pemas Phantasiedorf gewesen.
Paul lallte nicht mehr, und er rollte auch nicht mehr mit den Augen. Er hielt dem Blick des Mönchs stand und suchte in seinem alten Gesicht nach einer Antwort.
»Nein«, sagte Paul, »es gibt kein Thortan.«
Das Nicken des Alten wurde heftiger, und der einsame Zahn blinkte noch weißer.
»Die Chinesen«, sagte er, »ich habe die Flugmaschine gehört. Sie haben euch gesucht!«
Paul war Paul, und Jigme war tot. Einfach so.
»Sie haben uns gesucht«, nickte Paul, und dann erzählte er ihm die ganze Geschichte. Nicht die ganze Wahrheit. Aber er erzählte ihm die Geschichte vom Forscher, der gekommen war, um die letzten Geheimnisse der Sherpawanderung zu ergründen und deshalb den alten Weg bis in die neue Heimat auf der anderen Seite der Schneeberge gehen wollte. Er erzählte auch von den Chinesen, die sie gefangengenommen, und von den jungen Männern, die sie wieder befreit hatten.
Er bemühte sich nicht, leise zu reden, und Pema und der Junge drehten sich immer wieder zu ihnen um und hörten zu. Als Paul Pemas Blick zum ersten Mal begegnet war, hatte sie ihm zugenickt und dabei gelächelt.

»Du warst kein schlechter Tölpel«, sagte der Alte. »Wenn wir anderen Menschen begegnen, solltest du wieder ein Tölpel sein. Es ist besser so.«
»Wer bist du?« fragte Paul.
Er grinste nicht mehr, und der Kopf stand still.
»Nur ein alter Mann«, sagte er, »der von einer langen Reise nach Hause zurückkehrt.«
»Wo ist dein Zuhause?«
Die schmalen Augen wandten sich von ihm ab, und ihr Blick verlor sich im Feuer.
»Wo ist es?« fragte Paul noch einmal.
»Im Schoße der Götter«, sagte der Alte. Dann stand er auf und ging. Am Höhleneingang wurde er von der Nacht geschluckt.
Pema verließ ihren Platz am Feuer und kam zu ihm. Sie kniete sich nieder und umschlang seine Beine mit ihren Armen.
»Er hat in Taktu auf uns gewartet«, sagte sie.
Paul hob seine Hand und streichelte ihren Kopf.
»Er weiß jetzt, wer wir sind«, sagte er, »und ich bin froh darüber. Nur wir wissen noch immer nichts über ihn!«
Sie legte den Kopf auf seine Knie.
»Er ist unser Führer«, murmelte sie, »irgendwer hat ihn geschickt.«
»Wer?« fragte er.
Sie blieb in seiner Nähe, als sie sich nach dem Essen neben dem Feuer in ihre Decken einrollten. Er spürte ihren Körper und wußte, daß der Junge neben ihnen lag. Der Alte war noch draußen, in der Nacht, als er einschlief. Der Traum gab ihm die Antwort, die er als Wacher nicht zu denken gewagt hatte. Sein Vater stand auf einem Felsen, und der Wind ließ das weiße Haar und den langen weißen Bart lodern wie kalte Flammen.

Der Platz, den Toni Schwarzenberger bei seinem Erkundungsflug ausgesucht hatte, lag etwa zwanzig Kilometer westlich vom Kangchendzönga. Es war eine weiße Ebene inmitten einer gigantischen Eis- und Felskulisse. Wind und Frost hatten den Schnee zu einer harten Unterlage erstarren lassen, auf der sogar der gewaltige Helikopter landen konnte, der aus Indien gekommen war.

Näher hätten sie an den gesuchten Ort in der Luft nicht herankommen können. In China ist es überhaupt unmöglich, Helikopter zu chartern, und kein Pilot der Welt hätte es gewagt, sie über die Himalajaberge nach Tibet zu fliegen. Nicht nur, weil es illegal gewesen wäre. Die Wetterbedingungen und die große Höhe machen jeden Flug über den Himalajahauptkamm zu einem selbstmörderischen Unternehmen.

Es dauerte drei Tage und ein Dutzend Flüge lang, bis die auf zwei Tonnen reduzierte und auf Vierzigkilolasten aufgeteilte Expeditionsausrüstung, die Mannschaft, die vier Köche und die insgesamt fünfzig Träger, die Ang Temba persönlich ausgesucht hatte, auf dem viertausend Meter hoch gelegenen Ort abgeliefert waren.

Die Wucht der Umgebung und ihre grenzenlose, kalte Einsamkeit wurden Anne erstmals bewußt, als der riesige Transportvogel zum letzten Mal hinter dem Berg verschwand und sie für immer in der schweren Stille dieser gewaltigen Gesteinsarena zurückließ.

Es hatte zu schneien begannen, und die Zelte waren bald mit einer weißen Haube überzogen.

Sie saßen im großen Messezelt und tranken Tee, den ihnen der Küchenjunge gebracht hatte.

Carlo Reda war müde. Er war noch nie in solchen Höhen gewesen und begann jetzt erst zu ahnen, was ihn während der nächsten Tage erwarten würde.

Er besuchte zu Hause regelmäßig ein Fitneßstudio und hielt sich daneben noch mit den täglichen vier Jogging-Kilometern fit. Extreme Härte hatte er jedoch noch nie erfahren. Anne erging es ähnlich. Sie hatte zwar lange Dschungelmärsche hinter sich und war an das Leben in der freien Natur gewöhnt, hier, im Hochgebirge, war jedoch alles anders. Sie hatte es sich nicht so wild und feindlich vorgestellt. Die Berge, die sie umgaben, ließen alles Menschliche zur Bedeutungslosigkeit schrumpfen.
Da war jedoch das Ziel, das vor ihnen lag, und das war für Anne größer als alles andere. Es wischte alle Ängste und Bedenken weg und ließ ihren Mut immer wieder aufs neue wachsen. Sie würden es schaffen, weil sie es schaffen mußten. Leo Poole und Fred Walsh hatten Himalajaerfahrung. Sie hatten eine britische Everestexpedition vor einigen Jahren ins Basislager begleitet. Und damals war die Kameraausrüstung noch wesentlich schwerer gewesen. So betrachtet, war der Job diesmal ein leichterer.
Der Lagerplatz, auf dem sie sich jetzt befanden, das Wetter, das immer schlechter zu werden schien, und der Weg, der vor ihnen lag, hatten sie aber doch nachdenklich gemacht. Mit dem Österreicher und dem Sherpa waren nur zwei erfahrene Bergsteiger im Team. Dann kamen die Träger und der Rest der Mannschaft. Eine Frau, der Italiener, der bereits jetzt zu kränkeln begann, ein Großstadt-Tibeter und fünfzig beladene Träger.
Poole hatte sich von Schwarzenberger den Weg zeigen lassen, den sie morgen gehen würden. Es war gleich nach der Ankunft gewesen, und da hatte es noch nicht geschneit.
Die Berge waren unten noch schwarz gewesen. Der Österreicher hatte auf eine Stelle gezeigt, die knapp unter dem Beginn der Schneehaube lag, und ihm erklärt, daß sie wahrscheinlich dort ein Lager aufschlagen müßten, wenn sie den

Übergang am nächsten Tag schaffen wollten. Der Paß, um den es ging, war nicht einmal in seiner Spezialkarte als solcher verzeichnet, der danebenstehende Gipfel jedoch mit sechstausendfünfhundertachtunddreißig Metern eingetragen. Das ließ Schwarzenberger vermuten, daß man wohl bis auf fünftausendachthundert Meter hoch müßte, um auf die andere Seite zu gelangen.
Wenn das, was der Tibeter in dem alten Dokument gelesen hatte, stimmte, dann waren vor fünfhundert Jahren an dieser Stelle Menschen über die Berge gegangen. Seither wohl nicht mehr. Sie würden also Neuland betreten. Und eine Kette war bekanntlich nur so stark wie ihr schwächstes Glied. Noch war es keine Angst, doch ein mulmiges Gefühl hatte Poole schon, wenn er an die Zukunft dachte.
»Der Neuschnee macht die Sache natürlich schwieriger«, sagte Schwarzenberger und riß damit alle aus ihren Gedanken. »Wir werden deshalb gleich nach Tagesanbruch aufbrechen. Nur leichtes Gepäck. Volle Trinkflaschen, etwas Verpflegung, eine zweite Garnitur Kleidung, das Notwendigste eben. Ein Teil der Träger wird zurückbleiben und das Lager abbauen. Sie werden uns einholen, wenn wir unsere Mittagsrast machen. Wir werden auf sie warten, und ich werde dann mit ihnen vorausgehen und den nächsten Lagerplatz aussuchen. Wenn ihr am Abend ankommt, gibt's bereits heißen Tee.«
Er grinste.
»Es wird fast eine Luxusreise, ihr werdet sehen!«
Er beantwortete ein paar Fragen, dann forderte er alle auf, sich schlafen zu legen.
»Alles, was man hier auf dieser Höhe tut, kostet Kraft. Einige von euch werden vielleicht bald bis ans Limit gehen müssen. Heute habt ihr die letzte Gelegenheit, den Körper aufzutanken. Dort oben«, er zeigte in Richtung Berg, »baut

er beständig ab. Kraft ist etwas, mit dem ihr von nun an sparsam umgehen sollt!«

Es war bald still im Lager. Die Träger hatten sich längst in ihren Zelten verkrochen. Sie kannten das Spiel mit der Kraft. Der vernünftige Umgang damit war ihr Job.

Der Schneefall hatte nachgelassen, und durch ein Loch in der dünnen Wolkendecke konnte man sogar den Mond sehen, als Ang Temba, der allein ein Zelt bewohnte, aus seiner Behausung kroch und durch den Schnee stapfte, bis er glaubte, weit genug weg zu sein, um nicht mehr gehört zu werden.

Er nahm ein längliches, schwarzes Gerät aus der Daunenjakke, zog daraus eine Antenne hervor und tippte ein paar Nummern ein.

Die Verständigung war schlecht, es krachte und rauschte aus dem Kasten, und die Stimme, die den Sherpa erreichte, wurde immer wieder von den Nebengeräuschen geschluckt. Es bedurfte mehrerer Anläufe, um die Botschaft, die er zu übermitteln hatte, durchzusagen.

»Übermorgen«, wiederholte er zum dritten Mal. »Wir werden übermorgen in China sein!«

»Melde dich wieder, wenn ihr dort seid«, sagte Liz Smiley am anderen Ende.

Es war am zweiten Tag nach ihrem Aufbruch vom Höhlenlager, als sie das Nomadenzelt sahen. Es lag etwas abseits von ihrer Marschroute in einem kleinen Seitental. Der Berg, der sich daneben auftürmte, warf seinen Schatten auf das Zelt, doch die scharfen Augen des Jungen hatten es trotzdem entdeckt.

»Seltsam«, murmelte der Alte, »ich habe in diesem Teil der Welt noch nie Nomaden getroffen.« Er kniff die Augen zusammen und starrte in die Tiefe.

»Sie müssen aus diesem Tal gekommen sein«, sagte er nach einer Weile und machte eine müde Handbewegung in die angenommene Richtung.

»Sie ziehen von Osten nach Westen. Oder umgekehrt.«

»Fragen wir sie doch selbst«, schlug Pema vor.

Der Mönch schüttelte zögernd den Kopf.

»Ich weiß nicht, ob das klug ist.«

Das Mädchen lachte.

»Es sind doch nur Nomaden. Und wir könnten etwas frische Milch und Joghurt gebrauchen. Vielleicht gibt es sogar Fleisch. Und frisches Brot.«

Paul, der sich wie die anderen seit ihrem Abmarsch aus Taktu nur von Tee, Tsampa und gekochtem Reis ernährt hatte, gab ihr recht. Und auch der Junge bettelte den Alten an, den kurzen Umweg zu den Zeltmenschen zu machen.

Phurba gab nach, doch man merkte ihm an, daß er über den Entschluß nicht glücklich war.

Der Abstieg war steil, und sie wußten, daß sie den Berg am nächsten Morgen wieder hochklettern mußten, doch die Verlockung, endlich wieder anständig essen zu können, machte es die Mühe wert.

Vor dem Zelt standen vier Yaks, das Dutzend Ziegen hatte man mit langen Schnüren an einen niedrigen Pfosten gebunden, den jemand in den harten Boden gerammt hatte.

Im Schatten, in dem das Zelt stand, war es eisig kalt, das war wohl auch der Grund dafür, daß sich die Menschen, denen es gehörte, in seinem Inneren verkrochen hatten und um das Feuer saßen.

»Es ist besser«, flüsterte der Alte Paul zu, bevor er die Eingangsdecke zurückschlug, »wenn du wieder zum Tölpel wirst!«

Paul nickte und rollte die Augen, wie er es schon so oft getan hatte.

Die Nomadenfamilie bestand aus einem alten, völlig zahnlosen Mann, einer alten, völlig zahnlosen Frau, zwei jüngeren Männern, einer jüngeren Frau und drei Kindern. Die Kleidung bestand hauptsächlich aus Lumpen, aber man konnte sehen, daß sie anders war als jene, die die anderen Nomaden in dieser Gegend trugen. Die Frauen hatten ihr Haar zu vielen kleinen Zöpfen geflochten und trugen kaum Schmuck. Die Männer waren düstere Gesellen, die auch hier neben dem Feuer schwere Pelzkappen aufhatten. Das verfilzte Haar war lang und hing bis zur Mitte des Rückens hinab.
Das Zelt war kleiner als die anderen, die Paul gesehen hatte, und im Inneren roch es rauchig und muffig, und zum Geruch der ranzigen Butter kam der Gestank von ungewaschenen Menschenkörpern und Urin.
Einer der beiden jüngeren Männer stand auf, als sich die Eindringlinge bemerkbar gemacht hatten, und Paul sah, daß er ein langes, schwertähnliches Messer an seiner Seite trug, das in einer abgegriffenen Lederscheide steckte.
Er blieb vor ihnen stehen und musterte sie eindringlich, dann verzog er den Mund zu einem Grinsen und legte dabei schwarze und braune Zahnstummel frei.
»Wir sind Reisende und bitten um etwas zu essen und um eine Unterkunft für die Nacht«, sagte der Mönch.
»Reisende, ha«, knurrte der Mann und schüttelte den Kopf.
»Es gibt keine Reisenden in dieser Gegend.«
Er drehte sich zu den anderen um und lachte laut.
»Wahrscheinlich seid ihr Diebe. Oder Räuber!«
Die beiden anderen Männer lachten jetzt mit, und die Kinder kamen näher und begannen die Fremden zu betasten.
Die Frauen drehten ihnen noch immer den Rücken zu.
»Wir sind unterwegs zu den Großen Schneebergen, und wir bitten euch, uns Essen und Unterkunft zu geben«, wiederholte Phurba.

Pema zog den alten Mönch am Ärmel und schüttelte den Kopf.
»Vielleicht ist es besser, wenn wir weiterziehen«, sagte sie.
Das Grinsen auf dem dreckverkrusteten Gesicht des Schwertträgers fror ein. Er kniff die Augen zusammen und runzelte die Stirn.
»Ihr werdet hierbleiben«, knurrte er. »Kein Mensch soll sagen können, daß Tsultrim und seine Familie das Gesetz der Gastfreundschaft verletzt haben.«
Er drehte sich zu den Frauen um.
»Gebt unseren Gästen etwas zu essen!«
Es war ein Befehl, und die Frauen reagierten sofort. Sie standen auf und boten den Fremden einen Platz am Feuer an. Die Jüngere reichte ihnen fettige Holzschalen und füllte sie mit einer braunen Brühe, die sie mit einem langen hölzernen Löffel aus einem Topf, der im Feuer stand, schöpfte. Die Alte hatte irgendwo einen Brotfladen ausgegraben und riß davon für jeden der Gäste ein Stück ab.
Der Mönch schaufelte die Brühe mit dem Brotfetzen in den Mund und schmatzte dabei genüßlich. Es war ein Eintopf aus Ziegenfleisch und Gerste und einigen anderen Dingen, und er war scharf gewürzt. Paul leerte seine Schale und hätte gern noch mehr gegessen. Er grunzte sein Tölpelgrunzen und hielt der jüngeren Frau die leere Schale entgegen, aber anstatt sie wieder aufzufüllen, nahm sie ihm das Gefäß ab und stellte es zu einem Haufen anderer schmutziger Schalen, die neben dem Eingang am Boden lagen.
Der Mann, der sie empfangen und sich Tsultrim genannt hatte, hockte neben Pema und starrte sie mit gierigen Augen an.
»Schlafen gehen«, lallte Paul.
Tsultrim warf ihm einen belustigten Blick zu.
»Gib dem Tölpel etwas Rakshi«, sagte er zu dem anderen

Mann, der dem Aussehen nach sein Bruder hätte sein können. Der stand grinsend auf und kam mit einer Flasche zurück.
Er entkorkte sie, tat einen langen Schluck und reichte sie dann an Paul weiter.
»Hier«, herrschte er ihn an, »trink, damit du lustig wirst!«
»Nein«, rief Pema, »laßt meinen Bruder in Ruhe. Er ist ein Kind!«
Paul, der gern vom Schnaps getrunken hätte, schüttelte verärgert den Kopf und streckte die Hand aus.
»Jigme trinken«, forderte er.
Der Nomade grinste und gab sie ihm.
Der Schnaps war nicht sehr stark und schmeckte auch nicht angenehm, aber er brachte Wärme in Pauls Inneres. Er wollte die Flasche zurückgeben, doch der Mann befahl ihm, noch einen Schluck zu nehmen. Der zweite schmeckte schon etwas angenehmer, und nach dem dritten hätte Paul noch gern einen vierten gehabt, aber diesmal nahm ihm der Mann die Flasche ab und leerte den Rest mit dem anderen.
Paul fühlte sich warm und wohl, aber er war nicht betrunken.
Derjenige, der sich Tsultrim genannt hatte, rückte noch näher an Pema heran und legte seinen Arm um ihre Schulter.
»Sag deinem Tölpel, er soll für uns tanzen«, sagte er mit schwerer gewordener Zunge.
Pema wand sich los und rückte zur Seite.
»Er tanzt nicht«, sagte sie.
Phurba stand rasch von seinem Platz auf und setzte sich in die Nische, die zwischen dem Nomaden und dem Mädchen frei geworden war, bevor dieser auf Pemas Weigerung reagieren konnte.
»Ich danke euch für eure Gastfreundschaft«, sagte er und zeigte dabei seinen einsamen Zahn.

Tsultrim starrte ihn verwirrt an.
Der Mönch redete weiter, bevor der andere Zeit hatte, wütend zu werden.
»Ihr müßt von weit her kommen«, sagte Phurba. »Wahrscheinlich aus dem Osten.«
Der Nomade überlegte, was er sagen sollte, es fiel ihm jedoch nichts ein, deshalb nickte er nur.
»Ihr seid Händler«, stellte der Alte fest, und sein Kopf begann wieder zu nicken.
»Salz«, knurrte der andere und griff wieder nach der Flasche. Als er sah, daß sie leer war, warf er sie mit einem gereizten Grunzen in eine Ecke.
Sein Bruder schien den Schnaps noch stärker zu spüren. Er kroch hinüber zum Alten, zog an der Decke, auf der dieser saß, und schimpfte laut, bis er sie freigab. Dann rollte sich der Betrunkene in die Decke ein und begann bald darauf zu schnarchen.
Pema war ganz nahe an Paul herangerückt, und er spürte, wie sich ihre Hand auf die seine legte.
»Wenn ihr aus dem Osten kommt und Salz kaufen wollt, seid ihr in der falschen Gegend«, erklärte Phurba. »Ihr hättet bereits vor einigen Tagen nach Süden gehen müssen. Hier gibt es nur Fels und Eis und Schnee.«
Der Betrunkene starrte ihn mit glasigen Augen an. Er versuchte noch immer, sich zu erinnern, was er vor dem Auftauchen des lästigen Alten hatte tun wollen. Da ihm nicht einfiel, daß es die Wut war, wonach er suchte, stand er auf und wankte ins Freie.
Die vier Reisenden legten sich in den hinteren Winkel des Zeltes. Pema war Paul so nah, daß er sie riechen konnte. Sie hatten sich seit langer Zeit nicht mehr gewaschen und Tag und Nacht dieselbe Kleidung getragen. Sie roch nach Schweiß und Rauch, und Paul hätte alles gegeben, wenn er

sie umarmen und küssen und fest hätte an sich drücken können.

Er beschloß zu warten, bis der Mönch und der Junge eingeschlafen waren. Dann würde er ihre Hand suchen und feststellen, ob sie dasselbe wollte.

Bevor es dazu kam, kehrte Tsultrim ins Zelt zurück. Er rülpste laut und stolperte zum Feuer. Es war inzwischen zwar niedergebrannt, doch war es immer noch hell genug, um Gestalten und Dinge erkennen zu können.

Der Blick des Nomaden irrte suchend umher und blieb bei den vier Fremden, die jetzt dunkle Bündel waren, die neben der Zeltwand lagen, stehen.

Paul drehte sich so, daß er ihn sehen konnte.

Tsultrim nahm die Pelzmütze ab und kratzte sich am Kopf. Als die Erinnerung endlich kam, nach der er so lange gesucht hatte, begann er zu kichern. Es war nicht die Wut, die ihm einfiel, sondern die Ursache dafür – das Mädchen.

Er kam näher und blieb vor den Bündeln stehen.

»Mädchen«, rief er laut, und Pema schreckte hoch.

Der Nomade riß seinen Gürtel los und streifte den dicken Mantel ab.

Paul spürte die Gefahr so intensiv, daß er einen Augenblick lang davon gelähmt war. Er reagierte erst, als der Nomade bereits auf dem Mädchen lag und begann, die Decke wegzuzerren.

Pema stieß einen schrillen Schrei aus und versuchte die Hände freizubekommen.

Tsultrim knurrte gereizt und schlug ihr ins Gesicht.

Paul, der es endlich geschafft hatte aufzustehen, packte den Tibeter an den Haaren und versuchte, ihn von ihr wegzuzerren. Eine große Hand schwang nach hinten und traf ihn an der Schläfe. Der Augenblick der Benommenheit genügte dem Nomaden, um sich aus seinem Griff loszureißen. Paul

spürte, wie zwei Hände seinen Hals umklammerten und zudrückten. Er versuchte zu atmen, aber es ging nicht. Er griff nach den Händen und krallte seine Fingernägel tief in die Haut. Er hörte einen Schrei, doch derjenige, der ihn ausgestoßen hatte, mußte weit weg sein. Alles in ihm schien zu platzen. Der Kopf wurde dumpf. Die Finger waren kraftlos.
Mit einem Mal war jedoch alles vorbei. Er konnte wieder atmen und spürte die Schmerzen wieder. Als er wieder denken und sehen konnte, wurde ihm klar, daß er auf dem Boden lag, aber nicht aufstehen konnte, weil jemand den schlaffen Körper des Tibeters auf ihn gelegt hatte.
Pemas Gesicht war ganz nah bei seinem. Ihre Hände streichelten ihn. Dann war alles plötzlich leicht, der Körper war weg, und er konnte sich erheben.
Er sah die Frauen, die alte und die junge, und den Alten, der wahrscheinlich der Vater war. Sie beugten sich winselnd über den leblosen Körper des Mannes, der sich Tsultrim genannt hatte.
»Wir müssen weg«, rief Pema und begann mit zitternden Händen ihr Bündel zu schnüren. Der Mönch und der Junge taten dasselbe. Paul versuchte, die Benommenheit abzuschütteln, doch das dumpfe Pochen in seinem Kopf war noch immer da. Pema drückte ihm ihr Bündel in die Hand und bückte sich, um auch seines zu schnüren.
Der Junge stand neben ihm.
»Es war mein Lehrmeister«, flüsterte er. »Er hat ihm einen Stein von der Feuerstelle auf den Kopf geschlagen.«

Der Alte aus dem Zelt hatte seine Fassung wiedergefunden und warf sich kreischend auf den Mönch. Obwohl Phurba älter sein mußte als sein Angreifer, warf er ihn mühelos zu Boden.
»Gehen wir«, drängte Pema und zog Paul fort.

Sie gingen am Feuer vorbei und hörten das Kreischen der Frauen. Der zweite jüngere Mann lag noch immer am selben Platz und schnarchte.
Draußen war es kalt, aber als sie auf den Berg zuliefen, spürten sie die Kälte nicht mehr. Der Himmel war sternenklar, und der Mond gab gerade genug Licht. Als sie den steilen Anstieg geschafft hatten und wieder oben auf dem Grat standen, von dem aus sie das Nomadenzelt zum ersten Mal gesehen hatten, blieben sie kurz stehen, um ihren Atem wiederzufinden.
»Wir hätten doch nicht hinuntergehen sollen«, murmelte der Alte.
»Jetzt sind wir wieder da, und wir leben noch«, sagte Paul.
Sie gingen weiter, bis sie eine breite Felsnische fanden, die sie vor dem Wind schützte. Der Mönch und der Junge wikkelten sich in ihre Decken ein und schliefen bald.
Pema führte Paul zum anderen Ende der Nische und breitete ihre Decke auf dem Boden aus. Dann legten sie sich hin und deckten sich mit seiner Decke zu.
Er spürte ihre Hände und ihre Lippen. Die Kälte spürte er nicht mehr.
Es war ganz anders als bei Anne. Es war unbeschreiblich zärtlich und unbeschreiblich schön.

Obwohl Schwarzenberger für alle Träger gutes Schuhwerk besorgt hatte, trugen die meisten von ihnen ihre alten, löchrigen Turnschuhe, als sie ihre Lasten übernahmen.
Der Hauptteil der Ausrüstung war in wasserdichten Plastiktonnen verpackt, nur für die empfindlichen Geräte des Italieners hatte man gepolsterte Spezialbehälter anfertigen lassen. Die Zelte waren zu dicken Bündeln geschnürt, die weich und bequemer zu tragen waren. Ohne darüber zu streiten, wurden diese Lasten den älteren Trägern zugeteilt.

Der Morgen war grau und düster, und es schneite wieder leicht.
Die Köche hatten das Küchenzelt noch stehenlassen und servierten heißen Tee. Sie hatten den schwersten Job, doch sie waren daran gewöhnt. Als letzte abbauen, zusammenpacken, der Meute nachhetzen, sie irgendwann überholen, zum nächsten Lagerplatz vorauseilen, das Zelt aufstellen, Tee kochen.
Der Italiener hatte noch immer Kopfschmerzen. Samden, der in Ermangelung eines Expeditionsarztes die Rolle des Sanitäters übernommen hatte, versorgte ihn ausreichend mit Schmerztabletten und klopfte ihm auf die Schulter.
»Es ist die Höhe«, sagte er, »dein Körper wird sich bald darauf einstellen!«
»Wir sollten noch ein paar Tage hierbleiben und uns akklimatisieren«, murmelte der Italiener, aber Samden war bereits gegangen.
Carlo Reda schüttelte den Kopf und spülte die Tabletten mit dem Rest des Tees hinunter. Dann gab er dem Küchenjungen den Plastikbecher zurück, schulterte seinen Rucksack und begann zu gehen.
Ang Temba und Schwarzenberger waren als erste aufgebrochen. Die Sonne war bereits aufgegangen, doch hier im Tal war es kaum heller geworden. Die beiden Pfadfinder waren längst von der Düsternis geschluckt worden, hatten jedoch ihre Spuren im Neuschnee als Wegweiser zurückgelassen.
Die Träger hoben die Lasten hoch und schoben das breite Ende der Traggurte über die Stirn. Einige klemmten Tücher dazwischen, um den Druck der Lasten auf die Kopfhaut etwas zu mildern. Es war das Genick, das vom Gewicht belastet wurde, nicht die Schultern. Sie hatten Schweres schon immer so getragen.
Einer nach dem anderen zog los und wurde bald zu einem

schwarzen Punkt, der sich in der schneeflimmernden Morgendüsternis verlor.

Anfangs wurde das Gelände nur langsam steiler, und das Gehen war eine monotone, mechanische Tätigkeit, die den Körper kaum forderte.

Als Ang Temba und der Österreicher das Ende des Tales erreicht hatten, schneite es nicht mehr. Die Luft war klar und kalt, und bald riß auch die Wolkendecke auf und ließ an manchen Stellen sogar etwas Blau durchsickern.

Zum ersten Mal sahen sie den Berg, den sie überqueren mußten, aus der Nähe. Der frischgefallene Schnee hatte die Seite, die er ihnen zuwandte, mit weichem Weiß überzogen, aber die beiden Bergsteiger wußten, daß ihnen ein extrem hartes Stück Arbeit bevorstand.

Sie blieben stehen und tasteten das unwirtliche Gebiet, das vor ihnen lag, mit den Blicken ab, bis sie einen Weg gefunden hatten, den auch die Träger mit ihren Lasten gehen konnten.

Ein leichter Wind wehte ihnen ins Gesicht. Weiter oben würde er ihnen die Eiskristalle wie Nadeln entgegenschleudern.

Es war keine gute Zeit mehr für eine Überquerung des Himalajahauptkammes. Aber wenn sie sich nicht beeilten, würde alles noch schlimmer werden.

Sie blickten zurück und sahen die anderen, die wie winzige Ameisen über das Weiß krabbelten.

Der Wind wurde etwas stärker.

Gegen Mittag kam auch der Schneefall wieder.

Ang Temba und Schwarzenberger waren rasch vorangekommen, weil das Gelände zwar steil, jedoch nicht allzu schwierig gewesen war. Jetzt standen sie auf einem relativ großen Hochplateau, das sich als Lagerplatz anbot. Der fallende Schnee machte die Luft trübe, und sie konnten nicht sehen, wie weit die anderen zurücklagen.

Die Küchencrew hatte den Troß bereits überholt und gelangte als erstes bei ihnen an. Während die Köche mit den Küchenjungen Planen aufspannten und in deren Schutz eine Kochstelle errichteten, kamen die ersten Träger. Ihre ausgetretenen und zum Teil völlig zerfetzten Turnschuhe waren völlig durchnäßt, und die dünne Kleidung klebte an den Körpern, doch sie lachten und zeigten keine Spur von Müdigkeit. Sie stellten ihre Lasten zu einem Kreis zusammen, packten ihre Kocher aus und begannen, ihr Mittagessen zuzubereiten.

Anne kam mit den Kameraleuten. Sie wirkten müde und ausgelaugt und stürzten sich wortlos und schwer atmend auf den Tee, der mittlerweile fertig geworden war.

Der Italiener und Samden, der zurückgeblieben war, um sich um ihn zu kümmern, erreichten erst nach den letzten Trägern das Mittagslager.

Carlo Reda sank in den Schnee und klagte, daß seine Kopfschmerzen schlimmer geworden seien. Ang Temba warf Schwarzenberger einen besorgten Blick zu und winkte ihn zur Seite.

»Er muß hinunter ins Tal«, sagte der Sherpa. »Es ist der Anfang der Höhenkrankheit. Ich habe schon viele wie ihn gesehen.«

Der Österreicher nickte.

»Ich weiß«, sagte er, »aber es geht ja nur noch um einen Tag. Morgen sind wir oben, dann geht's wieder bergab. Wenn er viel trinkt und langsam geht, wird er es schaffen.«

»Einer von uns sollte am besten bei ihm bleiben«, sagte der Sherpa.

Der Österreicher nickte wieder.

»Ich werde es tun. Geh du voraus, und suche den Weg!«

Als sie zurückkamen, schien es dem Italiener bereits besserzugehen. Er lächelte tapfer und trank die Plastikflasche leer, die Schwarzenberger mit heißem Wasser gefüllt hatte, in dem er ein Elektrolyt-Pulver aufgelöst hatte.

»Wenn wir das Tempo beibehalten, das wir bis jetzt gegangen sind«, sagte der Österreicher zu den anderen, »dann können wir heute abend knapp unter der Paßhöhe lagern. Ich habe von unten eine Stelle gesehen, die sich dafür eignen könnte.«

Sie brachen rasch auf und kamen zügig voran. Carlo Reda, der sich in Gegenwart des Expeditionsleiters keine Blöße geben wollte, quälte sich mit verbissenem Gesicht weiter und erreichte mit ihm kurz vor Einbruch der Dunkelheit das Lager, das die anderen auf einem kleinen, relativ ebenen Schneefeld errichtet hatten.

Er fühlte sich elend, und sein Kopf dröhnte wie nie zuvor. Dazu kam, daß ihm das Atmen immer schwerer fiel und ein trockener Husten seinen Brustkorb zu zerreißen drohte.

Die Nacht kam rasch, und bald hatten sich alle in den Zelten verkrochen.

Samden hatte dem Italiener zusätzlich zu den Schmerztabletten auch ein Schlafmittel gegeben, es wirkte jedoch nur langsam. Er hörte, wie ein wütender Wind an den Zeltwänden zerrte, und begann sich zu fragen, ob man seinen Leichnam einfach hier oben lassen oder doch ins Tal bringen würde, wenn er die Nacht nicht überlebte.

Der Wind, der nachts aufgekommen war, hatte sich bis zum Morgen zum Sturm gesteigert. Er blies die Felsen, die die Gruppe umgaben, vom Schnee frei und peitschte ihn in ihre Gesichter. Es dauerte länger als geplant, bis sie ihr Lager abgebaut hatten und sich wieder auf den Weg machen konnten.

Der Italiener lebte noch, er war jedoch schwächer als am Tag zuvor.

Schwarzenberger mußte ihm ständig Mut zusprechen,

manchmal mußte er ihn von hinten stützen und vorwärtsschieben.
Auch Anne, die Kameraleute und Samden konnten sich nur unter Aufbietung ihrer letzten Kräfte höher schleppen. Die Schritte waren langsamer und die Pausen häufiger geworden. Der Atem ging schwer und fauchend, und es kostete zusätzliche Mühe, die Lunge mit dem nötigen Sauerstoff zu füllen. Am schlimmsten aber war der Sturm, der an ihnen zerrte und sie zwang, sich ständig gegen ihn zu stemmen, um nicht weggeblasen zu werden.
Als der Aufstieg endlich hinter ihnen zu liegen schien und die Paßhöhe in Griffweite war, wartete die schwierigste Prüfung auf sie. Es waren nur zehn, vielleicht fünfzehn Meter, doch diese führten über einen Felsvorsprung, der nicht breiter war als zwei nebeneinanderstehende Füße. Außerdem war er vereist.
Schwarzenberger, der mit dem Italiener am Ende des Zuges ging, mußte sich an der Reihe der Wartenden vorbeidrängen, um zu Ang Temba zu gelangen, der am Anfang des Hindernisses auf ihn gewartet hatte.
»Wieviel Seil haben wir?« fragte der Sherpa.
»Wenn wir den Container finden, in dem alles verpackt ist, haben wir mehr als genug«, antwortete der Österreicher.
Zum Glück wußten die Träger, was sie den Berg hochgeschleppt hatten, und derjenige, der die Kletterausrüstung getragen hatte, meldete sich bald.
Eine halbe Stunde später hatten die beiden Bergsteiger Haken in die Wand geschlagen und die Stelle mit einem Seilgeländer gesichert.
Der Österreicher machte mit dem Italiener, der nur noch willenlos seine Anweisungen befolgte, den Anfang und brachte ihn sicher auf die andere Seite. Dann folgten Anne, Samden und die Kameraleute.

Die ersten Träger balancierten ihre schweren Lasten mit bewundernswertem Geschick über die kritische Stelle, und alles schien glattzugehen, bis sich eine plötzlich aufkommende Sturmböe in einen kleinen Mann und den großen Plastikcontainer, den er auf dem Rücken trug, verkrallte und so heftig an ihm zerrte, daß er den Halt verlor und mit einem letzten, schrillen Schrei in die Tiefe stürzte.

Das Schweigen, das darauf folgte, war eisiger als der Sturm. Alle hatten es gesehen, doch keiner konnte begreifen, daß es wirklich geschehen war. Einer, der gerade noch mit ihnen gegangen war, war tot. Einfach so. Aus dem Leben weggeblasen.

Die fünf Träger, die noch auf der anderen Seite waren, fanden als erste wieder die Fassung. Sie stellten ihre Lasten ab, berieten sich kurz und gingen weg, ohne sich noch einmal umzusehen. Sie stiegen ab, weil ihnen das Leben wichtiger war als der gigantische Lohn, den man ihnen versprochen hatte. Ihre Lasten blieben einsam im Schnee zurück.

Sie waren längst hinter dem Vorhang des wirbelnden Schnees verschwunden, als zuerst Anne und dann Schwarzenberger wütend zu brüllen begannen. Der Sturm brüllte noch lauter, doch sie hörten es nicht mehr.

Ang Temba packte Anne sanft am Arm.

»Du kannst sie nicht mehr zurückholen«, sagte er. »Nicht mit allem Geld dieser Welt.« Er deutete auf die anderen Träger, die neben ihren abgestellten Lasten standen und die Köpfe zusammensteckten.

»Viel wichtiger ist es für uns, daß die nicht auch noch gehen!«

Sie befanden sich auf fünftausendachthundert Meter. Der Himmel war dunkelgrau, und ein wütender Wind versuchte, sie vom Berg zu blasen. Es ging jedoch längst nicht mehr darum, gemeinsam gegen wild gewordene Naturgewalten

zu kämpfen – auf dem kleinen Plateau hinter Anne braute sich eine Revolution zusammen. Die höchstgelegene, die es bisher in der Geschichte aller Revolutionen wohl gegeben hatte.
Obwohl Anne todmüde war und vor Wut am liebsten geheult hätte, blieb sie ruhig und kühl. Sie spürte, daß ihr Unternehmen auf des Messers Schneide stand und daß es nur durch Vernunft gerettet werden konnte.
»Sage ihnen«, rief sie in den Sturm, »daß ich ihnen doppelt soviel zahle wie ausgemacht, wenn sie weitergehen!«
Ang Temba nickte und ging zu den Trägern. Nach einer kurzen Unterredung kam er wieder zurück.
»Sie werden es tun«, sagte er.
Anne nickte zufrieden.
»Wir haben sechs Lasten verloren«, warf Schwarzenberger ein.
Anne spürte, wie die Wut wieder in ihr hochkam.
»Verdammte Feiglinge«, fluchte sie.
Ang Temba schüttelte den Kopf und schulterte seinen Rucksack.
»Es sind nur Lasten, keine Menschen«, sagte er und ging voraus, um einen Weg zu suchen, der sie von diesem verdammten Berg herunterführte.

Das Wetter war schlechter geworden. Gelegentlich schneite es, und manchmal war der Wind so stark, daß sie nicht weitergehen konnten und an einem geschützten Platz warten mußten, bis er abgeflaut war. Dann preßten Paul und Pema ihre Körper fest aneinander und umwickelten sich mit den Decken.
Die Kälte war immer da. Paul fror selbst dann, wenn er am abendlichen Feuer saß. Es erwärmte nur die Körperseite, die ihm zugewandt war, die andere gehörte dem Frost. Eigent-

lich hätte er längst Erfrierungen erleiden müssen, besonders an den Zehen, die außer durch die dicken Socken nur durch die völlig durchnäßten Stiefel geschützt waren. Wenn er die Socken auszog, waren die Zehen kalt wie alles an ihm. Aber er hatte gelernt, die Kälte zu ertragen. Es ging, wenn man den Körper in Bewegung hielt, und irgendwie konnte man sich sogar an sie gewöhnen, wenn man sie akzeptierte und sich im Kopf nicht ständig mit ihr beschäftigte. Wenn sie sich eng aneinanderkuschelten und das bißchen Körperwärme, das beide noch hatten, verschmelzen ließen, war die Kälte zwar noch immer da, spielte jedoch keine Rolle mehr.

Seit der Nacht, die dem Erlebnis im Nomadenzelt gefolgt war, hatte der Alte kaum noch geredet. Paul und Pema waren zu sehr mit sich beschäftigt gewesen, um ihn und den Jungen in ihre Gespräche einzubeziehen, und die beiden anderen hatten von sich aus keine Unterhaltung mit ihnen gesucht. Obwohl sie immer in sicherer Entfernung von Phurba und Tashi genächtigt hatten, mußte der Mönch bemerkt haben, daß sie sich nachts liebten. Es gab auch keinen Grund, die neue Situation vor den beiden Reisegefährten zu verbergen. Wenn es dem Alten mißfiel, daß sie zum Liebespaar geworden waren, war es sein Problem.

Es war jedoch auch etwas anderes, das den Mönch verändert hatte. Eine seltsame Unruhe hatte seine Schritte noch schneller und die Rastpausen noch kürzer werden lassen. Er schien von einer unsichtbaren Kraft vorwärtsgezogen zu werden und fand trotz des Schnees, der das Land in eine bizarre weiße Wüste verwandelt und jeden sichtbaren Wegweiser bis auf einige markante Berggipfel ausradiert hatte, immer den richtigen Pfad, wie Paul, der mehrmals seine Aufzeichnungen zu Rate gezogen hatte, verblüfft feststellte.

Am sechsten Tag nach ihrem Aufbruch von Taktu besserte sich das Wetter plötzlich. Es schneite nicht mehr, und der

Wind blies manchmal blaue Fenster in das Wolkendach, durch die man, wenn auch immer nur für kurze Zeit, sogar das Blau sehen konnte, hinter dem die Unendlichkeit lag.

Als sie am siebenten Tag aufbrachen, war wieder der Nebel da. Er umhüllte sie, bis sie nach einem schwierigen Anstieg den höchsten Punkt erreicht hatten. Phurba hatte seinem alten Körper während des letzten Wegdrittels mehr abgefordert, als Paul, Pema und der Junge geben konnten. Sie waren zwar schneller gegangen als sonst, doch war es unmöglich gewesen, mit ihm Schritt zu halten. Als sie völlig erschöpft oben anlangten, saß der Alte wie eine steinerne Statue mit verschränkten Beinen auf einem großen, runden Stein und murmelte mit geschlossenen Augen seine Gebete. Sein Gesicht war gegen Süden gewandt.

Der Junge ging zu seinem Lehrmeister und nahm neben ihm auf einem kleineren Stein dieselbe Pose ein. Niemand hatte ihm gesagt, daß er es tun solle, doch in diesem Augenblick und in dieser Umgebung war es eine beinah selbstverständliche Handlung.

Als die Wolkenwand aufriß, schien sie es nur deshalb zu tun, weil der Mönch es ihr befohlen hatte. Das erste Loch im Grau begann genau an jenem Punkt zu wachsen, den der Alte gesehen hätte, wenn seine Augen offen gewesen wären. Es war der Beginn eines gigantischen Schauspiels, das Paul und Pema, die es engumschlungen verfolgten, atemlos und starr vor Staunen verharren ließ.

Es war, als würde jemand einen riesigen Vorhang zurückziehen und ganz vorsichtig die imposanteste Kulisse freilegen, die die Welt zu bieten hat.

Aus dem dünner werdenden Grau wuchsen die gewaltigsten Berge der Erde. Sie reckten sich unantastbar und majestätisch in den blauer werdenden Himmel, als wären sie gerade aus einem tausendjährigen Schlaf erwacht.

Zuletzt kam die Sonne und schüttete ein glitzerndes Strahlenmeer auf den Gipfel der Erde.
Erst jetzt öffnete der Mönch die Augen. Sein Gesicht war nicht mehr alt, es war verklärt und zeitlos schön. Man sah keine Falten mehr, und die Augen glitzerten wie kunstvoll geschliffene Edelsteine.
Er hob langsam beide Arme und streckte sie dem Himmel entgegen.
Das Schauspiel, das er erlebte, hatte Paul gelähmt. Er starrte fassungslos auf die Berge und vergaß alles, was er bisher als schön empfunden hatte. Es gab nichts, das diesen Anblick übertreffen konnte. Die Götter hatten für sie, die vier einsamen Reisenden, ein Tor zu ihrer Welt geöffnet, und in diesem Augenblick war er ihnen unendlich dankbar dafür.
Pema drückte seine Hand und riß ihn aus dem phantastischen Bild.
»Er spricht zu den Göttern«, flüsterte sie und lenkte seinen Blick zu Phurba.
Der Junge hatte nun ebenfalls die Arme erhoben, und das kleine Gesicht, das seinem Lehrmeister zugewandt war, strahlte vor Stolz und Bewunderung.
»Ich liebe dich«, flüsterte Paul. Es war das erste Mal, daß er es ihr sagte, und dieser Ort machte es zu einem heiligen Schwur.
Sie sagte nichts, aber sie hob ihr Gesicht und schaute ihn an. Das glückliche Lächeln, auf das er wartete, kam nicht. Es waren traurige Augen, die ihn anblickten, und als Pema zu weinen begann, drückte er ihren Kopf an seine Brust und streichelte ihr Haar.
Pema blieb auch als Geliebte ein Rätsel für ihn. Er wußte, daß sie ihn liebte. Ihr Körper bewies es ihm. Doch waren es die Worte, die immer wieder eine Barriere aufbauten. Was war schuld daran, daß sie es ihm nicht sagen konnte?

Phurba senkte die Arme und stieg von seinem Stein herunter. Der Junge tat es ihm nach.
Der Mönch lächelte ihnen zu. Sein Gesicht war wieder alt und faltig, und der einsame Zahnstummel erinnerte Paul wieder an den Leuchtturm, der am Rande einer düsteren Höhle steht.
Sie stiegen wortlos ab und lagerten am Abend unter einem gewaltigen Felsüberhang, der den Schnee ferngehalten hatte und ihnen den Luxus eines trockenen Bodens bot.
Wenn die Götter der Schneeberge dem Mönch eine Nachricht übermittelt hatten, dann mußte es eine erfreuliche gewesen sein. Der Alte war wieder gesprächig, und er lachte sogar.
»Du hast den Weg gesucht, den die Menschen von Kham einst gegangen sind«, sagte er zu Paul, »heute hast du gesehen, warum sie ihn gegangen sind und warum sie dafür jahrelang Tod und Entbehrungen auf sich genommen haben.«
Paul nickte.
»Das, was du heute zum ersten Mal gesehen hast«, fuhr der Alte fort, »läßt die Größe der göttlichen Macht nur erahnen. Und es zeigt uns, wie klein und unbedeutend wir sind. Nur wenige von uns sind auserkoren. Es sind die Sehenden, die Lernenden, die Verstehenden, die sie in ihrer Nähe dulden. Die Belohnung, die diese erfahren, liegt jenseits jeder menschlichen Vorstellungskraft.«
Er lächelte verträumt, und der alte Kopf begann zu nicken.
»Ich werde bald zu Hause sein«, sagte er.
»Ein Kloster?« fragte Paul.
»Kein Kloster«, sagte der Alte und nickte weiter.
»Was dann?«
»Etwas Schöneres. Etwas viel Schöneres!«
Paul fragte weiter, doch er erhielt keine Antwort mehr. Nur das zahnlose Lächeln und das unentwegte Nicken.

Sie hatten noch Tee und Tsampa, dazu Reis und einen Rest von Trockenfleisch. Paul spürte keinen Hunger mehr.
Der Mönch und der Junge zogen sich bald nach dem Essen zurück, und Pema und Paul blieben beim Feuer sitzen. Sie starrten in die sterbende Glut.
»Du darfst mich nicht lieben«, sagte sie plötzlich, und er sah, daß auf ihrem Gesicht wieder Tränen glitzerten.
Er beugte sich nach vorn und nahm ihr Gesicht in beide Hände.
»Weshalb sagst du das?«
Sie legte ihre Hände auf die seinen.
»Weil ich es einfach nicht wert bin«, flüsterte sie. »Weil ich dich betrogen habe und weil ich dich noch einmal betrügen muß.«
Er starrte sie an. Die Glut war zu klein geworden, um ihr Gesicht sehen zu können.
Er wartete. Sie würde es ihm erklären.
»Erinnerst du dich an Tempa, Nawang, Rabten und Sherap?« fragte sie.
Paul erinnerte sich sofort an die Namen, und er sah auch die Gesichter der jungen Männer, die auf die Chinesen geschossen hatten. Er wußte noch immer nicht, ob er sie für Mörder oder für Helden halten sollte.
»Ihr Anführer«, setzte sie halb flüsternd fort, »der Mann, der an der Spitze des Freiheitskampfes steht, der gerade begonnen hat, der Mann, der alles geplant hat und am Ende siegen wird, dieser Mann«, sagte sie und holte tief Luft, »ist mein Vater!«
Paul nahm seine Hände von ihrem Gesicht und ließ sie fallen.
»Thondup?« fragte eine krächzende Stimme, die er selbst kaum erkannte.
»Als sie die Militärstation der Chinesen überfallen haben«,

sagte sie leise, »da war ich dabei! Viele von uns waren dabei.«
Der alte Thubten hatte sie weggeschickt. Warum, zum Teufel, hatte er sie weggeschickt? Plötzlich klarte sich die wirre Gedankenflut, die sein Hirn durchströmte, auf. Und er sah alles deutlich vor sich: Sie war ein Soldat wie die anderen. Ein Soldat in einem fanatischen, grausamen Krieg, in dem sie nur dann eine Chance haben würden, wenn sie fanatischer und grausamer waren als die anderen.
»Warum«, fragte er, »hat er dich mit mir geschickt?«
»Wir sind nur wenige«, sagte sie. »Die meisten sind Studenten. Keine Bauern, keine Menschen vom Land, nur wenige andere Städter. Die Chinesen haben sie eingeschüchtert. Sie glauben nicht mehr an unser Land. An die Freiheit. Wenn der Dalai Lama noch da wäre, dann wäre alles vielleicht anders. Aber der sitzt in Indien und träumt noch immer von der friedlichen Lösung, die uns zwar leben läßt, aber zu Sklaven macht. Mein Vater ist nur ein Lehrer. Ein unbedeutender Mensch, der im verborgenen arbeiten kann. Keine Führerfigur, der sie in den Tod folgen würden!«
»Deine vier Freunde sind da anders«, warf er ein, und es klang sarkastischer, als er es gemeint hatte.
»Studenten«, sagte sie, »die sind anders. Es gibt jedoch nicht viele davon. Wir brauchen das Volk. Das ganze Volk. Und das Volk hört nicht auf Menschen. Es hört auf Götter!«
Die Erkenntnis traf Paul wie ein Hammerschlag.
»Das Wesen«, flüsterte er, »ihr wollt das Wesen, ihr wollt den Yeti!«
Sie griff nach seiner Hand und drückte sie. Er zog sie nicht zurück.
»Die Götter haben es bis jetzt vor den Menschen geschützt und für sich behalten. Es ist ein Götterwesen, verstehst du? Es gehört ihnen! Es ist fast wie sie, nur greifbar. Man kann es

sehen, und man kann es fühlen, und es ist doch etwas Göttliches. Jetzt, wo unser Volk in Not ist, geben sie es frei. Um zu zeigen, daß die Götter bei diesem Kampf auf unserer Seite stehen. Daß sie diesen Kampf wollen! Es gibt kein deutlicheres Zeichen. Das Volk kann sich dem Wunsch der Götter nicht verschließen. Das göttliche Wesen wird alle vereinen. Es werden unendlich viele sein, und sie werden nicht nur für einen abstrakten Begriff wie Freiheit, sondern für die Götter kämpfen!«

»Das Land«, sagte er, »wird verbluten. Am Ende wird nichts mehr davon übrig sein. Das kann nicht der Wunsch der Götter sein!«

Sie sagte nichts.

»Wenn es das Wesen gibt«, sagte er nach einer Weile, »und wenn ich es tatsächlich finden sollte, dann werde ich nicht zulassen, daß man es dafür mißbraucht.«

»Ich weiß«, flüsterte sie.

»Und trotzdem wirst du zurückgehen und den anderen sagen, wo sie es finden können!«

»Ich liebe dich«, sagte sie. Es war das erste Mal, daß sie es gesagt hatte.

Für sie war es die Antwort auf alle Fragen, doch Paul, der sich so lange nach diesen Worten gesehnt hatte, genügten sie nicht.

»Was wirst du tun, wenn wir das Wesen finden?«

Sie rückte näher und schlang ihre Arme um ihn.

»Ich werde das tun, was du von mir verlangst«, flüsterte sie.

Er hielt sie fest und küßte sie.

Das Versprechen, das er ihrem Vater gegeben hatte, quälte ihn nicht mehr. Thondup hatte ihn belogen und für seine Zwecke mißbraucht. Er hatte auch Pema mißbraucht. Wahrscheinlich hätte er sie sogar einem Krieg geopfert.

»Wir werden immer zusammenbleiben«, sagte er.

Im Grunde genommen war Ang Temba nichts anderes als ein bezahlter Helfer. Er wählte weder die Berge noch die Routen aus und tat das, was die Sahibs von ihm verlangten. Macht und Einfluß hatte er nur bei seinen Sherpas. Er war ihr Sirdar und hatte dafür zu sorgen, daß sie ihre Arbeit als Hochgebirgsträger zufriedenstellend verrichteten. Das war die Verantwortung, die er den Geldgebern gegenüber trug. Und da war noch eine andere Verantwortung. Eine, die viel wichtiger war als Geld. Die Verantwortung für Gesundheit und Leben seiner Leute. Und die hatte der Sirdar Ang Temba immer sehr ernst genommen.

Im Gegensatz zu den Sahibs, die viel Geld und Zeit opferten, um mit einem Gipfelsieg heimzukommen und meistens mit mehr Ehrgeiz als Vernunft am Werk waren, konnte er die Signale, die der Berg aussandte, genau lesen. Wenn der Berg nicht mehr wollte, hatte der Mensch, den er meistens ohnehin nur großzügig duldete, keine Chance mehr.

Ang Temba zog in einem solchen Fall seine Sherpas sofort von den Hochlagern ab und scherte sich einen Dreck darum, ob es den Sahibs recht war oder nicht. So war es auch bei der italienischen Expedition am Cho Oyu gewesen. Daß es zuerst zwei Tote gegeben hatte, tat ihm zwar leid, doch er hatte es nicht verhindern können. Der Berg hatte ihm bis zu diesem Zeitpunkt noch keine Zeichen gegeben.

Hier war es anders gewesen. Hier hatte er von Anfang an gespürt, daß sie nicht willkommen waren. Doch hatte er dieses Gefühl beiseite geschoben. Schließlich war es nur ein Paßübergang, kein Gipfelgang. Eigentlich ein Kinderspiel.

Nüchtern betrachtet, war der Todessturz des Trägers ein Unfall gewesen. Ang Temba wußte jetzt jedoch, daß es eine erste Warnung war. Jetzt, wo sie die Paßhöhe hinter sich hatten, war es für eine Umkehr zu spät. Sie mußten weiter.

Das Terrain, in das er als einsamer Scout seine Spur zog, war nicht allzu schwierig, und er kam rasch vorwärts. Die anderen würden noch eine Weile brauchen.

Er blieb stehen und zog das schwarze Gerät aus dem Anorak, das ihm Liz Smiley mitgegeben hatte. Sie hatte seinen Namen in der Welt der Alpinisten bekannt gemacht, und er wußte genau, daß er es nur ihr zu verdanken hatte, wenn ihn die größten Expeditionen und die bekanntesten Bergsteiger als Sirdar anforderten.

Was er hier tat, war eine kleine Gegenleistung dafür.

Er kam sofort zu ihr durch, und der Empfang war hier oben wesentlich besser, als er es unten im Tal gewesen war.

»Wir haben den Paß überschritten und steigen nach China ab«, sagte er. Vom toten Träger sagte er nichts. Er sollte sie nur über den jeweiligen Standort der Expedition unterrichten. Sonst hatte sie nichts von ihm verlangt.

»Gut«, sagte Liz Smiley am anderen Ende. »Zeit, meine Story zu schreiben!«

Ang Temba packte das Gerät wieder ein und stieg weiter ab.

Die Sicht war jetzt noch schlechter, und als es steiler und felsiger wurde, beschloß er, auf Schwarzenberger zu warten. Die böse Vorahnung, die er mit sich herumtrug, war stärker geworden und hielt ihn nun davor zurück, allein weiterzugehen. Der Österreicher war einer der besten Expeditionsbergsteiger, die er kannte. Wenn es einer schaffen konnte, sie heil von diesem Berg herunterzubringen, dann er.

Es dauerte fast eine halbe Stunde, bis die ersten Träger bei ihm ankamen. Die Fröhlichkeit, die ihre schwere Arbeit sonst so leicht erscheinen ließ, war verflogen. Die Gesichter waren ernst, und Ang Temba wußte, daß sie Angst hatten. Sie spürten wie er, daß mehr Unglück in der Luft lag. Sie mußten lange warten, bis Schwarzenberger mit dem Italiener bei ihnen ankam. Reda umklammerte seinen Helfer von hinten mit beiden Händen und ließ sich von diesem ziehen.

Manchmal schaffte er es mitzustolpern, meistens war er jedoch eine tote Last, die gezogen werden mußte und wirres Zeug murmelte.

Der Österreicher hatte Bärenkräfte. Er erholte sich rasch und war bereits Minuten später in der Lage, sich gemeinsam mit Ang Temba den Weiterweg anzusehen.

»Steil und felsig«, stellte er fest, »wahrscheinlich werden wir Seilsicherungen anbringen müssen.«

»Das heißt, daß wir zwei von nun an die Vorhut bilden werden«, sagte Ang Temba. Er zeigte zum Italiener.

»Und wer wird sich um ihn kümmern?«

Schwarzenberger zuckte die Schultern.

»Allzuviel Auswahl haben wir wohl nicht. Die Chefin kommt nicht in Frage, und dem Kameraassistenten geht es selbst nicht viel besser als dem Italiener.«

Der Österreicher winkte Samden und Poole, den Kameramann, zu sich und erklärte ihnen die Lage.

»Das Küchenpersonal trägt die leichtesten Lasten. Gebt ihnen eure Rucksäcke, und kümmert euch um den Italiener!«

Samden nickte müde, und der Brite fluchte. Beide wußten, daß sie es tun mußten. Es gab sonst niemanden. Wenn sie ihm nicht halfen, würde der Italiener hier oben zurückbleiben müssen.

Die Lawine kam, als sie die steilsten Stellen geschafft hatten und gerade ein sanft abfallendes Schneefeld überquerten.

Zuerst hörten sie nur ein leises Grollen, das aus dem Nebel kam. Schwarzenberger und Ang Temba waren die einzigen, die sofort wußten, was dieses Geräusch zu bedeuten hatte. Sie blieben stehen und versuchten zu orten, woher es kam. Das Grollen steigerte sich zum Donner, der immer lauter wurde und genau auf sie zurollte.

»Eine Lawine«, schrie der Österreicher.

Die ersten Träger hatten zu ihnen aufgeschlossen und bildeten ein dichtgedrängtes Menschenknäuel, das starr vor Schreck darauf wartete, daß der Donner über sie hereinbrach. Anne löste sich aus der Masse und lief auf ihn zu.

»Verteilt euch«, rief Schwarzenberger, aber es war zu spät. Die wild gewordenen Schneemassen rollten brüllend aus dem Nebel und fegten knapp fünfzig Meter neben dem Österreicher und der neben ihm versammelten Trägergruppe alles Leben hinweg. Dort, wo zuvor noch ein gutes Dutzend vor Schreck gelähmter Menschen gestanden hatte, gab es Sekunden später nur noch ein weißes Meer. Die Lawine hatte nicht haltgemacht, sie war mit unverminderter Geschwindigkeit weitergerollt und hatte sich dann mit ihrer Beute in einen Abgrund geworfen.

Der Druck der vorbeidonnernden Schneemassen war so stark gewesen, daß alle, die das Desaster überlebten, umgeworfen oder weggeschleudert worden waren.

Als ihnen bewußt geworden war, daß sie noch atmeten, gruben sie sich aus und gingen zu den anderen. Die meisten starrten stumm und fassungslos auf die Stelle, an der vor kurzem noch lebendige Menschen, die ihre Freunde oder Verwandten gewesen waren, gestanden hatten. Einige redeten laut und aufgeregt von dem Wunder, dem sie es verdankten, daß sie noch am Leben waren, und einer lachte schrill und klatschte sich vor Vergnügen immer wieder auf die Oberschenkel.

Anne wankte kraftlos und am ganzen Körper zitternd zu Schwarzenberger und umklammerte ihn mit beiden Armen. Der Österreicher wußte einen Augenblick lang nicht, wie er darauf reagieren sollte. Es war zwar ihre Expedition, doch er war für den Berg verantwortlich. Wenn es Schuldige gab, dann hießen sie Anne Walberg und Toni Schwarzenberger. So betrachtet, waren sie Komplizen. Er legte seinen Arm um ihre Schulter und hörte, wie sie zu weinen begann.

Poole, Samden und der Italiener waren tot. Sie waren am Ende des Zuges gegangen und vom Zentrum der Lawine geschluckt worden. Mit ihnen waren zehn Träger getötet worden. Unter ihnen der älteste und einer seiner Söhne. Zwei weitere Söhne hatten die Lawine überlebt.
Aber selbst für sie blieb kaum Zeit zum Trauern. Sie sammelten ihre Lasten ein und machten sich wieder auf den Weg. Jeder von ihnen wollte diesen Berg so schnell wie möglich verlassen.
Vor Einbruch der Dunkelheit erreichten sie ein Tal, in dem sie ihr Lager aufschlugen. Sie hatten einige Zelte verloren und mußten in der Nacht etwas enger zusammenrücken.
Anne bat Schwarzenberger in ihr Zelt, der lehnte jedoch ab. Er nahm seinen Schlafsack und die Isoliermatte aus dem Rucksack und schlief im Freien.

Über dem Tal hing eine dicke Nebelglocke.
Das Land war abweisend und trostlos. Ein paar dürre Büsche, Geröll, dazwischen zottelige graugrüne Grasbüschel und ein Bach, der sich geschickt zwischen den Felsen durchschlängelte.
Es war das Tal, das Gyaldzen in seinem Dokument beschrieben hatte. Es gab wahrscheinlich in diesem Teil der Welt viele Täler, die ähnlich aussahen. Am Ende ihres langen Weges konnte es nur dieses sein, das der Beschreibung entsprach.
Hier hatte alles begonnen. Hier lag der Schlüssel zum größten Geheimnis der Menschheitsgeschichte. Hier war sein Vater zum letzten Mal von seinen tibetischen Begleitern gesehen worden.
Sie hatten das Tal am frühen Nachmittag erreicht, und Paul hatte sofort gewußt, daß sie am Ziel angelangt waren. Es war viel zu früh, um einen Lagerplatz zu suchen, trotzdem

hatten sie ihr Lager, ohne darüber zu reden, am südlichen Rand des Tales aufgeschlagen.
Um sicherzugehen, holte Paul seine Aufzeichnungen hervor und prüfte jedes Detail der Beschreibung. Er hatte erwartet, daß sich einiges, wie zum Beispiel die Vegetation, im Lauf der Jahrhunderte verändert hatte, stellte jedoch fest, daß es selbst hier kaum Abweichungen gab.
Er war am Ende des Weges angelangt.
Und er hatte keine Ahnung, wie es weitergehen würde.
Phurba trug ein seltsam verklärtes Lächeln im Gesicht und versuchte, den anderen, auch seinem Schüler, aus dem Weg zu gehen. Er wanderte alleine, im Gebet versunken, durch das Tal, und Paul hatte den Eindruck, daß er auf etwas wartete.
Dieses Tal war auch das Ziel des Mönchs und seines Schülers gewesen. Daran gab es für ihn jetzt keinen Zweifel mehr.
Es gab so viele nie gestellte Fragen. Doch die Antworten würden erst dann gegeben werden, wenn die Zeit reif dafür war. Geduld war etwas, was er zu Hause nie gelernt hatte. Dort wollte man so rasch wie möglich alle Antworten auf alle Fragen und hatte Computer erfunden, die dies ermöglichten. Scheinbar. Hier hatte er gelernt zu warten. Nicht auf das Wissen, sondern auf die Weisheit, die dahintersteckte.
Paul wartete, und Pema half ihm dabei.
Sie gingen zum anderen Ende des Tales und liebten sich dort auf einem Polster aus dürrem Gras. Sanft und einfühlsam, und Paul wußte, daß er sie nie mehr verlassen würde. Am Ende hielten sie einander fest und blieben liegen, bis es zu kalt wurde.
Es gab nichts, worüber sie reden wollten, deshalb schwiegen sie.
Phurba war noch nicht zurückgekehrt, als sie zum Lagerplatz zurückkamen.

Der Junge half Pema beim Kochen. Sie hatten nur noch wenig Reis und brauchten alles für ihr Abendessen auf. In der Nacht verglühten die letzten Stücke des getrockneten Yakdungs, die sie bis hierher getragen hatten. Alles, was ihnen an Nahrung blieb, war ein Säckchen mit Tsampa. Wenn sie sehr sparsam damit umgingen, würde es sie noch einige Tage lang ernähren.

Der nächste Tag war ebenso trüb und feucht wie der vorangegangene, und der Mönch war noch immer nicht da. Sie fragten den Jungen, doch auch der wußte keine Antwort. Es gab kein Feuer mehr. Nur eiskaltes Wasser und für jeden eine Handvoll Tsampa. Sie waren allein in einer unbekannten Wildnis, doch Paul hatte keine Angst. Sie kam auch nicht, als er in der Ferne das Brummen hörte, das ihn vor wenigen Tagen noch in Panik versetzt hatte.

Anne Walberg starrte auf den armseligen Haufen, der von ihrer Expedition übriggeblieben war. Entmutigte und kraftlose Menschen und eine Ausrüstung, die zum Großteil nur noch nutzloses Gerümpel war.

Das Risiko war hoch gewesen, und sie hatten einen enorm hohen Preis bezahlt. Aber sie selbst stand jetzt hier. Ganz in der Nähe des Ortes, für dessen Entdeckung sie noch viel mehr zahlen würde. Und sie hatte die Kraft, weiterzumachen.

Sie hatten Zelte, und die Verpflegung würde noch eine ganze Zeit reichen. Der Österreicher hatte von ihr den Auftrag erhalten, den Inhalt der verbliebenen Lasten zu prüfen und alles, was der Italiener an Ausrüstung mitgeschleppt hatte, auszusondern und zurückzulassen. Das Zeug war ohne ihn nichts mehr wert.

Doktor Silman hatte sein Ziel ohne technische Hilfsmittel erreicht. Warum sollte sie es nicht auch schaffen.

Die anderen taten zwar noch, wofür sie von ihr bezahlt wurden, sie taten es jedoch nicht mehr für sie, sondern weil sie alles hinter sich bringen und endlich von hier wegkommen wollten.
Dem Österreicher und dem Sherpa sah man an, daß sie von Schuldgefühlen geplagt wurden, und Fred Walsh, der britische Kameraassistent, war noch immer krank und schwach und nicht mehr als nutzloser Ballast.
Heute durften sie sich ausruhen. Der Österreicher und der Sherpa mußten ohnehin Inventur machen und das Gepäck auf das Notwendigste reduzieren. Dadurch konnten einige Träger frei werden und gemeinsam mit ihnen die Gegend, die sie von nun an durchstreifen würden, exakt absuchen. Kein noch so kleines Seitental durfte ihnen verborgen bleiben, jede Felsritze mußte überprüft und jede Spur, die sie am Boden fanden, verfolgt werden.
Es wäre viel leichter gewesen, wenn sie den Italiener und seine Technik noch zur Verfügung gehabt hätten.
Für die Energieversorgung wäre ihnen ein ganzes Kraftwerk zur Verfügung gestanden. Sie hatte nur am Rande mitbekommen, daß es sich um einen speziellen Wasserstoff-Gasmotor handelte, dessen Bestandteile sie mitgeschleppt hatten. Spezialballons sollten hochsensible Kameras mitführen, die der Italiener von der Erde aus wie Radaraugen eingesetzt hätte. Seine Computer konnten jeden Hinweis aufzeichnen und auswerten. Es gab noch viel mehr, aber Anne hatte sich nie die Mühe gemacht, den Erklärungen des Italieners genau zu folgen.
Jetzt waren er und seine Technik bedeutungslos, und sie mußte sich wieder auf den menschlichen Spürsinn und ihre eigenen Instinkte verlassen.
Es gab nur noch sie und einen Haufen bezahlter Handlanger.
Der Österreicher, den sie vor dem Unglück am Berg noch für

einen Verbündeten gehalten hatte, sprach kaum noch mit ihr. Und der Sherpa und die Träger drehten sich weg, wenn sie in ihre Nähe kam.

Es war doch, verdammt noch mal, nicht ihre Schuld, daß der Berg zur menschenfressenden Bestie geworden war. Alle hatten gewußt, worauf sie sich einließen, und sie hatte ihnen eine stattliche Summe Geld dafür gegeben. Jeder von ihnen war auf ihre Kosten ausreichend versichert, und die Hinterbliebenen der Toten würden reichlich kassieren. Sollte den Österreicher doch das schlechte Gewissen plagen, sie hatte absolut keinen Grund dazu!

Schwierigkeiten hatte es auch bei ihren anderen Expeditionen gegeben, aber sie war dadurch stets nur stärker geworden.

Irgend etwas hatte die Träger, die bisher nur träge herumgesessen waren, aufgescheucht. Jetzt waren alle auf den Beinen, und einige zeigten mit ausgestreckten Armen zum Horizont.

Der Nebel hatte sich verzogen, doch über ihnen hing eine schwere, graue Wolkenwand.

Anne verstand die Aufregung nicht. Sie hörte und sah nichts und ging zum Österreicher, der sich ebenfalls aufgerichtet hatte und angestrengt lauschte.

»Was soll das alles!« fauchte Anne.

Der Österreicher legte den Zeigefinger an die Lippen und blickte sie fragend an..

»Hören sie's nicht?« fragte er leise.

Sie lauschte, aber da war nur ein leises Brummen, das wahrscheinlich vom Wind kam.

»Wir bekommen wahrscheinlich bald Besuch«, sagte Schwarzenberger etwas lauter. »Ich müßte mich schon sehr täuschen, wenn das kein Helikopter wäre!«

Es war nicht einer, es waren drei.

Sie kamen aus dem Osten und suchten ganz offensichtlich die Nordseite der Himalajakette ab.
Ang Temba, der ahnte, daß es sein Gespräch mit Liz Smiley gewesen war, das für die Präsenz der Fluggeräte verantwortlich war, blieb ruhig und gefaßt. Er und die Träger waren nur bezahlte Helfer, und die Chinesen würden sie wieder über die Grenze zurückschicken. Er wußte, daß Toni Schwarzenberger das Geld für ihre Löhne im Rucksack mittrug, und war überzeugt, daß er sie auch auszahlen würde. Etwas Besseres konnte ihnen gar nicht passieren. Diese Expedition war von Anfang an verflucht gewesen, und jeder von ihnen würde heilfroh sein, sie so bald wie möglich verlassen zu können.
Was mit der blonden Frau und den beiden Sahibs, die noch am Leben waren, passieren würde, war ihm egal.
Anne hatte keine Angst. Sie spürte nur, wie eine grenzenlose Wut ihn ihr hochstieg.
Sie krallte ihre Hände in den Pullover des Österreichers und schüttelte seinen Körper wie einen Baum, den man von seinen Früchten befreien will.
»Tu doch was, verdammt noch mal«, schrie sie. »Sag den verdammten Feiglingen, daß sie sich verstecken sollen.«
Schwarzenbergers Hände legten sich wie Schraubstöcke um ihre geballten Fäuste, und es dauerte nur eine Sekunde, bis er sich von ihr befreit hatte.
Er stieß sie von sich weg und trat einen Schritt zurück.
»Zu spät«, sagte er. »Sie fliegen genau auf uns zu. Wahrscheinlich haben sie uns schon gesehen.«
Er wußte, daß es hier unten, in diesem abgelegenen, völlig unbesiedelten Teil Tibets, keine fliegenden Grenzpatrouillen geben konnte. Und er wußte auch, daß sie gekommen waren, um nach ihnen zu suchen. Aber er machte sich nicht die Mühe nachzugrübeln, woher die Chinesen wußten, daß sie

hier waren. Es machte ihm nichts aus. Er würde ihnen alles so erzählen, wie es war, und vielleicht würden sie ihn dafür ins Gefängnis stecken. Doch er würde am Leben bleiben. Und weit weg von dieser gottverlassenen, grausamen und tödlichen Gegend sein. Er war nie abergläubisch gewesen und hatte alles, was seine nüchterne Logik nicht erklären konnte, stets als Schwäche abgetan. Hier, in diesem Tal und zu diesem Zeitpunkt wußte er jedoch, daß er sich an einem Ort aufhielt, an dem Menschen nicht erwünscht waren. Er gehörte einer Natur, in der kein Platz für solche wie ihn oder Anne Walberg war. Wenn es den Yeti wirklich gab, dann wurde er von Mächten beschützt, für die der Mensch nur ein Staubkorn war, das sie nach Belieben wegblasen konnten.
Toni Schwarzenberger, der Gipfelsieger, der Eroberer, spürte zum ersten Mal in seinem Leben, daß die Berge nicht der Feind waren, den es zu besiegen galt, und daß ihre Präsenz nicht immer mit Herausforderung verbunden war. Begriffe wie Respekt und Demut kamen ihm in den Sinn, und er beschloß, später ausführlich darüber nachzudenken. Im Augenblick hatte er dazu keine Zeit.
Die Flotte bestand aus zwei kleineren und einem größeren Helikopter. Das Tal war groß genug, um Platz für alle zu bieten.
Sie schwebten wie giftige Rieseninsekten in der Luft, und eine Lautsprecherstimme plärrte blechern Chinesisches auf sie herunter. Keiner verstand ein Wort, aber jeder deutete es als Warnung und blieb still stehen, bis alle drei Blechinsekten gelandet waren.
Aus den geöffneten Türen strömte ein gutes Dutzend Schwerbewaffneter, das die stumme Gruppe in wenigen Sekunden umstellt hatte.
Zuletzt stieg ein kleiner dicker Mann aus. Er war sich seiner Macht und Bedeutung bewußt, stapfte langsam auf Schwar-

zenberger zu und blieb etwa zwei Meter vor ihm stehen. Er stemmte die Arme in die Hüften und bellte ihm ein paar Worte entgegen.
Der Österreicher machte ihm mit unmißverständlichen Gesten deutlich, daß er nichts verstand.
Der Dicke grinste und bellte nochmals, was zur Folge hatte, daß sich ein kleiner Soldat aus dem Kreis der anderen löste und zu ihm eilte.
Der Soldat nahm die Worte seines Führers in starrem Gehorsam auf und wandte sich dann mit gebrochenem, aber verständlichem Englisch an den Österreicher. Seine Stimme war schrill und hoch, und er bemühte sich, damit ebenso zu bellen, wie es der Dicke tat.
»Grenze gesperrt«, sagte er. »Ihr Gesetz gebrochen. Verbrecher, die müssen Gefängnis. Major Wang sagen, sehr böse. Peking sehr böse. China böse auf euer Land. Nichts Respekt vor Chinesen.«
Schwarzenberger hob erstaunt die Augenbrauen und zuckte die Schultern.
»Wir haben gültige Einreisegenehmigungen, und wenn es der Major erlaubt, werde ich sie ihm auch zeigen.«
Nach einem kurzen Palaver mit seinem Chef bellte der Kleine wieder los.
»Genehmigung nichts gut. War vor Aufstand von tibetische Feinde. Jetzt nichts Grenze für Fremde. Wir wissen, daß ihr das wissen. Major fragen, wo ist blonde Frau? Sie Führer, nicht du. Er reden mit ihr!«
Der Österreicher atmete tief durch und drehte sich um.
Anne Walberg war nicht mehr dort, wo sie zuvor gestanden hatte. Sie war überhaupt nicht mehr da.
Schwarzenberger suchte hektisch die Gegend ab, doch er fand sie nicht.
»Wo Frau?« bellte der kleine Soldat.

»Wo Frau?« fragte sich der Österreicher.
»Sie heißt Doktor Anne Walberg«, sagte er, »und sie ist die Leiterin dieser Expedition. Vor kurzem war sie noch da.«
Er hob hilflos die Arme und ließ sie wieder fallen.
»Ich habe keine Ahnung, wo sie jetzt ist!«

Es gab nicht viele Spuren zu verwischen.
Sie warfen rasch ein paar Steine auf die Feuerstelle, sammelten vorsichtig alle Habseligkeiten ein und schlüpften in den mannsbreiten Riß, der für sie bisher nur ein schwarzer Streifen im Grau der Felswand gewesen war, vor der sie ihr Lager aufgeschlagen hatten. Zuerst der Junge, dann Pema und am Ende Paul.
»Ich verstehe nicht, wie sie uns hier finden konnten«, flüsterte das Mädchen hinter ihm.
»Sie haben uns nicht gefunden, sie sind nur da«, sagte Paul laut. Er lachte, weil sie so leise geredet hatte.
»Sie können uns nicht hören«, sagte er. »Und sie können uns auch nicht sehen.«
Der Lärm kam rasch näher, und er sah die Helikopter erst, als sie sein schmales Blickfeld durchquerten. Es dauerte kaum eine Sekunde lang, doch er konnte trotzdem erkennen, daß es drei Maschinen waren.
Der Lärm entfernte sich, verlor sich jedoch nicht in der Ferne, sondern hielt irgendwo, nicht allzuweit von ihnen inne.
»Sie suchen uns«, sagte das Mädchen. »Sie stehen dort draußen in der Luft und suchen das Tal nach uns ab!«
»Laß sie«, antwortete Paul. »Wenn wir die Nerven nicht verlieren, werden sie uns nie finden.«
Er hatte keine Angst. Er war nicht einmal nervös. Er wußte, daß sie ihn nicht finden würden. Nicht jetzt, wo er am Ziel war.

Der Lärm blieb. Unendlich lange. Sie wollten, daß er seine Geduld verlor und den Kopf aus dem Spalt steckte, um nachzusehen. Es war eine Prüfung, und er würde sie bestehen. Ungeduld und Neugierde waren leicht zu bezähmen, wenn man sich und seine Sinne unter Kontrolle hatte.
Irgendwann wurde das Hämmern der Motoren langsamer und leiser, dann standen sie still.
»Sie sind gelandet«, sagte Paul ruhig.
Wenn sie ausschwärmten und die Gegend systematisch abzusuchen begannen, dann saßen sie hier wie Kaninchen in der Falle.
Doch die Chinesen mußten zuerst aussteigen und sich sammeln, dann würde es Befehle geben. Sie waren für eine Weile beschäftigt. Wenn er sich orientieren wollte, dann mußte er es jetzt tun.
Paul trat an den Rand des Verstecks und beugte sich ganz langsam nach vorn, bis sich sein Blickfeld erweiterte und er einen Großteil des Tales überblicken konnte.
Dort, wo er sie vermutet hatte, waren keine Helikopter. Es waren überhaupt keine Helikopter im Tal.
Er trat ins Freie und sagte zu den anderen, daß sie ihm folgen könnten.
»Sie sind verschwunden«, staunte der Junge.
Paul schüttelte den Kopf.
»Sie sind nicht verschwunden«, sagte er ernst, »sie sind nur auf der anderen Seite des Berges gelandet!«
Pema runzelte die Stirn und dachte nach, dann weiteten sich ihre Augen plötzlich vor Schreck.
»Sie haben das Wesen entdeckt«, rief sie. Einen Augenblick später kam der Zorn. Sie stampfte mit einem Bein auf den Boden und hob die geballten Fäuste.
»Die verdammten Chinesen haben den Yeti gefunden!«
Paul hatte dasselbe gedacht. Auch er spürte die Wut, aber

vor allem auch die Bereitschaft, sich zu wehren. Wenn es wirklich so war, dann mußte er etwas dagegen unternehmen. Kämpfen. Irgendwie.

Die Erhebung, die zwischen ihnen und den Helikoptern lag, war nicht allzu hoch. Neben dem Talausgang war sie sehr steil, etwas weiter links davon zog sich jedoch ein Hang in die Höhe, der sanft anstieg und erst ganz am Ende an eine gezackte Felsbarriere stieß.

»Ich werde nachsehen«, sagte er. Er sagte nicht, daß die beiden anderen unten zurückbleiben sollten.

Pema griff nach der Hand des Jungen und hielt sie fest.

»Wir werden auf dich warten«, lächelte sie.

Es ging noch leichter, als er es sich vorgestellt hatte. Seine Beine waren stark und die Schritte kräftig. Er atmete leicht und stand bald vor den Felsen, die er von unten gesehen hatte. Er erkannte sofort, daß sie keine unüberwindliche Wand darstellten, und fand nach kurzem Suchen eine Stelle, die er mit seinen bescheidenen Kletterkenntnissen in wenigen Minuten bewältigte. Der Aufstieg war nur wenige Meter hoch, und als er oben angelangt war, konnte er in das andere Tal hinuntersehen.

Zuerst sah er die drei Helikopter, die düster, aber wehrlos am Boden hockten. Dann sah er die Menschen. Er war zu weit weg, um ihre Gesichter erkennen zu können, doch er sah auch die abgestellten Traglasten und wußte sofort, daß es sich um eine Expedition handeln mußte. Die chinesischen Soldaten hatten einen Kreis um sie gebildet, und am Rande dieses Kreises schienen sich zwei Soldaten mit einem blonden Mann zu unterhalten.

Bevor Paul Zeit hatte, über die Szene, die sich unter ihm abspielte, nachzudenken, änderte sich das Bild plötzlich. Die beiden Soldaten begannen wild zu gestikulieren, und die klare, unbefleckte Luft trug einen schrillen Schrei zu ihm

herauf. Hände zeigten in seine Richtung, und einige Soldaten lösten sich aus dem Kreis und begannen zu laufen.
Obwohl er wußte, daß sie ihn unmöglich gesehen haben konnten, zog er seinen Kopf rasch zurück. Instinktiv hielt er sogar den Atem an und verharrte eine Weile, bevor er den Kopf langsam wieder hob und über den Felsen blickte.
Ein Schuß zerriß die Stille.
Er hörte nur den Knall, konnte jedoch weder den Schützen sehen noch eine sichtbare Wirkung feststellen.
Dann sah er sie.
Berge waren nie ihre Sache gewesen. Er hatte sie einmal zu einer Wanderung überreden wollen, doch es war ihm nicht gelungen. Und geklettert war Anne Walberg seines Wissens noch nie.
Jetzt tat sie es.
Er sah das blonde Haar und ihre Hände, die sich unter ihm in den Fels krallten und den Körper nachzogen.
Für Anne Walberg hatte es nie Grenzen gegeben. Wenn sie klettern mußte, um ein Ziel zu erreichen, dann tat sie es. Und sie tat es gut.
Dann sah er ihr Gesicht. Sie hob den Kopf, um sich nach oben zu orientieren, und schaute dabei genau in seine Richtung. Die Felsen, die ihn umgaben, waren zu groß, und sein Kopf war nur ein kleiner, bleicher Fleck in ihrem Schatten. Sie schaute ihn an, aber sie sah ihn nicht.
Paul hatte nie gewollt, daß sie hierherkam, und er wünschte sie auch in diesem Augenblick weit weg. Trotzdem spürte er zum letzten Mal, warum er sie früher geliebt hatte. Vielleicht war es mehr Bewunderung gewesen als Liebe. Es waren ihre unendliche Kraft und ihre kompromißlose Entschlossenheit. Stärke! Etwas, was er in seinem alten Leben nie besessen hatte.
Er sah die Soldaten, klein wie Ameisen, und die Flugmaschi-

nen, die wie dicke Insekten auf dem Boden hockten. Ihre Expedition war tot! Im Augenblick, als es ihr klargeworden war, hatte sie nicht ans Aufgeben gedacht. Es war typisch für sie, daß sie den nutzlosen Apparat und die nutzlos gewordenen Helfer einfach hinter sich gelassen hatte und losgelaufen war. Eine wie Anne Walberg kämpft, solange sie noch atmen kann. Selbst wenn die Chance auf Erfolg gleich Null ist. Wie jetzt.

Der Schweiß hatte das blonde Haar an der Stirn festgeklebt, die Wangen waren rot, und die Augen glühten.

Anne war immer die Starke gewesen. Sie hatte ihn nie um Hilfe gebeten, weil sie niemanden je um Hilfe bitten würde. Anne hatte sich immer selbst geholfen.

Jetzt schaffte selbst sie es nicht mehr.

Der Fels war glatt und steil geworden, und die Anstrengung hatte viel Kraft aus ihren Armen gesaugt. Ihre Hände mußten immer länger nach Griffen suchen, an denen sie sich höher ziehen konnte.

Eine Gruppe von Soldaten hatte den Fuß der Wand erreicht und war nach einem schrillen Befehlsschrei stehengeblieben. Die Männer legten die Gewehre an und feuerten sie nach einem weiteren Schrei ab.

Paul hörte, wie die Kugeln in ihrer Nähe in den Fels einschlugen. Anne hörte es auch.

Sie versuchte trotzdem weiterzuklettern.

Wenn die Suche nach seinem Vater und nach den Beweisen für die Existenz des Schneemenschen jemals so etwas wie ein Wettstreit zwischen ihr und ihm gewesen war, dann hatte er gewonnen. Paul fühlte sich jedoch keineswegs als Sieger. Und er wollte auch nicht, daß sie sich als Verliererin sah. Sie sollte weiterleben und noch viele große Erfolge erleben. Hier und jetzt war sie an einem Ende angelangt, das selbst Wahnwitz und Todesmut nicht ändern konnten.

Körperlich konnte er ihr nicht helfen, dazu war sie noch zu weit von ihm entfernt.
Ihre einzige Überlebenschance lag in der Kapitulation. Er konnte sich ihr zeigen und versuchen, sie dazu zu überreden. Er kannte Anne Walberg jedoch gut genug, um zu wissen, daß sie ihn dafür hassen würde. Und wahrscheinlich würde sie trotzdem alles unternehmen, um seinen Erfolg zu verhindern. Sie würde ihm die Chinesen auf den Hals hetzen.
Anne wußte, daß sie in einer Sackgasse angelangt war. Ihre Kräfte reichten nicht mehr aus, um den Körper weiterzutransportieren. Sie blieb in der Wand hängen, bis die Muskeln weich und schlaff wurden und die Finger das daranhängende Gewicht nicht mehr halten konnten.
Paul sah, wie sie ihren Kopf hob und zornig in den Himmel schimpfte, dann glitt der Körper nach unten, überschlug sich mehrmals und rollte als lebloses Bündel weiter, bis er in der Nähe der Soldaten, die ihre Gewehre noch immer im Anschlag hatten, liegenblieb.
Der blonde Europäer war der erste, der bei ihr war. Er kniete eine Weile neben ihr, dann sah Paul, wie sie, von ihm gestützt, mühsam und umständlich aufstand und ein paar Schritte humpelte.
Zwei Soldaten hatten mittlerweile eine Tragbahre aus einem der Helikopter geholt. Sie wehrte sich dagegen, doch am Ende lag sie doch darauf und wurde in das größte der drei Fluggeräte verladen.
Paul war unendlich froh, daß sie am Leben war. Er hoffte nur, daß sie nie mehr hierher zurückkommen würde.

Als die drei Helikopter von der Wolkenwand geschluckt und nur noch ein leises Brummen in der Luft waren, kamen sie wieder aus ihrer Felsenritze.
Paul war mit großen Schritten ins Tal gerannt und hatte die

anderen gerade noch rechtzeitig erreicht, um sie vor dem Start der düsteren Vögel in das Versteck drängen zu können. Das Tal war noch immer düster und unfreundlich, doch es gehörte wieder ihnen allein.
Paul erzählte Pema und dem Jungen von der Expedition, die von den Chinesen entdeckt und nach Hause geschickt worden war. Von Anne erzählte er ihnen nichts. Sie war Teil eines Lebens gewesen, das für ihn jetzt nur noch Erinnerung war und hier und in diesem Augenblick keine Bedeutung mehr hatte. Die Begegnung mit ihr hatte einen Teil dieser Erinnerungen für kurze Zeit wachwerden lassen, und er hatte sich dabei nicht wohl gefühlt.
Er war nicht als einer gekommen, der nach neuen Lebensinhalten gesucht hatte, eigentlich war er mit dem alten Leben recht zufrieden gewesen. Trotzdem war alles anders gekommen. Die Menschen, das Land, die Suche, Pema, die lange Wanderung. Er hatte viel vom alten Ballast über Bord geworfen und Platz für das Neue geschaffen. Viel Platz. Die Weisheit, die er suchte, gab es allerdings nur körnchenweise. Ein Menschenleben konnte nicht ausreichen, um den Raum, der im Inneren dafür bereitstand, damit zu füllen. Aber jedes Körnchen, das dort landete, erfüllte ihn mit einem Glücksgefühl, das er früher nicht gekannt hatte.
Anne war kein Ballast. Er warf sie auch nicht weg. Sie war Erinnerung, und wenn die Zeit reif war, würde er Pema von ihr erzählen.
Sie aßen Tsampa und tranken dazu Wasser aus dem Bach. Sie wußten, daß sie warten mußten, und es belastete sie nicht.
Paul hatte Pema, und Pema hatte Paul, nur der Junge fühlte sich ohne seinen Lehrmeister einsam. Als Phurba dagewesen war, hatte er nur das Notwendigste gesagt, und das war meistens nur dann gewesen, wenn ihn der Alte dazu aufgefor-

dert hatte. Die zwei wichtigsten Unterrichtsfächer in Phurbas Schule hießen Gehorsam und Disziplin.

Jetzt, wo der Meister nicht da war, wurde Tashi wieder zu dem, was er noch immer war – ein kleiner Junge, der gerne Geschichten erzählte und Phantasieschlösser baute.

Die Mutter war bei seiner Geburt gestorben. Auch den Vater hatte er nie gekannt, weil ihn dieser als Baby bei Verwandten abgeliefert hatte und dann nie mehr aufgetaucht war. Die Verwandten hatten gesagt, er sei ein Säufer und Nichtsnutz gewesen und wahrscheinlich auch ein Räuber und Dieb, den man irgendwo erschlagen hätte. Später war ein fremder Mann gekommen, der ihn nach Shigatse mitnahm. Er besaß dort einen Laden und ein Gasthaus, und Tashi hatte im Lagerraum mit Mäusen und Ratten geschlafen und von Sonnenauf- bis Sonnenuntergang hart gearbeitet. Vor einigen Monaten war dann der Mönch aufgetaucht. Er hatte an der Tür um Essen gebettelt, und Tashi hätte ihm auf Geheiß seines Meisters eine Schale reichen sollen, die mit halbverdorbenen Resten gefüllt war. Der Junge hatte es nicht übers Herz gebracht und dem Alten sein eigenes Essen gereicht. Der Mönch war später noch oft gekommen, und sie hatten viel miteinander geredet. Eines Tages hatte ihn der Alte gefragt, ob er sein Schüler werden und mit ihm an einen heiligen Ort ziehen wolle. Tashi hatte mit Freuden zugestimmt. Deshalb war er nun hier.

Paul versuchte, den Jungen über Phurba auszufragen, und erntete nur Hochachtung und Respekt und kein Wissen um die Herkunft und die Ziele des alten Mannes.

Das Verhör durch die Chinesen war nur kurz gewesen, dann hatte Major Wang Ang Temba befohlen, mit den Trägern nach Nepal zurückzukehren. Auf Ang Tembas Bitte hin hatte Wang ihnen erlaubt, einen längeren Weg zu nehmen,

den der Sherpa kannte und der über einen Paß führte, der zwar auch sechstausend Meter hoch, jedoch wesentlich gefahrloser zu überqueren war als der, über den sie gekommen waren.
Bevor sie abmarschieren durften, mußten sie alle Container öffnen, und der Offizier überprüfte persönlich den Inhalt. Bei einigen Dingen, hauptsächlich Nahrungsmitteln und Spezialkleidung, entschied er, daß sie beschlagnahmt werden mußten, und ließ sie in die Hubschrauber verladen. Als das geschehen war, drängte er zum Aufbruch, und die Soldaten begannen an Bord zu gehen.
Der Österreicher hatte viel von der Selbstsicherheit verloren, die er früher immer zur Schau getragen hatte. Die Last der Schuld, die er seit dem Lawinenunglück mit sich herumschleppte, drückte ihn nieder. Er war verwirrt und ratlos und vermied es, dem Sherpa oder den Trägern in die Augen zu blicken.
Als ihn Ang Temba am Oberarm berührte, zuckte er zusammen und schien in einem ersten Impuls davonlaufen zu wollen. Dann zwang er sich jedoch zu einem Lächeln und reichte ihm die Hand.
»Es tut mir leid«, flüsterte er, »ich habe das nie gewollt.«
Ang Temba schüttelte den Kopf und legte die freie Hand auf die Schulter des Österreichers.
»Der Tod ist nie des Menschen Schuld, er ist vorherbestimmtes Schicksal! Du hast nichts damit zu tun. Wir alle wissen es, und du sollst es auch wissen.«
Schwarzenberger kniff die Lippen zusammen und drückte Ang Tambas Hand so fest, daß es weh tat.
»Du warst immer ein treuer Freund«, stammelte er und wischte sich eine Träne aus dem Augenwinkel.
Sie standen einander einige Sekunden lang stumm gegenüber, dann lösten sich die Hände.

»Der Lohn«, sagte Ang Temba und zeigte auf die Träger, die in einer Gruppe beisammenstanden und auf ihn warteten. »Die Leute haben hart gearbeitet. Sie brauchen das Geld dringend.«

Schwarzenberger nickte, dann zuckte er hilflos die Schultern.

»Sie hat das Geld«, sagte er und deutete auf den Helikopter, in den man Anne getragen hatte. »Sie wird nichts davon hergeben. Jetzt nicht mehr. Sie wird es behalten, weil sie glaubt, sich damit freikaufen zu können.«

»Sie ist böse«, sagte der Sherpa.

»Nein, nur verrückt«, antwortete der Österreicher, »vollkommen verrückt!«

Dann fiel sein Blick auf die Container.

»Nehmt das«, sagte er. »Es gehört euch!«

Es war viel mehr wert als das, was sie zu erwarten hatten. Sie nahmen fast alles. Nur die Maschinen des Italieners ließen sie zurück.

Diese blieben in der kahlen Einsamkeit zurück wie Denkmäler eines fremden Planeten.

Keiner hatte sie kommen hören.

Paul, Pema und Tashi waren noch in ihre Decken gehüllt, doch der Morgenfrost hatte sie bereits geweckt. Er ließ es nicht zu, daß sie die angenehme Zeit des Schlafes verlängern und neue Träume einfangen konnten. Sie hatten die Augen noch geschlossen, während das Gehirn bereits arbeitete und die Gedanken wandern ließ.

Der Junge bemerkte sie als erster.

»Meister«, jubelte seine helle Stimme, und Paul und Pema rissen die Augen auf.

Phurba war zurückgekehrt. Er kniete neben Tashi.

Hinter ihm sahen sie eine zweite Gestalt.

Mit dem heller werdenden Himmel im Rücken war sie nur eine Silhouette, doch Paul wußte sofort, wer es war.
»Vater«, sagte er leise, nur zu sich. Doch der andere hatte es gehört.
Er drehte sich langsam um und schritt auf ihn zu.
Paul schälte sich hastig aus der Decke, und als er endlich auf den Beinen war, stand er nach zweiundzwanzig Jahren wieder dem Mann gegenüber, der ihm einst das Leben gegeben hatte.
Die Haut war hart und rissig wie schlechtgepflegtes Leder. Das weiße Haar hing bis auf die Schultern herab und überwucherte die untere Hälfte des Gesichtes. Er war alt geworden.
Als sich ihre Blicke trafen, suchte Paul in seinen Augen die felsenfeste Sicherheit und die wilde Entschlossenheit, die sie früher für ihn so unnahbar gemacht hatten. Er fand sie nicht mehr. Es waren dieselben Augen, aber sie waren sanfter geworden und strahlten eine tiefe Zufriedenheit aus.
Sein Vater war in ähnliche Lumpen gekleidet wie der alte Mönch. Als er lächelte, sah Paul, daß auch er nur noch wenige Zähne besaß.
Er streckte ihm die Hände entgegen, und sie sanken einander in die Arme.
»Vater«, flüsterte Paul und drückte den dürren, knochigen Körper an sich.
Sie blieben lange so stehen.
Paul spürte, wie ihn ein Gefühl grenzenlosen Glücks und tiefer Geborgenheit durchströmte. Er fühlte sich unendlich wohl, und er war zufrieden. Mit sich und der Welt, die ihn umgab. Er wollte diesen Zustand unbedingt bewahren und klammerte sich fest an den alten Mann, weil er fürchtete, es würde vergehen, wenn diese innige, physische Nähe nicht mehr da war.

»Paul«, flüsterte der alte Mann.
Es war das erste Wort, das Paul von ihm hörte, seit sie sich damals am Flughafen verabschiedet hatten. Es war sein Name, und sein Vater hatte ihn noch nie so zärtlich ausgesprochen wie jetzt.
Wie oft hatte er sich früher danach gesehnt, daß ihm sein Vater sagte, daß er ihn liebe. Daß er stolz auf ihn sei. Daß er sich freute, einen Sohn zu haben. Ihn!
Jetzt hatte er all das gesagt. Mit einem einzigen Wort. Seinem Namen. Paul!
Paul ertastete unter den zerschlissenen Kleidern nur harte Knochen, doch da war eine Botschaft, die von diesem Körper ausging. Paul empfing sie klar und deutlich.
Sein Vater hatte mehr gefunden als das Wesen, für dessen Entdeckung der Wissenschaftler Doktor Peter Silman damals sein Leben gegeben hätte. Es war etwas, wonach die Menschheit immer schon und in allen Teilen der Welt meistens vergebens suchte. Der Mensch Peter Silman hatte den Sinn des Lebens gefunden. Seines Lebens. Er war kein Suchender mehr. Er war am Ziel angelangt. Er hatte den Frieden des Geistes gefunden.
Paul war unendlich dankbar dafür, daß er hier sein durfte. Die Kraft des Positiven durchströmte jede Faser seines Körpers, und er wußte, daß sie es war, die ihn über Kontinente hinweg erreicht und hierhergelotst hatte.
Er hatte so viele Fragen gehabt – jetzt war ihm keine davon mehr wichtig.
Er war zufrieden.
»Vielleicht«, dachte er, »hat man die höchste Stufe der Zufriedenheit dann erreicht, wenn man keine Fragen mehr hat.«
Es war sein Vater, der das körperliche Zusammensein beendete.

Er nahm seine Hände von Pauls Rücken, und auch Paul ließ nach kurzem Zögern seine Arme fallen.
Die beiden Körper lösten sich, und sie konnten einander wieder in die Gesichter sehen.
Die Augen unter den wirren weißen Haarbüscheln blickten Paul nachdenklich an.
»Ich werde dir alles erzählen«, sagte der beinah zahnlose Mund.
Paul würde alles erfahren, jetzt war es noch zu früh. Er war in einen See von Gefühlen geworfen worden und wollte noch eine Weile darin baden. Untertauchen. Ohne Worte.
»Später«, sagte Paul.
Er nahm seinen Vater an der Hand und führte ihn hinunter zum Bach. Dort setzten sie sich auf zwei Steine und schauten einander an. Da war ein stummes Verstehen, und jeder las im Gesicht des anderen, bis sie den Weg zurückfanden. In die Zeit, in der alles angefangen und alles geendet hatte.

»Ich habe nur kurz mit ihr sprechen können«, sagte der Botschafter.
Markus Walberg war blaß, und auf seiner Stirn standen Schweißperlen. Die Hand, die den Hörer hielt, zitterte.
»Die verdammten Chinesen haben mir keine Landeerlaubnis gegeben«, schrie er ins Telefon. »Meine Maschine ist startklar, und ich könnte in einem Tag bei ihr sein.«
»Sie müssen wohl eine Linienmaschine nehmen«, schlug der Botschafter zaghaft vor.
»Muß ich wohl«, äffte ihn Walberg nach. »Hab ich auch schon gebucht. Ankunft Mittwoch, siebzehn Uhr fünfunddreißig. Ich hoffe sehr, Sie am Flugplatz zu sehen!«
»Sie können versichert sein, daß wir alles Menschenmögliche tun werden, um Sie so rasch wie möglich zu Ihrer Tochter zu bringen«, sagte der Botschafter.

»Das hoffe ich sehr«, bellte Walberg ins Telefon.
»So einfach, wie Sie sich das vorstellen, ist das nicht«, warf der Botschafter ein. Der schroffe Ton, der aus dem Hörer kam, ärgerte ihn zwar, als Berufsdiplomat hatte er jedoch gelernt, kühl und sachlich zu bleiben.
»Man wirft Ihrer Tochter eine ganze Reihe von Gesetzesverletzungen vor«, sagte er. »Sie ist schließlich illegal über eine Grenze gegangen, die aus Gründen der nationalen Sicherheit für alle gesperrt war. Das ist schlimm genug. Dazu kommt, daß man sie auch für den Tod von einem guten Dutzend Menschen verantwortlich macht, die auf chinesischem Staatsgebiet ums Leben gekommen sind. Das ist noch schlimmer.«
»Und daß sie dabei selbst beinahe draufgegangen wäre, interessiert Sie wohl keinen Pfifferling, nicht wahr?«
»Es geht ihr den Umständen entsprechend gut«, antwortete der Botschafter ruhig.
»Einige Rippen sind gebrochen und etwas in der Schulter. Ich glaube, es ist das Schlüsselbein. Innere Verletzungen gibt es zum Glück keine.«
»Trauen Sie etwa diesen Quacksalbern?« schnaufte Walberg aufgebracht.
»Sie ist in besten Händen«, sagte der Botschafter, »dafür haben wir schon gesorgt. Es wird trotzdem noch eine Weile dauern, bis sie das Krankenhaus verlassen kann. Wir sind gerade dabei, die zuständigen Stellen dazu zu bewegen, sie bis zur Verhandlung nicht in ein Gefängnis zu bringen, sondern in einem guten Hotel unter Hausarrest zu stellen.«
Walberg brauchte einige Sekunden lang, um seine Stimme wiederzufinden.
»Gefängnis?« brüllte er.
»Gefängnis vielleicht nicht, aber um die Verhandlung werden wir nicht herumkommen.«

Der Botschafter sagte ihm nicht, daß er zuverlässige Hinweise dafür hatte, daß der Anne-Walberg-Prozeß zu einem Präzedenzfall hochgeschaukelt werden sollte. Mit einem harten Urteil sollten alle westlichen Träumer in die Schranken gewiesen werden, die glaubten, die tibetischen Rebellen unterstützen zu müssen. Wenn es die Walberg geschafft hatte, gleich mit einem ganzen Expeditionstroß illegal und ungestraft ins Land zu kommen, dann würden andere folgen und es ihr gleichtun. Und diese anderen trugen vielleicht Waffen, schmuggelten sie vielleicht sogar in großen Mengen zu den Rebellen.

»Besorgen Sie sofort die besten Anwälte, die es gibt«, befahl Markus Walberg, »ich werde die besten mitbringen, die es hier gibt. Wäre doch gelacht, wenn wir das Mädchen nicht in ein paar Tagen freibekommen würden!«

»Ich habe Ihnen schon gesagt, daß wir alles Menschenmögliche unternehmen werden, Herr Walberg«, wiederholte der Botschafter geduldig. »Aber das hier ist China, verstehen Sie? Hier gehen die Uhren etwas anders!«

»Geld spielt keine Rolle«, bellte Walberg ins Telefon, »und Geld ist wohl etwas, was auch ihre gelben Freunde schätzen, nicht wahr?«

Der Botschafter rümpfte die Nase und hielt den Hörer vom Kopf weg, als sei ihm gerade ein unerträglicher Gestank entströmt.

»Wir werden Sie dann vom Flughafen abholen, Herr Walberg«, sagte er. Und legte mit einer kurzen Verabschiedung auf.

Der Botschafter blätterte noch einmal kurz im Protokoll, das ihm sein chinesischer Verbindungsmann besorgt hatte. Es war die Niederschrift eines langen und wahrscheinlich auch schmerzhaften Verhörs. Der österreichische Bergsteiger, der mit Anne Walberg ausgeflogen worden war, hatte

kein gutes Haar an seiner Chefin gelassen. Er hatte sogar ihren geistigen Zustand angezweifelt. Schließlich hatte sie das Wahnsinnsunternehmen nur deshalb gestartet, weil sie den Yeti suchen wollte. Und der sei, wie die intelligente Welt weiß, nie mehr als ein bloßes Hirngespinst gewesen.
Markus Walberg mochte noch so reich sein. Dieses Problem war nicht mit Geld zu regeln.
Vielleicht wäre es möglich gewesen, wenn der Fall nicht an die Öffentlichkeit gedrungen wäre.
Er schaute auf seine Uhr und drückte auf die Taste der Gegensprechanlage.
»Ist Pat Withers schon da?«
»Er wartet bereits auf Sie«, krächzte die Sekretärin zurück.
»Dann lassen Sie ihn herein!«
Pat Withers war der örtliche Reuters-Korrespondent. Seine Nachrichtenagentur hatte die Lawine rund um die Walberg-Expedition losgetreten.
»Apropos Lawine«, dachte der Botschafter und griff wieder nach dem Protokoll. Darin stand, daß der Österreicher immer wieder vor der Route gewarnt hatte, weil sie seiner Einschätzung nach zu lawinengefährlich war. Anne Walberg sei von ihrem Yeti-Wahn so besessen gewesen, daß sie alle Warnungen in den Wind geschlagen hätte.
Pat Withers war ein fröhlicher Amerikaner aus Tenafly, New Jersey. Der Botschafter sah keinen Grund, ihm irgendwelche Informationen vorzuenthalten. Wenn er sie ihm gab, wurde er in der internationalen Presse zitiert. Wenn er sie ihm nicht gab, besorgte Pat sie sich woanders und zitierte einen anderen.
»Was gibt es Neues von unserer Yeti-Sucherin?« grinste der Amerikaner beim Eintreten.
Der Botschafter hob das Protokoll in die Höhe und bot dem Journalisten einen Platz an.

»Ich glaube, ich habe da etwas, was Sie interessieren wird«, schmunzelte er.

Der Vater war der erste, der die Stille durchbrach.
»Es war so stark, stärker als alles andere«, sagte er.
Er hob den Kopf und schaute Paul in die Augen.
»Irgendwo, dort draußen, war ein gewaltiges Magnetfeld, und ich war ein winziges Metallkörnchen. Es hat mich angezogen, und ich konnte nichts dagegen tun.«
»Sie ist tot«, sagte Paul.
Der Vater nickte langsam. Wissend, aber ohne Trauer.
»Ich habe euch etwas genommen, was ich nie mehr zurückgeben kann«, flüsterte er.
»Du bist immer ihr Mann geblieben«, antwortete Paul. »Sie hat dein Zimmer gehütet wie einen Tempel. Manchmal hat sie sich stundenlang darin eingesperrt. Da war sie dann bei dir. Sie hat dich bis zuletzt geliebt.«
»Und du?« fragte der Vater. »Hast du mich gehaßt?«
Paul dachte nach und suchte nach den richtigen Worten.
»Es hat Zeiten gegeben«, sagte er schließlich, »da habe ich dich wahrscheinlich gehaßt. Nicht, weil du uns verlassen hast, sondern für das Erbe, das du mir hinterlassen hast. Deinen Ruf! Der große Silman! Alle haben von mir dieselbe Brillanz, denselben Weitblick, dasselbe Wissen erwartet. Ich habe dich vielleicht gehaßt, weil es mir nie gestattet war, ein normaler Mensch namens Paul Silman zu sein. Für mich warst du nie verschollen oder tot. Du warst immer da. Du warst für mich die Verpflichtung, alles besser machen zu müssen als die anderen. Du warst der Held!«
Paul schüttelte den Kopf.
»Nein, eigentlich habe ich dich nicht gehaßt. Ich habe dich bewundert und nie gewagt, dein Andenken zu beschmutzen. Du warst eine Last, die ich nie abschütteln konnte. Es war

meine Schuld. Und wenn ich jemanden dafür gehaßt habe, dann mich selbst.«
Der Vater schüttelte den Kopf.
»Du hast mich nicht verstehen können. Keiner von euch hat mich verstehen können. Ich habe mir immer gewünscht, daß du eines Tages hierherkommst, damit du es selbst sehen kannst. Alles. Daß du fühlen lernst. In den letzten Jahren ist dieser Wunsch immer stärker, immer sehnlicher geworden. Jetzt bist du endlich da. Vielleicht lernst du mich jetzt verstehen.«
Dann erzählte er Paul seine Geschichte.
Anfangs war es eine rastlose Suche gewesen. Der Motor war der Ehrgeiz und das Ziel war die Selbstbestätigung gewesen, nichts anderes.
»Ich war ein Schatzsucher«, sagte er, »ein selbstsüchtiger Narr, der von einem Fieber gepackt war. Es gab nichts, das ich nicht geopfert hätte, um an mein Ziel zu gelangen.«
Auf der Suche nach dem Weg hatte es immer wieder Menschen gegeben, die wie zufällig aufgetaucht waren und ihm weitergeholfen hatten.
Er erwähnte Namen und Orte, und Paul kannte sie. Es waren auch seine Namen und seine Orte gewesen.
»Irgendwann«, sagte der Vater, »hat mich dieses Land aufgesaugt, und ich bin in ein anderes Leben hineingeschmolzen. Nicht mein Wille war es, der alles steuerte, da waren plötzlich andere Kräfte, die viel stärker waren. Die Kräfte der Berge, die Kräfte des Himmels, die Kräfte des Tages und die Kräfte der Nacht. Es war die Natur. Das Ursprüngliche. Das Wesentliche. Die Macht. Mein Wille konnte keinen Schneesturm stoppen, er konnte den Wind nicht zum Stillstand bringen, er konnte keine Lawine aufhalten. Ich war nur ein Mensch. Ein Winzling. Die Natur hatte mich geschaffen, und sie konnte mich auch vernichten.«

Er hatte auf den Boden gestarrt, während er geredet hatte. Jetzt hob er den Kopf und blickte in den grauen Himmel.
»Wir haben gewaltige Berge gesprengt und riesige Städte gebaut. Wir verpesten die Luft und vergiften das Meer. Wir haben Vernichtungswaffen erfunden, mit denen wir uns selbst ausrotten könnten. Wir können der Natur Schmerzen bereiten und sie verletzen. Aber am Ende wird sie immer siegen. Die Natur kann ohne den Menschen existieren, der Mensch nicht ohne die Natur.«
Der Blick kam zu Paul zurück.
»Sie hat uns mit Gaben ausgestattet, die uns über alle anderen Lebewesen stellen. Die Natur hat uns zu den Hütern dieser Welt gemacht, doch wir haben ihr Vertrauen mißbraucht. Wir sollten bewahren und beschützen, aber wir töten und vernichten. Profitgier, Neid und Selbstsucht statt Weitblick, Vernunft und Toleranz.«
»Die Kraft«, sagte Paul, »die dich verändert hat ... Ich habe sie auch gespürt.«
Der Vater nickte.
»Natürlich hast du sie gespürt. Sonst hättest du diesen Ort nie erreicht. Denn nicht du warst es, der ihn gefunden hat – er hat dich gefunden!«
Was draußen, in der anderen Welt, zu dick aufgetragenes Pathos gewesen wäre, das klang hier und aus dem Mund des grauhaarigen Mannes, der noch immer sein Vater war, klar und ganz selbstverständlich.
»Phurba«, sagte Paul.
Der Vater nickte.
»Er ist einer von uns.«
»Ihr habt gewußt, daß ich komme!«
Der Vater lächelte.
»Wissen ist etwas Endgültiges. Und da für mich nichts endgültig ist, gibt es für mich auch kein Wissen.«

Er schüttelte den Kopf.
»Ich habe es nicht gewußt. Aber ich habe es mir gewünscht. Mit jeder Faser meines Körpers.«
»Jetzt bin ich hier«, sagte Paul. Es war mehr eine Frage als eine Feststellung. Die Antwort sollte ihm sagen, wie es weiterginge.
Es gab noch keine.
»Was ich Natur nenne, nennen andere Gott«, begann der Alte. »Für manche sind es mehrere Götter. In jedem Fall geht es jedoch um die Schöpfung und um ihre Auswirkungen. Wir beide wissen, daß es sich nicht um Zauberei, sondern um einen Entwicklungsprozeß handelt, der sich über Millionen von Jahren hingezogen hat. Irgendwann gab es dann uns – die Menschen. Wir haben nach unserer Herkunft gesucht und geforscht, haben jedoch nur einen kleinen Weg in unserer Entwicklungsgeschichte zurückverfolgen können. Das, was wir nicht gefunden haben, nennen wir das ›Missing Link‹. Jenes Wesen, das die Brücke zwischen Tier und Mensch geschlagen hat. Das zwischen Instinkt und Intelligenz steht.«
»Der Yeti«, sagte Paul.
Sein Vater seufzte, dann nickte er.
»Die Natur hat hier an diesem Ort das bewahrt, was wir einmal waren, bevor sie uns mit der Macht eines selbstzerstörerischen Geistes ausgestattet hat. Das Wesen, das du Yeti nennst, ist rein und unberührt geblieben. Wir nennen es den Zwischenmenschen. Und es ist unsere Aufgabe, ihn zu beschützen. Er darf nicht zum Objekt sensationslüsterner Ehrgeizlinge, wie es ein gewisser Doktor Peter Silman einmal war, werden. Er ist das letzte große Geheimnis der Menschheit. Verstehst du? Wenn die Welt davon erfährt, wird sie es vernichten. Dann bleibt nichts mehr. Nur das Warten auf das Ende.«

Der Vater hatte alles gesagt, hatte jedoch keine Antwort gegeben.
»Warum«, fragte Paul, »bin ich hier?«
Der alte Mann stand mühsam auf. Er stöhnte.
»Gehen wir«, sagte er und bedeutete Paul, sich ebenfalls zu erheben.
Sie schlenderten langsam den Hügel hinab. Der Himmel war grau und wolkenverhangen. Ein leichter Wind streichelte wie eine eisige Hand über sein Gesicht. Paul drehte sich fröstelnd um und sah Pema, die mit dem Jungen und dem Mönch an einem Feuer saß. Phurba mußte den Brennstoff mitgebracht haben. Wahrscheinlich auch etwas zu essen. Paul war hungrig.
Sie gingen, und sein Vater redete.
»Die ersten Menschen, die ins Tal der Yetis gekommen waren, hießen Daku und Gyaldzen«, erzählte er. »Es war während der großen Sherpawanderung, und auch in Gyaldzens Schriften steht, daß es eine geheime Kraft war, die sie angezogen hat. Gyaldzen und Daku waren die ersten Hüter der Yetis. Noch zu ihren Lebzeiten ist die Zahl auf sieben angewachsen. Die Dakinis, die Luftwandlerinnen, hatten Gyaldzen befohlen, sich auf die Suche nach Helfern zu begeben, die bereit wären, den Rest ihres Lebens in diesem einsamen Tal zu verbringen.«
»Die Hüter des Yeti«, murmelte Paul.
Der Vater hob den Zeigefinger.
»Ein einziges Mal«, erklärte er, »dürfen sie das Tal wieder verlassen. Wenn sie alt geworden sind, ziehen sie hinaus, um nach ihrem Nachfolger zu suchen. Sie begeben sich auf die Suche nach einem Knaben, der bereit ist, ihr Schüler zu werden. Meistens handelt es sich dabei um ein Waisenkind. Sie weihen es in die göttlichen Weisheiten ein und kehren dann mit ihm hierher zurück.«

»Phurba und Tashi«, sagte Paul.
Der Vater nickte.
»Es waren immer sieben«, sagte er. »Jahrhundertelang. Mich hat damals eine Lawine in ihr Tal gespült, und sie haben geglaubt, ich sei von den Göttern gesandt worden. Ich sah anders aus als sie. Einen wie mich hatten sie noch nie gesehen. Sie haben mich sofort in ihrem Kreis aufgenommen. Als achten Hüter der Yetis.«
Er kratzte sich am Kopf und schmunzelte.
»Sie haben mir von Anfang an klargemacht, daß ich den Rest meines Lebens bei ihnen verbringen müßte. Ich hatte das Wesen gefunden, das mir als Wissenschaftler zur Unsterblichkeit verholfen hätte. Den gab es jedoch zu diesem Zeitpunkt nicht mehr.«
Er blieb stehen und legte seine Hand auf Pauls Schulter.
»Ich hätte vielleicht flüchten können. Das Tal verlassen und wieder frei sein. Doch welche Art von Freiheit wäre es gewesen? Eine geographische höchstens. Der Geist wäre wieder in der Zwangsjacke gelandet, und ich hätte mich mit Unzufriedenheit, Neid, Geiz, Haß oder Mißgunst herumschlagen müssen.«
Sein Griff wurde fester, und sein intensiver Blick fand Pauls Augen.
»Ich habe sehr, sehr oft an euch, jedoch kein einziges Mal an eine Flucht zu euch gedacht«, sagte er. »Ich habe mir nichts sehnlicher gewünscht, als euch für immer bei mir zu haben. Es ist kein Tag vergangen, an dem ich mich nicht auf diesen Wunsch konzentriert habe, und eines Tages habe ich gespürt, daß meine Botschaft bei dir angekommen ist.«
Er zögerte einen Augenblick lang, dann redete er weiter.
»Nach Phurba bin ich der Älteste. Ich bin der nächste, der nach einem Nachfolger suchen muß.«
Paul starrte ihn an. Er hatte die Botschaft verstanden.

»Ich?« fragte er und tippte mit dem ausgestreckten Zeigefinger gegen seine Brust.
Der Vater lächelte.
»Bevor uns Phurba verlassen hat, um sich auf die Suche nach seinem Nachfolger zu begeben, habe ich ihn gebeten, dort draußen auf dich zu warten. Er hat dich gefunden. Er hat dich hierhergebracht. Er hat mir damit meinen letzten und einzigen Wunsch erfüllt. Wenn ich sterbe, werde ich zufrieden sterben.«
Paul wollte etwas sagen, doch sein Vater winkte ab.
»Du bist Wissenschaftler wie ich. Hier bietet sich dir das faszinierendste Forschungsobjekt an, das es in der Geschichte der Menschheit je gegeben hat. Jeder alte Mönch, der im Lauf der Jahre mit einem Nachfolger von draußen zurückgekehrt ist, hat mir Papier und Schreibzeug mitgebracht. Ich habe mich intensiv mit dem Zwischenmenschen beschäftigt, ihn studiert und alle Beobachtungen und Erkenntnisse auf Hunderten von Seiten festgehalten. Der Lohn jeder wissenschaftlichen Veröffentlichung ist nicht zuletzt auch die Befriedigung der persönlichen Eitelkeit, die Anerkennung durch die Öffentlichkeit. Ich will beides nicht. Ich will keine schleimige Lobhudelei, ich brauche kein Schulterklopfen mehr, und ich verzichte gern auf die Häme der Neidgenossenschaft. Forschung ist in erster Linie die Suche nach neuen Erkenntnissen. Viele davon werden später mißbraucht. Meine können nicht mißbraucht werden! Weil sie nur mir gehören!«
Er packte Paul mit beiden Händen an den Oberarmen und schüttelte ihn sanft.
»Ich biete dir das faszinierendste Forschungsgebiet der Welt an. Und einen Kreis von Menschen, der dich mit Achtung und menschlicher Wärme aufnehmen wird.«
Er rüttelte fester.

»Mein Sohn! Wir könnten doch zusammen sein. Im Paradies!«
Paul wollte sich wehren, konnte es jedoch nicht.
Pema! Wo war Pema?
Sie war sein Leben. Nur sie!
»Pema!« rief er. Es war nur ein heiseres Krächzen.
Der Vater ließ seine Arme los.
»Es tut mir leid«, murmelte er und trat einen Schritt zurück.
»Pema«, wiederholte Paul und zeigte mit der Hand auf das Mädchen, das nun in ihre Richtung blickte und lächelte.
»Ich liebe sie, Vater«, sagte er laut, »ich liebe sie, und ich werde bei ihr bleiben!«
Der Vater sagte kein Wort. Er stand nur da. Starr und schwarz.
Paul hatte Angst, daß er ihn verlieren würde, doch fand er die Worte nicht, die alles zum Guten hätten wenden können.
Nach einer Weile drehte sich der Vater um und kam zurück.
Er lächelte, als er zu reden begann.
»Es waren sieben«, sagte er, »und nach meiner Ankunft waren es acht. Damit haben sie die uralte Ordnung erstmals geändert.«
Er griff nach Pauls Hand und hielt sie fest.
»Ich will dich nie mehr verlieren«, flüsterte er.
Sein Blick wanderte zu Pema und von ihr wieder zurück zu Paul.
»Sie werden die Ordnung noch einmal ändern müssen«, sagte er fest. »Es steht nirgends geschrieben, daß das Tal nur Männern offenstehen darf!«

»Wir haben nur eine Chance«, sagte der Anwalt.
Er war dürr und weißhaarig und trug einen schwarzen Anzug mit weißem Hemd und dunkler Krawatte.

Markus Walberg hatte ihn für viel Geld aus Hongkong einfliegen lassen, weil man ihm gesagt hatte, daß er der Beste sei.
Der Anwalt hieß Colin Crabtree und war Brite. Er sprach fließend Mandarin und hatte ausreichend Erfahrung mit der chinesischen Gesetzgebung.
Walberg trommelte mit den Fingern ungeduldig auf die blankpolierte Platte des Holztischchens, das vor der Sitzgarnitur im Wohnzimmer seiner Suite stand.
»Und diese Chance wäre?«
Der Anwalt räusperte sich.
»Wir müssen auf geistige Unzurechnungsfähigkeit plädieren!«
Walberg ballte die Finger zur Faust und hieb damit auf den Tisch.
»Sind Sie wahnsinnig«, schrie er. »Das kann doch unmöglich Ihr Ernst sein. Meine Tochter ist eine weltweit geachtete Wissenschaftlerin, verstehen Sie? Einen solchen Menschen kann man doch nicht, nur weil es einem gerade in den Kram paßt, zum Idioten abstempeln. Wenn das Ihre einzige Weisheit ist, dann habe ich an Ihnen mein gutes Geld verschwendet, mein Herr!«
Der Anwalt zuckte die Schultern.
»Ich habe mich für Ihr gutes Geld lange und ausführlich mit unseren chinesischen Partnern unterhalten, die ihrerseits ihre guten Kontakte ausgenützt haben, die bis in die höchsten Stellen der Justiz reichen. Was ich Ihnen gesagt habe, stammt nicht von mir. Es stammt von den Chinesen selbst und ist, wenn Sie so wollen, ein Friedensangebot. Ihre Tochter hat die Behörden in eine prekäre Lage gebracht, aus der es offiziell keinen Ausweg mehr gibt. Nur den Weg durch die Hintertür. Der steht noch offen. Wobei die Betonung auf ›noch‹ liegt.«

»Was heißt prekäre Lage«, wetterte Walberg. »Wer hat da wen in eine prekäre Lage gebracht? Das haben doch wohl die Chinesen mit meiner Tochter gemacht, wenn ich mich recht erinnere.«

Der Anwalt hob den knochigen Zeigefinger.

»Hier sieht man das ganz anders, Mister Walberg. Sie dürfen nicht vergessen, daß es um Tibet geht. Ein sehr sensibles und zur Zeit hochexplosives Thema. Das Land ist an der Schwelle zum Aufruhr, und den Chinesen ist jedes Mittel recht, diesen im Keim zu ersticken. Vor allem will man alle protibetischen Einflüsse, die aus dem westlichen Ausland kommen, fernhalten. Deshalb hat man die Grenzen gesperrt.«

»Meine Tochter ist Wissenschaftlerin«, warf Walberg ein, »ihre Expedition hatte nichts, aber auch wirklich gar nichts, mit der verkorksten Politik, von der Sie reden, zu tun.«

Der Anwalt schüttelte den Kopf.

»Hier«, sagte er mit bedeutungsschwerer Stimme, »liegt der gravierende Irrtum. Ihre Tochter hat in die Welt hinausposaunt, daß sie nach Tibet gehen und dort nach dem geheimnisvollen Schneemenschen suchen wollte. Die Chinesen haben jahrzehntelang alles unternommen, um die Mythen der Tibeter zu zerstören. Kein Volk schöpft mehr Kraft aus der Welt der Götter, Geister und Dämonen als die Tibeter. Mit der Zerstörung der Klöster hatten die Chinesen versucht, die Wurzeln dieser Geistesstärke abzuhacken. Es ist ihnen nicht gelungen. Und nun kam eine weltbekannte, ernstzunehmende Forscherin daher und behauptete, felsenfest davon überzeugt zu sein, daß ein Wesen aus der tibetischen Geisterwelt tatsächlich existiere. Das ist politisch, verstehen Sie? Für die Chinesen ist es ein hochpolitisches Thema, weil alles, was aus dieser Richtung kommt, die Tibeter als Volk wieder näher zusammenrücken läßt.«

Walberg begann langsam, die Zusammenhänge zu verstehen. Wahrhaben wollte er sie aber trotzdem noch nicht.
»Sie hat Beweise gehabt«, knurrte er. »Meine Tochter ist keine Träumerin, die an Mythen glaubt. Für sie zählen nur Fakten.«
Der Anwalt nickte.
»Und jetzt«, sagte er, »kommen wir zu Ihren Fakten. Faktum ist, daß Ihre Tochter zum denkbar ungünstigsten Zeitpunkt illegal nach Tibet eingereist ist. Faktum ist auch, daß sie es so ungeschickt angestellt hat, daß die Presse davon Wind bekommen und es in die Welt hinausgeblasen hat. Faktum ist, daß die Chinesen dadurch gezwungen waren, so zu reagieren, wie sie es getan haben. Und noch ein Faktum ist, daß sie es sich nicht leisten können, dies ungestraft geschehen lassen zu können. Zum ersten, weil auch das abrupte und dramatische Ende der Anne-Walberg-Expedition für einiges Rauschen im internationalen Blätterwald gesorgt hat, und zum zweiten, weil die Welt gerade jetzt wieder auf Tibet blickt. So, wie die Dinge jetzt stehen, wird man ihre Tochter zu einer drakonischen Strafe verdonnern müssen.«
Walberg hatte keine Antworten mehr. Nur eine Frage.
»Wieviel?«
Der Anwalt hob die Hände.
»Keine Ahnung. Das hängt vom Prozeßverlauf ab. Von diesem Österreicher, dem Bergsteiger, wird sie wohl keine Hilfe zu erwarten haben. Es hat viele Tote gegeben, wahrscheinlich wird man ihnen auch grobe Fahrlässigkeit vorwerfen. Der Mann wird seine eigene Haut retten wollen und jede Schuld auf die Leiterin der Expedition abwälzen. Dann gibt es noch den Briten. Auch er wird Ihre Tochter, wie wir wissen, nicht maßgeblich entlasten können oder wollen.«
Er überlegte kurz.
»Zehn bis zwanzig Jahre, würde ich sagen!«

Walberg riß die Augen auf. Er schluckte schwer und versuchte zu reden, aber es wurde nur ein heiseres Krächzen. Der Anwalt lehnte sich zufrieden zurück, verschränkte die Arme und wartete.

»Geistige Unzurechnungsfähigkeit, haben Sie gesagt?« fragte Walberg, als er seine Stimme wiedergefunden hatte.

Der Anwalt nickte.

»Wir werden einen international anerkannten Gutachter finden, der uns das bestätigt. Die Chinesen werden einen zweiten Experten verpflichten, der auch nichts anderes feststellen wird. Weil damit nicht nur wir, sondern auch sie gewonnen haben. Geistige Unzurechnungsfähigkeit bedeutet, daß der gesamte Yeti-Unsinn einem wirren Hirn entsprungen war. Damit ist er ein für allemal als Nonsens aus der Welt geschafft. Es wird einen Prozeß geben, doch Ihre Tochter wird zu krank sein, um ihm beiwohnen zu können. Am Ende wird man es Ihnen gestatten, sie unter ärztlicher Aufsicht mit nach Hause zu nehmen und dort behandeln zu lassen.«

Walberg war in sich zusammengesunken. Ein Bündel Mensch, das alles und doch gar nichts mehr verstand.

»Ihre Karriere«, murmelte er.

Der Anwalt hatte gewonnen. Er lächelte, jedoch ohne eine Spur von Mitleid.

»Vergessen Sie die Karriere«, sagte er barsch. »Hier geht es um ihr Leben.«

Markus Walberg dachte an die Schande.

Und dann dachte er an das Geschäft. Anne würde für eine Weile in der Versenkung verschwinden müssen, dann würde sie, von ihrer schweren Krankheit genesen, eine glorreiche Auferstehung feiern und an seiner Seite das Firmenschiff steuern. Plötzlich sah er die ganze unliebsame Angelegenheit in einem anderen Licht.

Er streckte dem Anwalt die Hand entgegen.
»Gute Arbeit«, sagte er. »Genauso werden wir es machen!«

Es war eine Nacht, in der es keinen Schlaf gab.
Es gab keine Tierstimmen und auch keinen Wind. Nur Stille.
Es war die Nacht, in der sich alles entschied.
Pema hatte mit seinem Vater geredet, und der hatte ihr alles gesagt. Sie hatte ihm stumm zugehört, und Paul hatte sie dabei beobachtet.
Ihre klugen Augen hatten das alte Gesicht prüfend gemustert.
Er hatte keine Angst gesehen und keine Unsicherheit. Nur ihren Wunsch, alles zu erfahren und alles zu verstehen.
»Ich bin Paul«, hatte sie am Ende gesagt. »Ich werde dort sein, wo er ist, und wenn er es wünscht, werde ich ihn nie verlassen.«
Sein Vater hatte sie in seine knochigen Arme genommen und sie an sich gedrückt.
Es war wie die Unterschrift unter einem Kontrakt gewesen. Ein Siegel für die Ewigkeit.
Jetzt lagen Paul und Pema engumschlungen da. Es gab keine Worte, nur die Nähe ihrer Körper. Beide wußten, daß sich alles ändern würde, wenn einer von ihnen es wollte.
Für sie gab es nur noch den gemeinsamen Weg.
Er spürte ein tiefes Glücksgefühl. Sie standen an der Schwelle zu einer neuen Welt, und wenn sich Pema nicht anders entschied, durfte er aus der alten Welt das einzige mitnehmen, was ihm wirklich wertvoll war. Sie!
Beide hatten den Entschluß bereits gefaßt, doch jeder gab dem anderen die Zeit, ihn noch einmal zu überdenken. Eine letzte Nacht lang.
Das Morgengrauen war die Zeitgrenze, und als es kam, gab es kein Zurück mehr.

Trotz der Ungeduld, die alle gepackt hatte, machten sie ein letztes Feuer und tranken Tee mit Tsampa, bevor sie ihre Sachen zusammenpackten und aufbrachen.
Es war ein grauer und trüber Morgen, und der Nebel hing feucht und schwer über dem Tal. Er war nicht anders als die anderen Morgen, die sie hier erlebt hatten.
Der Vater führte den Zug an, dann folgten Paul und Pema, der Junge und Phurba gingen am Ende.
Sie stiegen den Hang am Ende des Tales hoch und passierten die Stelle, an der Paul gelegen war und das Ende von Anne Walbergs Expedition erlebt hatte.
Das Gehen machte ihnen keine Mühe. Sie fühlten sich stark, und sie kamen rasch voran.
Gegen Mittag durchbrachen sie plötzlich die Nebelwand und traten in gleißendes Blau hinaus.
Die großen Schneeberge waren zum Greifen nah, und die Wucht ihres Anblicks raubte Paul für einen Augenblick den Atem. Er blieb stehen und staunte, während er gierig die dünne Höhenluft einsaugte.
Man brauchte nicht an Götter zu glauben, um die Kraft zu fühlen, und Paul verstand, warum man diese gewaltigen Fels- und Eisriesen in ihr Reich entrücken konnte.
Auf den ersten Blick gab es nur einen Weg. Einen steilen Schneehang, der sich blendend weiß vor ihnen erhob und am Ende eine scharfe Kante ins satte Dunkelblau des Himmels schnitt.
Paul hatte nicht bemerkt, daß sein Vater zu ihm gekommen war. Er zuckte zusammen, als er die Hand spürte, die sich sanft auf seine Schulter legte.
»Damals«, lächelte der Vater und zeigte mit der anderen Hand auf das Ende des Hanges, »bin ich weitergegangen. Immer höher und höher, bis mich die Lawine gepackt hat.«
Paul blickte sich um und suchte nach einem anderen Weg.

Sie standen auf einem kleinen Plateau, und links und rechts von ihnen war der Abgrund.
»Es gibt nur einen Weg in unser Tal«, sagte der Vater. »Man sieht ihn nur, wenn man ihn sehen darf!«
Er ging zum rechten Rand der kleinen Hochebene und zeigte in die Tiefe. Der Fels fiel dort beinahe senkrecht ab und tauchte bald in ein dickes Nebelmeer ein, das sich wie ein flaumiger weißer Teppich unter ihnen ausbreitete.
Paul bemerkte die Kante im Fels erst, als sein Vater den Fuß daraufsetzte. Der etwa vierzig Zentimeter breite Vorsprung war der Beginn eines schräg abfallenden Pfades, dessen Verlauf man nur erkennen konnte, wenn man in seiner unmittelbaren Nähe war. Vom oberen Rand des Abgrundes aus war er nicht mehr als eine winzige, kaum bemerkbare, etwas dunklere Linie im düsteren Grau der Felswand.
Die Natur hatte einen perfekten Pfad geschaffen, und sie hatte ihn perfekt getarnt.
»Seht nicht in die Tiefe«, rief der Vater, »seht nur auf eure Füße!«
Sie betraten den Felsweg, und keiner hatte Angst vor der Tiefe. Das Gefühl der Sicherheit begleitete sie auch, als sie später in den Nebel eintauchten und nur noch milchiges Weiß um sich hatten.
Mitten im Weiß befand sich ein größeres Plateau, auf dem sein Vater stand und wartete, bis alle dort angelangt waren.
»Erinnerst du dich an die sieben Weltwunder, von denen du in der Schule gelernt hast«, sagte er zu Paul. »Diese sieben und alle anderen Wunder dieser Erde sind nichts im Vergleich zu dem, das du bald sehen wirst.«
Er hob die Arme und streckte sie in einer Geste, die das Gigantische, von dem er redete, ausdrücken sollte, in die Höhe.
»Die Natur hat hier, inmitten der höchsten Berge der Welt, inmitten einer lebensfeindlichen Fels-, Schnee- und Eiswelt,

einen Ort geschaffen, der dem ursprünglichen Paradies sehr nahe kommt. Manchmal denke ich mir, daß er vielleicht sogar das Paradies selbst ist. Und es gibt auch eine logische Erklärung dafür. Es sind die heißen Quellen, die überall aus dem Fels sprudeln, die das Klima in diesem abgeschlossenen Kessel so verändert haben, daß hier seit Urzeiten eine einzigartige Pflanzenwelt wachsen kann. Viele dieser Pflanzen findet man in der Außenwelt nicht mehr. Hier haben sie überlebt, weil es nichts gab, das sie zerstören konnte. Dasselbe gilt für die Insekten und für das einzige Säugetier, das hier überlebt hat. Durch den engen, genau begrenzten Lebensraum, das ständig gleichbleibende Klima, die nicht vorhandenen Einflüsse einer sich ständig ändernden Außenwelt, die beschränkten, ausschließlich vegetarischen Ernährungsmöglichkeiten und viele andere Faktoren ist es in seiner genetischen Entwicklung stehengeblieben. Und zwar dort, wo wir vor Millionen von Jahren einmal waren. Nicht das Wesen ist das Wunder, sondern der Ort. Er ist der einzige Fleck auf dieser Erde, der sich seit den Urzeiten dieses Planeten nicht mehr verändert hat.«

Er schüttelte den Kopf.

»Frag mich nicht nach einem Grund. Ich kenne keinen. Es ist einfach so.«

»Es ist der Nebel«, sagte Paul, »der Dampf von den heißen Quellen. Er ist der Schutzschild.«

»Vielleicht«, sagte der Vater, »vielleicht ist es jedoch auch etwas ganz anderes.«

Es waren nur noch wenige Schritte, dann lösten sie sich aus der weißen Umhüllung, und Paul konnte erstmals das Tal sehen.

Es war viel größer, als er vermutet hatte.

Sie stiegen in eine grüne, sanfte Welt hinab und spürten die weiche Wärme, die sie umgab.

Am Ende der Felswand wuchsen hohe Gräser, und riesige Farne streckten ihre grünen Fächer aus. Fremdartige Bäume trugen unbekannte Früchte.
Obwohl es keinen blauen Himmel und keine Sonne gab, war es kein düsteres Tal. Der Dunst, der über ihnen hing, war strahlend weiß und wirkte wie ein Filter, der das Licht, das von oben kam, in genau dosierten Mengen durchließ und verhinderte, daß die positive Energie, die sich unten gesammelt hatte, nach oben entweichen konnte.
»Dort drüben«, sagte der Vater und zeigte auf das rechte Ende des Tales.
Paul sah ein paar niedrige Hütten und einige Menschen, die sich davon lösten und ihnen entgegenkamen.
Paul blieb stehen und griff nach Pemas Hand. Sie schmiegte sich eng an ihn und legte ihren Kopf an seine Schulter.
»Es ist ein Traum«, sagte sie, »ein wunderschöner Traum!«
Die Hüter des Yeti empfingen sie freundlich und ohne Mißtrauen, jedoch voller Staunen.
Pauls Vater erklärte den anderen in kurzen Worten, warum er die Frau ins Tal mitgebracht hatte. Es gab keinen Widerspruch, aber auch keine Zustimmung. Das Staunen hielt an, bis sie bei den Hütten angelangt waren.
Der Vater führte Paul und Pema in seine Behausung und bat sie, bis zum nächsten Morgen dort zu bleiben. Er selbst würde in einer anderen Hütte übernachten. Später kam er zurück und brachte ihnen etwas zu essen. Er stellte es wortlos auf den Boden und ging wieder. Es war ein deftiger und herrlich duftender Gemüseeintopf, der gut gewürzt war und hervorragend schmeckte.
Der lange Marsch hatte sie müde und hungrig gemacht. Sie schlangen das Essen hinunter und liebten sich lange und zärtlich, bevor sie in einem zufriedenen, traumlosen Schlaf versanken.

Es gab keinen Morgenfrost, der sie weckte, und als sie aufwachten, war der Tag bereits zur Hälfte vorbei.
Paul trat vor die Hütte und blinzelte verschlafen in das bleiche Licht. Die Luft war schwer und hatte einen seltsam würzigen Geruch.
Einer der jüngeren Mönche tauchte aus einem Hütteneingang auf, verschwand jedoch sofort wieder, als er Paul sah.
Vor Paul breitete sich die weite, grüne Ebene aus. Dort, wo die heißen Quellen waren, stiegen dicke weiße Dampfsäulen in die Luft.
Er suchte das Tal ab, konnte jedoch keines der Wesen entdecken.
Sein Vater kam aus derselben Hütte, in der der Mönch verschwunden war.
»Ihr müßt hungrig sein«, sagte er zu Paul.
Paul nickte.
»Dort drüben«, erklärte der Vater und zeigte auf eine Hütte, die etwas größer war als die anderen. »Dort ist unsere Küche. Wenn ihr euch beeilt, bekommt ihr vielleicht noch etwas Warmes zu essen.«
Paul zögerte. Er wollte wissen, was die Versammlung beschlossen hatte. Die Antwort kam, bevor er die Frage gestellt hatte.
»Ihr dürft bleiben«, sagte der Vater.

Das Wesen saß im Eingang der Höhle am anderen Ende des Tales.
Es war kleiner als Paul und am ganzen Körper behaart. Das Haar war dunkel und hatte einen rötlichen Schimmer. Das Wesen war muskulös und wirkte stärker als ein Mensch. Es blickte Paul furchtlos aus dunklen Augen an, die unter der flachen Stirn und über der breiten, plattgedrückten Nase lagen.

Als Paul ihm zulächelte, hob es den langen Arm und begann, sich mit den dicken gelben Fingernägeln, die am Ende der wulstigen, krallenartigen Finger wuchsen, am Kopf zu kratzen. Das Haupthaar war lang und drahtig, und Wangen und Kinn waren von einem struppigen Bart überwuchert.
Es starrte Paul an, öffnete plötzlich den breiten Mund und legte zwei Reihen großer, gelber, kräftiger Zähne frei. Dann drehte es sich um und stieß einen seltsam sanften Laut aus. Es klang rauh und heiser, es war jedoch kein Brüllen und auch kein Krächzen. Paul hatte noch nie ein ähnliches Geräusch gehört.
Paul spürte, wie sich Pema eng an ihn schmiegte.
»Keine Angst«, flüsterte er.
»Ich habe keine Angst«, flüsterte sie zurück.
Augenblicke später löste sich aus dem schwarzen Oval des Höhleneinganges eine zweite Gestalt. Sie war noch kleiner als die erste, und ihr Gesicht war kaum behaart. Die Züge wirkten sanfter und weiblicher. Sie trug ein Baby im Arm, das an einer ihrer großen Brüste saugte.
Pema stand auf und ging auf sie zu.
Der Mann spannte die Muskeln an, und Paul sah, daß er bereit zum Sprung war. Er war der Beschützer seiner Familie, und er hatte noch nie eine menschliche Frau gesehen. Die Mutter reagierte ganz anders.
Sie griff mit beiden Armen nach dem Kind und zog es sanft von ihrer Brust weg. Dann blickte sie es einen Augenblick lang zärtlich an und hielt es Pema entgegen.
Die Menschenfrau nahm es und drückte es an sich.

Alle handelnden Personen dieses Buches und auch einige der Orte, die in der Handlung eine Rolle spielen, sind frei erfunden. Die Schriften, von denen in diesem Buch die Rede ist, hat es nie gegeben. Authentisch sind nur die Namen der Himalajaberge, die meisten Ortsnamen und die einiger Bergsteiger, die im Text erwähnt werden. Auch die große Sherpawanderung hat zur angegebenen Zeit tatsächlich stattgefunden. Bis zur Drucklegung dieses Buches hat es noch keinen konkreten Hinweis auf die tatsächliche Existenz jenes Wesens gegeben, das in diesem Roman »*Yeti*« *oder* »*Zwischenmensch*« *genannt wird.*

WERNER KOPACKA